作者简介

凸凹，本名史长义，著名散文家、小说家、评论家。1963年4月17日生，北京房山佛子庄人。系中国作家协会会员、北京文联理事、北京作家协会理事、北京评论家协会理事、北京作家协会散文委员会主任、房山区文联主席。

创作以小说、散文、文学评论为主，已出版著作三十余部。著有长篇小说《慢慢呻吟》《大猫》《玉碎》《玄武》等八部。著有散文集《以经典的名义》《风声在耳》《无言的爱情》《夜之细声》《故乡永在》等三十部，出版和发表作品七百余万字，被评论界誉为继浩然、刘绍棠、刘恒之后，北京农村题材创作的代表性作家。

近六十篇作品被收入各种文学年鉴、选本和大中学教材，作品获省级以上文学奖三十余项，其中，长篇小说《玄武》获北京市建国六十周年文艺评选长篇小说头奖和第八届茅盾文学奖提名奖；散文获冰心散文奖、第二届汪曾祺文学奖金奖、老舍散文奖、全国青年文学奖和十月文学奖。2010年被评为北京市“德艺双馨”文艺家，2013年被授予全国文联先进工作者称号。

京西文脉

凸凹 著

北京日报出版社

引子

大方山文联主席吴心到了知天命之年以后，特别爱回忆。回忆起来的东西总是让他回甘不已，觉得内心充盈。但是，他有些不安，因为记忆像是过筛，总感到漏下去了什么，显得有些不可靠。

过筛，又叫筛漏，虽是个动作，却也是个哲理的意象：小麦被碾压之后过筛，漏下去的是面粉，留下的是麦麸；谷子被碾压之后，漏下去的是小米，留下的是谷壳。但金沙过筛之后，漏下去的是沙土，留下的才是金粒；而玉米被碾碎之后过筛，漏下去的是玉米面，留下来的是玉米糁子——玉米面可以蒸窝头，玉米糁子可以熬粥，各有用途，都是有用之物。这样看来，过筛虽是个简单的动作，作用却复杂了。筛上筛下的存在，其意义虽有客观的规定，但更多的是被过筛的人赋予的，那么记忆的留存，其价值就堪可疑，往往是有用的漏底，无用的现身，珍贵的沉没，庸陋的闪光，不可做简单的判断，也不可一味地信任。理性的做法，是在不疑处疑，在疑处不疑，能被记下来的，也不过聊备一格。

由此想来，吴心也就释怀了。金无足赤，人无完人，更何况年深日久的记忆，求全不得，就由它去吧。

一

吴心出生在京西百花山脚下的一只葫芦里。

葫芦当然是譬喻，喻空间的狭小与封闭。

如果说从北京往太原的一〇八国道是一条藤蔓，他出生的村落就是挂在这条藤蔓上的一只葫芦。一〇八国道从两座无名荒山间穿过，两山之间的裂隙就是村口，往里走八华里，就是一山前小垭，那里住着二十几户人家，吴心就是小垭的后裔。到了小垭就路绝，人们从裂隙处进去，还要从裂隙处出来，简直就像生活在一只口小肚大的葫芦里。

垭的四壁都是壁立的山，山腰上有堰田，人们自耕自食，疑似自生自灭。

那里经年种着一种叫“小八趟”的玉米，顶凌种下，秋深方收，虽占地三季，产量却很低，只可够两季的口粮，剩下的时日，以瓜菜代之。但人们也不思改良，因为那种玉米好吃，能服帖人的胃口。其实也未必是好吃，是因为吃习惯了，曾换过品种，都觉得找不到原来的口味，就弃之。

由于粮食产得少，人们撙节，既饿不死，也吃不饱，身块普遍精瘦，也清心寡欲，随遇而安，自适自足。

吴心上到小学三年级，识字率就到了初中的水平，因为他的父亲当着村里的支部书记，公社给订着“两报一刊”，他能顺势阅读。课业喂不饱他，他就去搜寻了一摞连环画，拼命充饥。其中有一本叫《琼虎》，是写越南抗美时期一个叫琼虎的少年与美国鬼子斗智斗勇的故事。

正坐在门槛上看得痴迷，从门前经过的南国仁问他："你读的是什么书，这么专心？"吴心把封面给他亮了亮："京虎。"

南国仁笑了笑："恐怕不是京虎吧，读贫穷的穷音，叫穷虎。"

南国仁面白无须，一张大白脸上堆出来的笑容，让吴心感到刺眼，便没好气地说："你才穷呢。"

这个南国仁是北大的教授，被打成右派之后，下放到这里劳动改造，每天都有温顺的脾气和白灿灿的笑容，被村里人尊重。

由于被尊重，所以他的纠正，让吴心感到很没面子，便对他发作。

南国仁笑着摇摇头走了。他的笑被吴心认为是讽刺，他厌恶南，也厌恶自己，再看连环画时，遇到不认识的或似是而非的字就查字典，识字率就更高了。

不仅识字率高，还知道了不少外边的事，中国的、亚非拉的、美帝的、苏修的、世界的。外边的事知道得越多，他越不满意身边的事，他觉得自己生错了地方。

他开始有异象，别的孩子跟他说什么他都不耐烦听，爱用鼻音"哼"，走路总是抬着脑袋，摆动着屁股，像突然间长了尾巴。父亲对人说："这孩子要疯。"

他最痛恨的，是寒暑假的到来。暑假，要随大人到堰田里去锄耪；寒假，要跟着大人往堰田上背圈肥。一到这两个时候，他总是向父母乞求："让我歇在家里吧，读书、识字、温习功课，好有个好成绩，考到山外去。"父亲说："考到山外去，有屁用，不也得修理地球？"

不是父母不让歇，而是他们承受不起村里人的议论，认为那各色，是不务正业，好吃懒做，不是出自正经人家。吴心不乐意到堰田里去，不是怕劳累，而是怕陡峭的山路。山路是羊肠小道，经过大大小小的一个又一个悬崖，路上还有搓脚石，一不留神就要跌倒，很可能就会跌下悬崖。跌下悬崖也不怕，如果跌死了倒省心了，怕的是走在悬崖边的感觉：往下一看，黑咕隆咚，寒气凭空就在心中升起，就恐惧。这种恐惧可不好受，既怕跌下去，又不知道什么时候跌下去，心总是悬着。他是恐惧在恐惧中。

但一直就没有跌下去，他在痛苦中忍受。有一天竟对父亲说：“赶紧跌下去吧，好一了百了。”

父亲一惊：“你这个屄孩子，咋跟正常人不一样？”

父亲的疑虑，让吴心也感到，自己的确是有点不正常。但多少年之后，吴心既看到五祖父的遭遇，又读到了萨特的《词语》，觉得自己的行径，其实没有什么不正常的——

那是一柄阔刃的雪亮的锛子。

在扔进炉膛，化成铁水之前，它始终就握在五祖父手里。

五祖父是个木匠。年轻时，手艺好，人俊朗，但脾气暴躁。

他高高举起锛子的时候，女人们暗暗发抖。虽然相好的女子不少，但都在他天性的温柔将要迷失的那一刻，弃他远去。为女人花了不少钱，他自己却很贫穷。

老了，仍无子嗣。他感到很悲哀，就捡了一个残孩子。

为了这个残孩子，他依然每日去舞锛子。

“清清爽爽一个人过算了，捡个残孩子作甚呢？”人问。

“手艺人总得养活一个人吧？”他说。

人老了，那柄锛子使得很不潇洒了。有时，锛子明明是朝脚下那截木料去的，却把鞋帮锛豁了。

东家大骇：“五师傅，活儿就不要再干了，工钱照付呢。”

五祖父什么也不说，蹲在地上，兀自抽一袋老烟叶。嘴角挂着很温和的笑，不知他笑什么。

烟抽完了，依然锛他的木料。对惊恐的东家说：“您远些吧。”

不中用的五祖父，对锛子锋利的阔刃，就无一丝惧意吗？

有一天，在给人家锛木料时，锛子把他的脚颈锛断了。在他倒下的那一刻，竟欢快地叫一声：

“这一天，到底是来了！”

在萨特的《词语》中，有描写被外界搅扰得凄苦无奈的瑞士雕塑家贾科梅蒂的一段文字：

> ……贾科梅蒂在穿越意大利广场时，被一辆汽车撞倒了。下肢撞得变了形。就在他倒下陷入昏迷但尚清醒的片刻，受伤的他首先感到的是一阵快乐：“我终于出事了！”

吴心比照五祖父和贾科梅蒂，他心中发笑：在生存的压迫面前，人类的情感是多么的相通啊。

对于年迈的五祖父，锛子锛断脚颈是潜在的甚至是宿命般的存在。这个存在，他既无法逾越它，又不能改变它，怎么办呢？就只有期待它。对于贾科梅蒂，他的现实生活如一团乱麻，纠缠得无以复加，他每天都精神恍惚，但还要到车流滚滚的街头去，那么车祸就如同一个“预谋”，怎么办呢？既然躲不过，就只好期待。

因为恐惧，也觉得自己有点不正常，所以吴心就去寻求安慰。他每天晚上总是往大爷爷家跑。因为大爷爷也没有子嗣，爷爷就把父亲过继给了他，大爷爷遂相当于吴心的亲爷爷。虽然大奶奶不能生育，但大爷爷对她非常好，怕她寂寞，每天晚上他们一钻进被窝，大爷爷就给大奶奶讲故事。他讲的是《封神演义》《三侠五义》《说唐》，还有其他找不到出处的这个侠那个义。不知他是看来的，还是听来的，讲得绘声绘色，且细节生动，悬念迭起。讲来劲了，挺身、踢腿、挥舞手臂。大奶奶笑着说：“你是嫌这床破棉絮太破，想破上加破，好给你换新的。”大爷爷抄起枕边的扫炕笤帚，轻轻地在大奶奶的头上打了一下：“你真是妇人之心，掌嘴。”

他们很恩爱，整个村子找不到第二对。

吴心是去听大爷爷说书的，顺便感受一下他们的恩爱，让温馨把恐惧冲淡。

不知有什么神力，大爷爷是个故事篓子，肚子里的故事总也讲不完，并且绝不讲重样。吴心觉得大爷爷讲的故事，许多是他现编的，不过是借了古时候的朝代和古人的躯壳。吴心认为大爷爷了不起，对他有些崇拜。

由于对大爷爷崇拜，吴心就更喜欢自己的那一摞连环画，看了一遍又一遍，把连环画都翻烂了。正愁没什么可看的时候，父亲从县里开会回来，带回来四本《大方山文艺》。那是刊物的主编赵日升亲自到会场散发的，以期让“文艺”走进基层。那居然是创刊以来连续的四期刊物，小说连载得以有头有尾，便看得很解渴。其中更多的是散文与诗，其中有一首题为《拒马河，靠山坡》的诗，后来还进了初中一年级的语文课本。诗是这样写的——

拒马河，靠山坡，弯弯曲曲绕村过；
河水两岸垂杨柳，坡上果树棵连棵。

一群鸭，一帮鹅，荷花出水一朵朵，
红霞落入水中天，对对渔船河心过；
咿呀呀，咿呀呀，半船欢笑半船歌。
果树园，果树窠，棵棵行行遍山坡，
阳春三月花果山，八月仲秋红似火；
嘻哈哈，嘻哈哈，采果姑娘笑话多。
拒马河，靠山坡，弯弯曲曲绕村过；
河里流的金银水，人们过的好生活。

这首诗，让吴心有了“韵”的意识，他觉得什么破事儿烂事儿、俗事儿碎事儿都可以写得连贯、整齐、有意思，而且还可以朗朗上口，让人激动和兴奋。他便爱上了诗，每天都在纸片子上，甚至墙壁上、山崖上、树干上乱写一气。

那年中秋，红薯的长藤虽依旧缠绵，但青色已不再腴深。红薯埂裂着缝罅，给人以昭示，红薯已熟硕得不能再熟硕了。

母亲对吴心说，去刨红薯吧。

镬头刨下去，一只肥大的红薯便蹦出来。牵动这只大红薯的根脉，便又有几只红薯探出头来；虽不如这只肥硕，却也饱满得实在。刨出地面，一根藤的红薯，原来是相拥的一大丛果，如母遮子、子拥母。

红薯的皮很红润，如洞房女子的脸。红薯真幸福，红薯也让人幸福。

往前看一看，红薯地好大啊，吴心便兴奋得直想哭。

人们说，儿童和妇女最喜欢的季节是收获的季节，双手可以不停地往背囊里装入成熟的果子。轻松地往背囊里装果子，而不问孕育栽培的那重艰辛，乐得轻快啊。这一如少女喜欢抱人家的孩子，既濡润了母性，又不必忍受母性背后的那一种痛苦。

吴心觉得人们说得很有道理。

因为太兴奋了，便拼命地挥动镢头，想把所有的红薯都刨出来。刨出来的属于今天，埋在地下的属于明天。明天还要上学，会与红薯疏远。

“我的红薯啊。”吴心悲叹道。

待刨得筋疲力尽的时候，没有刨出来的，依旧在那里等待，是一种巨大的不可得的等待。而他已经把力气耗尽了，怎么办呢？一个孤独的弱小的儿童能有什么办法呢？无奈之中，再看一眼那无边的红薯——

“管它呢！”

恨恨地说一声，就躺在地上睡着了。

醒来时，他听到了泉水的声音。循着水声找去，发现一处山崖的腰部奔窜出水流，砸到崖脚，迸了几束水花之后，弯弯细细地朝山下流去了。他突然生出一线灵光，胡诌了几个句子——

拒马河，靠山坡，弯弯曲曲绕石过；
河水两岸红薯地，地里红薯颗连颗。
一湾水，一面坡，溅起浪花一朵朵，
红霞落下天色晚，两颗红薯滚下坡；
咿呀呀，咿呀呀，送给人家唱赞歌。

他把句子用土坷垃写到崖壁上，自己朗读了两遍，觉得很有意思，甚至比刊物上的那首还要有意思。自得之下，那挖不完红薯的悲哀竟烟消云散了，他匆匆地背起一篓红薯，摇摇摆摆地回家了。

红薯可以被遗忘，因为崖壁上写着诗。

二

小学念毕，吴心上了中学。

学校就在葫芦口的位置，坐落在一〇八国道的路基之下。

由于有着两山的裂隙，所以那里有一座水泥大桥。

为什么要提到这座大桥？因为它是学生们的天然宿舍。学生们从八华里的小垭出来上学，带着干粮，中午就在大桥下吃饭、午休。

每天往返十六华里的山路，孩子们自然要费鞋。虽然母亲给做的是踢死牛的老山鞋，但也架不住孩子们调皮地走。所谓调皮地走，就是既要正常走路，又要不停地玩耍。鞋子穿不过仨俩月，就露出大脚指头来。母亲们农活儿烦累，不耐烦给孩子们做新鞋，任他们穿着破鞋子走路，踢里趿拉。俗话说，脚底没鞋穷半截，所以外人上眼一看，就知道这是一帮穷孩子，来自不毛之地。

穷孩子自尊心强，他们想出了省鞋的办法：一旦母亲给了一双新鞋，他们会把鞋子先别在腰间，赤脚走在山路上，待离校门近了，才把鞋子穿上。母亲给生下来的脚，破了还可以长上；母亲给做出来的鞋，破了就再也长不上了。他们懂事。

有一天，教室里上课，教室外下雨，稀里哗啦地下过了午晌。晚上回家的时候，山涧里就有流水，兀地添了一条细细的小河。夕阳的金辉洒在上面，像一条美丽的彩练。孩子们便兴奋地玩水，释放心中莫名其妙的郁闷。吴心别在腰间的鞋子，有一只不知道什么时候掉落，可能被河水冲走了。或许是掉落的时间太久，他虽然沿着河水回去找了很远，也没见鞋子的踪影。这鞋子穿在脚上没有几天，就丢了一只，他感到很痛惜，玩水的心情立刻就消失了，怏怏不乐地往家走。一边走一边忍不住往腰间看，他妈的，就一只了。越看，那种痛惜的感觉就越被放大，甚至有些不可忍受，想哭。但哭出来，多么丢人，会被同伴看作心眼太小，不就是一双鞋子嘛，又不是家里死了人。一气之下，他突生一计，搞了一个恶作剧：他索性把剩下的那只鞋子，放在水面，眼睁睁地看着它被冲走。鞋子一颠一颠地被冲远了，直至再怎么瞭望也看不到它了，他心里空了一下，居然情不自禁地放声大笑。伙伴们很奇怪，失了鞋子反而笑，这个人真是神经了。他对伙伴们说："你们懂什么？一边凉快去吧。"他有了一种很奇怪的体验，之所以难受，原来自己是痛惜在痛惜之中，一旦把痛惜交给了河流，自己反而不痛惜了，因为他卸下了痛惜，一切已经跟自己无关了。

多年后，吴心读到了宁肯的《天·藏》，小说的一开头，就有类似的情节。一个藏族少年，有一只鞋子被水冲走了，由于江水湍急，他追不回来，索性就把另一只鞋也扔给江水，他像旁观者一样，远远地玩味着鞋子漂浮的样子，反而开心地大笑。吴心觉得宁肯的小说写得好，因为他写了人的普遍感受，让人感同身受。

吴心和伙伴们在水泥大桥下吃干粮，吃得自己可怜自己。因为山地人亏粮，有吃的原则，即忙时吃干，闲时吃稀。劳作的人因为忙于农事，所以家里"干"一点的吃食，譬如窝头、贴饼子、小米焖饭，就留给他们。而上学的孩子，被视为闲人，只能吃稀饭，所以带来的午餐虽然叫干粮，其实就是一盒玉米面粥和几块咸菜。他们天天喝稀粥，喝得已经没有了吃饭的感觉，只是完成习惯性的动作，糊弄肚子而已。他们最看重的，是大桥下的午休，因为每天上学要起早贪黑地走山路，他们缺觉，得抓紧补。

大桥下总有风，不管什么风向，总会从大桥下穿过。他们躺在风中，久了，冬天不觉得冷，夏天不觉得热，身膀皮实。睡不着的时候，别的孩子是“穷忍着，饿耐着，睡不着瞎眯着”，吴心则作诗。他念道：

啃咸菜就窝头，
一天两顿稀面粥。
屁股被风吹着，
脑袋被胳膊搂着，
桥下躺着一群野山猴。
且饿不死呢，
且吹不死呢，
身体皮实着呢。
明天还不知怎么着呢，
不够，没够，忍着。

听到的同学说：“你这诗作得真不怎么样，一是假，二是乱，整个是一个胡诌。为什么说假，因为咱们每天都喝的是稀粥，哪里来的窝头？为什么说乱，你的不够、没够是啥意思，难道这罪你还没受够，还希望饿、希望风吹？”吴心说：“你们哪里懂诗，写窝头是为了押韵，写不够、没够是反讽、幽默，是在蔑视饿、蔑视风。”同学们这时齐喊：

“胡扯，胡扯！”吴心摇摇头，说：“真跟你们说不清楚，胡扯就胡扯吧，反正我乐。”

多少年后，吴心读到了海德格尔的“诗意地栖居”，还读到了“贫穷着，然而能静静地听到风声也是美丽的”。他心中一热，觉得自己真是早慧，早就是海德格尔了。他真想把那帮同学都召回来，让他们知道他与海德格尔这种穿越式的对话，但这些人不是死了，就是失联了，再也凑不齐了。他很是伤感了一阵子，可惜了，那贫穷、寡淡，但快乐、忘忧的少年时光啊。

中学的校园里，长着几棵高耸、胖大的老柿树。可能是因为足够老，黝黑的干上均有锅口大的洞蚀出，干瘦的学子仄进身去，顷刻便掩了身影。在里边喊叫，或尖或厉，或疾或徐，或男音或女声，均化成嗡嗡的闷响，贴树壁静静地听，似有一段深浑的古乐漫奏，久久回旋。由于神秘，对孩子们是一个巨大的吸引。所以，每一下课，学生们便都朝柿树下奔跑，拥拥挤挤像扎堆的一群蜂，涌动而喧哗。但那洞一次仅容一个人，而进去的人，往往都想细细地谛听那神奇的歌子，便久久不出来。外边的学子情急之下，便捡石子掷进去。里头的人果然迅速地出来，紧紧地抱了脑袋，蹲地上嘤嘤地哭泣。于是，孩子们依次地进去，依次地哭出，顽强而悲壮，童心淋漓、童趣淋漓的模样。

一天，在吴心前面有个小女生拼命地挤，长长的头发，小小的肩胛，挤不动便停下来喘息，因而浸出汗滴的小脸通红而鲜亮。她身后的吴心，突然感到局促，突然有了一份责任感，便一下子闪到她前面，东推西拽，准备给她辟出一条路来。但终于也被挤出，便于悻悻中感到一丝愧疚。回头一看，她居然冲着他乜乜地笑。他觉得那是嘲笑，是在嘲笑他的自不量力，便忘了老柿树的诱惑，从她身边闪出去，远远地逃了。

那个女生叫隗兰玉，因为课外阅读所养成的对文字的敏感，吴心觉得这是人间最好的名字，而她本人也的确长得好看，脸形小巧而白皙，一笑，一激动，就红润而鲜亮。美丽的人，美丽的名字，让吴心总想跟她有亲近的关系。但是总不能如愿，一是没有机会，二是心中胆怯。

这一天，来了位乡中心校校长，他姓赵，叫赵玉森。赵校长面白，身长，精瘦，戴着一副白框眼镜，左边的眼镜腿还用白胶布粘着，一身的文气。他把全校的学生都集中到大操场，他站在台上演讲，演讲稿是徐迟的长篇报告文学《哥德巴赫猜想》。虽然刊登全文的那期《人民文学》就放在他眼前，但整个过程，他来不及看上一眼。“来不及”是吴心的感觉，因为赵校长演讲得太流利，故事和词汇，好像是等不及了，自己就往外蹦，他只需张嘴而已。赵校长整个人都沉浸在故事里，好像他就是陈景润，喜怒哀乐都是现时的感受，他把自己弄成了起伏跌宕的情绪，让学生们跟他一起喜怒哀乐、欢笑歌哭。听他讲那么长的故事，然而大家都觉得短，因为一个感动接着一个感动，大家被迷醉、被震撼，既忘了时间，又忘了身在何处。

吴心的心脏始终狂跳着，眼泪也始终狂迸着，他第一次感到，这种叫文学的东西，真是一门秘藏神器，它能让人神魂颠倒、心潮激荡、凭空飞翔。演讲完毕，大家都鼓掌欢呼，把赵校长抛来抛去。他们认可了陈景润，更认可了赵校长，觉得这个时刻，他们膨大，他们痛快，他们幸福。

吴心这时兀地冒出来一个念头：将来我一定要写作，要搞文学，不把别人醉倒，也要把别人麻倒。

他心绪难平之下，居然一个人溜出了人群。他去钻老柿树的树洞，用力敲击，发泄激情。没想到隗兰玉也跟了进来，看着他发狂，忍不住哧哧地笑。因为正膨大着、飞升着、激越着，他情不自禁地捧起隗兰玉的小脸，一阵乱吻。隗兰玉拼命地挣脱之后，尖声骂了一句："臭流氓！"然后像被猎人惊着了的狐狸，跑掉了。

从此以后，隗兰玉千方百计地躲避他，再也不给他单独接触的机会。但吴心并不感到失落，反而得意扬扬。因为他终于克服了心中的胆怯，狠狠地亲了隗兰玉。即便是毁了他们之间的亲密关系，但是他得逞了——在他看来，能够勇敢地表达喜爱之情的动作，比喜爱本身更重要，因为那是男子汉的有力证明。

多少年之后，也就是隗兰玉出嫁的时候，他被请去喝喜酒。他逮住机会问隗兰玉："我是因为喜欢你，才亲你，我相信，这一点，你自己也是知道的，但你为什么跑掉了？"隗兰玉说："我自然知道你喜欢我，不然我也不会跟着你去钻树洞，但你那恶狠狠地亲，让我感到，你对我只有男女之间的那种兽性的欲望，而没有怜惜抚爱之心，跟这样的男人在一起，不会有什么好结果，只能是不干不净、不清不白，绝不可能活在爱中。"吴心大吃一惊："你当时那么小的一个人，就有这么大的想法？"隗兰玉眼睛一闭，满脸忧伤地摇摇头："屁，这是我现在说服我自己的理由，在当时，很简单，我是被你吓坏了。"

吴心很遗憾，什么他妈的有爱就大声说出来，原来最好的办法，是要咬着耳朵说，最好是咬着嘴唇不说。

情窦初开之花凋谢后，吴心的文学激情却愈加泛滥。课余时间，甚至是在课间，他拼命地写诗，在一个练习本上不停地涂涂抹抹。

那个时候，或许是小靳庄民歌运动的余波，或许是综合教学倡导下的素质教育的发轫，各学校都搞诗赛，县广播站每天都要广播学生作品。

吴心所在的学校却没有动静，对此，学区赵校长很是不满意，说：“我都给你们激情演讲了，你们却不回报，难道我是在对牛弹琴？”本学校的校长便很郁闷，扬言，哪个学生如果也能写出被县广播站广播的稿子，就评他为三好学生。

吴心在下边说：“嘁，这有什么难的，我的练习本里就预备着呢，随便选两首就成了。”

他的话被一个同学报告给校长，校长亲自到班里来，拽起吴心的耳朵，就把他拽进了办公室。校长说：“你别到处吹牛，蛊惑人心，好像责任都在我似的。”吴心说：“校长，我不是吹牛，但是有一样咱得先说下，如果我真给你在广播站广播了稿子，你也甭给我评三好学生，就当着同学的面，让我也拽你的耳朵。”校长不以为然地说：“好，好，拽我的耳朵有什么丢人的，人长出耳朵，就是预备着让人拽的，哈哈……”

不久，吴心的稿子真的被广播了，那是一首诗，题目叫《春天与夏天握手》——

一阵清凉，
一阵炽热；
春和夏握手，
用风的指头。

依然盘旋着花香的回流，
绿幕又扯得厚实凝重；
白鸽从春飞到夏，
启示的哨音恢宏。

抓住春的裙裾，

揭开夏的面纱；

一下子得到两种美的享受，

懂得感恩，敬重天地造化。

校长也真是君子重然诺，他自己走进教室来，站在讲台上，对吴心说：“吴心同学，请你到讲台上来，咱们俩玩个游戏，你拽着我的耳朵把你写的诗给大家朗诵一遍。”吴心马上起立，但不迈步，就地说道：“校长，我比对了，拽你的耳朵不如被评一个三好学生，拽耳朵是儿戏，评三好学生是荣誉。”校长说：“好，好，就听你的，但是，你这首太短，能不能来首长的？”

吴心说：“那好，我就试试吧。”

校长说：“你别拿搪，试什么，你就径直写，我相信你的能力。”

校长的话，是一种变相的表扬，吴心很受用，大声说：“好，我写！”

写长了的诗，居然在很短的时间里，又被广播了——

关于生活模式

一

荒野的草，

可算最卑微的了吧？

然而，它恣意地拔节，

竟把石头掀翻!

大漠中的沙砾,
可算最渺小的了吧?
然而,它借助风的力量,
竟不经意间赫然成丘!

戴枷锁的奴隶,
命运是最卑微的了吧?
然而,压迫的深重掘开了反抗的洪流,
竟一夜间成了历史的主人!
…………

于是我暗暗告诫自己:
不要被自卑的绳索套住了手脚,
不要被生活的重轭压弯了身腰……
生长的力量冲破天,
坚持的永恒穿透地,
抗争是人生最好的武器!

二

有人问我生活的模式,
啊哈,我跳起来回答:

傻瓜才在模式的迷信中作茧自缚！
头颅若果被自家的肩膀扛起，
就会认准该走什么样的路！
…………

我愿是荒野中的草，
扶摇着身儿唱自家的欢歌；
我愿是大漠中的沙砾，
旋转着腰肢跳自己的舞步；
我愿是戴枷的奴隶，
用强悍的野性砸碎命运的枷锁！

还有，
我愿强烈地拥吻我爱人的唇，
我愿玩味大海上的动魄惊心；
我愿矮下身来痛饮甘洌的泉水，
我愿做清洁工从拂晓扫到黄昏；
我愿为瘸了腿的兄弟当一辈子拐杖，
我愿在黑暗中挖掘直到洞开光明……

三

鄙视嘲讽的恶水扑来了，
正好试一试我信念的樯帆；

世俗偏见的套索飞来了，
正好亮一亮我勇气的锋刃；
艰难困苦如险峰兀立，
正好砥砺我意志的脚板；
失败挫折如暗夜蔽日，
正好磨炼我柔韧的心肝……

四

探求自己的生活道路，
焉能用旧的条条框框？
谁愿意做流水线上的零件，
总是从一个模子里走出？

生命因探索而多彩，
灵魂因出类而闪光。
不要信奉什么圭臬，
也不迷信什么祖先。

我愿我生命的航船——
在自己开辟的航线上破浪前行，
哪怕飓风翻卷，
每时每刻都会被掀翻！

我愿人生之旅——
无拘无束地向大漠深处延伸，
哪怕旱魃瞠目，
一不留神就会扑倒！

因为——
破碎了的船板是强者的标本，
倒下了的身躯是自我的丰碑。

听了广播，校长急匆匆地跑进教室，劈头就说：“吴心，你倒是写长了，但太深奥，有些卖弄，有些跩，是你写的吗？我怀疑你是抄来的，因为那些词句、那些意思不符合你们这个年龄。”吴心被激怒了，他愤然站起，急匆匆地冲上讲台。校长知道他的来由，转身朝门外跑。吴心喊道：“校长，你别跑，我今天必须拽你的耳朵。”

校长的耳朵没拽到，却招来了学区的赵校长。

赵校长对吴心说：“你跟我到大桥那里去，我要跟你聊聊。”

赵校长仔细地询问了他的出身、他的家庭状况，问得婆婆妈妈。他感叹道：“都说寒门里出孝子，高山里出俊鸟，我看是的。”他不禁问吴心未来的打算，吴心脱口而出，想搞文学，想当作家。赵校长一愣，问：“你怎么会有这个想法？”吴心说：“还不是因为听了你的《哥德巴赫猜想》。”

赵校长沉吟良久，说道：“我支持你的想法，但理想是远的，改变生存处境是迫近的，你眼下要用功于学业，争取考出去，上重点高中，上大学。道理很简单：大作家都是吃的大米饭白面馒头，而你喝的是玉米面稀粥，中气不足；而陈景润之所以能完成哥德巴赫猜想，不仅是因为吃得好，还有国家的科研平台，也就是说，他在大处阔处，而你在小处窄处，居于葫芦小垭，你能翻几个身，你能走多远？”

吴心觉得，这个赵校长，真是复杂，既在台上沸沸扬扬，又在下边冷冷清清，天空飞翔和脚踏实地都被他占了，既让人疑，又让人信。望着赵校长期待的目光，他只好嘟囔道：“好，我记住了。”

一句不情愿的应承，让吴心想往深里了解一下这位赵校长。一了解，知道他果然是个特别重感情的人，对学生有大爱。当学区校长前，他本人曾亲自担纲，响应毛泽东的号召，到一个叫岭西的高山之巅，办了一个抗大班，与学生们一起边劳动边学习。他到县里开完会，本来可以住在县城的家里，可突然闹起了天气，下起了大雨。他毅然决然地骑车赶回山里，因为他惦记着山上的学生。他风雨兼程地骑了一百多里，把车存在山下老乡的家里，徒步往山上跋涉。到了山顶，已经是半夜时分，他看到学生的宿舍还亮着灯光，知道孩子们怕雷雨，不敢睡去。他敲门，学生不开，他说：“孩子们开门，我是你们赵老师。”一个声音怯怯地说：“你不是赵老师，你是鬼，我们赵老师回县城了。”他戳破窗纸把手伸进去，说：“你们来摸摸，看看是不是赵老师？”一个胆子大点的学生试着摸过，说果然是赵老师，就把门开了。所有的孩子都从床上跳下来，哭着和赵老师抱成一团。还有，他和孩子们一起养猪，会偶尔杀掉一头给学生们改善伙食。他看到有几个学生因病因事回了家，便把炖好了的肉，挨户送到学生家里。在他看来，这是大家共同劳动的果实，每个同学都不能落下，都要亲口品尝。所以吴心觉得，这个赵校长，不仅把文学作品演讲得撼人魂魄，他本人也更像文学中的人物，真情荡漾，性格率直，不装模作样。

所以他说的话，要真信。吴心便收敛了文学上的涂涂抹抹，潜心于课业。

很快就到了初三大考，数学考试，监考的老师居然就是赵校长。因为他跟吴心很亲切地聊过，吴心便有一种本能的信任和亲近，所以，他的监考，让吴心特别放松，不到四十分钟，考卷就答完了。看到吴心在举手，他走过来，问什么事，吴心说："我已经答完了，可不可以交卷了？"他之所以这样做，是想给赵校长一个惊喜，告诉他，我真的按照你的叮嘱往好里学了。赵校长迅速看了看吴心的卷面，说："还有的是时间，你要仔细检查一下。"在吴心检查时，他反复地在吴心身边踅，用眼神制止吴心提前交卷的意图。吴心突然意识到了什么，浮躁的心安稳下来，开始认真地检查。果然检查出一道大考分的考题回答有误，立刻就出了一身冷汗。改正之后，反而不自信了，又一遍遍地检查。踅来踅去的赵校长笑着说："你可以交卷了。"吴心的脸立刻就热得不成，羞愧之下，他感到，赵校长特别像自己的父亲，从大到小，都往深里关切。

那一年，吴心以全县中考第二的好成绩考上了县里的重点中学——良乡中学，"飞翔"之途开始启程。后来，这所老柿树下的中学认为他给学校争得了荣誉，将其树为学习榜样，每到开学，都要给入学的新生讲他勤奋学习的"先进事迹"。还要请他回去现身说法，但他一直没有勇气回去，因为这个学校、这个学校的老师对他有大恩德，他没有颜面去夸夸其谈。

三

良乡中学的前身，是北岳三中，是一所抗战学校。它的教员里有个著名人物，即抗战诗人陈辉。他有一首题为《为祖国而歌》的诗，起初收在《晋察冀抗战诗抄》中，后来被各种选本选载，中华人民共和国成立后还进了中学语文课本，影响极大——

祖国啊，
你以爱情的乳浆，
养育了我；
而我，
也将以我的血肉，
守卫你呵！
也许明天，
我会倒下；
也许
在砍杀之际，
敌人的枪尖，
戳穿我的肚皮。
祖国呵！
在敌人的屠刀下，
我不会滴一滴眼泪，
我高笑，
因为呵，

我——

你的大手大脚的儿子，

你的守卫者，

他的生命，

给你留下了一首

无比崇高的赞美诗。

后来他被调任晋察冀四区区委书记兼武工队队长，是典型的文武双全的青年才俊。不久因叛徒出卖，被团团包围，突围不果，在最后时刻，还愤然作了一首诗——

英雄非无泪，不洒敌人前。

男子七尺躯，愿为祖国捐。

英雄抛碧血，化为红杜鹃。

丈夫一死耳，羞杀狗汉奸。

诗吟毕，他拉响了手中最后一颗手榴弹，与敌人同归于尽。那一年他才二十四岁。这首诗就被刻在他的墓碑上，学校在组织学生清明祭扫时，吴心读到，被强烈震撼，他想，一个人到了生死关头还作诗，可见文学对人的作用之深、影响之重。

吴心找来一本《陈辉烈士诗抄》，放在枕下，每日耽读。

良乡中学内有座孔庙，当地人把它叫作城隍庙。这座庙，是学校的图书馆。馆藏很丰富，不仅有抗战文学的各种版本，还有大量的世界名著。中国的古籍反倒很少。据说，这些书籍大多是从原北岳三中的图书馆转运而来。学校迁徙时，别的物件都就地处理了，唯独将图书悉数保留，且不计千辛万苦，完好移来。可见这个学校对阅读的看重。

吴心很纳闷，既然是民族抗战的学校，却多西洋文学的收存，不知为什么。后来与校长严爱众关系密切了，才揭开谜底。严校长说，北岳三中的教师，大多是热血青年，他们觉得，中国古籍基本上是儒学的底子，主守成、淡泊、内修、中庸，而民族救亡图存，需个性解放、人格独立、社会更新，甚至是热血浇灌，这些只有西洋文学才有承载、才能给予。看陈辉的诗，虽然写的是民族内容，但从气势、气韵、气局上，是不是有雪莱、海涅、拜伦的影子？

吴心被图书馆黏住了，每到课余，他基本上是长在那里。图书馆里的空气，有一股浓得化不开的霉味，虽然管理员每天都要通风清扫，但总也不能散尽。那些藏书册页发黄，每一掀开，都会有细屑脱落。吴心很担心，担心书页会在某一天被掀透了。但书页总也不透漏，始终坚韧，发出诱人的暗香。这种书香让吴心迷醉，书看得迷瞪的时候，索性就伸鼻而吸，嗅得鼻腔盈满，反而神清气爽起来。

后来他知道，这座孔庙之所以变成图书馆，是因为它除了孔孟的来历外，还有大历史。和平接管北平的前夜，北平的第一任市委书记彭真，第一任市长和军管会主任叶剑英就住在这里。在这里，他们办了入城干部培训班，开了入城动员大会，彭真做了《关于掌握党的基本政策做好入城后的工作》和《关于进城后的工作与纪律问题的要点》的报告，叶剑英做了《关于北平情况和接管任务的要点》的报告，还有钱俊瑞做了《关于文化教育政策及宣传工作的报告》，因而拉开了北平和平解放的序幕。

因为它是新北京的起点，文物价值就高了，所以要用心保护，便辟为图书馆，让古旧的书香与凝重的历史共同沉浸在“静悄悄”的环境中。

这种神圣之上的神圣，让良中的学生有了自豪感，便普遍好学，有读书风气。

有一天，一个叫左玉祥的老师上历史课。这个左老师身形、外貌特别像赵玉森，也是面白无须，戴着一副眼镜腿上贴着白胶布的白框眼镜，所不同的是，他的嘴唇特别薄，说话的时候，像两张白纸一上一下地翻动。吴心第一次看到这张薄嘴的时候，就本能地加了小心，嘱咐自己，千万要老老实实不招惹他，因为大爷爷曾经说过，嘴皮子薄的人口齿伶俐，但冰冷，说话刻薄。左老师果然善谈，枯燥的历史线条，也能被他赋予血肉，讲成形象生动的故事。所以，他讲课的时候，学生一般不分心，都听得很专注。

可眼前却出现了分心的学生。一个叫王也丹的女同学不顾左老师的口吐莲花，长时间地把脖颈勾在课桌下。左老师发现，立刻住口，很生气地看着她。别的同学也纷纷把头转向她，但她却没有发觉，依旧把头勾得深沉。

“王也丹，你给我站起来！”左老师终于发作了。

王也丹吓了一跳，把什么东西往桌洞里匆匆一塞，站了起来。

她头很小，个子很矮，即便是站着，也像是坐着。

“你在干什么？”

“没干什么。”

左老师阴冷地一笑，走了过来，从她的桌洞里抄出来一本书。

他抖了抖封面，原来是《简·爱》。

他问王也丹：“你知道什么是简爱？”

没等王也丹回答，他自己先就答道：“简爱，就是简单的爱，就是‘母狗不摇尾，公狗不傍前’的那点骚事儿。”

从一个文静的人嘴里，而且是为人师的人嘴里蹦出这样刻薄甚至是恶毒的字眼，同学们很吃惊，一阵唏嘘、一阵喊喳。

左老师很得意地连连点头，嘿嘿。

没想到，就听到了王也丹很尖厉的声音：“亏你还是人民教师，竟这么没有修养！”

左老师愣了：“你是在说谁？”

王也丹目光直视，向虚空里说道——

“通常认为女人是非常安静的，可是女人也有着和男人一样的感情。她们像她们的兄弟一样，也要施展自己的才能，也要有自己的用武之地。她们对于过于严肃的束缚，对于过于绝对的僵滞，也会和男人完全一样，感到十分痛苦，也要进行反抗……”

“你在说谁过于严肃的束缚？是我吗？”左老师插话道。

王也丹仍目不斜视，继续说道——

“你以为因为我穷、低微、不美、矮小，我就没有灵魂，没有心吗？——你想错了！——我跟你一样有灵魂，也完全一样有一颗心！我现在不是凭着习俗、常规，甚至也不是凭着肉眼凡胎跟你交谈，而是我的心灵在跟你的心灵说话，就好像我们都已离开人世，两人平等地站在上帝跟前——因为我们本来就是平等的，而且生来就平等！”

左老师看着她的表情，迷惑了，问：“你是在跟我说话吗？”

“不！”王也丹瞪了左老师一眼，说，“是简在跟罗切斯特讲话，你，所谓的左老师，还没有倾听的资格！”

“你怎么敢跟我这样讲话？”左老师急了。

“看了《简·爱》之后，我什么都不怕了，”王也丹呼了一口气，让自己放松下来，并左右看了看同学们，接着说道，“《简·爱》告诉我，人间有三样最重要的东西：平等、尊严和爱。”

左老师摇摇头，苦笑一下，说：“王也丹同学，为了你这三样东西，请坐吧。”

他是觉得，在这种情形下，他再说什么话，再做什么动作，都是不适宜的，都是不得体的，闹不好还会丧失了为人师的颜面，既然是在文学的情境之下，他也顺势以文学的方式收场。

在吴心这里，他把这堂课当作了一个重要的人生事件，因为通过一个小个子女生的表现，他感到，接触文学，不仅可以让人产生激情，情不自禁地就想写诗，而且还能让人长高、壮大，给人以自我和勇气，因而大胆地去追求尊严、平等和爱。

这个王也丹同学，后来考上了北京大学的法律专业，后来还当了司法部政策法制司司长。

四

良乡中学的校长严爱众，是“三八式”的老党员。他中等身材，不胖不瘦，看上去就很精悍。虽还是中年人，却已满头银发，头发直立，在阳光下闪闪发光，好像是一根根银针插到头上去的。他有“摇头疾”，坐与立、静与行，都不停地摇头。学生们见到他，都很为他担心，怕他把自己摇晕，仆倒。但他总也不眩晕，方向准确，疾走如风。

经过探究，大家知道，校长的摇头，是被吓出来的。

他起初是作战部队的中层干部，会打枪，会武功，但总是一次一次被捕。因为意志坚定，他扛得住酷刑，从来不招供，便未曾暴露身份，不好定罪。敌人拿他没办法，每到处决要犯的时候，就押他到刑场陪绑，以期遭到震慑之后，他会主动交代。枪声、刀闪、扑倒、头断、死亡、鲜血，他一次次听到、看到，耳朵被震聋了，眼睛被晃花了，肝胆被吓破了，大小便失禁，神经崩断，头便止不住摇了起来。但还是不多说一句话，敌人只好把他放了。

人们问他，你既然意志坚定，扛得住大刑，怎么听不得枪声、看不得刀砍？

他摇着脑袋说，你们真是站着说话不腰疼，没有身临其境——是好汉，哪个是怕死的？都是不怕死的，都有砍头不过风吹帽的豪迈。但怕的是刀总是架在你脖子上，瞎比画，就是不砍下来；怕的是枪就在你的眼前响、子弹就在你的耳边飞，就是不打中你。那是什么？是恐怖，是折磨，是求生无门、求死不得的煎熬。而人心都是肉长的，小命都是妈生的，遇到那个阵势，肝儿本能地就颤，腿本能地就打哆嗦，头皮本能地就发麻，根本管不住自己。

因为落了毛病，不适宜在一线作战，就让他办抗大，搞边区教育。新学期开学，特别是新生入学，他都要亲自做学前动员报告。主持人说，咱们首先请严校长讲话，话音未落，他已笔直地站了起来。但他久久不开口，而是表情凝重，剧烈地摇头。摇得学生们就要失了耐性，他才说道："同学们，同学们，同学们，我不想给你们讲什么大道理，我只讲一句话。这句话，我在北岳三中给抗大学员讲的时候，是这样——'你们一定要好好学习，为什么？因为你们是在为我们的敌人而学习。'今天我给你们讲，是这样——'你们一定要好好学习，为什么？因为你们是在为我们的国家而学习。’就这样了。”

说完他立马就坐下了，毫不拖泥带水。

台上台下，鸦雀无声。都在反刍。

一个“敌人”，一个“国家”，只给了两个核心词，给大家留下了巨大的演绎空间。

为敌人，是要学好知识，会打仗，打败敌人。为国家，是要学好本领，会建设，繁荣富强。

这是演绎得最直接的一种，会联想、会思考，还会演绎出背后的种种。

不同年龄、不同性别、不同班级的学生都会做出自己的演绎。

大家就都觉得，严校长言简意赅，深了去了，便情不自禁地、莫名其妙地、理所当然地拼命鼓掌。

为了回报学生，严校长几次站起身来，很严肃地给学生们施注目礼。这时，他的头摇得更厉害，银发的光芒也更醒目。吴心立刻闪出一个念头，大家的掌声其实就是为了他银色的摇头，因为那是被敌人摧残出来的毛病。

吴心后来与严校长有了父子一般的情谊。

这也跟阅读有关。

因为学校的生源主要来自附近的乡镇，所以一到周末，校园里基本上就走空了。而吴心家在山区，一是远遥，二是交通不便，他只好留在学校里。为了排遣孤独，他阅读从图书馆里借的课外书。因为是文学的书，而且多是小说，他往往是一个晚上就把借来的书看完了。他在图书馆的门外，不停地彳亍，因为周末闭馆，他只能从门缝里觑觑，遗憾地痛惜。

严校长在校园里遛弯，发现了他的动作，便踱过来问："是不是想看书？"

吴心脸一红，说："是。"

严校长说："跟我来，我有图书馆的钥匙。"

严校长是山西人，无儿无女，家就安在学校，住在图书馆东侧的两间小平房里。

他随严校长进了家门，一个矮胖的妇人从座位上站起身来，狐疑地看着他。严校长介绍说："这是我老婆，叫鲁文秀，你就叫鲁婶儿。"吴心礼貌地叫了一声鲁婶儿，妇人冷冷地哼了一声。

严校长从屋中央的立柱上摘下挂着的钥匙，说："你就在馆里老老实实地看吧，别把书拿出来，从哪儿拿的书，看完了就还放回哪里，别乱翻乱动。"

平房的中央还有立柱？这让吴心感到新鲜，便情不自禁地四处环视了一番。他发现这是一座危房，低矮、阴暗、潮湿，很难让人相信，这是校长的居所。

他在图书馆里看一本伏尔泰的《老实人》。"老实人"的愚蠢、滑稽、纯朴、善良让他感到有意思，尤其是被人骗了吃了亏，还不记恨，依旧信任那人，让他想到老家的谚语：记吃不记打。觉得法国人跟京西土著是一路人，都有些缺心眼儿。便顿感亲切，读得津津有味。

他已将时间忘在那里，只顾昏天黑地地读。

等再抬起头的时候，他吓了一跳，因为严校长就站在他身边，笑眯眯地看着他。没听到声响，不知道严校长什么时候进来的，真是打游击的出身，能够蹑手蹑足。

"时间已到晌午了，你去跟我吃饭。"严校长说。他的口气好像出自预先的约定，不容推拒，吴心只需践约即可。

到了校长家里，饭桌上放着煮好了的饺子，还有两只碗口大的小碟，一碟盛着十几粒炸花生米，一碟盛着七八枚熏豆腐干。校长说：“你就吃饺子吧，我还要喝一杯竹叶青。”

他给自己倒了一小杯酒，慢慢地啜了起来。

那两小碟下酒菜，在吴心看来，类似摆设，因为用老家人的说法，那是猫食，口壮的人，三两口就会吃净。所以吴心不忍下筷，只埋头吃饺子。

校长也不让，兀自享用，因为那的确是他的专食，精简地备下，只为伺候他那一小杯酒。

校长夫人立在锅台边，并不上桌，只是看着他俩一个饮酒、一个吃饺子。

一盘饺子吃到还有两个，吴心就放下了筷子，说：“我吃好了。”

校长夫人瞪了他一眼，冷冷地说：“把它吃了。”

因为是不容商量的口气，吴心只好照办。

盘子净了，校长夫人就又从锅里捞上一盘，还是冷冷地说：“吃。”

见吴心不肯动筷，她又瞪了他一眼，努努下巴：“这都是煮给你的，把它吃光。”

妇人的表情有威慑力，吴心不敢忤逆，照吩咐吃了。

饺子吃净了，妇人给他盛上来一碗饺子汤，还是冷冷地说道：“把它喝了。”

饺子吃了，汤也喝了，严校长那一小杯酒还没有喝完，他对吴心说：“横竖就这一小杯，不着急。”

吴心想告辞，校长说：“你也别着急，一会儿我还要跟你聊两句。”

校长的酒刚一见底，妇人就把饺子给他捞上来，好像经过计算似的。校长只是吃了三五个，就撂下筷子，对妇人说："该你上桌了，我吃好了。"

妇人毫无表情地说："知道了。"

校长挥挥手，对吴心说："你跟我来。"

掀帘子进了里间。校长小声地对吴心说："我老婆出自大户人家，规矩大，吃饭时，如果有外人，从来不上桌。另外，她这个人脸皮儿整，不会笑，关心人、照顾人都是不由分说，你千万别在意。"

吴心说："这我明白，我奶奶就是这样。"

其实他奶奶可不这样，这样说，是为了让校长平心，知道自己是个懂事的孩子。

里间靠墙的地方，放着一张学生用的课桌，一盏歪脖子的台灯，一摞《马克思恩格斯选集》，居然还有三厚册《资本论》。校长告诉吴心，他平常喜欢读读马列的书，记记笔记。吴心冒昧地说："您搞的是教育，而《资本论》讲的是经济，一时半会儿用不上，怎么还读？"校长说："书到用时方恨少，真正的读书人不是现上轿现扎耳朵眼儿，而是先读了，装在肚里，让自己也变成书，一旦用时，书的内容就会自己冒出来，帮到你需要帮的地方，这如同神助，不用你着急。"

那课桌上居然摊开着一本恩格斯的《家庭、私有制和国家的起源》，摊开的地方正有一句话：没有爱情的婚姻是不道德的。校长在这句话下面用红铅笔粗粗地加了一道下画线，并且打了一个问号和一个叹号。见吴心关注，校长不好意思地说："我想写一句批注，但因为去叫你吃饭，还没来得及写下来。"

"您想写什么？"

“没有爱情的婚姻，大多维持下来了，为什么？因为有亲情，比如我跟她，”校长向帘子外指了指，挑了挑眉毛说，“所以，我想批上这么一句话，没有爱情但是有亲情的婚姻是不道德中的道德。”

“有道理，说明你虽然是个大老粗，但还是会读书的。”帘子外传进来一个声音。

校长和吴心不禁面面相觑，都同时吐出了舌头。

五

有一天，严校长对吴心说：“这人就是环境的产物。”

他举例说，买卖人扎堆的地方，开口就提钱；贾宝玉在脂粉堆里，睁眼就是儿女情长；庄稼人侍弄满山的堰田，见面就谈节气、谈产量。就说他自己吧，在敌后抗战，在烽火硝烟里钻进钻出，就磨炼出刚强。当了校长，守着一帮学生、教员，每天讲的都是教与学，搬到这里，有一座孔庙，又有满屋子的书，就自然被影响着去读书。长期住在这个院子里，本来粗糙的心，也一天天变得锦绣、细腻，向读书人看齐。

他还说：“你看这孔庙前后的风水，就知道，这里特别适合建学校。一座孔庙，雕梁画栋，碑立明处，匾挂抱柱，一片孔孟的训喻，不儒也儒。庙的前后左右，四棵明清古槐，干粗枝茂，荫了好大的地界。这个荫，是荫护、荫蔽的荫。荫的是什么？守着孔孟之道，倚着满馆的藏书，自然荫的是书香。就连我这个‘三八式’干部都爱看书了，甭说你们学生。所以我相信，咱们学校一定会出一批读书人的种子，将来也会出叫得响的大牌书生。”

吴心很惊奇，校长是个老革命，又多读马列，居然也会用堪舆学的视角看问题。

不过，严校长说得没错，良乡中学的学生普遍爱读书。这里所说的读书，当然是指读课外书。

就自己班里的同学来说，吴心盘算了一下，除了他自己、王也丹之外，读书最多，堪称书痴的，还有王忠胜和刘军。王忠胜居然爱看明清史，正史、别史、秘史、野史和演义，他见到一本看一本，而且还做笔记。后来他还真的写了一部一百二十多万字的长篇历史小说，不明就里的，以为有天纵之才。刘军则如饕餮，一本接一本地读长篇小说，三两天就一本，好像要在毕业之前把馆藏的小说都读完似的。

说来有趣，爱看书的人都有特点，因而旁人很容易就能看出来。王也丹耿介，爱较死理，不仅左老师敬而远之，女生们也不敢招惹她，她说什么，她们就依着她什么，慢慢地反而成了女生中的灵魂人物。王忠胜沉默寡言，与同学发生争执的时候，一味退让，逆来顺受，不仅是老实人，还是老好人。刘军因为不注意节省眼力，近视了，而且半年内换了两次眼镜。他个子在班里最高，被称为骆驼。未近视之时，挺拔威武，没人敢冒犯，待深度近视之后，为了探索道路，身子总是前倾、脑袋总是低垂，就显得有些佝偻，被称为瞎骆驼。后来谁都敢叫他瞎骆驼，因为他即使被激怒，高喊："小子，你等着，我要给你点厉害看！"但就是不去付诸行动。因为视力不好，行动不便，怕蹬空、跌倒。这样一来，就没人怕他了。最后，他索性隐忍、接受，听到人叫他瞎骆驼，他只是一笑，类似轻蔑。

也许是物以类聚，几个读书人之间，很相知、很要好，互相关心、互相体贴，一如抱团取暖。其中吴心与刘军最要好，后来还拜了把子，成了干哥们儿。

吴心个子矮，也柔弱，刘军个子高，又是哥哥，便本能地进入角色，一个寻求保护，一个送去保护，两个人就此形影不离，遇事颇有默契。

学校九点下晚自习，十点钟拉熄灯铃。这期间的一个小时，吴心和刘军结伴到图书馆的廊檐下去阅读，因为那里安着几盏长明灯，为藏书守夜。本来教室灭灯了，可以回到宿舍去读，但宿舍是十二个人的大通铺，同室的人扑扑腾腾、乱乱哄哄，便读不下去。

读入迷之后，自然就错过了宿舍熄灯的时间，回来时即便再蹑手蹑足，也会弄出声响；即便不弄出声响，两个人爬上大通铺时，也会引起颤抖，被已睡下的同学感知。铺板一晃悠，便有人骂："臭不要脸。"起初二人忍耐，因为毕竟是自己打扰了别人，亏理。总是被骂，刘军就忍耐不住了，攥着老拳寻到那个骂人的头前，说："你在骂谁？"白天他被欺辱，因为近视不敢追赶，在近距离的夜光下，他看得准，肯定出手，而且举起的老拳也被放大，有慑人的分量。那个人说："我没骂你，骂的是另一个。"刘军说："骂另一个也不成。"那个人只好认尿："我谁也没骂，骂自己呢。"

后来，促狭鬼们改变了策略，他们把一盆水放在门框上，为晚归者预备着。回宿舍时，一般是吴心走在前边，为眼神不好的刘军探路。吴心轻轻地一推门，门就开了。但当他伸进脑袋之后，水盆就兜头而落，淋了他一身水。屋里一阵大笑，把吴心惹恼了，他大喊："这是谁干的，有种的站出来！"没人站出来，不息的是笑声。后进门的刘军说："都是一个班的同学，多看一会儿书也没得罪谁，不至于弄得跟苦大仇深似的，希望多点理解，下不为例吧。"

果然就相安无事了很长一段时间，他们俩也就放松了警惕。

但是，又一个晚上，灾难又落到了吴心的头上。这次不是水，而是脏物，一铁簸箕垃圾放在门框上，兜头落下来时，既迷了吴心的眼，也脏了他的衣服。这一次，吴心和刘军都觉得，不能再饶恕了。

吴心把宿舍的灯拉着，愤怒地说："对不起了，诸位，俗话说好汉做事好汉当，如果那个人不站出来，大家谁也甭想睡觉。"

僵了很长时间，床上的各位也失了耐性，纷纷说，就是就是，既然做了，就应该有勇气站出来，别让大家受牵连。

一个叫周小天的同学扭扭捏捏地站了出来，嘻嘻一笑，说："是我，怎么着？"

周小天的父亲是屠夫，所以他出落得也有屠夫相，脸阔，身宽，矮胖，看上去就是个车轴汉子。吴心本能地颤了一下，但开弓没有回头箭，他鼓起勇气说："咱也别影响同学们休息，你跟我到操场去，我要跟你决斗。"

两人就去操场，刘军做见证人。

两人约定拳斗，斗三个回合。

吴心身高与周小天相当，但瘦，力量上不占上风，所以第一回合被对方密集的老拳打晕了，几乎无还手之力，便被打翻在地，而且口鼻还被打出血来。口鼻一旦被打出血，他就有了玩命的激愤，所以第二回合，他的勇气占了上风。敏捷地躲闪，准确地出拳，也把对方打得措手不及。周小天在晕眩之下，为了避免倒地，居然扑上身来把吴心抱住了，让吴心不能出拳。刘军见状，上前把周小天拉开。"别违规，别违规。"他说。被拉开后，吴心就乘势进击，终于把对方打倒了。第三回合，周小天吸取了教训，为了不让吴心身体灵活的优势发挥出来，他最大限度地靠近，几乎是贴着身子打。吴心招架困难，也学对方上一回合的招数，紧紧地抱住了对方。两个人激烈地纠缠在一起，谁也亮不开拳头，就很难分出胜负。周小天大声地对刘军喊：“他违规了，他违规了！”但刘军也不出手，笑着旁观，任他们纠缠。耗得时间太久了，周小天失了耐性，说：“算了，算了，我不打了，算你赢了。”

两个人都坐在地上喘气，周小天气不过地对刘军说：“你这个人真差劲，拉偏手，我抱的时候你拽，他抱的时候你不管，我不服。”

刘军说：“我不是什么拉偏手，是因为我脑子有病。”

“你脑子有什么病？”

“间歇性痴呆症。”

刘军解释：“所谓间歇性痴呆症，就是时而清醒想动，时而糊涂犯懒，身不由己。就说你俩吧，你抱住他的时候，我脑子清醒，就想给你们俩拉开；他抱住你的时候，我正好脑子糊涂，懒得管你们。对不起了，你怨不着我。”

既然他是个病人，就没办法理论。周小天苦笑了一下，不说话了。

刘军继续说：“周小天你看，同样是打，你把吴心都打出血来了，而你却完好无损，你并不吃亏。说良心话，他不过是多看了几眼书，就遭你那么恶毒的算计，都是从农村来的，你亏心不亏心？”

周小天愣了一下，说：“我？”

刘军乘势说：“希望你别再做损人不利己的事了，不然的话，今天是他跟你打，明天，我就直接上手了，你要考虑考虑后果。”

周小天竟说：“你也甭上手了，我不会再干了。不是我怕你们，而是敬佩。吴心他又矮又瘦，却敢出招，捍卫自己的尊严，让人高看。其实我这个人也真他妈的没劲，自己不好学，还眼红别人的好学，有点上不了台面，所以我从心里看不起自己。”

周小天的话，让吴心和刘军很感动，觉得他这个人只是顽劣，并不歹毒，不应该记恨。所以吴心也豪迈了一下子，主动伸出手来，说："那咱们就握握手，这一篇，就算是翻过去了。"

后来吴心和刘军也成了严校长所说的"环境"，有了这个环境作用下的产物——同宿舍的人，都开始看书了。爱动脑筋的看正经书，不爱动脑筋的看闲书，不动脑筋的看小人书。周小天属于看小人书一类的人。他说，不是不想看正经书，而是因为他是宰猪的出身，长着一个猪脑子，一看正经书就头疼。但是，他逛街的时候，遇到摆书摊的，他会本能地停下来看一看，除了给自己买几本小人书之外，看到他认为吴心和刘军会感兴趣的书，也给买回来，送给他们。他说："你们就为我多看几本吧。"

六

吴心与刘军能拜把子，跟自行车有关。但是从本质上看，其实也是因为书。

山地的行脚主要靠人的腿，其余是驴、骡和马车，所以自行车进入吴心的视野，绝对是考上良中走到平原、跟刘军"好"上了之后的事情。

平原的大马路上不断有自行车走过，但也没有让吴心对它产生兴趣，因为骑车者都是陌生人，跟他的生活无关。

和他相邻睡在同一张大通铺上的刘军，家住良乡东南方向的葫芦垡公社赵庄村，离学校有二十多里的路程。第一个学期他都是走着来，等他们因为阅读，了解到爱好相同、性情相合，彼此之间有了信任之后，他才把家里的一辆旧自行车骑到了学校。为什么特别标明“信任”一词？是因为他的骑车，并不是为了行脚之便，而是他们家在偷偷地做着买卖。自行车是他们家做买卖的工具——他兄弟姊妹五个，嚼口多，家境极贫，他的父亲就暗地里养鸡。每到星期日，父亲就用自行车带着鸡蛋和不生蛋的鸡到学校旁的地下集市。父亲张罗交易，他则观敌瞭阵，不让人看出破绽。虽然已是二十世纪七十年代的后期了，但还是没有公开的农贸市场，他们的做法还被看作投机倒把，是会被惩办的。等吴心与刘军成了书友，能够共担当了，刘军的父亲就不亲自来了，因为成年人目标明显，也耽误生产。刘军就自己骑车带来家禽与蛋，让吴心配合他完成既定的交易。

因为周末不回家，吴心正好帮他完成信任之下的任务。而且这种偷偷的动作，神秘而刺激，他们能一起享受到一种莫大的乐趣。交易完成之后，刘军会迅速回家，把收益交给父母，然后再骑车赶回来，跟吴心一道吃晚饭。这晚饭给吴心留下了终生难忘的记忆——刘军每次都会带回来两张热乎乎的大饼，一罐头瓶熟咸菜炒黄豆，裹在一起咀嚼吞咽，真是奇香无比。这样的美食享受得次数多了，竟渴望见到烹制美食的人。吴心提出跟刘军一道回家去，见一见他的父母。刘军说：“这还不简单，咱有自行车，我立刻就带你回家。”她的母亲瘦而清秀，浑身有一股说不出的清爽之气，看人的眼神也慈和温暖，让人顿生敬意。第一次进家门，吴心就情不自禁地想认她做干妈，小声地跟刘军一说，刘军竟大声地应允道：“赶紧认，我等不及了。”刘军的母亲也欣然接受，立刻就举行了一个简单的仪式，二老坐定，他作了三揖，便让友情升级到了亲情。

刘军的自行车在周日完成使命之后，平时就放在学校里，吴心自然就有机会学会了骑车。练车时摔摔倒倒不少次，车子也送去修过两次，但因为已是自家兄弟，刘军只心疼人而不心疼车。学会骑车之后，吴心竟生出莫名的冲动，有了放飞的欲望。第一个举动，就是不顾刘军的劝阻，在晚自习时骑车回家。一百多里的山区公路弯多坡陡，他居然没有一丝畏惧，俯身撅臀，放纵地较量膂力。骑行一半时，两瓣臀尖开始隐隐作痛，之后，像有两团火苗在臀下烧起，再之后，臀瓣仿佛迅速往肥厚里生长，肥厚之后，便没了感觉，只剩下了机械的动作。夜半到家，整个人麻木得像长在了车上，已无能力下车，就任其摔。摔倒之前紧紧地抱住腰间的挎包，因为那里边有干娘精心烹制的一罐熟咸菜炒黄豆。

父母被唤醒之后，睡眼蒙眬，困惑不已，这孩子是怎么了？

吴心则傻呵呵地笑着说："爸，妈，这以后我就能经常回来看你们了，因为我学会了骑自行车。"

母亲说："你可别价，这山路窄，拉煤的车多，剐了你怎么办？再说，从平原骑到山上，净是上坡，你得曳着腰子使劲，你人小腰子脆，闪了怎么办？你就老老实实地待在学校里吧，多看看书，把学业弄好。"

他们真扫兴，但又觉得他们说得有道理。关键是，长久的爬坡骑行，臀尖之木，真是不好受，吴心也只好顺势作罢。

一个周日晚上，刘军刚停好自行车，就指指前把上挂着的书包，意思是说，我又给你带熟咸菜炒黄豆了。

吴心摘下那书包，提着就往孔庙方向走。他进了严校长家门，把罐子往桌子上一放，对校长夫人说："鲁婶儿，我给您带好吃的了，您快尝尝。"鲁婶儿看着罐子发愣，并不动作。吴心打开盖子，拿来筷子，夹起熟咸菜炒黄豆就走到她身边，说："张嘴，尝尝。"

他也学会了那妇人的做派，不由分说地表达感情，不容你拒绝。

鲁婶儿嚼了两口，眼睛一亮，连说好吃。

“什么东西好吃？”严校长掀帘子走出来，见了那罐子吃食，也眼睛一亮，说，“真是好吃食，是在根据地时吃惯了的口味，眼下很难见到，稀罕啊！”

鲁婶儿冷着脸子说：“你从哪儿弄来的？你又没回老家。”

吴心说：“是我的同学刘军从家里带来的。”

“我正熬了一锅小米粥，蒸了一笼屉馒头，去，把他叫来，一起吃饭。”鲁婶儿命令道。

吴心之所以把稀罕吃食径直就提过来，是因为和鲁婶儿的感情。

跟周小天“决斗”后那个星期天中午，严校长又叫他到家里吃饭。他刚一进门，鲁婶儿就用怪异的眼神看着他，然后冷冷地说道：“先把上衣脱了。”

说完就转身进了里屋，拿来顶针和针线，见吴心木在那儿，命令道：“脱。”

拿过吴心的衣服，她摊在膝盖上，说道：“胳膊窝都破了，你也不知道？”

他当然知道，那是周小天给扯的，但他奇怪的是，破在腋下的隐蔽处，她怎么会一下子就发现了？

鲁婶儿虽然身胖、手厚，但她用起针线来却那么灵巧，并且缝得很仔细，针脚细密，一丝不苟。虽然整个过程她还是阴着脸，但是吴心觉得，她内心有阳光，有母爱之慈。

于是，她面冷着，他心热着，开始接受她了。

吴心找到了刘军，说：“校长让你到他家吃饭去。”

“凭什么到他家吃饭？”

“因为那罐子熟咸菜炒黄豆。”

“你把咸菜给校长了？”

“当然。”

刘军一笑，说：“你可真会拍马屁。”

“牛皮不是吹的，马屁不是拍的，因为它们本身就大。”吴心说。

“那我也不去，见了校长我不敢说话。”刘军推辞道。

“你必须去。”吴心学着鲁婶儿的样子，冷着脸说。

七

吴心读过罗曼·罗兰的《约翰·克利斯朵夫》之后，平静的心，出现了无法平复的波澜。

书里的爱情描写，虽然有纯粹的质地，但沉浑激烈，能煽动人的情欲。主人公约翰·克利斯朵夫总能感受到欲望，他说，人生总是给你预备着一个又一个类似奇迹的热烈的东西，到处都有，像石头中的火，只要碰一下，就跳出来燃烧，所以，我们的心中总是睡着一个欲望的妖魔，随时都会醒来。

书中描写道——

克利斯朵夫努力克制着，拼命地用疲劳来折磨自己，走着长路，做着极辛苦的运动，譬如划船、爬山。可是都压不住心中的欲火。

他整个被热情制服了。嘻嘻，天才是生来就需要热情的，便是那些最贞洁的，如贝多芬，如布鲁克纳，也要永远有个爱的对象。凡是人的力量，都在他们身上发挥到最高点，因为那些力受着幻想的吸引，他们的头脑便被无穷的情欲抓去做了俘虏。往往那些欲望是短时间的火焰，来了一个新的，旧的一个就被压倒，而所有欲望的火焰都会被创造精神的弥天大火最终吞掉。但等到烘炉的热度不再充塞心灵的时候，无力自卫的心灵就落在他不能或缺的热情的手里。它要求热情，创造热情，非要热情把它吞下去不可——并且除了刺激肉体的强烈欲望以外，还有温情的需要，使一个在生活中受了伤害而失意的男人投到一个能安慰他的女子怀抱。同时，一个伟大的人，比别人更近于儿童，更需要把自己托付给一个女子，把额角安放在她的手掌中，枕在她的膝上。

吴心情不自禁地把自己和克利斯朵夫类比，觉得自己也是个天才，因为很早就可以无障碍地阅读，十二三岁就能作连校长都觉得“深奥”的长诗，而且有压抑不住的从书本里探究一切的热情，内心也有着一个又一个莫名其妙的冲动，便也需要“把自己托付给一个女子，把额角安放在她的手掌中，枕在她的膝上”。

一系列“也是”之下，吴心的眼神开始游移，总是飘到漂亮女生的身上。

班上有个叫周玉梅的女生，出身干部家庭，衣着比较讲究，虽然当时的风气还没有后来那么开化，但一到夏天，她就第一个穿起裙子，而且是能夸张线条的大斜裙。要命的是，她长得的确美，皮肤白皙、细腻，唇红齿白，而且上唇上也长着隗兰玉那样细密的绒毛，洒上光线，就有撩拨人心的妩媚。她身材适中，走路轻轻摇摆，本来斜裙之斜，就夸张臀部的线条，一旦摇摆，就更动人心魄。

吴心不好意思向那个部位看，因为他觉得那样很无耻，就把目光下移。但一下移，他反而尝到了一种叫“忧郁”的滋味，因为她那双小腿，白而停匀，有无可挑剔的圆润，行走起来像两只灵巧的脱兔，让他情不自禁地就想去逮。但又不能逮，无奈之下，就心中惆怅，感到欲望之沉。为了自拔，他只好让目光再往下移，下移到地面，他就再也不可救药了——她穿着的一双船形皮鞋有些不跟脚，走急了不显，一慢下来，就时不时地露出脚后跟来。她的脚后跟小巧而圆，每次显露，都像一枚蒜杵，捣到他的心尖儿上。他十分疼爱，觉得是至美，比小腿和臀还美。为什么还美？因为他可以把目光黏上去安心欣赏，不觉得有失体面。

所以每有机会，他就尾随在周玉梅的身后。

久了，被周玉梅察觉了，就收束自己，不再穿裙子了。即便这样，还被他尾随，周玉梅就糊涂了，因为她不知道，他的重心不在小腿和臀，而在她的脚后跟。

一天，周玉梅突然转过身来，说：“吴心，你别再跟着我了，我对你没感觉。”

吴心脸一红，说：“你在想什么，我不过是走路而已。”

“走路就走路，干吗总是跟在人家屁股后边，让人家都不敢迈步。”

“你尽管迈步，我视而不见。”

“你这个人怎么这么好色？让人讨厌！”

“你的屁股又没长后眼，你怎么知道我好色？别自作多情。”

“你再跟着我，我可就捡石头磕（京西方言，读去声，扔击，投掷）你了。”

吴心依然跟着，周玉梅果然捡起一块小石子磕过来。

吴心一闪身，躲过了。

再跟再磕，总也磕不中，周玉梅蹲下身子，伤心地哭了。

这一哭，吴心倒像是被磕中了，一咧嘴，惭愧地说：“你可别哭，让旁人看见，好像我真的欺负了你。”

他觉得真没劲，克利斯朵夫身边的女子都善解人意，总能“顺从”他，而自己所遇到的女子却这么别别扭扭，美在不美处，失望之下，他溜了。

他不再跟踪周玉梅，怀着惆怅，专心读书，而且专拣描写爱情的著作，与书中的女子相会。

这时候，他读到了缪塞的《一个世纪儿的忏悔》。

书中的主人公奥克达夫，很纯真地迎来了平生的第一桩爱情，投入了十二分的珍重。但那个女人却背叛了他，他便对那个不贞的女人充满了愤怒，所以当那女人从“迷失”中回味到他的美好，转回身来谦卑地请他原谅时，他冰冷地断然拒绝。然而，他的心依旧有着不能断然的东西——当女人与他的情敌在房间里约会时，他却围着那个房间逡巡不止，渴望女人能在无意间瞥到他焦灼的模样。

这让吴心吃惊，原来爱情还有这样的姿态。一旦爱了，爱情的影子就不会轻易消失，会在某个时刻，身不由己地露头。

奥克达夫最后爱上了勃丽吉特。这是一场炽烈而恒久的爱情。但奥克达夫对勃丽吉特的过于忠贞和温柔感到不可思议，便千方百计要发现她爱情的破绽。终于没有破绽出现，便感到自己的无赖，便感到自己的卑下，便感到女性高尚对自己的压力。就无端地折磨她激怒她，欲从女性性格中寻到瑕疵，以期营造一时的心理平衡。但勃丽吉特是那么的坚韧，眼泪浸泡出的笑靥更加妩媚，经受侵害的心灵更加温柔。奥克达夫便在一种自卑的情绪下，疯狂地爱着，并且，每经历一次折磨和被折磨，其爱情便更疯狂一分。他走不出这一爱情的“怪圈”。

吴心认为，这是第一次爱情失败留给他的后遗症——炽烈爱情的产生和维系，居然是在类似这般的忠贞与背叛、信任与怀疑、爱护与折磨之中，绝不是一个简单的过程。于是他害怕了，觉得女人是不可轻易招惹的，因为招惹之后怎么办，他想不出答案，还没做好心理准备。

走出教室之后，他不再放任自己的眼光，而是坐在校园里的花坛上发呆。

那个周玉梅从他眼前走过，他视而不见。但她不久又踅了回来，经过他时，分明还看了他一眼、笑了一下。她这是什么意思？

这类似石头里的火，他想“碰”一下，让它跳出来，但还是忍了。因为他要维护自尊。忍是忍了，但周玉梅那圆润的小腿、小巧的脚后跟，却出现在他的想象里。每天躺在大通铺上，他不停地想，以至弄得浑身血脉偾张。但那个环境让他必须敛心静气，止于形而上。

但要命的是，日本影片《望乡》上映。社会上的渲染和民间的议论，放大了剧情对人们的吸引。人们争相观看，良乡影剧院的门都被挤破了。周日的晚上，吴心偷偷地去看了，再回到宿舍，他的欲望爆裂了。因为妓寮里“下一个，下一个”的叫嚷，不停地在耳边回响，衣服被撕破、蹦出白花花大腿的画面，反复在眼前闪现，他的感官受到强烈的刺激，便不可忍受，诉诸形而下的动作，他自渎了。

滚滚热流喷射之后，他大脑一片空白，眼前一黑，晕过去了。

醒来之后，他极端懊丧，不知不觉中失去了童真，他感到自己很龌龊，很卑下。幸亏这天晚上，刘军家中有事，并没返回来跟他一起吃熟咸菜炒黄豆，还可以独自承受羞愧，反省自己的趣味。

夜色四合，像巨大的冠盖，他走出室外，迎着风吹，少年的纯洁开始醒来。他想到，虽然《约翰·克利斯朵夫》煽动欲望，但它还是呼唤崇高、振作、奋斗、梦想、有为的壮歌，最终的指向，还是伟大、成功与杰出，正如它的译者傅雷在他的“译者献词”中说的那样——

> 真正的光明绝不是永没有黑暗的时间，只是永不被黑暗所掩蔽罢了。真正的英雄绝不是永没有卑下的情操，只是永不被卑下的情操所屈服罢了。所以在你要战胜外来的敌人之前，先要战胜你内在的敌人；你不必害怕沉沦堕落，只消你能不断地自拔与更新。

这一刻，他突然懂得了傅雷为什么写下这样的献词，也开始懂得了这部书本身。

他要自拔，要抵抗“沉沦堕落”，他跑向学校的操场。操场的尽头，有一排水泥筑成的盥洗平台，安着一排水龙头，那是为了方便学生们运动后洗涤而特意修建的。

操场里昏暗无人，他毫不犹豫地把自己脱光了，站在水龙头之下。他干脆把所有的水龙头都打开，来回奔跑着，让所有的水柱轮流浇在自己身上。那是深秋，树上的叶子都掉光了，人们也忌惮在晚上露头，冷冽的水流浇在身上，有针扎一般的感觉。他任千万根针扎着自己，从头到脚，不留死角。

针刺到最后，他感到水是那么温暖，既能畅快地冲涤皮肉，也能浸润到内心和灵魂中去。他大口大口地呼吸着，有一种得救了的感觉，不禁热泪涌流。泪水与物质之水混合在一起，不可分辨，但吴心自己能分辨。水是外在的纯净，泪是内在的清洁，他告诉自己：我吴心生来不是为了堕落的，而是为了飞升的，不用别人拯救，我自赎。

凉水激身之后，神清气爽，他平静地回到宿舍，在笔记本上写下了一段话："培根说，一个真正伟大的人物，没有一个因爱情而发狂，因为伟大的事业抑制了这种软弱的感情。况且我的爱情还没有来到，有的只是虚拟的爱情。准确地说，不过是女人美色的吸引和欲望的盲动，就更不应该发狂。要洁身自好，要抑制。"

写完之后，赤条条地钻进被窝，一下子就睡着了。

这次凉水激身，给吴心留下了身体的记忆，从此以后，他只要受了外界的刺激，有了肉体上的欲望或精神上的躁动，就得借助凉水的冷却予以平复。久而久之，他产生了依赖，以至于养成了洗凉水澡的习惯，无冬历夏，始终不改。

八

由于昏天黑地地看长篇小说，课业稀松，所以刘军高考落榜，只得复读。

吴心虽然过了录取分数线，但离本人的期望却有很大的距离。由于中考时考了全县第二，他自视甚高，填写志愿时，除了清华、北大、南开等重点大学之外，普通高校，他一个也没填。还有一个不利因素，报考志愿书中有一个栏目，“是否服从统一调剂”，他填了“否”。所以，一本、二本都录取完了，他也没接到录取通知书。

父母催促他，你不能坐等，要赶紧到学校去问询。因为一旦落榜，复读也是需要开销的，他们手里没有余钱。

他只好来到学校。学校已经放暑假了，只有严校长夫妇可找，因为他们以校为家，在孔庙前生着炊烟。跟校长一说来意，校长急了，说：“你这么好学的学生，怎么能没学上？这是不可以的。”便差校工把分管招生的副校长找来，令他陪吴心去市招生办。

市招生办设在香山公园。

香山公园的风景过于美丽，让吴心眼花缭乱，他不停地东张西望。副校长说：“录取的事是大事，却不见你着急，好像跟你无关似的，真操蛋。”

他们到了招生办，却怎么也找不到吴心的档案。吴心这时候才知道着急了，他用近乎绝望的眼神看着副校长。副校长笑着摇摇头，说：“也不能瞎着急，要冷静地分析路径。”

副校长把招生办的一个负责人拽到背静处，从手里的人造革皮包里拿出两条烟，偷偷地塞给他，说：“档案肯定不会丢，只不过是找起来麻烦，就麻烦您好好给找找，考生是山里的孩子，家境贫寒。”

负责人反复地找，从一本档案找到二本档案，最后找到普本档案，还是没找到。那人突然问道：“你填报志愿时‘是否服从统一调剂’一栏填的什么？”吴心说：“我填的‘否’。”那人说：“那就对了，肯定是被打入死档了，因为你的分数不够填报志愿的分数，而你又不服从调剂，只好封存了。”

果然从被封存的档案里找到了，那个人说，大学已经录完了，即便是现在服从调剂，也只有中专可录了，他们还是来晚了。

吴心听后，浑身瘫软，蹲在了地上，忍不住泪如雨下。

正在这时，一个胖大的中年人向他们走来。招生办的那个负责人迎上去，笑着问："李老师，你的专业招满了没有？"李老师说："招满了，我现在就想走。"招生办负责人说："我这儿有一个考生，本来是能上本科的，但他没填'服从调剂'，档案就死了，你能不能把他招走？"

吴心听到话音也迎了上来，李老师见了，问："是不是他？"

"就是他。"

李老师问吴心："我招的可是蔬菜专业的专科生，你可愿意？"

吴心毫不犹豫地说："我愿意。"

他真的愿意。因为，一来父母没有余钱让他复读，二来课外书看得他已无心课业，即便是复读也未必就考得好，他耽误不起。

"既然是这样，我就录了，"李老师笑着对招生办负责人说，"这孩子眉清目秀，看着就让人喜欢，另外本科的成绩上我们专科，将来可以让他当学习委员，这真是意外收获，谢谢你啊。"

入学的事办妥，已到了下午四时，副校长对吴心说："我打听了，我回良乡的家还有班车，你回山里就没有班车了，你怎么办？"

吴心突然想起，他的一个叔伯姑姑就住在门头沟河滩，离香山不远，便对副校长说："我附近有个姑姑，我先在她家住一晚，再坐早班车回山里。"

"那好，我陪你去你姑姑家。"副校长说。

"不用了，我自己能找到。"

"不成，我必须眼见着你找到，我是奉严校长之命陪你来的，我得给他一个妥帖的交代。”

凭着依稀的记忆，终于找到了姑姑的家门。敲开门，探出头来的还真是姑姑本人。姑姑大吃一惊，说：“怎么会是你？”

吴心兴冲冲地说：“大姑，我考上大学了，刚从香山的招生办回来。”

虽然考上的是专科，但无论如何实现了“跳出农门”的愿望，他心中没有遗憾，只有喜不自禁的兴奋。

身后的副校长这时说：“吴心，我已经把你交到你的家长手里了，我这就回去了。”

吴心这才想起来介绍，说：“大姑，这是我们校长。”

“你瞧瞧，你真是老喜鹊窝——高野了，还惊动了校长，”姑姑忙闪出门来，往屋里请客人，“校长，您请，我给您沏茶。”

副校长说：“不麻烦了，我还得赶班车呢。”

吴心把副校长送到车站，临上车前，副校长说：“你往后要常回学校看看严校长，他没儿没女，把学生当成了自己的孩子。”

望着远去的班车，吴心心热如烧，忍不住热泪盈眶。他真的很幸运，每到裉节儿，总是能遇到好人，从赵校长到良中的正副校长，他们都不讲条件地推着自己往好道走，以至于自己不知该如何报答。因为无从报答，所以只好流泪，流给自己，流给天地。

姑姑是三祖父的女儿，因为比吴心的父亲大，所以他叫她大姑。大姑年轻时玲珑白皙，美得惊人，便得以嫁给京西矿务局保卫科的一名干部。这是乡下女人最好的归宿，一直遭人嫉妒。

记得有一年春节前大姑来省亲，正赶上吴心的父母打架，他给他们拦架，棉袄被撕破了。赶来的大姑拿过针线就给他缝补。她个子矮，就让他坐在矮柜上，她站着缝。大姑的面庞真是秀气，不像山里出身的人，看着她光滑的皮肤，吴心心跳不止，但不敢呼吸，怕吹破了她的脸。

他很希望她经常回来。

但她却很少回来，因为她有关节炎，不便走山路。

所以，虽然多年不见，但一见面，吴心就觉得与大姑亲，进院的时候，他不由自主地拢着她的双肩。侄子亲热的动作让大姑很高兴，她不迭地拍着他的手，不迭地大声感叹："我侄子出息了，考上大学了。"

大姑家是一座小小的四合院，她的感叹惊动了家里人，东西厢房的门几乎同时打开了。从东厢房里探出头来的是一个青年，国字脸，线条刚毅，像雕刻出来似的，上唇有短髭，让人想到鲁迅。从西厢房里闪出身来的是一个少女，虽然是第一次见面，吴心却觉得跟她很熟，好像是一同长大的一样。因为她酷似大姑年轻时的样子，只是比大姑高，身体有曲线。

大姑介绍说："这个是你表哥军，那个是你表妹华。"

吴心跟二人打过招呼，也心生感叹：这二位在小时候都是见过的，没想到几年不见，都出落得这么有风致，简直是一对金童玉女。

大姑说："你们谁去买菜？吴心冒猛子（突然）来了，家里连像样的吃食都没有。"

"当然是华。"军说。

华朝吴心笑着点点头，说："表哥，你先坐，我去买菜。"

华往外走的时候，吴心忍不住抬头看，看到华腰窝深陷，身姿摇曳，不觉怦然心动。

军咳了一声，说："吴心，你到我的房间来。"

大姑说："让他去见见你爸，娘家侄儿来了，得行个见面礼。"

军说："见他干啥，整天阴沉着脸，让人郁闷。"

大姑瞪了军一眼："你这是怎么说话呢，他可是你爸。"

吴心随大姑进了正房，姑父已经从沙发上站了起来，好像就等着他觐见。吴心叫了一声姑父，姑父便伸出手来跟他握手，说："啊，考上大学了，祝贺，祝贺，你究竟是比那两个货强，走上正道了，晚上姑父一定陪你喝两杯，扫扫晦气。"

姑父虽然表达的是热烈的情感，但他却一直阴着脸，让吴心胆怯。

哪两个货？见吴心疑惑，大姑说："他是在说你表哥表妹呢，他们都没考上大学，在家待业呢，他见到他们就来气。"

正在寒暄，军喊道："吴心，你快出来，我等着你呢。"

"你赶紧去吧，那是个丧门星，整天读读写写，疯疯癫癫。"姑父说。

进了军的房间，看到一片令人吃惊的景象。房间很小，却放着一张大大的木板床。床上堆满了杂志和书，只留下一个人形的床窝，供他睡下。床头放着一个大大的烟灰缸，撳满了烟头。床畔放着一张黢黑的书桌，并没有椅和凳，军正坐在床上写。书桌上也放着一个大大的烟灰缸，也撳满了烟头，看来他是被香烟和书喂肥的。

房间里的空气十分污浊，是烟和脚臭混合的味道。吴心不禁呛了一口，剧烈地咳了起来。

"操，你倒挺娇气。"军说。

书桌上码着一摞《星星》和一摞《诗刊》，看来军是爱诗的。桌面上正摊开着一本新一期的《诗刊》，上面登着一首题为《贝壳》的诗。吴心顺势读了下去，临了说了一声"好"。军勃然而怒，说："好他妈的什么好，一个著名的诗人，也不珍惜才华，净写这么俗烂的，丢人。"

说完，唰地就把那一页撕了下来，踩在脚下。

刊物跟前有一打稿纸，上面有几行手写的诗，好像是他刚才正写的东西，被吴心的到来打断了。吴心也顺势读了起来。军问：“怎么样？”吴心说：“不错，很清新。”军又勃然大怒，恶狠狠地把那稿纸撕了。“都到了心长茧子的年龄，还他妈的清新，丢人！”军一边撕一边说。

吴心陷入尴尬，因为他感到，只要他说好，军就撕，是刻意的叛逆。

他就不说话了。

军摇头笑笑，从房间一角的破书架上拿下一本莎士比亚的剧作，翻到《李尔王》，兀自朗诵起来——

> 我没有路，所以不需要眼睛；当我能够看见的时候，我也会失足颠扑，我们往往因为有所自恃而失之于大意，反不如缺陷却能对我们有益。
>
> 总有一天，深藏的奸诈会渐渐显出它的原形；罪恶虽然可以掩饰一时，免不了最后出乖露丑。愿你们幸福！
>
> 人生除了天然的需要以外，要是没有其他的享受，那和畜类的生活有什么分别。你是一位夫人，你穿着这样华丽的衣服，如果你的目的只是为了保持温暖，那就根本不合你的需要，因为这种盛装艳饰并不能使你温暖。

军好像是在挑选他认为好的句子，因为他读得一点都不连贯。虽然意思不连贯，但语气却是连贯的，一直厉声厉色，激情四溢，疾恶如仇。

他突然停了下来，大手一挥，对吴心说："要读就读莎士比亚，他有无人匹敌的伟大，他的剧作不仅是喜剧，还是诗、散文、小说、格言、政论，甚至是音乐，他处处让你震撼，处处让你脱俗，让你灵魂飞扬，忘记现实的渺小和卑下。我现在是谁？不是被老东西厌弃的待业青年，而是伟大的李尔王。"

从吴心一进房间，军就一个人愤怒、发泄、演讲，全不顾客人的存在。好像吴心不是多年不见的远亲，而是与他朝夕相处的知己，专为他预备着的忠实听众。奇怪的是，吴心一点也没有被忽视、被强迫的感觉，他迷醉于军制造的氛围，也被军个人的风度深深吸引，他呆呆地望着军，有点崇拜，渴望被他收编、指使。

军突然想起了什么，说："净他妈的瞎侃了，忘了一件大事。"什么大事呢？见军摸出来两根香烟，一边把其中的一根递给吴心，一边说："有诗、书、李尔王，没有香烟怎么成？香烟是大事，给你，点上一根。"拿着那根几乎是被军硬塞过来的香烟，吴心犹豫着。因为自己从来没有抽过烟，他不知所措。军打着了火，逼着他点上，说："你必须学会吸烟，不会吸烟算什么男人？是阉人。"试着抽了一口，吴心马上就被呛得大喘。军大笑，说："喘不怕，怕的是停下来，你只要连续地抽，就不喘了，而且慢慢地还有甜丝丝的感觉现身，让你爱上它。"这烟不得不抽，因为吴心怕被军小觑，影响开始建立起来的亲密关系。喘到最后，果然就不喘了，但依旧是辣，并不是甜丝丝的。辣终究还能忍受，他与军融汇在缭绕的烟雾之中，"坏"成一团。"坏"字是吴心心底的意识，他虽然接受了烟雾，但还是觉得这很不好。

正亲热地"坏"着，华推门而进，她被迎头呛了一口，喘着说："挺好的一个孩子，硬是被坏人拉下水了。"军大怒，呵斥道："谁让你进来的，滚！”华一笑，说：“饭做好了，妈让我请吴心去吃饭。”“难道就不请我？”军问。华说：“你还用请？你是属狗的，有肉味的地方就趋乎。”军扬起一只手，做出打的动作，华一转身，扭扭地走远了。

华跟大姑一样白皙，被烟呛了之后，立刻泛起一层红润，吴心觉得华很美，目光一直黏在她的脸上。她扭扭远去的背影袅袅娜娜，更让他觉得美，目光一直追随。

军竟揪住他的耳朵，把他的脑袋拽回来，说道：“我必须提醒你，你千万别让她把你弄花了心。她不是什么好鸟，待业在家，整天出去找男人，她懂风骚，勾引有术，小心她把你花了。所以，你要始终跟我在一起，形影不离。李尔王说过，人们最爱用这一种糊涂思想来欺骗自己，往往当我们因为自己行为不慎而遭逢不幸的时候，我们就会把我们的灾祸归怨于日月星辰，好像我们做恶人也是命中注定，做傻瓜也是出于上天的旨意。”

吴心大吃一惊，作为哥哥，怎么能这样说自己的妹妹？

这个家庭，真是太古怪了。

吴心到底还是听了军的话，无论是在饭桌上，还是在饭桌下，他努力回避与华搭话，更甭说私下里单独接触。因为这时的他，诗书对他的吸引是重的，况且军又有那么咄咄逼人的风度，他甘愿被俘虏。

九

由于军的缘故，吴心在大姑家逗留了几天。

每日和军一同喝酒、抽烟、吟诗，不舍昼夜，弄得昏天黑地。酒后在大街上朗诵、喊叫，如入无人之境，弄得行人瞠目，以为是两个精神病患者。夜里睡在一张床上，抵足而眠，睡梦中还不知不觉地拥在一起。醒来也不吃惊，以为是很自然的事。

被华发现，她说："你们真恶心。"

分别后，二人竟有强烈的思念，不停地写信。有时一日竟连发三封，情感黏着，胜于男女。军在信中随兴赋诗，词采、文思不输于《诗刊》上的作品。吴心抄录下来，替他投稿，竟篇篇不中。由此吴心恨诗坛，只觉诗坛人物有眼无珠，都是欺世盗名之人。恨诗坛，反而更爱军本人，一得机会，便如离弦之箭投奔于他，耳鬓厮磨，即便是睡在一个被窝里，也嫌彼此离得太远。

一日，吴心发现军已有一女友，竟心中嗒然，颇似嫉妒。他的女友姓武，姿容凡常，身高而瘦，却有一对丰乳。吴心视其为女妖，不愿与之言。此女也爱好文艺，好作惊人之语，被军视为知音。他们在一起时，便不再耽溺莎士比亚的戏剧，而总是热议白朗宁夫人十四行抒情诗，且以白朗宁和白朗宁夫人自况，好像要以他们为榜样，也成就一番惊天动地的爱情。

由于嫉妒，吴心不看好他们的感情，认为他们近似肉麻，在一封给军的信中，他竟说："武女浅薄，不过是有傲人双峰而已，所以，你之所迷，乃形而下的欲望，让我看俗。"军回信说："友情和爱情，是两种东西，你要学会区别，不然你会永远也长不大，更甭说成就文学。"

武女的介入，让吴心心生不爽，与军的交往便渐渐疏远了。但他却走进了白朗宁和白朗宁夫人的诗，觉得白朗宁夫人的十四行诗既让人血脉偾张，也让人意象频生，助人于俗处升华。

吴心读白朗宁夫人的诗，与军和武的着眼点不同，他们看重其中的爱情信息，惊异于爱情可以医病，让一个叫伊丽莎白·巴莱特的腰瘫之女，在情爱的牵引之下，走下病榻，走向诗歌，走向白朗宁夫人。吴心则看重同声相诉、同气相求的知音境界，可以改变人的心灵格局，从小我走向大我。伊丽莎白·巴莱特早期的作品，不过是深闺里的感叹，是白朗宁夫人让她走出户外，关注童工、关注黑人，就他们的命运改变发出深情呼吁，写出与时代和社会有关的大情怀。

因而吴心参加工作之后，开始关心身边的人与事，生民与社会的痛与痒，写出关乎时代的文字，并开始在报刊上源源不断地发表。

军和武的爱情则没能走出书本，因追求惊世骇俗，常弄出一些“有伤风化”的小事情，便愈来愈与周围的环境格格不入。大姑和姑父因反感于武女的嗲与妖，也不认同军的狂与傲，便从中作梗，阻碍二人走入婚姻。军在忧愤之下，出外打工，到燕化胜利厂抹灰班当了工人。繁重的体力劳动使他心灰意懒，渐渐远离了诗歌。

有一年他来看吴心，胡子盈腮，油渍灰斑遮蔽了工装的底色，有不能遮掩的落魄之相。酒过三巡之后，他作诗自我调侃——远看是逃荒的/中看是要饭的/近看是燕化抹灰班的。

吴心无言以对，不停地叹息。军被激怒，说：“你现在也人模狗样了，也出了书，加入了作家协会，这一切是谁给的？是我，是我领你进了文学的门槛。所以，你能写并不牛，写得拔份才是真的牛。因为你现在不是一个人在写，而是代表我们两个人，不，三个人，在写。”

就这样，他理直气壮地把他和武女的文学理想、文学使命都不容分说地交给了吴心。

这岂止是白朗宁和白朗宁夫人的事业，也把他们的门人强行拽入！

军既从高处跌下，就变得极端入世，为了增加收入，他申请到坦桑尼亚援外，拿双份工资，并得到一些外贸商品，早早地置备下了彩电、冰箱、录像机等当时十分热门并让人眼红的家用电器。物质条件的改善，吸引了诸多女性追逐，他便顺势择一貌美者娶之，过起普通人的小日子。

起初还心安，久了就不如意，因为文学的底蕴，他情怀里还是有高洁的东西，而妻子凡俗，美貌之下，不过是生活中的鸡毛蒜皮，便多生龃龉。况且，军妻性拗，脾气刚烈，不容他放纵，遂多吵闹，且不时大打出手。在征服与反征服的较量中，内心锦绣的军败下阵来，彻底臣服，沦为凡夫俗子。然而他心里还装着武女，还有一点沉潜的浪漫，平静之下，就有了更深的痛苦。

多年后一个晚侄娶亲，在婚礼上他们相遇，吴心见军颜面刮得异常净洁，衣服也穿得异常笔挺，不带一点岁月沧桑，好像日子过得很得意。吴心很吃惊，想借机与他畅饮叙旧，他却说："我已戒烟戒酒，只亲近美食。"问他何故，他说："烟浑浊，不让人喜，而酒能乱性，酒后常失控，丢乖露丑，然而儿女已长大，得保持最起码的父尊。"

吴心知道，文学的军，已真的成为过去了，他已与生活言和。

想想不羁和豪迈的过去，吴心心绪复杂，为了能够平复，只有仍借助于白朗宁夫人的诗。给吴心感触最深的是第九首，不禁轻声地朗读起来——

能不能，我有什么就拿什么给你？
让你在我身边承受苦涩的泪水，
听着那悲叹的岁月流逝飘飞，
在我唇边重复着叹息。
我的唇已经被微笑离弃，

就算你万般恳求，那笑容也难得一回。
啊，我怕会铸成大错！
我俩不配做情侣，
我承认我也伤心悲戚，
像我这样，捧出如此微薄的礼物，
必定被视为吝啬。
唉，我不想让自己的尘土将你的锦衣玷污，
我不想自己的浊气喷到你的威尼斯水晶杯上！
我什么爱也不能给你——因为这是个错误。
爱人，就让我只爱着你吧！让它成为过往！

读罢，他酸涩难耐，哭了。

白驹过隙，韶华易逝，总是物是人非；而人又不能主宰命运，不甘又如何？只能按生活规定的河岸，顺势而流。

或许，这就是所谓的通透。人生的安妥，缘自放下所执，顺其自然，随遇而安。

他朗读的时候，刚过五十岁的生日，心中已感受不到爱情了。然而，在爱情麻木之处，人们往往更渴望有关爱情的情怀，所以他把自己朗诵哭了。他朗诵的地点，正是在床头枕畔，一边还睡着老婆小郭。小郭被惊醒，见他满面盈泪的样子，愤愤地说，又想起了哪个女人？都年过半百了，也不知道羞耻，嘁，神经病。

十

吴心读了农业大学分院的蔬菜专业之后，由于是命运强加给他的课业，所以他没有学习的热情，就更热衷于专业之外的阅读。

大学教育的特点，是严进宽出——虽然考学艰难，但只要一进了校园，就宽松多了，每门课业，只要稍稍用心，都是可以过的。

吴心是高分低就，自然更不在话下。

那个去香山搞招生的李老师，正是专业的系主任，他果然让吴心当了学习委员，期待他能带起一种潜心专业的学习风气。

但吴心的表现很让李老师失望。因为他对专业并不潜心，而是应付。后来他公然在课堂上看文学书，让讲课老师张目。别看他不专心听讲，但每到考试，他都能考到高分，让那些虽“潜心”却总是考不出好成绩的同学很反感，觉得他的做派类似轻蔑和侮辱。

李老师曾经找他谈话，让他注意影响。他反问道：“注意影响？注意什么影响？我又没有破坏课堂纪律，又没有调皮捣蛋。”李老师说：“你的表现是变相的破坏课堂纪律，是变相的调皮捣蛋，更具有破坏力。因为不管是讲课老师，还是别的同学，都感到不舒服，而失去了讲课和学习的动力。”吴心说：“他们怎么这么脆弱？”李老师说：“不是脆弱不脆弱的问题，而是被不被尊重的问题。”

“那就不好办了，我不过是想多学习点东西而已，不承担他们多余的想法。”吴心说。

“知道你聪明，知道你精力充沛，但每到上课的时候，你能不能不看课外书？即便是听不下去，也装出听的样子好不好？”李老师说。

“我做不到，我不愿意浪费时间和生命。”

“别说大话，还夸夸其谈什么浪费时间和生命。你要知道，如果不是我特招了你，你现在可能正在老家种地放羊呢，这算不算浪费时间和生命？”

李老师的话，类似要挟，吴心虽然感到好笑，但究竟也失去了理直气壮的底气，因为这话触到了一个山里孩子自卑的软处。他说：“李老师，我让您失望了，您看这样好不好——为了不影响您的威信，您干脆把我的学习委员免了得了，也算是惩戒，好让老师和同学们心理平衡。”

“跟你谈话真是费劲，”李老师叹了一口气，“因为你是个明白人，什么都懂，所以就很难说服，但你的学习委员现在还不能免，等学期满了之后再说吧。”

吴心点点头。他懂得李老师的心思，学习委员刚被任命，旋即又被免去，这近乎儿戏，对吴心不会有多大影响，而对作为系主任的李老师却有着不小的影响，这关乎形象和尊严。

受军的影响，吴心也订了《诗刊》《星星》。那时《青春》《萌芽》《芳草》《青年作家》很是知名，号称是“四小天鹅”，对文学青年有强烈的吸引，吴心便也悉数订下。吴心小时候稀粥喝得太多、瓜菜也吃得太多，造就了一个大肚皮，进了校门，见了那大大白白的精面馒头，便狠吃一番，一顿便可将五只馒头“顿进”。二十几元的助学金只够勉强伺候吃喝，根本没有余钱订刊物，便向家里要钱。家里也没有现钱，母亲就找左邻右舍借，惹得乡邻们好一顿奚落，说：“都上大学了，还死啃老子，这个学上得有屌用？”但母亲仍是一笔一笔借，全不顾那张粗糙但自尊的脸皮。吴心便感到极端的屈辱和压抑，全不顾李老师的提醒，把大部分精力用在读文学刊物上，因为这是一种带着仇恨的阅读，老师和同学的反应真是无足轻重。

后来他发现一个秘密：学生每月的三十三斤半粮食中，有七斤半粗粮。吃那金色的窝窝头，城里的小妞是极不情愿的。吴心便问一个极温顺极和善的小妞："换粗饭票吗？"

她霎时就将眼睛瞪得亮亮，问："你愿意？"

"怎不愿意？"吴心说，"一斤换三斤可以吗？"

"那当然可以！"她几乎跳起来，"别的班还有一斤换七斤的呢。"吴心觉得自己太傻帽了，便急急找补："我也一斤换七斤。"

她忽地将脸奔下，说："我不换了！真是山里出来的，一点幽默都不懂。"

悻悻地，吴心尖了嗓子喊："三斤就三斤！"

于是，他每月的二十几斤的细粮，正好兑了三个小妞儿的粗粮，便与她们建立起极特殊也极默契的关系。

那时的菜价极便宜，一个熬白菜才三分钱。每顿两个熬白菜佐着四五只金色的尤物，吃得居然还顺畅，月底，竟把订刊物的钱攒了出来，还有余裕，就买上一两本名著。

待一个学年下来，床头竟积了数十本。夜里失眠，闻几遭沁人心脾的书香，竟能顺利睡去，且好梦也连绵不断进入睡乡。

但有一天，吴心突然觉得书像少了几册，便察几个室友的脸色，那几张脸都神秘而诡谲，让他很不舒服，便狠狠咽下嗓腔中的口水，画几张表格，将书一本本登记了。第二日，再看那书，竟又像少了几本，默默数过，却一本不缺，便大大地诧异了。这样的情形，之后又重复了数次，他便怀疑自己的神经有毛病了。

于是，寒假从家里回来，便背来一只板壁极厚的小柜（母亲盛米用的），将书小心地放进去，吊一只乌色的大锁，将一颗飘摆的心坠踏实。

但室友们却从此不再睬他，将他视为异类，一些开心的事体便都躲着他而成就，把他排挤在外。他便默默地忍受，任其剥夺自己“众乐乐”的权利，以期和他们对等，谁也不该欠谁。

以后，那小柜的锁，他均偷偷地开启，慢慢地，那里关满了同学的好奇，连他自己也觉出些许神秘。每次上课打瞌睡，一想到那沉沉的柜子，便陡地挺直腰杆，那背后，有一股莫名的力量推着他进入阅读。他读了很多书，腹内有了充盈的感觉。

那日，李老师找他谈话：“你不安心学业已成了公开的秘密，大家从反感变成了接受，好像都不愿跟你一般见识了，倒让我觉得你那个学习委员免不免已没多大必要，所以，我想听听你自己的意见，是免还是不免？”

“免，必须免。”

“为什么？”

“我即便是很好学，但毕竟是偏离了学习方向，”吴心调皮地笑笑，接着说，“本来他们就笨，再学我的样子看课外书，就更笨，考试再不及格，您这个系主任就会让人说闲话，很不好。”

李老师说：“你这不仅是骄傲，还是傲慢，就凭这一点，也得免。”

吴心点点头，不停地嘻嘻笑。

他这一笑，让李老师有了新的想法，他说：“我怎么觉得好像是让你得逞了似的，所以我很不甘心，想让你给我点回报。”

“什么回报？”

“你要给班里出黑板报，甚至整个系里的黑板报也由你来出，你不能拒绝，不然我会跟你恼。”

“好，就这么办。”

读必定会诱发写，吴心私下里写了许多小诗、格言诗、散文和短小说，工工整整地抄在十六开的硬皮笔记本里，已经有了三四本。他也不停地投稿，那时投稿实行“邮资总付”，不用花钱，即便是屡投不中，也不失落。也真是奇怪，他投稿无数，居然无一篇发表，就有了不失落的失落。所以，李老师让他出黑板报，让他不禁暗自一喜：他可以把自己的作品移植到黑板报上去，让发霉的才华见一见阳光。嘻嘻，他又得逞了。

他的黑板报出得很勤，每周都要出一期。也出得很精致，字体多样，行书、楷书、汉隶、魏碑，富于变化。这得益于幼时读的“两报一刊”，报纸上的字体让他记住了。他还会画题花，搞插图，因为自然的景物可以临摹，刊物上的插图可以移植。那时的文学刊物，讲究插图，图文并茂，对读者多了一层吸引。

他出的黑板报就成了班里的一处特别的风景，引同学们驻足、品读。系里其他的班级，便眼红了，也拉他去依样画葫芦。吴心成了被人抢夺的人才，他内心欢悦，乐此不疲。这出乎李老师的意料，本以为是惩戒，却成了吴心价值实现的风水宝地，他心绪复杂。

吴心发表在黑板报上的诗，居然被同学们争相传抄。因为传达的是青春气息，有阳光质地，能鼓动心潮。譬如他的一首《秋天的果园》——

秋天来了，
清爽而温暖的风，
吹来了，
青春和爱的味道！

小伙子们坐不住了，
姑娘们也坐不住了，
骗腿儿跨上自行车，
手捧着快被风掏走的心儿，
投奔风的故乡——
熟透了的果园。

哎哟！
这是天青色的果子，
这是黄澄澄的果子……
尝这个——酥香，
品那个——酸甜……

秋的彩衣在这里剪裁，
秋的梦想在这里放飞。
成熟的颜色是美的，
——流光溢彩；
成熟的味道是美的，
——蜜醴清菲。
成熟迷蒙了青年们的眼，
成熟醉了青年们的心扉。
把这鲜美的果儿贴在年轻的颊上，
把这甜美的果儿贴在红润的唇上。

小伙儿说，
——这是我的颜色；
姑娘忙说，
——这是我的芬芳。
秋风把我们招来果园，
网兜里装满了秋光，
青春和爱在秋风里也成熟了，
欢笑中，我们交换着品尝。
秋风不停地吹送，
似要把这青春和爱的香味，
吹入幸福的缅想——
未来的远方。

农业院校的学生，自然会有用于实习的农场、林场、畜场和花园、菜园、果园，每到收获季节，学校会打破专业界限，集中去采收。吴心虽然学的是蔬菜专业，便也能自然而然地走到果园里去，采摘“天青色的果子”。“天青色的果子”是戴望舒的意象，他因为《雨巷》，有了“丁香诗人”的美誉。“她是有/丁香一样的颜色/丁香一样的芬芳/丁香一样的忧愁/在雨中哀怨/哀怨又彷徨。”当时，“丁香一样的芬芳”迷乱了校园，学子们也自然痴醉于“天青色的果子”，所以，吴心的诗一出现在黑板报上，就触动了学生们的心弦，一下子，他成了校区的名人。

国庆前夕，全市农校系统为了活跃在校生的校园生活，联合搞了一个“我和我的祖国”大型诗歌征文活动。李老师对吴心说：“你必须给我搞出来一个获奖作品，因为我感到你有这个实力。”

吴心绞尽脑汁写了一首两百行的抒情诗《祖国啊，母亲》。他参照的底本是艾青的《大堰河，我的母亲》。诗写完了，他拿给李老师审查。李老师看完，说：“我看成，因为它让我激动。”吴心说：“我怎么看不出您激动？”李老师说：“我都什么年龄了，还会把激动写在脸上？即便是心中有波澜，也摁着。”吴心说：“你们这代人真没劲，阴。”

不期就获了全市唯一的一等奖。

不期就吸引了市教委领导，把发奖暨朗诵晚会放在了吴心所在的学校。

学校的大礼堂，平时的灯光是暗的，这一天弄得灯火辉煌，人一走进去就忍不住心狂跳，感到很神圣。前一个时段是发奖，一等奖的领奖人是李老师。他上台时被台沿绊了一下，差一点扑倒，惹得台下一阵哄笑。吴心为他难过，心里说：“嘁，说什么激动不能写在脸上，要摁住，你却摁错了地方，丢人。”

到了朗诵环节，吴心的诗放在最后，作为压场节目。表演方式，是集体诗朗诵，设了两个领诵，一个是吴心，一个是叫马小婵的女同学。马小婵有摁不住的激动，总觉得前边的节目太拖沓，不时地嘟囔：“快点吧，急死人了。”

终于轮到他们上场了。

全班三十三个人挺胸抬头、表情庄严、齐刷刷地站在台上，每人都穿着崭新的白衬衫，再承领通明的灯光的披洒，阵势撼动人心，台下立刻响起热烈而持久的掌声。掌声激动了表演者，他们全身心，不，确切地说，是奋不顾身地投入。其中有两句“祖国啊，你是伟大的母亲/你有两个硕大的乳房/一个代表着哺育/一个代表着宽容”。领诵的马小婵，正有着超凡的胸部，念上句，她托一下左胸，念下句，她托一下右胸，活化了母亲的形象。台下便掌声欢呼声响成一片，并且眼泪喷洒，对母亲生出大爱。

表演也是评奖的，最后也被评为唯一的一等奖。

马小婵被点名上台领奖。捧着奖状她哭了，一是激动，一是醒悟。

散场以后，醒悟过来的马小婵对吴心充满了仇恨，她左突右冲，穿过人群，追上了吴心，在他的后臀上狠狠地踢了一脚，说："该死的，你作的是什么破诗！你要赔偿我的精神损失。"

吴心想笑，忍住了，想解释，也忍住了。他觉得这时候无论怎么做，都是不合适的。因为马小婵很单纯，她的胸部无过。

十一

在大学期间，对吴心产生深刻影响的书有三部：哈菲兹的《哈菲兹诗选》、司汤达的《红与黑》和卢梭的《忏悔录》。

《哈菲兹诗选》，是古波斯文化稀有的一份遗产，是一本歌颂醇酒妇人的歌集，诗中最常用的词汇是：夜莺、蔷薇、玫瑰、丰美的胸房、温馨的素手、芬芳的迷醉、忧伤的甜蜜……诗境之中，必然要有一个花园，要有带露的花朵，丰美的妇人和甘润的醇酒。诗中弥漫的甜蜜而忧伤的爱情情调，美酒妇人夜光杯的绮丽境界，使吴心心旌摇荡，耽读不已。

他时常在暮色中，低垂着忧伤的额头问自己：一旦拥有一个花园，一园子的玫瑰，满地窖的醇酒和一个钟爱的妇人之后，还需要什么呢？

这时的他，还不能给自己一个确切的回答，他有点迷茫。

但他爱上了酒。每到周末，他都要走出校园，在稻田旁的一个乡村小店中要上一壶酒。壶是普通的白瓷壶，酒是八毛钱一斤的烧酒。因为是努力想自立、不愿被家里供养的穷学生，便不敢要好的酒菜，就要了一盘鸡脚。盘子是个尺盘，孤独地放在酒桌中央，显得贼大贼大；盘中有数十只鸡脚，黄澄澄地闪着宿油的光泽，却仅仅三毛钱。独自坐在桌前，似有百结的愁肠，一口一口地呷酒，一口一口地咂那鸡脚；眼前渐渐地朦胧了，心头却莫名地热起来，以为此刻就坐在花园的荫下，被一个美丽的妇人脉脉地注视着，妇人的手中摆弄着一柄带露的玫瑰。

“Rose，my love！”喃喃地叫着，睁定了醉眼，却还是那个黄脸的店婆，在昏暗的灯下，幽魂般地用炭黑的火锅炖排骨。心嗒然失落，酒也突然就苦起来，看着剩余的几只鸡脚，竟生出一些联想：乡下的鸡婆，常逡巡之处，绝不是花丛草圃之上，而是猪舍厕间，玉足亭立处，正是黄澄澄的粪便之上。胸膈中便生出异样感觉，霍然大吐，诗意顿消。

但醉酒之人反难忘酒。以后的时日，一有机会还要去喝两杯，未寻得“醉酒”境界，却将自己培养成一个嗜酒如命的“南阳酒徒”。这便是《哈菲兹诗选》的第一“功效”。

第二个“功效”，便是它铸定了吴心看女人的基本态度。哈氏诗中的妇人，均是硕乳、丰臀的丰美形象，他对妇人的这些感官做击节的歌叹。花园中的玫瑰、蔷薇是饱满的，花枝上的露滴是饱满的，走进园子的妇人亦必然是饱满的；酒钵、酒瓮是腴圆的器具，“醇酒妇人”中的妇人，丰美娇艳，是自然而调和的事情。

他接受了哈氏的“丰艳”观，理解了表兄军为什么会爱上妖艳而大胸的武姓女子。首先的实践，便是断然拒绝了一个女同学的求爱。那是班里的一个娇小而素洁的女孩，由于对他文才的倾慕，大胆地对他表达了爱意。虽然她对吴心的校园生活给予了能够给予的诸种关怀：偷偷地给他洗衣服、缝补掉落的纽扣，还偷偷地塞给他面票，偷偷地给他买来他想看却舍不得买的书籍。人性的朴质，使他感到她将来肯定会成为一个好妻子；但诗情的浪漫，又使他本能地产生一种推拒：如此娇弱的女孩，怎会陪伴我走进梦幻般的那个丰灿的玫瑰园呢？所以他不接受她，并躲避她的关怀。女孩子便只好"偷偷地"做单方面的表达，觉得无望之后，她对他提出了最后的要求："你能不能送我一条白纱巾？"吴心吃惊地问："为什么？"女孩子说："你可以埋葬我的爱情，但是不能玷污我的纯洁，白纱巾是你尊重我的证明。"

吴心便专程去了一趟王府井百货商店，买了一条最好的白纱巾送给她。女孩子把白纱巾捂在脸上，情不自禁地抽泣，两爿小小的肩胛不停地上下抽动，让吴心不可承受，决绝地远去。

也许是一种暗示，以后的人生过程，爱他疼他与他友好的女人如果不丰艳，他就找出各种借口躲避，被迫接受她们照拂的时候，也会情不自禁地喊出"我愿与丰美的妇人为伍"的不合时宜的口号，徒然惹起她们的一阵伤心一阵痛骂，斥责道："你真是个白眼儿狼，即便是给你掏心掏肺也养不熟。"

于是吴心也感叹道，醇酒妇人，到底不是现实人生啊。

吴心后来对大随笔家伍立杨说过，青春的早期，乃一个人敏于吸收的时期，最初读到的书籍和结交的第一个友人一样，对人的一生有不可磨灭的影响。鲁迅所说，对扶乩的书、婊子的书都不妨翻一翻，是对有深厚人生修养的人讲的。对少不更事的人却未必如此。大人们要努力看管好自己的读物，当不是饶舌之语。

伍立杨说，也未必，美色可以治病，阅读也可以治病，关键是看一个人骨子里正不正。

伍立杨腹笥充盈，思想通透，却也信先天决定论，让吴心难以理解。

我被她丰美胸房的芬芳迷醉，
被梦幻般的冲动麻木。
若我痛苦地死去了，
那就是她把盐撒在了我的伤处。
若我春醉般地睡去了，
定是她把我疲惫的头拥在了她的胸口。

这是吴心读哈菲兹时信笔所作，一半是抄袭，一半是衍生。其中还有他读《约翰·克利斯朵夫》时的余绪，即克利斯朵夫式的情调：

除了刺激肉体的强烈欲望以外，还有温情的需要，使一个在生活中受了伤害而失意的男人投到一个能安慰她的女子怀抱。

有一天他在整理旧作时发现了它，毫不犹豫地撕掉了。因为他想，如果有一天，他的儿子读到它，知道他尊敬的老爸竟写过这么俗艳的诗句，会失去敬重。

至于《红与黑》和《忏悔录》，吴心是在一个夏天，放在一起阅读的，因为他觉得，虽然一个是小说，一个是自传，但情调都是一样的，都讲的是一个出身低微的少年在晋升过程中与女人的关系。

《红与黑》讲述木匠的儿子于连·索黑尔，凭着聪明才智，在当地市长家当家庭教师时与市长夫人勾搭成奸，事情败露后逃离市长家，进了神学院。经神学院院长举荐，到巴黎给极端保王党中坚人物德·拉木尔侯爵当私人秘书，很快得到侯爵的赏识和重用。与此同时，于连又与侯爵的女儿有了私情。最后在教会的策划下，市长夫人被逼写了一封告密信揭发他，使他的飞黄腾达毁于一旦。他在气愤之下，开枪击伤市长夫人，被判处死刑，上了断头台。

这个小人物的传奇故事，对吴心的吸引是强烈的。但更让他震惊的是，爱情，作为世间最美好的情感，居然可以主观设计，服务于功利性的世俗目的，并最终让美好破碎得一塌糊涂、不可收拾。他伤心得茶饭不思，彻夜无眠。他反复回味着书中的两个细节，一个是“握手”，一个是“爬梯”。

他隐约地感觉到，这是作者设计的两个隐喻，象征着小人物借助女人向上攀爬时，必然会出现的两个途径。让他不解的是，即便是主人公有着明确的意图，有点卑鄙无耻，但是情欲本身，或者说爱情的原始之美，总是执着地露出头来，“覆盖”了意图。

问题是，女人明明知道是被利用，却仍奋不顾身地把自己送入男人的怀抱。为什么？因为女人一旦陷入情感的纠葛，真正起作用的，是难以抑制的虚荣心。虚荣心不理会理智，只理会热情——她们不允许不被欣赏，不被爱，不允许你亲近别的女人，而把她晾在一边。即便你对她表达的是虚假的崇拜，她也乐得承受。因此，悲剧的产生和“罪行”的形成，嫉妒是推动的主要原因。嫉妒的背后是独占的野心，爱情是独食，容不得设宴的人三心二意，邀别的女人前来分一杯羹。

吴心看到了情欲的真相，原来放纵也不是随心所欲，而是受着“爱本神圣”的先天制约，感情不可玩弄，其基本原则是真心、忠诚和专一。所以看完整部书，吴心不喜欢于连这个人物，即便他的“罪行”有值得同情之处，他也不饶恕。他同情的是瑞那夫人和玛特尔，为她们真心的付出叫屈，为她们美的破碎而哭。

由于看到于连的情感有着卢梭的来路，趁着阅读《红与黑》的余绪，吴心从学校图书馆专门借来了卢梭的《忏悔录》，做链接式的阅读。后来他特别崇拜卢梭，熟读了卢梭几乎所有的著作，并且把它作为自己的人生宝典，甘愿受其影响，而津津乐道。

十二

读了《忏悔录》，吴心爱上了卢梭。虽然卢梭被于连看作是老师、领路人，而且两人也有相同的出身，一个是木匠的儿子，一个是钟表匠的儿子，但他们绝对是两路人。于连是极端的利己主义者，虽然也有情感的抬头，但总体上还是对女人的利用。而卢梭则不同，他是女性至上主义者，他尊重女人，爱女人，陷在女人的温柔中不可自拔，始终以儿童的心态，在崇拜中享受感情的美好，根本想不到“功利”二字。

他们都离不开女人，这一点有着师承关系；但他们对女人的态度却迥然不同，一个是以自我为中心的役使，一个是拜倒式的迷恋。花园小径从哪里分岔了呢？伏案沉思，吴心发现，分岔之处，根本就不在遥途，即后天的遭际和熏染，而就在人生的起点。

于连父母的结合，从一开始就有通过婚姻而改变家境的世俗目的，所以他们之间很少有温情和缠绵的东西。于连幼时，由于柔弱，不喜欢体力劳动，而爱读书和幻想，因而被父亲和两个哥哥歧视、厌弃、怨恨，常常遭受羞辱和打骂。这不仅造就了他寡情、冷漠和专横的个人性格，也培植了他只有出人头地，才能改变处境，左右他人而不被他人左右的原始信念。

一个有这样“原点”的男人，能如何对待女人，就不言而喻了。

而卢梭恰恰是出生在温柔的感情之乡——父母是一对青梅竹马的恋人，从小心里就装下了对方。母亲家境富裕，聪明美丽，父亲乐天知命，正直能干，都有好的品格。

卢梭是热烈爱情的产物。不幸的是，他的出生，导致母亲难产而死。幸运的是，丧偶之后，父亲的表现让他震撼，从而奠定了他感情伦理的基础，生命之外，他又得到了精神的“出生”。他本人写道——

> 我不知道父亲当时是怎么忍受这种丧偶的悲痛的，我只知道他的悲痛一直没有减轻。他觉得在我身上可以重新看到自己妻子的音容笑貌，同时他又不能忘记是我害他失去了她的。每当他拥抱我的时候，我总是在他的叹息中，在他那痉挛的紧紧拥抱中，感到他的爱抚夹杂着一种辛酸的遗恨：唯其如此，他的爱抚就更为深挚。每次他对我说：“唉，让－雅克，我们谈谈你妈妈吧。”我便跟他说：“好吧，爸爸，我们又要哭一场了。”这一句话就使他流下泪来。……赐给我生命的就是这样的两个人。上天赐予他们的种种品德中，他们遗留给我的只有一颗多情的心。但这颗多情的心，对他们来说是幸福的源泉，对我来说却是一生不幸的根源。

因为有这样的情感土壤，所以卢梭善良、多情、温柔、慈悲，他有恋母情结，对待女人，他有原罪意识，便且尊且爱且怜惜，容不得亵渎的想念和做法。这样一来，他纯粹，他幸福，但也忧伤、痛苦——稍一不逊，就自责；稍一不贞，就忏悔。

他与华伦夫人的关系，延续了一生。在人们看来，华伦夫人之于卢梭，是情人、姐姐、母亲的混合物，情欲之美，垂爱之美，悯惜之美，都是有的。在吴心看来，她是男人的醉乡，可以男欢女爱，又可以精神互动，还可以感恩戴德，形而下与形而上都有了。由于羡慕，所以他爱卢梭，因为他总是在冒犯之中保持尊重，在亲密之中保持欣赏，在索取中保持节制，不让自己的感情堕落于俗。因而他是个伟大的情人！

这种伟大，集中到一点，就是他对女人本身永葆非功利的热情，即便是朝夕相处、长期厮守，也像初恋，把她放在神圣的位置，不让女神尘落，不让感情打折。卢梭对待有身份的华伦夫人是这样，对待出身低微的女人也是这样，比如他对商店女店主巴西勒太太——

有一天，她听腻了伙计枯燥无味的谈话，匆匆地上楼回自己的房间。我把柜台上的那点活儿干完，连忙去找她。她的房门半开着，我进去的时候她没有理会，她正在窗前绣花，面对着窗口，背对着门。她既不能看见我，而且由于街上车马的嘈杂声，也没有听到我进去。她身上穿的衣服一向是非常讲究的，那一天她的打扮几乎可以说是有点妖冶诱人。她的姿态非常优美，稍稍低垂着头，可以让人看到她那洁白的脖颈；她那盘龙式的美丽发髻，戴着不少花朵。我端详了她一会儿，她的整个面容都有一种迷人的魅力，简直使我不能自持了。我一进门就跪下了，以激动的心情向她伸出手臂，我确信她听不到我的声音，也绝不可能看到我。但是壁炉上那面镜子把我出卖了。我不知道这种激动的动作在她身上产生了什么效果。她一点也没看我，也没跟我说一句话，只是转过半个脸来，用她的手简单地一指，要我坐在她跟前的垫子上。颤抖，惊惧，奔往她指给我的位置上，这三桩事可以说是同时并进，但是人们很难相信我在这种情况下，竟没有做出进一步的举动。一句话也不说，也不敢抬头看她，甚至不敢利用这个局促的姿势挨一挨她，在她的膝上趴一会儿。我变成了哑巴，一动也不动。我自然是不平静的，在我身上所表现的只有激动、喜悦、感激，以及没有目的和一种怕招她不高兴的恐惧心情所约束的热望——但也正因为是这样，这个可爱的女人的形象才在我心灵的深处，留下了最令人迷醉的印象，以至于在这之后，随着我对社会、对女人了解得越深，在我心中，也就越觉得她美丽。

这段描绘，让吴心迷醉不已，他反复吟诵，不停地缅想——把自己想象成在那个情景下的卢梭。他觉得这太美好了，是一首纯情诗，只属于纯洁的心。

他读完整部《忏悔录》之后，知道卢梭是一贯地扮演着这样的角色。为什么会这样？卢梭自己说，是他恋爱的怪癖——无法克制的胆怯。吴心则体悟到：所谓胆怯，其实是对爱情的敬畏，对女性的体贴。于是他毫不怀疑地接受卢梭本人的陈述：

我敢说，由于我爱得太真诚、太深挚，反而羞于得手。从来没有过像我这样强烈却同时这样纯洁的热情，从来没有过这样温柔、这样真实，而又是这样无私的爱情。我宁可为我所爱的人的幸福而千百次地牺牲自己的幸福，而把她的名誉看得比自己的生命还要宝贵，即使我完全可以享受到情爱的快乐，但也绝不肯破坏她片刻的安宁。因此我在自己的行动上特别小心，特别隐秘，特别谨慎，以至于一次都没有成功。我在女人面前经常失败，就在于我太爱她们了。

然而事实上，虽然卢梭一次都没有“成功”，但他终生被女人眷顾，她们虽不与他缠绵于枕席，却真心怜他、爱他、安慰他、帮助他，让他温柔脆弱的心有所依托，使他在强大的外界迫害和压力下，能够安妥自我、成就自我。所以卢梭得到了真正的成功，一生都被女人涵养和滋润。

由卢梭，吴心想到于连，觉得他的毁灭，是必然的结果。

由卢梭，吴心又想到自己的恋情经历，如果那也算作是恋情的话。隗兰玉是被他突然的亲吻吓跑的，周玉梅是被他赤裸裸的目光羞跑的。这两个女孩的名字里都带个“玉”字，他便不禁联想到，玉是易碎的宝物，要轻拿轻放，小心呵护，要用“胆怯”的动作，而不能粗暴上手，放纵地触摸。要小心、隐秘、谨慎、局促、惊惧，还要真诚、深挚。他当时不知道这个道理，所以一次都没有成功，这也是必然结果。

我的华伦夫人，你是谁？你在哪儿？吴心情不自禁地发问。

十三

吴心的发问，好像是被命运听见了，他的“华伦夫人”果然如期而至。

那是个叫张岚的大龄女同学。

张岚出身于西山的部队大院，父亲是个军级干部，母亲是部队医院的院长。她不是应届高中毕业生，落榜之后在家待业，由于学历低，分配不到体面、轻松的工作，只能被安置在部队服务社、商店、医院等勤杂岗位。内心的骄傲，让她不肯低就，而父母又严于律己，不愿意动用关系，为她做特殊的运作，故张岚一直待在家里。听说农业院校扩招，为了一纸学历，她通过补习复考，成了吴心的同学。

张岚在班里年龄最大，比吴心整整大了五岁。

由于出身优渥，她身材高挑而丰腴，皮肤白皙而细腻，声音柔美而性感。甭说形象诱人，即便是声音，也颇具吸引力。在女同学中，她有点鹤立鸡群，男同学的目光总是瞟在她的身上。她当然知道自己的魅力，梳着一条长长的马尾辫，走起路来头发随腰肢一起摇曳，风情万种。

吴心当然也被强烈吸引，因为这符合他从哈菲兹那里涵养来的审美情调，但怦然心动之后，马上就平静了。缘于她是近视眼，戴着一副金丝眼镜。因为他刚看完一本书，书名叫《马背上的水手》，是杰克·伦敦的传记，里边记述着他被一个戴眼镜的女人从纠缠到背叛的一段故事，那个女人让他尝遍了焦灼和痛苦，以至于他逢人就说：“绝不能跟戴眼镜的女人调情，因为她们怪癖、无情，反复无常。”

吴心此时信书，更信杰克·伦敦，被他《热爱生命》的名篇所打动，崇迷他笔下为了生存而跟野狼搏斗的硬汉，所以把他说的话视为金科玉律。

别的男同学都围绕在张岚身边，而吴心则远离，或是漠视，或是用眼睛的余光“瞥”，透着不屑和鄙视。

巧的是，吴心和张岚都是文艺青年，吴心读文学、写诗，张岚嗓音好，爱唱歌。李老师让张岚当了班里的文体委员，每到周末，让她在晚自习的时间教大家唱歌。她教了不少当时的流行歌曲，有《军港之夜》《小城故事》《外婆的澎湖湾》和《绿岛小夜曲》等。令人瞩目的美女教唱令人悦耳的金曲，大家热情很高，每次都座无虚席。

张岚平时温柔内敛，一上到讲台教歌子，立刻就落落大方，甚至有些热情洋溢。

大家学得很快，几乎是当晚就学会了。为了检验教唱效果，张岚会当堂点几个同学独唱一下。而每次第一个点的，就是吴心。吴心对乐律迟钝，而且五音不全，硬着头皮唱来，大面积走调，大家哄笑不止。吴心觉得张岚是有意出他的丑，报复他对她的冷漠，便满脸通红，对张岚怒目而视。如果不是李老师也坐在教室里学唱，他早推门而逃。

但是有一天，下午课毕，同学们都到操场去锻炼，吴心留下来，闷头写诗。正忘我地沉浸，突然闻到了一股好闻的香味，那香味清爽，直沁心脾。他不禁抬起头来，发现张岚就站在他身边，垂着头注视着他，而且还满脸含笑。吴心啪地把写诗的笔记本合上。“你要干吗？”他厉声问。

张岚被吓了一跳，笑容霎时凝固了一下，但很快又重新绽放，说：“我是想拜你为师，跟你学写诗，学写字。”

“我既没好诗，也没好字，你可别连讥带讽。”吴心感到突然，觉得很不真实。

张岚说："我虽然没见过你本子上的诗和字，但你写在黑板上的诗和字我可都看见了，都好，尤其是字，很漂亮，字如其人。"

好话如水，会浇灭浮火，吴心不知说什么、怎么说才好了，只是疑惑地看着她。

张岚马上捧上来一个笔记本，说："你看，这是为了跟你学字，专门准备的。"

那是个十六开的笔记本，玫瑰色的绒面，很大气很豪华。

"你打算怎么跟我学？"吴心放缓了语气。

"希望你把你的短诗给我往本子上抄几首，留下笔迹，我回去学。"张岚把笔记本放在他眼前的桌面上，说道。

"我不给抄，太麻烦。"

"不，你得抄。"

"为什么？"

"因为我们都属于旋律，"见吴心不解，张岚解释道，"你看，诗与歌是不分家的，诗是内在的旋律，歌是外在的旋律，所以我们俩是——不是知己的知己。"

"你这是什么话？"

"避免你说我自作多情。"

张岚一边说着，一边把马尾辫翻过肩头。吴心看到，她用来缚头发的手帕也是玫瑰色的。他立刻醒悟，她的这个动作是貌似无意的有意。

他也不点破，但他相信了她的真诚，露出了笑模样："那……好吧。"

吴心把短诗抄在她玫瑰色的笔记本上。为了对得起她玫瑰色的用心，他抄得很认真，笔画停匀，字就写得比平日好。

张岚就站在他身边，注视着他抄写。一股股清爽的香味不时地被他吸入鼻翼，弄得他的心有点乱。他不知道，那香味是来自她的身体，还是出自她的发辫，反正他知道，她有点别有用心。

几天之后，张岚又找他抄新写的诗，说她已把他原来抄写的诗，学写了几十遍，字写得比以前好看多了。吴心翻开本子一看，果然摹写了半个本子，的确应该再给她抄上几首新的。

这样翻来覆去，张岚的字写得越来越好看，但问题是，她的字，也越来越像吴心，甚至可以以假乱真。吴心说："不能再给你抄写了，因为已分不出你我，没必要了。"

"不学字了，现在学诗，我已经写了一首，就抄在本子上，难道你就没看出来？"她把那首诗指给吴心看，"请你给指导指导，提提意见。"

那首诗的题目是《如果我是少女》，正文是这样的——

如果我是少女，
就在春天里穿最洁白的衣。

在春风里飘逸，
在春雨里沐浴。
仰卧在嫩草中，
我便是青翠欲滴的绿。
掩在百花中，
我就是姹紫嫣红的旗。
滴上红我就是红杜鹃，
染上蓝我就是兰花花，

沾上紫我就是紫玫瑰，
……
女儿是大自然的花朵，
纯洁是少女金贵的画屏。
在人生的春天里流连，
纵情开放，无遮无拦。

然而，我要系紧鲜红的纱巾，
时刻准备着，
为我美丽的眼睛拭去欲望的风尘。

吴心说："你本来就是少女，为什么还说'如果我是少女'？"张岚摇摇头，说："我已经很老了，很忧伤了。"吴心觉得她有些矫情，因为那诗写得十分稚嫩，不染一丝沧桑。便打趣道："你的诗写得很不自然，在老处装嫩。"张岚说："本来就不以为好，不过是写给你看看，跟你有点共同语言。"不容他插话，她又说："你给我起个笔名好不好？算是对我的鞭策。"吴心说："凭什么我给你起笔名？弄得跟恋人似的。"张岚说："其实我早就想好了，我的笔名就叫作心哲。吴心的心，哲理的哲。"

这里的暗示，让吴心内心激动了一下，但很快就恢复了平静，说："乐意写诗，你就写，但千万别跟我学，我不会教你这样的学生。"又是杰克·伦敦"绝不能跟戴眼镜的女人调情，因为她们怪癖、无情，反复无常"的话起了作用。张岚一笑，说："我就黏上你了，你摆脱不了我的魔爪。"

她果然不停地把自己写的诗拿给吴心看。尽管吴心为了打消她的热情，早点摆脱她的黏着，总是给予贬损的评价，她依旧坚持不懈。吴心感到，她的目的不在诗，而是在诗之外。虽说他有了这个意识，但奇怪地，他的意志却不再那么坚决，既想摆脱她的黏着，又不愿失去看到她涂鸦的机会。毕竟她是那么活色生香，让他情不自禁地着迷。

学校坐落在长阳稻田村，离西山是近的，不过二十公里的距离，所以张岚每到周日都要回家。起初她骑车，后来不骑了，因为校园生活让她身子柔软，她感到疲累，便改坐公共汽车。但公共汽车只通到长辛店，下了车，还要走五公里的土路，才能到达学校。她不乐意走，便骑到长辛店之后，把自行车存在一个店铺，等归来时再骑。

一个星期六下午，刚一放学，张岚就找到吴心，说："你能不能骑车送我到长辛店去？我不想自己骑了。"

"为什么？"

"现在是夏天，穿着裙子骑车，不方便。"

上眼一看，她果然穿着一袭白底蓝花的连衣裙，亭亭玉立，曲线惊险。

"为什么是我，不找别人？"

"你一个山里的孩子，到了周末横竖是待在学校，闲着也是闲着。"

"我宁可闲着，也不莫名其妙地献殷勤。"

"然而我是你的学生，你是有义务的。"

便只好尽义务。

到了土道上，吴心刚一骑上车，张岚就提身上了后座，动作轻盈准确，竟至让骑车人没有明显的感觉。吴心刚一加速，张岚顺势就把他拦腰抱住，把头紧紧地贴在他的背上。他忍不住哆嗦了一下。这亲热的动作，来得那么自然，好像他们已经有了多年的亲密关系。但吴心内心紧张，导致车子不停地摇摆。张岚便更紧地抱住他，直至把骑车人和车子都降服了，走得平稳。平稳也不松手，而且往皮肉里匝。

夏日炎热，气味蒸腾，张岚起初清爽的香味，这时变得有些热，有些浓烈，吸入之后，让吴心有些心乱。他忍不住回头看一下张岚，正巧行进的风撩开了她的裙摆，露出了白花花的大腿。要命的是，张岚无所谓，还很无辜地冲他点头一笑："辛苦你了。"

吴心有了可耻的欲动，为了掩饰，他脱口说道："别客气。"

这口气，类似心甘情愿，让吴心看不起自己。原来杰克·伦敦的话在纸上体味是一回事，一到了现实的处境，就不起作用了。

"张岚，我问你，你为什么独独黏上了我，就因为我唱歌跑调，不乐意跟你学？"吴心没好气地问。

"不是的，"张岚松了一下搂抱，说，"是因为你呆头呆脑，让人感到可爱，又唇红齿白，长得好看，让人感到可亲。"

"就这么简单？"

"难道你不知道，女人也是好色的，本能地就喜欢既好看又聪明的男人？再说，你就是一个小破孩儿，没那么多花花肠子，让女人放心。"

"这你就错了，"吴心又回过头来，毫不客气地看了一眼她白花花的大腿，"你可能不知道，我看过《红与黑》，从于连身上，也懂得了如何勾引女人，你可危险了。"

"可我既不是贵夫人，又不是贵族小姐，只是你的一个女同学，没有勾引与被勾引的预设目的，我有什么危险？"

"你也看过《红与黑》？"

"当然，我们全家人都看过，还经常在一起讨论人物关系。你想不想知道我们怎么看？”

“怎么看？”

“我们觉得于连的勾引是可以理解的，他顺从本能，不知道防范，关键是德·瑞那夫人、德·拉木尔小姐有问题，她们放任自己，欲擒故纵。”

吴心一愣，他想到了老家的谚语：母狗不摇尾，公狗不傍前。要知道，张岚即便比自己大几岁，也毕竟是涉世未深的女大学生啊，却如此看待风月，他真的有些吃惊。

吃惊之下，他不再说话。

五公里的路程实在是短，他们很快就到了长辛店的汽车站。临上车之前，张岚说：“别忘了，星期日晚上来接我。”

见吴心发愣，张岚竟在他的脸上轻轻地拍了一下：“想什么呢，听到没？”

她的一拍，像惯常的动作，自自然然，毫不做作。

十四

这个星期天，吴心有点不好过。

他莫名其妙地烦躁，读不下书，也无心写诗。他在校园里闲逛，脑子里总是回放着昨天傍晚送张岚时在路上发生的情景。他始终弄不明白，她对自己，怎么那么大方？

太阳偏西了，他情不自禁地到了公共浴室，很仔细地洗浴了一番。然后换上了一身干净衣服，慢悠悠地骑车上路。他提醒自己要慢些再慢些，因为是夏天，稍快一点的动作，就会惹出汗来，他不想让那身干净衣服染上汗水，他要保持清爽。

我这是怎么了？不过是一种有点亲密的同学关系，又不是恋人，怎么搞得就像要调情似的？

他感觉到自己身上潜伏着一种连自己都不知道的东西。

到了公共汽车站，他躲在路边的一棵大树下面，他不想让张岚一下车就能看见自己。在他看来，作为男人，让一个女人察觉到他的热心，是一件很没面子的事。

地面晦暗下来的时候，张岚下了车。看不到接站的人，她不住地东张西望。

吴心能细致地观察她。他发现，张岚居然换上了一条黑色的丝绸长裤，配上一件豆青色的短衫，整个人显得比送的时候要瘦，有一种冷静的清秀。但也露出扎眼的白花花的部位，那是她的两条胳膊。但这毕竟是收敛了的性感，不扰乱人心。

在等待就要化为焦灼的时候，吴心适时地现身。

张岚欢悦地叫了一声："吴心！"上前就挽住了他扶车把的胳膊，好像久别重逢。

张岚说："我请你吃饭吧，给你改善改善伙食，你一个人待在校园里，孤单得像个没娘的孩子，呵呵。"

这个说法让吴心撇嘴，不过还是从了。

找了个路边小店，张岚点了鱼和虾。吴心说在小店里就应该随便吃一点家常便饭，鱼和虾有些不对路，因为再好的食材，小店也烹不出好的成色，是虚假的奢华。

张岚说："吃饭就吃饭，别玄奥成哲学。"

吴心说："你的笔名不就叫心哲吗？你就要顺应吴心的哲学。"

"我的笔名又不是冲着你起的，别自作多情，"张岚佯装生气，"哼，人家还不是为了你，在学校食堂，肉你还是能吃到的，鱼虾就很难吃到了。"

吃饭的时候，张岚总是给吴心布菜，不让鱼虾撙节在盘子里。这个前提是吴心吃得节制，不想让她看到他贪婪而粗俗的吃相。

"别，别，你真把我当孩子了。"吴心说。

"在我眼里，你本来就是个不会照顾自己的小破孩儿。"张岚说。

吴心被感动了一下，嘴上却说："别把自己弄成母亲似的，到时候不好收拾。"

"难道你还有别的想法？"

"这可说不准。"

张岚突然说："其实吃鱼虾应该喝点酒，那才更有味道。"

"回去以后还要上晚自习，满嘴的酒味不好。"吴心说。

张岚点点头，说："那就要两瓶北冰洋汽水，以饮料代酒。"

骑了一路自行车，吴心的确是渴了，北冰洋到手，仰脖就喝了下去。汽水到了喉咙立刻变成了蓬勃奔涌的气体，他有些窒息，剧烈地咳了起来。

"瞧，你真像个孩子。"张岚大大方方地给他抚弄后背，帮助他平息下来。

晚饭吃得很好，他们兴致勃勃，骑在路上，一起唱《绿岛小夜曲》。吴心走了调的歌唱让张岚咯咯笑，吴心也不觉得是嘲讽，反而很得意。

骑到中途，遇到一座高高的水塔。张岚叫他停下来，建议去爬水塔。吴心说："晚自习是要点名的，无故旷课会挨老师的批评，再说发现一下子少了我们两个，会让老师和同学们产生联想。”张岚说：“就是要旷它一次课，体现性格，就是要他们产生联想，大家都需要故事。”吴心说：“你是班干部都不怕，我就更无所谓了，爬就爬。”

吴心把自行车掩在塔基的一隅，仰望那水塔。就地仰望，水塔显得很高，像窄刃插进夜色。用于攀爬的铁把手，间隔很大，看着就费力气。他正犹豫间，张岚已开始了攀爬。她身子很灵活，一拽一耸，像猴子一样轻松。吴心个子比她矮，力矩就小，爬得有些艰难，很慢。爬到中腰，往下一看，觉得水塔又陡又悬，心生惊惧，双腿发颤。正进退两难之间，张岚已爬到了塔顶，看着他笨拙的样子不停地笑。笑声一如讽刺，让吴心羞耻，他豁出去了，决不能败在一个女生手里。

终于到了塔顶，他一下子瘫坐在地上。

塔顶是个封闭的平台，护栏也遮蔽了凶险，所以吴心很快就平静了。

两棵大杨树与水塔比肩着长了上来，微风中树梢摇曳。突然下起了小雨，雨点打在树叶上，也许是因为近得伸手可触，听来是叮叮的响声。

夜色四合。树叶叮叮。一片幽柔与神秘。

张岚的眼睛像夜鼠一样明亮，脸白如月，发出皎洁之光，有着惊险之美。吴心看呆了。她突然嫣然一笑，示意他站起来。他刚一站立，张岚就拥抱上来。没容他醒过神来，她就送上一片热烈的亲吻。起初他还躲避，还闭唇，但她的舌尖儿自己就往他的双唇间探索，而且还有一股暖暖的甜丝丝的味道，使他忍不住张开了嘴巴。这是焦灼之舌，一旦突破防线，就变得肆无忌惮。他被吻得心烦意乱，索性就迎合，与她天昏地暗地吻在一起。

这是吴心的初吻。

猝然来到，来不及酝酿，却是这么热烈、彻底、震撼。他泪流满面，呜呜哝哝地感动着。

张岚替他吻去了泪水，把他的头拥进自己的怀里，然后用手指插进他的发际，不停地揉搓。她的马尾辫轻轻地扫着他的脸颊，那熟悉的清爽的香味立刻弥散开来，让他忍不住深深地啜吸。她的胸脯剧烈地起伏，像海浪推送春潮，让他忍不住贴耳谛听。她的心跳，像树叶一样叮叮。这激起了他强烈的欲望，把手偷偷地潜入她的衣襟。手却被她按住了，就按在那里，不叫它有进一步的举动。

亲吻和拥抱是她主动给予的，招引之后，却又不叫忘情地放纵，他感到被动，懊恼之下，他挣脱她的拥抱，慢慢地蹲下身去，渐次从大腿抚摩到脚踝。她被触动了，浑身像烫着一样颤抖，嘴里忍不住发出呻吟。好像得到鼓励，他又从她的脚踝渐次摸上大腿，到了腰部遇到扣襻，他不由分说地解。她在他的脑门上用力地摁了一下，阻止了他："小破孩儿，没想到你这么坏。"

一个"坏"字，让他失了兴致。是啊，一个从青葱大山里走出来的清纯少年，怎么也藏着这么多杂质，出人意料地丢人。

接下来，他们席地而坐，肩膀靠着肩膀，静静地听树叶叮叮。

久久的沉默之后，她突然抓过他那双不安分的手，轻轻地揉搓。"我好像爱上你了。"她说。

他也在她的手心里抓了一下，说："嗯，我也好像爱上你了。"

她笑笑，说："小破孩儿，我想告诉你，女人就像北冰洋汽水，你要慢慢地品，不能太着急，喝得太急了，不仅不能解渴，还会呛着。"

他猛地从她的把握中抽出自己的手，说："我哪儿能跟你比，你会预谋。"

这之后，他们每隔一段时间，就会爬一下水塔。他们每一次都会热烈地拥抱、亲吻，虽乐此不疲，但也止于此。他们都觉得，青春之爱，远离占有才浪漫，才纯粹，才美好。一旦掺杂了性，就会不明不白，就会乱而生怨，直至厌弃与恨。

多年之后，他们也没有消弭对彼此的热情，每次见面，不管是私下，还是当着旁人，他们都很自然地拥抱，即便是到了偌大的年纪，也满脸的天真无邪。他们也很坦率地分析过他们之间的感情。他们即便是爱，也是不果之爱情，不会走进婚姻。不在于张岚比吴心大五岁，而是在于他们迥异的出身。张岚出生在部队大院，见过世面，心高气傲，不会将就低层次的生活；而吴心出生在山地，土地本色，朴实颟顸，随遇而安，不挑剔日子——这样的两个人如果步入家庭，青春的吸引和新鲜的感觉消失之后，就会产生龃龉和隔膜，就会成为怨偶，就不美好了。有人说，这多少有些不真实，甚至矫情。要知道，不婚之爱也可以有性。那是当代人的事，在当时的社会风气之下，传统观念还占据着主要位置，人们本能地讲操守、讲守身。况且张岚生活在部队大院，父母对儿女的管束是严的，而吴心又生长在最底层，封闭自然伴随着封建，跟人上床是天大的事情，不可轻越雷池。

本来在生理上和心理上，女孩子就比男孩子早熟，再加上部队大院那样的城市环境，还有五岁的年龄之差，张岚自然会趋于主动，扮演情爱引路人的角色。但她本性温柔，心有戒律，便既招引（他们避免用“勾引”一词，认为那很下作）又制止，既欲动又收敛，一切都管控在纯情的层面。用张岚自己的话说：“杰克·伦敦所说，绝不能跟戴眼镜的女人调情，因为她们怪癖、无情，反复无常，意思是对的，但用词缺乏准确——她们不是怪癖、无情，反复无常，而是复杂。不戴眼镜时，她们很感性，有原始的情欲躁动；戴上眼镜后，她们很理性，能看到放纵之后的破坏性后果，所以她们懂得当止则止。所以吴心，对我，你不能猜疑和抱怨，我只能给你这么多。”吴心说：“我对你，有的是感恩，绝无猜疑和抱怨，我说的是真话。”张岚在这段感情中，扮演了母亲、姐姐和情人多重角色，这一点吴心是感觉得到的，他很受用，像被宠坏了的孩子，他很依恋她。即便分居各处，他也常常思念她的怀抱和热吻，觉得是一笔享用不尽的财富。

后来有一天，吴心读到了司汤达的长篇散文《论情爱》，他很吃惊，因为他在小说《红与黑》中放笔写勾引，在这里却大谈忠贞之爱。互文之下，他感悟到，其实司汤达内心是一块净土，他描绘放浪的目的，是让人看到毁灭，从而呼唤忠诚与贞洁。

比如他说整个阿拉伯世界，最能出现爱情的典范。为什么？首先，“昏暗的帐篷”“孤寂的沙漠”，给爱情的产生提供了最适宜的环境。其次，伊斯兰教义的有关规定，不仅使情夫和情妇之间建立了平等的关系，而感情的约定，有神圣的意义。“在阿拉伯人的帐篷里，山盟海誓绝不会遭到亵渎，背信弃义这种罪孽的直接后果就是受到被人蔑视或死亡的惩罚。”即便是一夫多妻，即便是暗通情缘，一旦确定了爱情关系，就不能厚此薄彼，都要给予尊重，也不能轻易抛弃，要切实地担负起责任。

司汤达在散文里把爱情放在文化背景下进行考量，让自己的结论有民族性格、人文伦理的支撑，使之言之有据。好像他不满足于学理和观点上的正确，更注重为爱情本身画像。他描绘道——

在阿拉伯塔格莱卜部落，一个富裕的基督教姑娘爱着一个年轻的穆斯林。她把自己全部的财产赠予他，以赢得青年的爱情。但倾尽财宝，却未获取真心，一切破灭之后，她付给一个艺术家一百个第纳尔，请他为自己塑一座她所爱的那个青年的雕像。雕像塑成之后，姑娘把雕像耸立在她每天要经过的地方，深情地朝拜。起初她总是亲吻雕像，后来她心力渐竭，就久久地坐在雕像前暗自垂泪。直到夜色降临，才依依不舍地离去。这种情形无限地延续着，直到那位男子逝世的那一天。她闻讯而来，乞求能最后再看他一眼并允许她吻一下他的遗体。如愿以偿之后，她仍然回到那座雕像前，和往常一样向它致意并且不停地亲吻它，然后在它的旁边躺下。天亮之后，人们发现她已气息断绝，她的手指指向她临终写下的几行遗言。遗言的意思是说，即便她终生与自己的爱情无缘，但是她无悔。

司汤达的用心，是让人们超越具体的爱情对象，甚至是尘世的感性之爱，爱上爱情。结合司汤达自身的情感经历，吴心得出结论，司汤达对爱情有着深刻的信仰，即便他一生总是跟爱情擦肩而过，心中留下了累累伤痕，但是他痴心不改，为爱情泣血而唱——唱感天动地的爱情圣歌。

这个发现，让吴心激动不已，他立刻驱车去造访已当了一所职工教育学院副院长的张岚。由于是贸然的访问，张岚很吃惊，问："你又有什么事要我帮忙？"他们毕业之后，几十年来，吴心找张岚办了许多事，每一次她都不推托，千方百计给他办成，莫逆的程度比他名分下的妻子还要深刻。

"这次来不是让你办什么事的，是专程给你推荐一篇文章。"他急切地递上司汤达的《论情爱》。

"就为了一篇文章？"张岚笑着接过去，说，"你都老大不小了，怎么还跟小破孩儿似的。放在我这儿吧，我回头再读。"

"不成，我要你现在就读。"

吴心站着，让张岚坐下来细读。但读着读着，张岚也站了起来。

看得出，她也被深深打动，有了肃然的情绪。

读完，她久久不说话，只是用夜鼠一样的眼光直直地凝视着他。她已换成了隐形眼镜，所以她的目光很赤裸。

吴心很紧张，努力猜着她的心思。

后来张岚凄然一笑，说：“再让我抱抱你吧。”

吴心毫不犹豫地拥抱上去，抱得很冲动，有点紧。

“看来，我们年轻的时候做对了。”张岚贴着他的耳朵说。

十五

夏天即过，秋天欲来，作为农业院校的学生，开始了最后的毕业实习。

他们的实习地点是丰台大井村的菜地。由于是露天劳动，阳光之下，同学们的身材、相貌和表情比在室内看得更加真切。所以吴心在看张岚时，第一次发现，虽然她身材丰美、袅娜，但面色苍白，几无血色，近乎病态。手下的活计是给番茄除草、定苗，因为是把书本里的知识验证在大地上的田垄，所以大家干得很投入、很兴奋，便兀自埋首沉浸。只有张岚时不时地直起腰来，看着眼前的一片青翠发呆。她好像很累、很痛苦，汗流满面，不停喘息。脸相也有些扭曲，美色消褪，甚至有些丑。

吴心迷惘地看着她，被她躲闪，视而不见。

她被同学们落在后边。

吴心很想返回去帮助她完成属于她的那垄作业，但怕暴露亲密，只好摇头作罢。

这时站起了一个人，瞪了他一眼之后，毫不犹豫地走到张岚身边，急匆匆地帮她锄耪。

这个人就是朗诵诗的女同学马小婵。

她们很快就赶了上来。直起腰小憩的时候，张岚勾在马小婵的肩上贴着耳朵说笑，给吴心的感觉是，一半是在表达感激，一半是在表达亲密。

上眼望去，马小婵不仅有一个超凡的胸部，还有一张红彤彤的脸。与张岚相比，她不仅美艳，还特别结实。这时的张岚，苍白的丑陋之外，不过是比马小婵略高一头而已。

原来怎么没有发现?

不知为什么，他不禁多看了马小婵几眼。他的目光被马小婵捕捉到了，被狠狠地回瞪了一眼。

在一个无风的夜晚，吴心和张岚依偎在大井河畔，拥抱与亲吻，感到这世界除了温柔，还是温柔。大井是都市里的村庄，向东，是高楼林立，向西，就是一眼望不到边的菜地。河水清浅无波，映射着稀疏的夜星，平畴静美之上，点点星光好像一块块闪亮的疤痕，有病态之美。

张岚摁了一下吴心的额头，突然说："你真是一个听话的孩子，我真为你的未来发愁。"

吴心说："那你就一辈子守在我身边，尽你母性的义务。"

张岚摇摇头，说："就要毕业了，我要把你托付给一个人，她能陪伴你终身。"

吴心吃了一惊，问："谁？"

张岚说："马小婵。"

“这怎么可能？”

“难道你没有发现，她一直暗恋着你？她可是一直跟我说，她绝不能放过你，要你赔偿她的精神损失。”

“不就是一首诗朗诵吗？”

“就是那首诗朗诵，你让她在众人面前暴露了胸部，她感到羞耻，一直耿耿于怀。”

“都大学生了，还这么封建！”

“你要知道，她来自京东农村，也是乡下孩子，有强烈的贞操观念。”

吴心调皮地在张岚的胸上揉了一下，说：“这也算事？”

“请你对我尊重一点。”一向温柔大方的张岚，这时却红颜变色，在他的手上狠狠地掐了一下，说道。

吴心很尴尬，不知所措地看着她。张岚凄然一笑，说：“其实是马小婵托我跟你说，她很喜欢你，想跟你处对象。并且跟我说，就要毕业了，再不说破，就来不及了。”

这真让吴心感到意外，说：“张岚，你真让人感到不可思议，你一边跟自己的爱人投怀送抱，一边却保媒拉纤，把他推给别人，你的心可真大。”

张岚说：“你可别把我往歪里想，我不过是比你对感情这东西多了一点理解。我爱你是真的，但不可能走进婚姻。婚姻很实际，多的是柴米油盐，还要生儿育女，做这一切，需要好身体，需要足够的耐心。而我的天性，喜欢轻松浪漫，害怕柴米油盐，更害怕拖儿带女，所以，我打算一辈子独身。”

吴心说：“你高大丰美，身体好，你胆大心细，有能力，怎么就不能当人家的媳妇？”

张岚说："你不知道，我不过是个空心萝卜，外边看着青翠多汁，里边其实是糠的。我也不是什么胆大心细，不过是菜地里的稻草人，不过是吓唬吓唬小个子的麻雀，遇事就心虚，不敢碰硬，怕惹麻烦。我小时候在部队大院，虽然个子比一般女孩大，但从来都是被她们欺负，因为我连个脏字都骂不出口，连个巴掌都不敢往别人身上打，只能蹲在地上自己哭。"

"那你怎么就会勾引男人？"吴心把到了嘴边的话又咽了下去，说："那你怎么就会欺负我，让我整天魂不守舍？"

张岚笑着说："谁让你不禁招惹，爱上我了呢？因为我知道，男人一旦爱上女人，就会百依百顺，就会心甘情愿被女人欺负。说来说去，还是你给了我欺负你的勇气。"

接下来，张岚让吴心躺在自己的大腿上，轻轻地揉搓着他的头发，耐心地劝说："姐跟你说，这男人要给自己找媳妇，最好是找爱你的女人，而你爱的女人要当作画，挂在心里欣赏。为什么？你爱的女人会慢慢变老，会失去魅力，你会失望，会爱不成恨不起，剩下的，就是无奈的痛苦。而爱你的女人，即便你老了，她也不会嫌弃，而且男人都是增值股，越老越有实力、越有魅力，她会更稀罕你。对这样的女人，你起初就没有多余的期望，她一有点好，你就惊喜——一点好加一点好，就是一个惊喜加一个惊喜，她就真的让你喜欢了，感情慢慢就厚了起来，婚姻就牢固了。我们部队大院，大凡模范夫妻，都是女追男，很少有男追女。就说你和马小婵吧，她说是要你赔偿她的精神损失，其实是想追求你，因为你有才，人长得又唇红齿白，好看，她很迷你。再说，她也是农村来的，你们的品性接近，对生活也有相同的态度，她不仅好看，而且还健康结实，不仅能伺候好你的柴米油盐，也会尽心尽力为你生儿育女。你们将来的日子，会如鱼得水，顺心遂意。你信姐姐的吧，姐姐比你大，比你知道得多，比你看得清楚。”

“姐你别说了，”吴心在张岚的大腿上翻了一个身，背过脸去，“你虽然说得有道理，但是我还是不可能接受她，因为她对我没有吸引力，缺乏动力。”

张岚插在吴心发际里的手，抓住他的发根，使劲往上提了提，随着吴心的一声尖叫，她说：“你真是不老实，你在田埂上的眼神我可都看到了，你死死地盯着马小婵，一脸馋相，哼！”

“这能说明什么？”

“说明了一切，”张岚有些激动，“我知道，一个女人的身体要是吸引了男人的眼睛，她的心，也会慢慢地走进男人的灵魂。”

张岚的眼睛真毒。在田埂上，他看到马小婵通红的脸庞、超凡的胸脯，心里的确动了一下。

他当时不知道为什么会这样，但是现在，看着渐渐密起来的星斗，枕着女友渐渐厚起来的大腿，听着她渐渐真切起来的话语，他似有所悟：马小婵的美艳与结实，既符合哈菲兹的审美，又符合山地人的生活伦理。

吴心不禁说道：“张岚，你知道不知道，你这是在亲手葬送自己的爱情啊！”

“谁说是葬送？我这是在追求永生。”张岚俯下头来，吻了吻吴心的发梢，“我不跟你走进婚姻，我的种种好会永远印在你心里，你会永远想我念我爱我。”

十六

张岚牵了红线之后，马小婵几乎是奋不顾身地扑上来了。

她对吴心说："你与张岚的事我其实早就知道，为什么还要跟你好？因为她与你再好，也不可能走进婚姻。你也别反驳我，因为我深知她的底细——我们同在一个宿舍，张岚常常在睡梦中大叫一声惊醒，醒来就不停地喘粗气。起初大家以为她是梦魇了，但频繁的梦魇，就让人感到奇怪。后来她偷偷地告诉我，她有先天性心脏病，心脏膈膜位移、冠状动脉狭窄，不能累着，也不能激动，更不能有大的悲喜。虽然她很多情，也很好色，但不能放任欲望。所以，她一边欲动着，一边克制着，不敢尽兴。她几次很伤感地对我说，她这辈子不适宜结婚，即便是有爱情的花朵开放，也只能一边开一边凋谢，结不出最终的果实。因此，不怕你不爱听，你对于她，就是一个小玩意儿，是一时的稀罕，一旦分开了，也就相忘了。所以我不在乎你们到了什么程度，一切都是无用功，而且还给我做了热身，我为什么要在乎？"

吴心觉得马小婵说得太直白，甚至有点粗俗，本来是应该反感的，不知为什么，他反倒感到很可爱，逗弄道："听你的口气，好像我必然就属于你，你的心可真大。"

马小婵嘿嘿一笑，在他面前摆了摆腰身，说："你看看咱这胸脯，这身膀，就一个字——壮。壮是本钱，既可以伺候你的柴米油盐，又可以给你生儿育女，你不选我选谁？"

她的话吴心在张岚那里听到过，这时好像是在鹦鹉学舌，看来张岚与她已经串通好了，成了同谋。他笑了笑，在胸前做了一个托举的动作，说："祖国啊，你有两个硕大的乳房，一个代表着哺育，一个代表着宽容。”

马小婵脸倏地红了，捶了他一拳头，说：“就凭这，我也饶不了你！”

马小婵结实、朴实、诚实，而且还丰美、艳美、纯美，的确可以做既上厅堂又下厨房的现实之妻，而且，眼看就要毕业了，读了那么多的书，写了那么多的诗，却一篇都没有发表，投入了那么多的情感，注入了那么多的心思，反倒还不能抱得美人归，真是有些亏。不成，虚空必须有人填补，怎么也要收获一枚媳妇。

还一枚媳妇，他感到自己可笑，书读多了就酸，现实的考虑也弄得这么雅致，真是病得不轻。

张岚自己怎么没有跟我说她有先天性心脏病？他稍稍感到一点不公，但很快就释然了。因为这牵扯着一个女人的自尊，她怎么会轻易点破，而且她又是那么高傲、优雅、美丽。再说，这是不是马小婵的攻心战略，也未可知，算了，没必要纠缠了。

其实他也不愿意相信张岚真的有先天性心脏病，宁可相信，她对他欲拒还迎的态度，不是身体的原因，而是出自心性。她是自己的女神，完美之下，岂能容有残缺？维纳斯残缺反而更美，但那是艺术雕塑，而张岚是可以拥抱的鲜活的人。

当他决定试着跟马小婵相处之后，第一时间就报告了张岚。张岚半天没有说话，迷离的眼睛很忧伤地看着他。吴心觉得，这是很自然的反应，如果不是这样，反倒叫人不能接受，好像他们之间玩了一场情感游戏，纯粹是性的吸引。后来张岚叹了一口气，说：“你是我培育的一颗感情的果实，快要熟了，却拱手让给马小婵采摘，我真的心有不甘。”吴心说：“你可以不让嘛，我本来就是属于你的。”张岚摇摇头，说：“算了，做人要厚道，不能太自私，我不能耽误你。”

说到马小婵，吴心承认，她的外形是很招人喜欢的，但是性情是不是相合，还是个未知数。况且离毕业已没有多少时间，短期内也不会有多么深的了解，所以他一点信心也没有。张岚笑了笑，给他提了一个建议，要他利用假期，带马小婵出去旅游。她认为，一离开熟悉的环境，旅途上只有你们两个人，她自然会真情流露，而且女人一到了大自然，马上就变成了孩子，心性立刻就会暴露得无遮无拦，你想看到什么就会看到什么。

吴心听了张岚的建议，笑了，笑得怪怪的，表情也是坏坏的模样。张岚一愣，问："你什么意思？"

吴心告诉她，他们俩的谈话，让他感到不可思议，就好像一对男女躺在一起肌肤相亲，女人却还能心平气和地给身边的男人支着儿，教他如何去跟别的女人上床。

"这有什么不好理解的，我本来就没跟你上过床嘛。"

吴心点点头，又马上摇摇头，因为他心里在想：虽然他把张岚当作自己的华伦夫人，但跟卢梭的华伦夫人是不一样的。因为两个女人出生的年代不同，本性里浸染了不同的社会内容。所以他相信，即便他跟张岚上了床，她也会为他跟别的女人上床的事出谋划策。

想到这儿，吴心对张岚的缠绵不舍，变得淡了一些。

十七

听从了张岚的指点，吴心利用假期，选了一个近处，带马小婵到承德旅游。

关于这次出行，多年后吴心写了一篇游记做了回溯。那篇游记的题目很香艳，叫《如花美眷到承德》，给人的感觉好像是偕新婚的妻子去度蜜月。文中这样记述——

多年前的一个春深时刻，我偕一天青色的女子到了承德。起因很简单，它有园林，它有草原，而且离京华近些，仅一百八十公里的距离。这还不是核心的原因，最诱人处，是它有一条“热河”——清波荡漾且温暖，与蜜月的意象相仿，摇荡心旌，如蛾向火，趋之。

到了承德，已夜幕四合，武烈河弄响，虽迤逦如带，却波声沸然。夜之黑，放大了河的神秘，她拽紧我的衣角，喃喃说道：“我只身随你来，好像四处都是陷阱，你要护紧我。”

歇在面河的一爿小店，迎面的山上，正有一个磬槌峰，一独石兀挺，惊心动魄。她说：“造化也重男轻女，弄雄风扑面，覆盖温柔，好令人心悚。”

我说：“这很好，对我，你不得不依恋。”

真是依恋的，相拥榻上，明明缠抱着，在密匝中，她却也嫌有间隙，说：“抱紧我。”

…………

在庙宇之游中，给我们留下最深触动的，自然是普乐寺中的欢喜佛。因为在爱情中的男女，敏感于“欢喜”二字。

欢喜佛起源于古印度原始宗教。男代表智慧，女代表禅定，二者如车之双轮，鸟之双翼，缺一不可。男女双抱合体，智慧与操守双成，即所谓“悲智相合”，方为一完人，方圆满具足，以至于业障摧毁，修正有得，乃“大欢喜”。换言之，欢喜佛之欢喜，为降服对方，亦被对方降服之欢喜。

她说：“原以为欢喜佛是鼓吹纵欲的，却这么严正，倒好像是一部爱情的辩证法。”

女孩子一有悟性，便愈加可爱，虽众目睽睽，光天化日，我也忘情地把她抱进怀里。

…………

这篇游记，真情与假意，实况与虚构，是混搭的，一切都是为了把文章做好。

“抱紧我”的真相是这样的——

虽然吴心跟马小婵同宿一室，却一个睡在沙发上，一个睡在床上。

当夜深人静，风吹庙树，哗然作声，壮美的马小婵却表现出异常胆小的样子，对睡在沙发上的吴心求救似的说：“你能不能上床来，抱紧我，我很害怕。”

“不能，”吴心摇摇头，“因为我读的黄色小说多，爱冲动，所以比你还害怕，怕管不住自己，做出出格的事。”

“可是我不怕，”马小婵伸出双手，做了一个邀请的姿势，“自从朗诵了你的破诗，让人哄笑之后，我就不害羞了。”

吴心说：“那也不能，因为咱们俩才刚刚开始，鞋子穿在脚上合适不合适还不知道，现在就跟你弄得那么不清不白，我怕到时候甩不掉你。”

“瞧你那点出息，”马小婵瞪了吴心一眼，“不过你放心，我不比张岚差，想甩你尽管甩，我不会讹上你。”

马小婵的话让吴心很不舒服，说：“我跟张岚怎么了？我实话告诉你，我们俩也是有行有止，至今还是清清白白的。”

见吴心被激怒了，马小婵咯咯地笑了起来，把双手缩进被窝，从里边把被子拽紧，竟说：“我现在不怕了，我要睡了。”

他们的的确确恋爱了，有了一丝依恋、有了一丝缠绵。因为在大自然的底色中，马小婵立体了，美好了。她结实中不失温柔，朴实中不失聪慧，老实中不失洒脱，全没有乡下女孩的硬直、干瘪、刻板，也是心中妩媚、善解人意的，也是胸有雅意，柔软多汁的。

她可以作为人选，转正为未来的媳妇。

他回到学校之后，把自己的感受如实地告诉了张岚。

以为张岚会祝福自己，没想到她听过之后，忍不住嘤嘤哭泣。吴心无措，只好试着递上手帕。她一把推开，用手捋了一把泪水，恨恨地甩在地上：“吴心你听好了，毕业之前，咱俩私下里就别再来往了，咱们要对得起马小婵。”

吴心吃了一惊。这么优雅的一个人，怎么就这么不优雅了？

十八

实习结束，毕业分配。

没想到在分配环节上发生了意想不到的事——

吴心出了几年黑板报，写的朗诵诗又给学校拿了大奖，他在校园里知名度很高。所以，基于他的文艺特长，校务会讨论决定，让吴心留校，在校团委工作。

校团委书记代表学校找他谈话时，他慨然应允，毫不犹豫。他本来就不喜欢自己所学的专业，正为毕业之后的去处犯踌躇，不期就来到了适宜的岗位，这疑似天上掉馅饼，让他喜出望外。

一如花朵刚刚绽开，就猝遇倒春寒，吴心正沉浸在欢悦之中的时候，头顶上竟意外地落下来一记闷棍，他被沉沉地击中。

打闷棍的人竟是给了他入学机会的李老师。

当得知吴心留校的消息之后，他急迫地找到校长。他对校长说："这个学生不能留，因为他的表现很差、影响很坏，留下他会败坏学习风气，破坏学校秩序。本来他是高考落榜生，是学校开恩，把他特招入学，按常理，他应该以感恩的姿态学好专业，他却旁逸斜出，去搞什么文学。搞文学不怕，只要专业学习合格也就罢了，可怕的是，他乱搞男女关系，把我最得力的文体委员、最看好的学习尖子都拉下水了，都心甘情愿地跟他天昏地暗。这也不可怕，男女之间就像天要下雨娘要嫁人，随它去好了，最可怕的是，班里的大部分同学，甚至学校里的许多学生，对他很是羡慕，还把他当作偶像，严于管理的老师反倒成了被嘲笑的对象，这岂不是颠倒黑白！所以，他的流毒太广，负面影响太大，留下他是个祸害。"

校长说："李老师你言重了——专业之外多点爱好，成为'广谱'人才，将来能更好地适应社会，怎么能叫旁逸斜出？同学之间谈谈恋爱，即便是脚踩两只船，也是可以理解的选择，怎么会是乱搞男女关系？青春律动，有点偶像崇拜，正体现生机活力，怎么叫颠倒黑白？不要给自己的学生扣帽子，更不要一棍子打死。现在是开放的年代了，不要固守老观念，要看到学生的长处，因才而用。校团委的工作，一直是死气沉沉，正缺少一个他这样的活跃分子，留下他，也正是顺应潮流，因势而为。"

李老师哼了一声，说：“你们校领导真是病急乱投医，他算什么人才，不过是一个思想意识有问题、生活作风有问题的小流氓而已，搁过去，我早就不能容忍，把他拉上台去，进行批斗了。”

校长嘿嘿一笑，说：“你怎么把自己的学生当批斗对象？说白了，你还是‘文革’思维在作怪而已。”

校长的话戳到了李老师的痛处，因为李老师“文革”期间是学校造反派的一个风云人物，后来成了重点清查对象，本来是要被开除出学校的，但他有很高的专业水平，是个很好的教学人才，推向社会实在是太可惜了，便留用了。留用之后，他老老实实、勤勤恳恳，成了所在专业不可或缺的栋梁，遂被提拔到系主任的岗位。所以一听到“‘文革’思维”四个字，李老师颜色顿变——“说不让我给学生扣帽子，你却揪员工的小辫子；如果说我思想不解放，不是一个好老师，那么你这么不讲政策、不讲原则，也不是一个好校长。既然这样，我就不客气了！”

校长一惊，说：“你要干吗？”

李老师不客气地说：“摆在你面前的两个人，我和吴心，你要留吴心就别留我，你要留我就别留吴心，你没有别的选择！”

问题严重了。校长摆摆手，对站着发难的李老师说：“你别激动，坐下慢慢说。”

李老师坐下了，脸色铁青，呼吸急促，一只手搁在臀下，好像座位上很硌人，一只手捋着前襟，好像衣不蔽体。

校长看到，李老师的上衣洗得都发白了，两个肘部缝着两块补丁，更刺眼的是，前襟上的五粒扣子的颜色，三粒黑两粒白。

校长心中一动，突生悲悯。这么多年来，李老师在生活上艰苦朴素，自律甚严，在教学上守成敬业，任劳任怨，是一个让人不能不敬重的好老师。面对这样的一个人，是不能伤害的。

“别让一个吴心伤害了咱们之间的感情，就让他从哪儿来就还回哪儿去吧。”校长说。

所谓从哪儿来还回哪儿去，这是农业院校的分配原则，就是说，毕业生一般都要分回原籍。当正式的分配方案公布之后，吴心愣了，煮熟的鸭子都飞了，这是怎么了？

分回原籍的毕业生，本区县也有规定，还要分回出生地附近的乡镇。之所以不回到本乡镇，是为了便于今后开展工作，做必要的回避。而出生地附近的乡镇也是大山啊，这就是说，吴心还要回到大山里去，走他视为畏途的崎岖山路和悬崖峭壁。“我的天啊！”他忍不住大放哀声。

当他得知是李老师从中作梗，他愤怒了，急切地朝李老师的办公室走去，想当面扇这始作俑者两个耳光，以发泄心中的怨气。但走到李老师办公室的门前，他又迟疑了。因为他想到，是李老师特招了他，对他有恩，而且还是自己的种种表现伤了老师的心。这种恩上之怨，钝化了他的激愤，他不能采取决绝的行动。往深里说，还是文学起了作用，他读了那么多书，内心锦绣了，温柔了，也懂得了这世间没有断然的恩仇，一切都是因果的作用。既然因在自己，就不能抱怨苦果，隐忍地吞下去，才符合道义，才符合情感伦理。正迟疑间，门开了，李老师吃了一惊：“你？”

吴心躲过李老师的眼神，竟说道：“我是来看看您，跟您道个别。”

李老师愣在那里，不知所措地捋着上衣的前襟。洗白的上衣，肘部的补丁，杂乱的扣子，这种极端的朴素，立刻就消解了吴心的怨气。他感到，如果再进行报复，就像重拳打在棉花上，不仅无力，还可耻。他忍不住给李老师鞠了一躬，扭身就走。

“吴心，吴心，你等等。”李老师在身后喊着。

吴心下意识地停了一下，还是决绝地往前走去。

“我只想告诉你，在乡镇工作，你一定也会有出息，因为你聪明。”李老师说。

后来吴心当了处级干部，也有了不小的声名，学校校庆的时候被作为优秀学生邀请。在座谈会上，他又与李老师相遇。李老师见到他，一点也不难为情，反而拽着自己的老伴移位到他身边，跟他坐在一起，而且还紧紧地握住他的手，一直不放，好像他是自己有出息了的孩子，很是高兴，很是欣慰。台上的校长很是惊异，总是把目光投过来。座谈会结束之后，李老师问他：“你是怎么来的？”他说：“自己开车来的。”李老师说：“那好，你就别陪校长吃饭了，拉我去个地方。”坐上车之后，李老师说：“我已经退休了，被卢沟桥太阳宫生态园聘为技术顾问，一群学生在那里实习，正等着我给现场讲课，怕孩子们等急了，只好麻烦你了。”

吴心问他：“您平常去做技术指导，都怎么去？”

李老师说：“都是坐公共汽车。”

“他们应该派车接您啊。”

“人家是安排了车接，但被我拒绝了，咱是搞专业的，不能摆谱。”

到了生态园，吴心想马上就告别，但李老师一把拉住他，说：“不行，你必须跟我去见见学生们。”

到了一座大棚跟前，李老师大声喊：“孩子们，你们快出来，看谁来了？”

孩子们应声而出，很自然地把李老师和吴心围拢了。李老师急迫地介绍说：“你们看，这就是我跟你们常说的你们的大师哥吴心。”

孩子们惊叫一声之后，转身返回了大棚，再出来的时候，每人手里拿着一本吴心的书，要他签名。

从孩子们的口里知道，这些书都是李老师花钱买来送给孩子们的。吴心很激动，一边给孩子们签字，一边流泪。

李老师说：“你们大师哥都是大名人了，还对老师毕恭毕敬，非要开车把老师送过来。”

李老师的话，让吴心有些无地自容，他忍不住拥抱了一下李老师，在他耳边小声地说了一句：“李老师，您真会折磨人。”李老师也小声地说：“你千万别记恨你李老师，我们那代人观念旧，没办法。”

吴心的心突然豁亮起来，对李老师说：“你们那代人令人敬重，因为没有私怨，只有公德，我那个时候，也的确是一匹害群之马。”

接下来李老师要讲课了，他对吴心说：“也别耽误你了，你赶紧回吧。”

吴心说：“不急，我留下来听课。”

他让一个小师弟给他找来笔和笔记本，跟他们一起席地而坐。

他听得很认真，也记得很认真，感到这一课，既属于技术，也属于文学，因为它与人心有关。

十九

吴心的原籍是京西大方山县，县委组织部派了一辆解放牌大卡车来校园接毕业生。各个专业的应届毕业生总共有十六位，连人带铺盖上了车之后，车斗里显得空空旷旷。

那辆车很破，走起来晃晃悠悠、嘎嘎吱吱。车帮上缆着两条粗大的捆绑绳，让人想到，这车平时是拉牲畜和大白菜的。同学们总不能往丑陋里猜想，就当是拉大白菜的，所以都说：“我们是十六棵大白菜。”

“十六棵大白菜”被拉进县委大院，进了一个光线暗淡的会议室。县委组织部的干部科科长正等在那里。那是一个中年女同志，面庞端正，面色白皙，有几分美。只不过她的牙齿过于整齐，也过于白，像假的一样，让吴心感到有些丑。

等待他们的是未知的命运，可吴心却有心思研究美丑，这就是因为他专业之外有文学，刻板少了，浪漫多了，已不觉得不合时宜。

分配方案其实早已定下了，所以那个女科长只简单地说了几句欢迎归来的话，就开始面无表情地念纸上的文字。

念到吴心，她特别多说了一句：“虽然原则上是要分回出生地附近的乡镇，但也要量才而用，他学的是蔬菜专业，而山区是没有大面积的菜地的，只有村民的私人菜园和漫山遍野的玉米堰田，所以要分到平原的产菜区——良乡镇。”

这真是天上掉馅饼，没想到那个该死的李老师堵了他的通幽小径，却给他预备着一条开阔的大路。虽然他也未必想到，但这仇中之恩，从李老师决定录取他的那一天起，就已经坐下了。

正在快乐地冥想之时，他耳边传来哭声，原来一个学畜牧的学生依规被分到了吴心出生的乡镇，那悬崖峭壁的坎坷，只怕就要由他替吴心走了。哭声很大，让在场的人唏嘘，这同情的声音给了那个同学勇气，他对女科长说：“您能不能也给我调到平原去，因为我腿不好，走不了山路。”女科长正色道：“既然腿不好，怎么会被学校录取？”那个同学说：“本来腿是好的，但在实习时被驴踢了，落下了残疾。”女科长没好气地说：“既然这样，你回学校去开证明吧。”

公布完结果，女科长说：“你们工作单位来人接你们了，就在大院里候着，你们自己去找吧。”说完就走了，不再管那个哭泣的学生。管事的人走了，那个学生的哭声立刻就小了，变成了难以抑制的抽泣，在场的人都凑过去安慰他。吴心却抬腿就走，因为他觉得痛苦是别人的，喜乐才是自己的，他要赶紧去会喜乐之乡来的人。

他找到了接他的车辆，是一辆后开门的武汉牌小货，他把铺盖往车厢里一扔，对接他的人大手一挥：“走！”有恬不知耻的豪迈。

良乡镇的办公大楼就坐落在城中心的街面上，它坐北朝南，眼前的大街很宽阔。令他喜出望外的是，对面居然赫然地立着一座邮局的小楼，墙体上的绿色，像是新刷上去的。他心里难以抑制乐了一下，得寸进尺地嘟囔道：“附近要是再有一个书店就更好了。”

接他的人一笑，说：“你朝东看。”

他往东一看，离办公大楼不足百米的地方，正比肩而立着一座三层小楼，楼体上横挂着一块大牌子，上写着：新华书店。

他忍不住大喊一声：“都有了！”

接他的人被他吓了一跳，不解地问：“什么都有了？”

“心中想的都有了。”

接他的人也不再多问，只是撇着嘴摇了摇头。

放下铺盖，他立刻来到街上，先是走进邮局，出来之后又走进书店，他有些不相信，要再次验证一下。

验明正身之后，他情不自禁地泪流满面。对一个热爱文学的人来说，邮局可以投稿，书店可以买书，输出输入的路径都有了。

这一刻，他爱上了命运，觉得自己强大起来。

他满怀喜乐兴冲冲地去向镇领导报到。接待他的是党委副书记、镇长李惜才。李镇长见了吴心，劈头就说：“早就盼着你来了，我有一万七千亩的菜地，很需要一个你这样的技术员，所以我让司机开我的专车去接你，你别看它是个破武汉小货，它可是咱们镇里最好的车。”

“荣幸，荣幸。”

“也别受宠若惊，接下来你要好好干，我对你有期待。”

李镇长接着对他说：“为了让你能安心工作，先让你休整一个礼拜，回老家安顿安顿。”

吴心走出镇机关大院，急匆匆地往北关公共汽车站走，因为李镇长告诉他，一小时之后，正好有一辆进山的公共汽车。

他正低头赶路，猛地被什么人从后面拽住了。回头一看，正是那个哭泣的畜牧专业的毕业生。

他叫陈景旺，身材高挑，面目清秀，是个典型的小白脸。陈景旺凄哀地对他说：“你要救我。”

他告诉吴心，说：“我摸了那个女科长的底细，她有个弟弟叫赵玉森，就在你们乡中心校当校长，听说他对你很赏识，跟你有亲密关系。他家就在县城的护城河边上，眼下他就在家里休假，所以你一定要跟我走一趟，托托他的关系。”

吴心说：“我要赶着回老家，公共汽车还有半个多小时就到了，我顾不上了。”陈景旺一听，把他抓得更牢：“不行，你如果不帮忙，我绝不放你走。”

面对这绝望中的乞求，吴心心中的喜乐立刻转化为一种义气，说：“好，我就跟你走一趟。”

到了县城的护城河边，他们看到了一爿小小的商铺，吴心马上就有所悟，对陈景旺说：“求人办事，怎么也不能空着手吧？”

“然而我没钱。”陈景旺说。

吴心很想说，我也没钱，但他上衣兜里的两张十元面值的票子自己就动了起来。那是刚才李镇长给的，他知道穷学生钱紧，而回家省亲，怎么也要给老人买点点心，就主动提醒并递上二十元现金，见吴心不要，就说：“算是借给你的，开了支之后再还。”

吴心买了一兜苹果、一兜橘子，花去了五元：“给你办事，还要我掏钱，这是什么事儿啊！”

“这是人情债，跟高利贷差不多，不是好还的，所以你也就别抱怨了。”陈景旺说。

这让吴心感到，这个同学还是很有情趣的，日后很可能成为知己，就哈哈笑了起来。

见了赵老师的面，发现他还是那么文气，只不过脸颊多了两块肉，在雅中有了庄重。这层庄重疑似入世，他也不客气，很自然地接过水果，说：“是不是为了分配的事？我感觉你该找我了，正候着呢。”

“是为了分配的事，不过不是我，而是他。”吴心指了指陈景旺。

陈景旺缩了缩脖子、鞠了鞠躬，说：“赵老师，我叫陈景旺，给您添麻烦了。”

听了陈景旺的陈述，赵老师半天不说话。以为他要说教或推托，没想到他张口说道：“山里的孩子好不容易考上了大学，自然要到山外发展，这是可以理解的，大山青苍，远看是景，近看就是坎坷，谁不愿走通途？这个忙我帮了，我现在就去找人。”

他叫他们二人就在家里等他，等他回来就能见分晓。

看着赵校长匆匆出门的背影，吴心大为感慨，这个人还是那个在小河沟里跟他谈心的那个人，还是那个激情洋溢背诵《哥德巴赫猜想》的人，入世再久，也是书生本色，不泯同情与悲悯的初心。

夕阳西下的时候，赵校长回来了。一进门他就大喊：“成了成了，吴心你别嫉妒，他分的地方比你还好，就是县城所在地——城关。”

吴心首先想到的不是嫉妒，而是深深的感动。因为这个赵老师也是恁大年纪了，却还跟孩子一样，帮人成事，也不矜持，而是不遮不掩的喜悦，好像是自己的事情一样，让被帮的人以为不过是举手之劳，甚至都羞于报答。

所以他狠狠地推了只顾傻笑的陈景旺一把，说：“你应该替你的父亲感谢赵老师，还不赶紧叫爹。”

“爹。”陈景旺脱口而出。

看到陈景旺反应很快，态度也很真诚，吴心的不平得以平息，因为它化解了不公。凭什么我的恩师对陌生的人也这么热心，岂有此理！

一声爹叫得赵老师手足无措，他满脸通红，不停地推眼镜的白框，说：“过了，过了。”

正在这时，赵师母回来了，好像终于得到解脱一样，他劈头就对她说：“你赶紧去买菜，要留两个孩子吃饭。”

赵师母嫣然一笑，说：“好，我马上去。”

赵师母买回菜就立刻下厨房，也不让人帮厨。整个过程，她始终面带微笑。从侧面看，她脸形柔美，身姿妩媚，像雷诺阿《圣经》绘画中的人物。

“多好的一对夫妻啊！”吴心不禁感叹道。

晚饭上了酒，为陈景旺庆贺。陈景旺幸福难抑，多喝了几杯，喋喋不休地说着感激的热话，其表现近乎肉麻。赵师母笑吟吟地说：“你也别过意不去，因为你们赵老师就是这么一个人，如果能帮人而没帮，或没有帮成，他比当事人还难过。”

天色很晚了，赵老师说：“我家居住条件差，我送你们去旅店。”

到了旅店，赵老师抢着付了旅费。吴心和陈景旺很是难为情，言之讷讷。赵老师说：“这是老师的责任，你们别不好意思。再说，你们一对穷学生，哪里住得起旅店？”

送走了赵老师，既得利益者陈景旺又哭了，说：“真像是做了一场梦啊。”

吴心任他发泄，不说话。

“吴心，我刚才是不是叫了爹？”陈景旺突然问。

没等吴心回答，他又说：“既然叫了他爹，咱俩又是同学，自然都是他的儿子，咱俩自然也就是亲兄弟，不行，咱们就在这里拜把子，把关系确定下来。”

旅店的墙壁是白墙，陈景旺蘸着水在上边写下了三个名字，横着写的是赵玉森，并排竖写的是陈景旺、吴心。

他强拉着吴心面对三个名字跪下，说：“趁水渍还没干，咱赶紧举行结拜仪式。”

于是，苍天有眼，大地做证，兄弟同心，不求同年同月同日生，但求同年同月同日死，等等，弄得既滑稽又神圣。

后来，吴心的这位契哥，还真对得起他们的盟誓，虽然当了很有实力的畜牧水产局局长，也一直对吴心很尊重，每年春节都带着畜产品登门看望，弄得吴心过意不去，说：“你是哥啊，我去看你才是。”陈景旺说：“我虽然是哥，但没有你哪有现在的我，所以在我的心中你是大的，我必须看望，不然的话，就等同于畜了。”“到底是畜牧局局长，说的话很符合身份。”吴心调侃道。都觉得幽默，二人笑在一起。

更可贵的是，私人情谊最后变成了公德，在吴心受命组建文联的时候，为了改善文联的办公条件，陈景旺主动帮助装修房间，并送去大批的办公设备，包括会议桌、沙发、电脑、文件柜，让一个清水衙门免去了寒酸之相。为了顺理成章地为县文联提供帮助，陈景旺响应吴心的提议，成立了北京市第一家产业文联，县文联召开会议、来人接待，如果有困难，陈景旺就安排自己的产业文联出面落实。为了把产业文联办得名副其实，并助推产业发展，陈景旺勤于读书，带头搞创作，出了两本诗集，成了小有名气的诗人。在他的带动和倡议下，畜牧局成立了合唱团，开办了书画笔会，涌现出数量可观的业余艺术家。其中一个畜场的技术员，以黄胄为师承，常年在畜栏里近距离写生，画了一笔好驴，被人戏称“黄胄二世”，加入了中国美术家协会，其作品还参加了全国美展。

因为用文艺引领风气，畜牧水产局员工的精神风貌与别的单位大为不同，他们有情怀、有境界，上下同心，爱岗敬业，以担当奉献为荣，不仅单位连年被评为北京市的先进集体，还出了两个市级劳模、一个全国劳模。

吴心和陈景旺都很满意两个人的关系，因为两个人友谊和事业浑然交融，远离功利，脱离了低级趣味。

二十

吴心陪陈景旺到城关镇报完到之后，说好了一起回老家，但临上公共汽车前，吴心突然变了卦，说："你自己先回吧，我还要去个地方。"

陈景旺追问他去哪儿，他说："这不归你管。"

"不用说，一定跟女人有关。"陈景旺说。

的确跟女人有关。

由于自己分到了一个好地界，又帮助陈景旺分到了一个好地界，他内心喜乐满盈，突然生出一丝挂念，他要到京东去，看一看马小婵是不是也分到了一个好地界。

寻寻觅觅之下，终于找到了马小婵乡下的家。

马小婵的家真是寒酸。院子很大，却只有三间泥土房孤零零地立在那里，也没有正经的院墙，只是插了一圈木栅，柴门一推就开，而且顺势就歪在那里，一点声响都没有。院子也是一地黄土，中央是一个抽水井，架在井沿上的一挂手动压水机也有些倾斜，出水龙头还不停地滴水，下边接着一个锈迹斑斑的铁桶。

吴心不想喊，自己迟迟疑疑地往房门走，他想给马小婵一个惊喜。

但是马小婵的呼声却破门而出："吴心，吴心，你真的来了！"

破门而出的马小婵扑上了吴心的肩头，他差一点被扑倒，不禁感到，这个马小婵真是壮实啊。但是同时他又下意识地产生了一个疑问：这么贫瘠的一个地界，怎么就哺育了一个如此壮实的姑娘？

马小婵忘情地拥抱着他。透过她毛茸茸的发梢，他看到了窗玻璃后边觑视的眼睛。

"一个大姑娘家的，也不怕你父母看见。"

“我不管。”

果然就听到屋里一阵剧烈的咳嗽，吴心觉得那是一个不满的提醒。

进到屋里，黑洞洞的一片，什么也看不清。外边的太阳很热烈，眼睛被晃过之后，进到暗处，自然会感到黑。

定了一阵神，吴心才恍惚地看到了屋里的光景。他们进入的是中堂，两个隔断背后，是两个睡屋。睡屋的两扇门都开着，左右晃一下眼神，就看到了两间睡屋之内各自砌着一盘大土炕。因为站在中堂，吴心看清了里边的阵势。靠墙放着一排仓柜，柜前是一张浑黑的八仙桌，桌两边各放着一只坐柜，马小婵的父母就坐在上面，板着脸看着他。有三个半大小子也站在地上，嘻嘻笑着围着他看稀罕，好像他是从旷野里突然跳出来的怪物。见他不知所措，马小婵从角落里搬来一个方凳，让他坐下。

这样一来就构成了一个被审视的状态，父母是两座主神，马小婵和他的三个弟弟则是护神的使者，吴心就成了被捉来的妖孽。

“你是从京西大方山来？”马小婵的父亲问。

“是。”

“那里很穷啊，只产老棒子。”

“是不太富裕，但粮食够吃，还产煤，不缺钱花。”

在这一点上，吴心善意地撒了一点谎。因为虚荣心作怪，不能泄露喝粥、吃窝头、瓜菜代的真相。至于缺不缺钱，谁出门在外，也不会跟陌生人哭穷。

“我们的家境你也看到了，别笑话。”

“京西、京东同一个政策，都一样。”

“你很会讲话。”

"说的是实话。"

"我可就这一个闺女。"

"您放心，我会好好待她。"

"我不是这个意思，我是说，你要是跟了她，你可就累了，因为她身下还有三个弟弟。"

"你是说我会有身肩儿（负担），这不算什么，是男人就得有身肩儿。"

"这我就放心了，"马小婵的父亲瞥了瞥另一边的妻子，说，"也别坐着了，去给他拾掇饭。"说完他就站起身来，径直走出屋去。

吴心也跟了出去，想做进一步的攀谈。

在通明的光线下，吴心看到这个中年人很胖，但背有些驼，满面沟壑，有些老。

见吴心跟着，他指了指抽水井上的压水机，说："它有些漏，我又有心肺病，动一动就喘，没力气修它，你去把它修好。"

这让吴心一愣，这不由分说的支使，好像他已经是这家的女婿了。

他俯身端详，查看压水机的结构。因为京西山区吃泉水或者井水，靠瓢舀，靠桶打，他没见过这玩意儿，便怎么也研究不透彻，又不敢贸然拆，探究里边的毛病。他没办法，久久地愣在那里。

中年人看到这一切，摇摇头，叹了一口气："唉，算了。"

这一声叹息，刺得吴心心里发皱，因为那含意是失望。

马小婵适时站了出来，说："您也是的，人家是刚来的客人，就指手画脚，哼！"

父亲瞪了她一眼，说："多嘴。"

饭做得了，是四张偌大的烙饼，用锅盘儿（用高粱秆连缀而成）托着，放在浑黑的八仙桌上。菜是熟咸菜炒黄豆，外加一盘小葱拌黄瓜丝，还熬了一大锅小米粥。

大家围着八仙桌吃饭，父母坐在坐柜上，吴心跟他们相对，坐在方凳上，马小婵和他的三个弟弟环列两边，站着。

马小婵的父亲阴着脸对吴心说：“本来应该招待你点酒，但是我不喝酒，你也就免了。”

本来熟咸菜炒黄豆是好吃食，干妈炒得又香又柔软，上高中的时候，他都吃馋了，总期待着刘军带来。但眼前的熟咸菜炒黄豆，除了咸以外，根本就没有香的味道，而且还有一种很浓的霉味。他猜度，一是少油，二是黄豆搁的时间太长了，很不新鲜了。

即便是这样的吃食，一家人也吃得津津有味，马小婵的三个弟弟还不停地吧唧嘴，以致她感到难为情，羞得抬不起头来。

四张偌大的烙饼，转眼就没了身影，接下来就是稀里呼噜地喝粥，粥也转眼就见了底，好像从来就没有他这么个人，不必顾惜。

在马小婵家的第一顿饭，就吃得这么虚空，不过是一个象征性的吃。

晚上，吴心跟马小婵的三个弟弟睡在一个大土炕上，闻了一宿的汗臭、脚臭，几乎一直是醒着。

在这样的家庭里，他只待了两天。第三天一早，就带着马小婵回了京西老家。

虽然是短短的两天时间，吴心就完全了解了马小婵的家境。他的父亲沉默寡言，一句多余的话也不说。倒是她的母亲，喋喋不休地说话，把家里的一切存在，包括有几只鸡、有几头猪、有几亩口粮田、有几棵自留树，都揭露得底儿掉。

她的母亲个子不高，却有着大胸脯，身形显得很不成比例。她脸上虽然多皱，但心性透明，精力过人，十分豁达。她告诉吴心，人们都说她是话痨，太爱说，能说的说，不能说的也说。为什么爱说?因为在穷苦面前她没办法，就把它说破，一说破，穷苦就好像不在了。说，就有力量，就能忍受，她就什么都不怕。

她直截了当地对吴心说："你看，小婵的爸身体不好，家里什么都指望不上他，她三个弟弟学习不好，将来也考不上学，肯定还要在家务农，还要盖房、娶媳妇。盖房的事，也就全靠小婵和你了。"

吴心被吓了一跳。因为想到自己是一个刚要参加工作的书生，兴奋点只在读书写作，盖房那样的大事，太烦劳、太艰难，甭说去做，听着就发愁。

但他嘴上却漫应道："好说，好说。"

所以，他带着马小婵回老家，就有了一种逃跑的味道。

令人庆幸的是，马小婵也被分配到了一个好地界：是她老家所在的县的蔬菜办公室。办公室就坐落在县城，这就意味着她也疏离了这个令人窒息的家庭环境，多少有一点自己的生活空间，可以透一透气，涵养一下自己。

吴心在老家，陪着马小婵把假期待满，然后硬是把依依不舍的马小婵推上了公共汽车。

关于他们在老家的经历，多年后吴心写了一篇散文，影影绰绰地做了反映。那篇散文的题目叫《蜂擎荆旗》——

一如树高了，就有喜鹊筑巢、村庄繁盛了，就有猪狗，因为大山连绵，便有了遍地荆棵。

荆棵贫贱，叶小，株矮，且枝杈琐碎，既无树木之材，也无摇曳之姿，便不被人惦念，兀自生长着就是了。

然而它也开花。开得米粒大小，隐忍无形，一点也没有花朵的样子。

要不是有蜜蜂，它差不多就被人彻底遗忘了。蜜蜂殷勤，竟日里在荆花的微粒上采花粉，生生地酿出蜜来。因为荆花蜜名贵，有化瘀止痰兼及养生的效用，卑微的荆棵，才有了免于荒火和砍伐，贫贱却安妥地生存下去的理由。

是蜜蜂给了它尊严。

然而蜜蜂却背负上了一种沉重——荆花之微，意味着它的劳作之艰，上百次的采撷才有一滴蜜生成，累死于花间，便是常有的事，颇有壮志未酬，赍志而殁的悲壮意绪。但它们从来无悔，因为，一如圣诗总是唱给受难者，他们被人类感念，获得了永生。

所以，蜜蜂虽小，却终生唱大歌，那是荆花给了它生命的底气。

…………

荆花是有香味的，一种略带苦味的药香。白日里它专心地接受照耀，静心吸纳，一到晚间就尽情释放，漫山遍野都有香气缭绕。那时，地面的热气暗自蒸发，便香得浓郁，令人心浮躁。山里男女便欲望蓬勃，忘却日子的穷苦，都往对方的肉里爱。

贫地反而崽多，道理就在这里了。

一如遍地广种必有收成，十里蒿草必有嘉卉，柴门里的泥崽，也有聪颖者脱颖而出，走出山外，弄出一番不俗气象。所以，人杰未必是因为地灵，盖因不毛之地，了无禁忌，能自由生长。也是因为，纤草不做大树的期许，不高看自己，没心理负担，反而渐渐地长高了。

然而外人不这样看，总觉得那背后，一定有可圈可点的三二理由。

上大学的时候，因为自卑，总是躲避那些闹热的场合，众人意气风发的时候，我总是沉默。这反而引起别人的注意，遇事逼着你谈看法。一如狄金森所说，我不畏惧喋喋不休者，而畏惧那静静地待在一隅而始终沉默不语的人，因为他一开口，就不凡。即便别人有期待，我还是依旧胆怯，脸色通红，含笑不语。竟有一个女生主动示好，问其缘由，她说："你为人沉静，脸上有阳光，且唇红齿白。"

女同学之间，总会有勃豀龃龉，所以，她每遇不平的时候，都要在我面前发泄一番，寻求支持。我总是劝慰她说："你要宽容以待，不要斤斤计较。"她说："凭什么？"我说："当你能用'不凭什么'想问题的时候，你就会心平气顺，看到别人的好了。"她试着做了，果然心结消解，多了愉快，而且还有了很好的人际关系。她问我说："你是从哪儿学的这么善解人意？"我说："我从小就不被人关心、不被人理解，反而就学会了关心人、理解人了。"

她说："我不相信，一定跟你家乡的水土有关。"

到了暑期，她便执意跟我回了老家。

那时，荆花已开得异常繁盛，蜜蜂也采撷得异常繁忙，她被深深吸引，在山野上逡巡不止，乐而忘返。天黑下来的时候，翅翼收敛，但花香迷魂，她冲动地抱紧了我，在我耳边喃喃低语，这个时候，我只想爱，不管不顾地爱。

我们吻得很深，地老天荒，来世今生，均幻化在荆花与蜜蜂之间，都想充分给予对方。

但是，当我的手触到她的胸房的时候，弹性与坚挺，有金子一般的质地，不由得想到，这样的贵重，非瘠薄山地所能孕育，属稀有之财，不到生命攸关时刻，是不能轻易花销的。谦卑的本性，承受不得暴富，我止于吻。

回到庭院，她激情难平，眼生华光，双腮桃红，声音温柔。父母私下里对我说，这个女子，有大美。

独处一室的时候，她对我说："今晚你就留下来吧，陪我。"

我体恤她的似水柔情，与她和衣而卧。

炕还是那盘土炕，却多了一床用荨麻织成的凉席。荨麻多刺，直立在土地上的时候，手一触及，便刺痛难忍。但剖出的篾条却柔韧，水浸之后，褪去芒刺，再编织成席，就是很受用的床具了。躺在上面，虽沁凉如水，却感到了一丝辛酸，因为我第一次发现，粗鄙的父母，无所用心的表情背后，居然有细腻之爱深深地潜伏着，一经察觉，就重。

她说："我就说嘛，你家水土一定个别，你看，蜜蜂殷勤，荆花佛性，你自然多情，懂得爱。"

我说："也许。"

她说："那你就开始爱我吧，我由你。"

我知道她之所谓“爱”的含义，心中的不安便乘隙而生，婉言说道：“你累了，早点歇吧，属于我们的日子还多得是呢。”

她说：“不，我就要眼下。”

我对她说：“你看见我父母的房间没有，那盏灯还亮着，他们是在等我，我不回去，灯会一直亮下去。”

我回到父母的房间，对他们说：“她说了，我很久才回来一趟，让我好好陪陪你们。”

父亲看了一眼母亲，说：“这女子好，不仅有大美，还有大德！”

后来，由于分配到不同的区域，相距遥远，而我们又没能力调动，便没有最终走在一起。但是，虽然分离，却没有伤怨，有的是绵长的牵挂与惦念。

用她的话说，因为你保全了我，也就保全了你自己，在我心中，你依旧完整。

她的话，让我很受用，给了我一种做人的庄重。以至在一些人生的关口，我都能给自己的来路保持尊严：山地人虽率性，但绝不放纵。

对她的思念，也化成了一种深厚的东西——对美好情感始终有不疑的信念。

呃，开不败的荆花，永不停歇的蜜蜂！

虽大地如诗，涵养心灵，但生活有生活的逻辑，总有本心之外的一重重诱惑。为了不迷失自我，需一刻也不放松做人的警觉。所以，一路走来，我也有了一丝生命的疲倦。但是，一如蜜蜂，是那种无怨无悔、不轻不贱的疲倦。便虽然薄霜涴鬓，却依旧是唇红齿白。自己看重自己。

这篇文有自叙的意味，却多了虚构，是想象中的真实。

带马小婵来的季节是冬天，冬天哪来的荆花和蜜蜂？不过是觉得，既然是描写爱情，就要有浪漫的环境，只有这样，才感动别人，也感动自己。

其中“止于吻”的那段文字被众多读者视为金句，虔诚地抄录下来，并到处传诵。对此，吴心大感惭愧，觉得自己多少有些欺世盗名。自己哪有这等崇高的境界？不过是出于卑小的现实考虑而已。有那样的家境，马小婵的处子之身，是她赖以谋求生存和发展的原始财富，保全了它，三个弟弟的房子才能有人愿意出力去建筑。而他吴心把其视为畏途，只能怯而止步。他要逃得体面些，给良心一个安妥的位置。正如马小婵所说：“因为你保全了我，也就保全了你自己，在我心中，你依旧完整。”

事实上，距离也离间了爱情。一个在京西，一个在京东，两个人不可能做到长期厮守。既然不能厮守，本来就稀薄的一点缠绵、一点依恋，也就难以为继，分开就几乎是分离了。再加上三座房子的现实艰难，就更失去了走到一起的内在动力。所以，从把马小婵送上回京东的公共汽车那一刻起，吴心的心里就隐隐地生出一个声音：我们完了。

所以，文字中的完整，是悲壮的完整，它是对无奈的掩饰，是爱情的挽歌。

二十一

吴心上班以后，很快就被崭新的生活改变了。准确地说，是被新生活覆盖了，他已无暇顾及爱情的事。

他被分到良乡镇蔬菜站，站长是一个陈姓中年女人。她身材中上，头发稀疏，因为稀疏，就显得慈祥。她亲自带着吴心下乡，虽系公干，但都骑着自家的自行车。吴心的自行车，是站长暂时借给他的。她骑得慢，吴心尾在身后，感到压抑。所以，他不希望她事必躬亲，没有她在身边，他骑得风声四起，有放飞的感觉。但她总是亲力亲为，让他感到，负责，敬业，其实是有重量的。她把吴心当自己的孩子，归来晚时，她会直接带他去她家里，赐予饭菜和酒；他的衣服脏了，她会从他身上径直脱下来去洗；扣子掉了，她会一针一线地给缀。总之，她给他的都是不由分说的爱，不像是领导，却一如母亲。

问她为什么对自己这么好，她说："你是学专业的，而我不过是万金油，咱镇里的蔬菜种植，在技术上全要靠你，把你照顾好了，你才有心思照顾好那一万七千亩蔬菜。"

这是什么道理？那时的人以干私事的热情干公事，吴心被深深触动。

说到自行车，自然要说到李镇长。

由于吴心年轻，在分派下乡任务时，镇辖区域中最远处的村落，就分派给他了。譬如梨村，譬如安庄。那时下乡，单位不提供交通工具，一切都要靠下乡干部自行解决。他刚参加工作，买不起自行车，骑的是从陈站长那里借来的私车。既然是借的，在骑行时，自然要加倍小心——遇到沟坎，要下车推；遇到泥洼，要用肩扛。因为是人家的私有财产，稍有损坏，就难为情，损坏严重，就得赔。这样，人与车之间就有了倒置的关系，人沦为奴隶。见分配下乡任务时吴心答应得不够爽快，李镇长以为他怕路远、怕累，专门找他做工作。吴心摇摇头，对他说："这里没有觉悟的问题，只有人情的问题。"听了他的解释，李镇长笑着说："这没关系，我这里正有一辆自行车，你尽管骑。"

有了镇领导派给的车辆，他的顾虑烟消云散，有了在田野里放飞的大好心情。属于青春期的野性和顽劣也就放纵得无遮无拦——遇到沟坎与泥洼，他会早早地提速，到了跟前会猛地一提把，飞越过去。半年下来，他有了一流的骑技，下乡工作也完成得顺风顺水，机关上下一致称赞，年中评比，还获得了先进。但是胯下那辆车却惨不忍睹，除了铃铛不响，浑身全响，几近报废了。到了年关，李镇长请几个年轻人喝酒，酒喝得昏天黑地，借着酒意，他哈哈大笑，对吴心说："我造就了一个好干部，却搭进自己的一辆车，不过，也值了。"原来，他以镇长身份派给吴心的自行车，并不是公共财产，还做得那么自然而然，不给别人增添心理负担。

这是怎样的领导干部啊！吴心惊愕不已。

因为有这样的领导，这样的工作环境，吴心不敢，准确地说是不好意思懈怠，他一心扑在工作上。而且念及自己是镇里唯一的一个受过专业院校系统培训的技术人员，责任感和使命感，便油然而生，他几乎是欢叫着全身心投入。他把黑板支在瓜架菜垄之间，讲茬口安排，讲栽培要领，讲病虫防治，口干舌燥，不遗余力。菜农们求知若渴，便把他视为亲人，因为那时候刚把菜地承包到户，在他们眼里，吴心跟财神等同。蔬菜增收，他们便备下美食让他吃，不吃就嗔怨，斥其外道。那时节，他真是如鱼得水，每块菜地的土质、肥力、墒情，他都熟悉，因势种植，没有不增产的道理。于是，菜农们便对他生出一种依赖，种什么品种，都让他定夺；镇领导也对他生出一种信任，引进什么新技术，都要他最后决断。他美在价值实现之中。

其间，他也得到了人性的滋养——

他推广地膜覆盖的那个村的村主任是个胖大的汉子，肚脐深陷，可以装下一个八钱的酒盅。他见吴心又跪又蹲地手把手教菜农堆埂苫膜，汗湿衣背，还伴以喘，便差人把午饭送到地头，并灌之以老酒。酒后他逗弄吴心，说："敢不敢跟我摔几跤？"他铁塔一样稳重，吴心横竖摔不倒他，反倒被他摔得人仰马翻。吴心被激怒了，不依不饶，每到午休，都要跟他摔，终于熬到把他摔倒，好强的心才得以平息。吴心哈哈大笑，说："我终于得逞了！"村主任说："你是个好后生，但心好，还要体格好，那样才能有底气，把好事做长久。"原来他在用特别的方式表达对吴心的认可和关切，厚朴如土。

两年下来，不仅蔬菜增产，菜农增收，他在专业技术上也大有收获，获全市地膜覆盖技术推广一等奖，《关于露地番茄早熟技术的学理分析》《大白菜在墒情不足的情况下如何提高包心水平》等三篇论文，分别获得了市农科院蔬菜所评定的科技发明一、二、三等奖。他旋即被评上了助理农艺师的职称，在行政上，被任命为镇蔬菜站副站长。

要知道，在大学时，他是个不热爱专业的学生啊。不热爱的东西，却给他带来了让人尊重的成就，让他感到，时势有时候并不问你的来路，它裹挟着你走。

在这种情形下，吴心收敛了对文学的爱好，他只是在业余时间看看书，写作基本停顿。他把主要精力都放在了为菜农提供技术服务，总结实践经验、撰写专业论文上。他要对得起民心和土地。

至于他和马小婵的关系，真如他预料的那样，距离离间了爱情，分开就是离别。两年间，起初他们还经常通信，报告一下近况，但写着写着就觉得无话可说，远离私人话题，东拉西扯，最后也只剩下年关时一点仪式性的问候了。

吴心也用理性检视了一下他们的关系。本来就没有热烈的感情，只是一点目力之下的性的吸引，断了视线，就没有吸引了。她三个弟弟的现实需要，更是赫然的障碍，他没勇气去跨越。工作的实际，又让文学暂时休眠，激情得以收敛，而没有激情的蛊惑，就不会神魂颠倒，爱情就没有进一步壮大起来的动力。

其实，在马小婵那一方，现实的考虑也是多的，因此她并不执意纠缠，也不前来看望，用她丰美的胸脯迷惑他。或许是自卑和自尊在交互作用，她说服不了自己放下身姿。她太淳朴了。

两年后的一天，她给吴心写了一封信，信中说："你还要我等吗？如果不要我等了，就明确说明，而且说实话，我也等不起了，想结婚了。"

接到她的来信，吴心辛酸了一下，回信道："对不起，耽误你了，我现在顾不上爱情。就别等了，赶紧结婚。"

二十二

时间到了二十世纪八十年代末，农村城市化进程突然加快了步伐，房地产业悄悄崛起。良乡镇作为大方山县的中心城镇，房地产业尤为强劲，大片大片的菜地不再种植蔬菜，而是"种植"楼房。暂时没"种植"楼房的许多地块，也被开发商圈了起来，变成了商业用地。

菜农们被整体地转成居民，市民化了。吴心好不容易把自己从文学转回农学，还有了一点可骄傲的存在资本，转眼就成为历史，转眼就失去了用武之地，他不禁心生一层抹也抹不去的惆怅。为什么是惆怅，而不是悲伤？因为城市化是农村发展的趋势，是农民过上文明生活的人间福祉，理应庆贺。但小我的位置毕竟会因此而迷失，自然会下意识地生出一种不适——在喜乐中忧伤，一如奢侈。

怎么办？自然是回归文学。

他觉得命运虽然捉弄人，却总是在不公处预备着公平。上大学时以专业为副业，让业余爱好占据了几乎全部的热情，还多少有些不安。而现在专业真的成为副业了，爱好反公然以主业的面目登场，没有人可以说不。所以爱好文学是没错的，因为它拓展了生命的宽度，多了一种人生选择，提高了现实的应变能力。

他首先到东边的新华书店去，把那部渴望了很久的《鲁迅全集》"请"了回来。以前不敢请，怕因痴迷而耽误了履职，现在不同了，必须痴迷。

那是一套精装本的《鲁迅全集》，十六卷大著放于案头，未曾开卷，就觉天地阔大，宅心仁厚，须静敛心性方可破译一二。便不顾市井颜色正好，潜心阅读。以前接触的是小册子，且大多是文选，读时便率性随意，毫无顾忌；眼前却是全编，再挑拣跳跃地看下去，凭空就觉得有亵渎的味道。便从头读起，一字一行，都不敢漏过。先生的文字，特别是早期的篇章，幽深玄奥，有阅读困难，但还是硬着头皮"啃"下去了。他系统地读完，用了半年的时光。

当然，真正读懂是不可能的，离通透更是差之千里。但是，系统地"走"上一遭之后，他内心的感觉发生了重大变化：觉得自己有文化了，有重量了。从那时起，看人看事，不再迷信世俗的尺度，而是先发出“天问”，然后做出自己的判断。小小年纪，也性情谦和，不争小利；但喜抒发一己之见，不易被说服。给领导和同志们一个特殊的印象：此人有异秉，虽是个小人物，却不可小觑，只是在这个小地方“暂栖身”而已。

因此，他开始感受到一种叫“孤独”的东西，心底也常常莫名其妙地就忧郁起来。

那个时候，正是文艺的复兴时期，人们对作家和文学有普遍的敬意，爱好写作的特别多。

直接的证据，就是他们蔬菜站订阅的那份《北京日报》郊区版。那份报纸，几乎每期都有文艺副刊。上边重点登短篇小说，作者都是区县的业余作者，正如它的刊名《喜鹊》，堪称百鹊登枝，喧哗一片。以前吴心只是看，不分高下，也不写。但是，一经系统地“鉴赏”过鲁迅先生，居然就产生了一种别样的感觉，觉得副刊上的作品成色轻浅，不足以被倚重。内心里还发出这样一个声音：此等作品，我也是能写得出的；而且不写则已，一写，则一鸣惊人……

所以，吴心接下来干的第二件事，就是给《喜鹊》写稿。他想，我出身于农，且学于农，毕业后又务于农，堪可谓满肚子的乡间物事，满腔子的乡村情感，满脑子的乡土哲学，积淀得且久且厚，正可以写。

大地清明，文思如涌，他抻过一张白纸率然而写。写满两页，自然而止，居然叙述完整，便加上一个标题《香儿和表姐》。那个故事清浅而美，就是身边两个姐妹的真实生活，一个搞建材，一个搞时装，均挣脱了土地的束缚，不在土里刨食，富有而时尚。

为了做一验证，便于一个酒醉之夕，把那两页在碎散白纸上信马由缰写下的东西，转身扔进邮筒。那时邮寄稿件，是无须贴敷邮票的，只需注明“稿件”二字就通行无阻。不足旬月，投稿居然被报纸登出来，位居头条，且被标上“小说”两个堂皇的字眼。又不足旬月，居然看到一篇歌赞的评论，题目叫《好大的一股磁力》，文章的作者还是当时家喻户晓的一个人物。意外的收获，激发了吴心满腔的狂妄，便又信手拽过两页碎散白纸涂抹一番；不期又被头条登了出来，便生出所谓作家不过如此的感觉。

不久竟被邀参加了全市的农村文学创作会议，可谓一路顺风。在那个会上，吴心见到了《喜鹊》的责任编辑。责编露出极为诧异的表情，说：“怎么，你竟然是个白面少年？”问其缘故，他说，从纸面上读到那么老到的文字，以为一定会是个老者。

听到如此评价，吴心内心受用，话语不禁飘浮起来。因为会上还来了他仰慕已久的大作家浩然、刘绍棠、林斤澜，就更觉得荣耀。跟大作家合影的时候，吴心紧挨着刘绍棠，发现自己比他还高大、英俊，便狂浪得得意扬扬。不期就被那个编辑叫到一边，“我发现你对文学缺乏敬意，”他说，“你每次投稿都是潦草地写在大白纸上，作为自然来稿，编辑大可以置之不理，但我还是耐心地给你誊写在稿纸之上，交工人排版。换了别的编辑，就会把它当作废纸扔进废纸篓里了。亏你还是学农的，你们种菜的时候，是不是要把种子播在畦中间，把种苗定植在穴眼里？做到规范栽培，而不任性漫撒？”听了他的话，吴心木在那里。

自己的随意，责编的认真，令吴心面红耳热，顿悟出一个道理：文学是不可玩弄的。亏了有这样惜才的人，自己才没被埋没；也多亏了有这样敬业的编辑，中国文学才这样趋好。

事后吴心想到，他的所谓老到，并非一己的质素，而是鲁迅先生的提领——他思想的深刻，文字的老到，影响了自己——其写作的起点，是先生的肩膀。所以真的没理由轻狂。

一路写来，未见过面的读者，都以为他是南方人，因为其语言风格有江浙风韵；认识他的人，也十分惊奇，你一个粗犷的京西人，怎么笔下的文字却是那么沉郁、优雅、精致?

既然文学是语言的艺术，那么读了鲁迅先生的书，坦白地说，就是沿着鲁迅先生语言的轨迹渐行渐远的。所以吴心也不隐瞒，因为他酷爱先生的语言，但又摆脱不了自己的出身，便在京西土语的底色上糅进了先生的“字话”，于是，他的文字，才有了一种既土又雅、既刚且柔的风格。

吴心对旁人说：“从文学的层面说，我是先生栽培出来的一个杂种。所以，先生是我的文学之父！”

事实上，吴心早期的作品，特别是散文，主要写的是京西乡土。乡土是风情万种的温柔之地，很容易让人沉溺其中，大唱感恩之歌。然而，用作家毛志成的话说，虽然吴心写的是乡土文字，却不曾“匍匐于乡土，醉倒于乡俗”，而是用审视和批判的眼光，挖掘出了乡风村俗背后的文化意义和生命意蕴，泥土般的文字之中有很高的“文化含量”。

之所以能有这样的文格，还是来自先生的遗传基因。吴心后来对本地作家凸凹说：“先生的乡土文字，特别是他的《朝花夕拾》，虽娓娓道来，却是对乡土的人性反思和人文批判——他是在给中国的‘国民性’做历史注脚。”

“我被大白菜抛弃了，却被鲁门收留了，天不灭曹。”吴心自嘲道。

二十三

在那次北京农村文学创作会议上，还发生了一个小插曲——

会议安排了两次业余作者与名家座谈交流。第一次交流的时候，因为做梦也没想到会与心中的偶像近距离接触，整个会场一片肃静，静得连人的心跳似乎都能够听到。

慈眉善目的浩然先生笑着说："又不是听大领导做报告，大家不要拘谨，大可以放开嘛。"

他的话音未落，对面哇地就爆发出一阵哭声。

浩然一愣，对那个人说："你为什么要哭？请你站起来跟大家说说。"

那个人立刻止了哭声，抽抽搭搭地站了起来。大家看到，那是个白脸长身的青年，还有些溜肩，给人的第一感觉，就是内心温柔，弱不禁风。

他站起来之后，很幽怨地看了一眼浩然，怨妇一般说道："浩然老师，我终于见到您了，您让我等得好苦啊！"说完又哇地兀自哭去。

大家面面相觑，谁也不敢说话。

久久的等待之后，他终于可以正常说话了，他说——

一个月前的一个中午，他正在午睡，突然就梦见浩然赶着一辆马车向他奔来，驾辕的是一匹雪白的骏马。到了他家门前，浩然蹁一下腿下了车，动作极为轻盈，一点声音都没有。那匹白马很驯顺，即便不拴桩，也不走，静静地等在原处。

浩然轻轻地敲了敲门，压着嗓子喊道："高国清，我来接你了，接你去搞文学。"

高国清一下子就醒了，定了定神，觉得这绝不是梦，因为他分明看见，浩然就站在他眼前，笑吟吟地看着他。他立刻说道：“浩然老师，您稍等，我去穿上鞋，马上就跟您走。”

翻身下炕，鞋子立马就穿上了。但他马上又想到，既然是大作家来接他，是天大的荣幸，怎么也得穿一双新鞋才显得尊重。

他便翻箱倒柜去找新鞋，好不容易找到了，转眼一看，浩然老师已没了身影。他赶紧追了出去，险些跌倒。他站稳了身子，继续追下去，又险些跌倒。原来那双新鞋有些大，不跟脚。情急之下，他干脆脱下鞋子，赤脚而追。

终于见到了浩然老师和那挂马车依稀的背影，心里欣喜了一下，拼命追去。但是，无论怎么追，那个背影始终依稀，总也无法变得清晰。他急得大喊：“浩然老师，您等等我啊，您等等我啊！”

他似乎看到浩然老师回了回头，隐约地说道：“你太磨蹭了，感觉你没有真心。”

这轻浅的责怪让他心痛，情不自禁地泪流满面，泪眼模糊之中他踩空了，重重地摔在那里，再爬起来的时候，浩然老师和那挂马车一点影子都没有了。他坐在地上哇哇大哭，招来了他的老婆，问：“你这是干啥？”他抽泣着说：“浩然老师赶马车来接我了，他同意收我为徒，跟他一起搞文学。”他老婆说：“这里除了泥泞，就是满地的荆棘，满地的尖石头，连个人毛都没有，神经病！”

好像中邪了，此前有一天他突然宣布，浩然老师告诉他，他生来就是搞文学的，所以，他不再下地锄耪，让年老的父母感到绝望，他不再收拾家务，让年轻的媳妇感到悲凉。他们都把他视为废物，因为他神经了，所以家人很厌弃他，总是冷言冷语相对。他反抗道：“总有一天浩然老师会亲自登门向你们宣布，我高国清不是凡人，是作家。”

他老婆拽了他一把，说：“赶紧跟我回家，别在这里给我丢人现眼。”

他咧咧嘴，说：“我走不动了，我的脚被尖石头扎透了。”

看到丈夫被鲜血染红了脚，老婆没好气地问：“鞋呢？”

他左右看了看，指了指不远处的泥泞，说：“那不在那儿呢嘛。”

叙述完之后，高国清猛地就离开座位，径直朝浩然走来。到了跟前，他脱下右脚上的鞋子，举起脚让浩然看，说：“您看，就是脚心的位置。”

吴心的座位正有一个适宜的视角，他看得很真切：高国清的脚很瘦、很白，然而脚心的位置有一块肥大的红斑，触目惊心。

浩然看了，泪流满面，不停地摇头。他动情地说：“浩然老师明确地告诉你，我支持你。”

“文学，是愚人的事业，聪明人不要干。”刘绍棠发出一声感慨之后，也不停地摇头。

“啊哈，什么是小说？小说就是高国清的脚，当白处红，当红处白。也正如汪曾祺所说，有话则短，无话则长，必须错位。”林斤澜摇着头说了一番莫名其妙的话。

周围一片唏嘘。可能是当懂处糊涂，当糊涂处懂。

无论如何，这个小插曲，像北京郊区文学的《东进序曲》，从这一天起，全市的业余作者，都把文学当作最神圣的事业，甘当愚人，潜心发力，笔耕不辍。

那个高国清更是有突出表现，他写诗，写小说，也写散文，发表了大量作品，还出版了几本书，成了他所在的门头沟区的文化名人，区委宣传部把他录到文化馆，做群众文化工作。浩然做《北京文学》主编的时候，用二十多个页码，刊登了高国清的散文专辑，成为震动北京文坛的一个重要的文学事件。既然曾被当作神经病，会议结束后，高国清就与老婆离了婚，独守文学。他成名以后，一个女粉丝主动把爱情献给他。他的再婚妻子是顺义人，开着一家自己的服装厂，是个很干练的女性。为了能让他专心进行写作，不被事务干扰，她让他辞去了文化馆的工作，入赘到顺义来。既不让他操心生计，也不让他承担家务，她说："我就让你坐在家里，当专业作家。"由于心气相合，他们很恩爱，生意也红火，家境也富裕，愚人也成了精明人。后来他老婆也写诗，出了几本诗集。他是中国作协会员，老婆是北京作协会员，成了名副其实的文学之家，让人羡慕不已。

那次文学创作会议上，高国清的情形，让吴心很受震动，他为自己对文学的轻浮态度羞愧到无地自容。怀着敬重，他到了刘绍棠下榻的房间，恭恭敬敬地表达了拜师的意图。刘绍棠哈哈大笑，说："搞文学的不是匠人，不兴师徒，咱们都是文学的学徒，我是学兄，你是学弟，一起搞就是了。"刘绍棠真是个豪迈的人，不矜持、不做作，爽朗的笑声给人力量。

他对吴心说："你们大方山就有一个人物，他叫王凤梧，他的短篇小说写得比我好，满满的乡村诗意，颇有孙犁的味道。"

他说得兴起，从中山装的上衣口袋里摸出了一支烟，刚要送到唇际，似觉不妥，递给吴心。见吴心摆手，他笑笑，说："那好，就不客气了。"吴心赶紧给他点烟，不是巴结，而是细节见风范，他情不自禁地尊重。

刘绍棠深深地吸了一口烟，把自己淹没在吐出的浓浓的烟雾中，又说道："王凤梧近期在孙犁主编的《文艺》上发了一个短篇小说《露珠》，可以跟孙犁的《荷花淀》比美，我推荐到《小说选刊》，立刻就发了，同时还配发了我的专评，叫《宁吃鲜桃一口，不吃烂杏一筐》，呵呵，够味儿吧。”

他有孩子气，能自我陶醉，他一边陶醉一边大口地吸烟，给了吴心一个深刻的印象，抽烟的人，没有一个像刘绍棠这样带着欢悦、带着感情。他说：“你不能舍近求远，你回去之后就去拜访王凤梧，你就跟他说，是刘绍棠让我找你的，要用心培养。哈哈，他听了以后，肯定会很得意，他崇拜我，尽管比我大，见了面也是一口一个刘老师刘老师的，他也是个老小孩儿，哈哈。”

如寒冬沐到春风，如酷暑浴到凉雨，吴心神清气爽、心旷神怡，像喝了美酒一样，陡地升起一股写作上的自信，说：“刘老师，您放心，我一定好好写，不辜负您。”

带着醉意，他走出门去，一头就撞进了一个人的怀里。

那个人一直就在门外听着，此刻也说：“还有一个人，等回去以后，我会促成你们见面。他笔名凸凹，是人民大学中文系的高才生，理论水平比王凤梧要高，而且还主编着文化馆的文学刊物《大方山文艺》。结识他，既可以探讨文学理论，又方便发表作品。”

“《大方山文艺》不是诗人赵日升主编的吗？”

“他调走了，调《青年文学》当副主编去了。”

“老兄，您尊姓大名？”吴心问道。

“呃，我叫陈渔夫，是咱们县钢窗厂的工人，喜欢写诗。”

“您就是陈渔夫？我经常在《北京日报》《北京工人报》《北京青年报》读到您的大作，名篇《牛背上的夕阳》和《河边，有我的童年》我也很是喜爱。”

“不过是一些习作，不值一提。”他本来是个高个子，这时也羞答答地往下弯了一截。

他可真朴实，吴心立刻就生出好感，说道："您的诗作，有新民歌体的底色，状写乡土上的风景、风情、风物、风韵是极为生动的。诗风清新隽永，诗句朗朗上口，一旦吟咏，就动人魂魄、摇人心旌，让人心醉。不夸张地说，您是赵日升之后，大方山最堪瞩目的诗人，延续了赵日升、阵容、晓晴和顾绍康'红叶诗社'所开创的'西山诗派'的诗歌风格。但也有新意，有顾城式的绝句，也有北岛式的呐喊，土中有洋，个性突出……"

他被吴心夸得不知所措，又往下弯了一截，看上去像给人鞠躬："你过奖了，不过，你很懂诗，将来咱们一定会成为知己。"

这次会开得很文学，名家、前辈、同道，在文脉上都有了，让人看到了远处的光亮。吴心对自己说，还等什么，就阔步走下去吧。

二十四

开完创作会议的第二天，吴心刚一进蔬菜站的办公室，就见到陈站长和李镇长都坐在那里。"我们俩是在等你。"李镇长说。

李镇长能够出现在小小的蔬菜站，一定是有大事，吴心不禁紧张了一下，说："是不是有重要任务？"

李镇长点点头，和陈站长碰一碰眼光，神秘地笑一笑，说："具体任务还是由你们陈站长布置吧。"

陈站长立刻就兴奋起来，眉飞色舞地开始布置工作——

"这是一件十分浪漫的工作，李镇长我们俩商量，要亲自出面给你介绍一个对象。我们为什么要给你介绍对象呢？是因为你这个青年很优秀，工作积极，文学上又小有名气。我们觉得，作为单位领导，应该关心一下你的个人生活。正好咱们北关商店有两个年轻的女售货员，被我们看中了，想介绍给你，让你从中选一个。”

这是吴心没想到的，所以他愣在了那里。

陈站长说：“李镇长他很忙，就委托我带你到北关商店去一趟，不露声色地相一相，看你能不能看上其中的一个。”

面对领导的关心，不能模棱两可，他很坦率地说：“我真的没有这方面的心理准备，不想这么早就考虑个人问题，再说，我工作和事业才刚刚起步，还没有什么大的起色。”

李镇长急切地插进话来：“你已经二十五岁了，在农村就是大龄青年了，是该考虑个人问题的时候了。你现在是名气不大，但正因为如此，才应该赶紧解决个人问题。为什么？名气小的时候，人能够冷静，能够很务实地择偶；当你名气大了，把虚名当实有，会高高在上，自我膨胀，会挑挑拣拣，甚至哪个也看不上，蹭到最后，就把自己耽误了。再说，相对象，是在给自己找老婆，又不是给自己找知己。只要人长得端庄，身材苗条，性情温柔，家庭条件还说得过去，就成了。如果你非得以找知己的前提给自己找老婆，我相信，你一辈子也找不到。你想啊，两个人的成长，不可能像洋鬼子排操——一律并齐，她今天跟你有共同语言，明天未必就让你称心如意，因为你进步了，她还在原地，两个人永远有距离，所以知己是相对的，不知己是绝对的。你还别嫌商店售货员的条件低，就咱们乡镇来说，总体上是农业社会，售货员已经很不错了，她们至少是高中毕业，算是正经的有文化的城里人，配你是说得过去的。就拿我来说吧，也是正经农业院校毕业，蹭来蹭去，最后还是给自己找了一个柴火妞。柴火妞怎么了？我老婆知足认命，相夫教子，恪守妇道，把家庭弄得很温馨，让我内心充盈，很幸福。说句不客气的话，乡镇可供选择的空间很有限，你就麻溜的吧。”

李镇长的话像村堤决口，一路滔滔漫灌，不管不顾地冲击着人的信念和意志，让人玉柱倾颓，与他顺流而下。看得出，他不是在跟你商量，而是要你接受他的意图，顺势而为。面对这么一个强势领导，吴心不好断然拒绝，所以嗫嚅道：“那么好吧，我去见见。”

李镇长啪地拍了一下他的肩膀，满意地说：“这就对了。”

陈站长领他到了北关商店，装作随意采买的样子，走走停停。走到卖首饰的柜台旁，看到一个正低头整理货物的女售货员，陈站长向吴心使了一个眼色，笑着点点头。

当那个售货员抬起头时，见到了陈站长，立刻嫣然一笑，说：“陈姨，您来了。”

她们是熟人，所以接下来就是一阵寒暄。在寒暄时，那个售货员不时地用眼瞄吴心，让吴心感到，她很注意自己。

陈站长也感觉到了，顺势介绍道：“小郭，这是我们蔬菜站的吴心，大学毕业，刚从市里开创作会回来。”

吴心脸不禁热了一下，因为陈站长的介绍，貌似随意，却包含了太多、太明显的内容。

那个女售货员立刻就活跃了起来，走来走去，给陈站长介绍新饰品、新款式。

吴心看到，这个女售货员面色清秀，身材苗条，腰肢柔软，走路的姿势很有弹性，在袅娜中也有肉感，与萨迪所说的“丰艳”是接近的，不禁心中一喜。

陈站长一边看着首饰，一边很随意地问道：“那个小郭呢？”

“她带她妈看病去了，下午上班。”此小郭代彼小郭回答。

陈站长看上了一个小耳钉，说：“呃，忘带钱了，先给我留着，隔天我再来取吧。”

出了商店，远离了那个执意相送的售货员，陈站长问他：“感觉怎么样？”

吴心只是笑笑，不置可否。

陈站长很善解人意，说：“晚上咱们影剧院有台群众文艺演出，其中有个时装秀节目，演员就是商店的这两个小郭，你跟我去看看，就见到那个小郭了。”

“好吧。”

晚上，他和陈站长坐在第三排，是个很便于观察的位置。

往两边一看，竟看到李镇长也坐在同排的右侧，身边还有个很端庄的中年妇人。李镇长朝他们招招手，那个妇人也随着招手。看来是他的夫人无疑了。吴心又紧张了一下，因为夫妇同来监阵，他压力大了。

好像是要体恤吴心，第三个节目就是那个时装秀，让他在目力、体力都很充沛的时候看到，以减少误判。

那是个旗袍秀。两个女子，一个穿绿，一个穿红，应对着大自然的底色。

伴随着音乐的旋律，两人都巧笑倩兮，美目盼兮，跷指如兰，跳脱如鹿，袅娜如风，都醉人，都美。

唯一不同的是，在聚光灯的照射下，穿绿色旗袍的那位小郭偏瘦一些、偏刻板一些，而穿红色旗袍的那位小郭，显得更灵动一些、更丰润一些，多了一点点韵味。

他对不停催问的陈站长说：“那个穿红旗袍的小郭，可谈一谈。”

陈站长一散场就传话，要那个小郭第二天就到北关小树林去，人约黄昏后。

第二天，那个小郭又穿着红色旗袍来了。那是她的幸运色。黄昏幽暗，红色就显神秘，女子又落落大方，主动谈他感兴趣的文学，而且是他的作品，真诚地说好喜欢。这让吴心陶醉，不禁眼色迷离。最要命的是，女子把面颊抹白，疑似美艳，在发际喷洒的疑似天香。那白润的品质，那香水的气味，都跟张岚一模一样。迷乱之下，他忍不住轻轻地抱了她一下，亲了她一下。

不期她是不经招惹的处子，这突然的动作让她惊了，呃了一声之后，就像惊慌的小鹿一样跑远了。

第三天就传话来，让他到她的家里去一趟，说她的父母要见他。

去她家里的时间是正午，光线充足。所以一再见到她，吴心愣了。这个小郭苗条是苗条，不过偏瘦，皮肤也暗淡，近乎枯。这还是那个丰润、美艳的小郭吗?

定了定神之后，他知道，就是那个小郭。不过是从萨迪、司汤达、卢梭那里受到的毒害，让他戴上了有色眼镜。在聚光灯下，绿色有瘦身作用，那个本来丰腴的小郭就变得窄了；而红色有放大作用，这个枯瘦的小郭，就被扩张得多肉，有了丰艳之美。

她的父母对他很满意，她的父亲说：“你们俩的关系就定下来吧。”

吴心不说话。

“怎么，还有别的想法？”

吴心还是不说话。

倒是小郭善解人意，说：“你们甭管，我们俩的事我们俩自己谈。”

枯坐了一会儿就告辞。“不送。”她的父亲愤愤地说道。

出了门外，小郭就说："看来你是不愿意。"

吴心苦笑了一下，不说话。

"既然不愿意，你干吗亲我，还亲在嘴唇上？"

"亲嘴唇怎么了？"

"你说怎么了？"姑娘忽闪着无辜的泪眼，"在我们乡下，你亲了我的嘴，就等于说我是你的人了。"

天啊，问题严重了。吴心像被钝器击中，在没有倒下之前，只有一个念头，赶紧逃跑。他一边逃跑一边向虚空里发问：都他妈的什么年代了，还这么封建！

二十五

既然与小郭的关系是棘手的事，那么就先撂下，还是赶紧趁热搞自己的文学。

吴心骑车三十里，到大方山文化馆找王凤梧。虽然是贸然造访，居然就见到了，好像他知道吴心要来，就等在那里。

报过家门，王先生哈哈一笑，说："我知道你，你是好一股磁力。"他的笑声很爽朗，能震动屋瓦，也能在脆弱的人心上激起褶皱。吴心不禁暗叹，这绝对是写出《露珠》的那个人，因为粗犷之下，必有细腻之心。

吴心说："怎敢跟您的《露珠》比，那可是大作名篇。"

他又哈哈一笑，说："这我承认，因为那是时间所赐，生（硬）做是做不出来的。"

接下来吴心表达了敬仰与拜师的意思，并转达了刘绍棠让他捎过来的话。他又哈哈大笑，说：“刘绍棠他可真贼，怕让人说他好为人师，把话柄推给了我。不过，他这个人还真是心肠好，乐于助人，如果没有他的推荐和评论，我的《露珠》也不会顺利发表，所以应该说，影响是他给的，我很感恩。既然是他叫你来找我的，我也不能推辞，哈哈。”

“实话说，你的拜师跟传统意义上的拜师有所不同，”他点上一支烟，深吸了一口，吐出一个大大的烟圈，说，“因为你已经发表了作品，你这叫带艺拜师，无须我教，不过我毕竟是你的长辈，称我为师，也乐得承受，就一起切磋吧，落得个亦师亦友的关系。”

他的做派跟刘绍棠很相似，爽朗地说话，大口地吸烟，不存机心。

后来聊了许多他的过往经历，包括因在河北《蜜蜂》上发表《小大人》而被打成右派，包括在被人家批斗时还默默地给对方挑批判稿中的错别字。虽说的是自己的血泪故事，却无一丝沧桑悲凉，笑声爽朗，一如在春风里徜徉。他身上弥漫着一股雄浑之气，让吴心迷醉。

相识之后，直到他故去，他不仅当面说，背后也说：“大方山的青年作者，可以说都是我的嫡传弟子，只有吴心不是。非要说弟子的话，也只是带艺弟子，因为他厚道，执意执弟子之礼，就由他去吧。”

一如他一贯主张的那样，修辞立其诚，他为人率性而真诚，让人如沐春风。

后来，因为屡在报端发表文章，吴心被县上领导看中，被调到县政协机关。距离近了，他与王凤梧的交往自然而然地多了起来。

每有新作，吴心就径直到他家里请教。他有好说好，有坏说坏，绝不看你的脸色，一吐快意恩仇。起初吴心还有些难以承受，后来就习惯了，反而以为好，因为能听到真话，对自己有益。他们俩有个约定，看对方的文章，只说看法，绝不提具体修改意见，因为各人有各人的风格，一旦吸纳得多，会文字趋同。遇到与他的文学主张相悖，而他又觉得很有特点的文字，他会一言不发。譬如有一年吴心写了散文成名作《中国媒婆》，草稿甫成，正巧王凤梧来他的办公室看望，便兴冲冲地要王凤梧谈看法。王凤梧看过，啪地把手稿掷还给吴心，转身走了。望着他肥厚的背影，吴心一脸迷雾，不知他是悲还是喜。但是，从他的态度上吴心隐约地感到，这绝不是一篇平庸的文字，便鼓起勇气投给大刊物《散文》。不期就登了头题，香港《大公报》、甘肃《读者》很快选载。事后王凤梧说，这篇散文他不喜欢，因为它不伦不类，但是他又觉得，自己不是文判官，不能打击别人的创新，明智的办法，是不要轻易下结论。

这一点，很让吴心敬佩，王凤梧虽然老派、保守，但对别人的创新尊重、宽容，绝不妄加臧否，更不横加阻挠。

那时王凤梧担任着县里的文联主席。他这个主席几乎是个光杆司令，因为一无编制、二无级别、三无资金、四无办公地点，是个野台子，一切都靠他自己去化缘。但是，他这个主席，当得既艰辛又风光，给人留下深刻的印象。吴心那时已经在县政协工作了，所以能时常看见他提着个破人造革提包到县委大院来。问他做何，他哈哈一笑，要钱。书记、县长、宣传部部长的办公室他推门就进，自己给自己看座，然后就开门见山地道出来意。遇到推诿，他会洪亮地说："文联就那几个蛋子儿钱，你们少吃两顿饭、少喝两顿酒就有了。"

有了钱之后，他就雇人办《大方山》报，刊发业余作者的作品——刊物虽然办得稀稀拉拉，却也没中断过；还邀请市属报刊的编辑和浩然、刘绍棠、王葆春等名家到大方山来辅导创作，不断推出大方山作者的作品。吴心是其中最大的受益者，他活动来的版面，吴心的作品发得比他自己的还多，而且总是发在头条。吴心不好意思地对他说：“王老师，这回您可亏了。”他说：“你懂个屁，好汉总是喜欢有出息的，我虽然嫉妒，但绝不忌恨——我虽然是小人物，但绝不是小人，我厚德。”钱稍微有些余裕，他就搞作品评奖——证书虽然小，奖金虽然少，得奖的人也有得大奖的感觉，且一派珍重，勤奋创作，以至于在北京市庆祝建国三十五周年创作评奖中，大方山大面积获奖。后来，他觉得应该总结一下大方山的创作成绩，决定编辑出版《大方山文学作品选》。这部书的出版，让他文联主席的生涯走向终结。县委宣传部主管领导的不认可、不同意，导致他拍案而起：“我就出了，你还能把我怎么着？”官场不出资，他就到处化缘，终于把书堂堂皇皇地印了出来。但是这个做法，类似立擂，难以见容于领导，就处处受到刁难。他一怒之下，把文联主席的职务辞了。这个位置一直空了很多年，直到吴心在县里有了不争的文学影响，才补上了这个缺。可谓是命运设定的机缘。

在吴心文联主席的任上，王先生逝去。作家们都觉得县里对他不公，呼吁吴心站出来，给他开个隆重的追悼会。吴心这时已有了一定的官场经历，觉得没有必要逆势而行，让领导产生别的想法，便费尽口舌做说服作家们的工作。他说：“王老已近九十高龄，是无疾而终，依俗理，他是喜丧，我们没必要大悲。微悲之后，我们应该内心淡定。因为他生前豁达，功德圆满，已不以己悲，更无须人悲。所以，我们应该用文学的方式缅怀他，总结他的成功经验，多读他的书，继承他的创作传统。”吴心建议，悄悄地给他开一个追思会，就文友参加，不扩大范围。

那个追思会虽然在一个僻处开，但几代文人都到齐了。开会前有人提议给王先生默哀，话音未落，已全体起立，齐刷刷地躬下腰背，一躬就十余分钟，让人动容。追思会开了一整天，因为人人争着发言，不容阻拦。大家含泪追述，历数他的好，包括人和文。这个会吴心觉得大家是开给他看的，大家给他立了标杆，看他今后怎么办。

吴心压力大矣！

从此懂得担当，懂得宽容，懂得内敛。他有了一句口头禅："谁欺负文人都可以，然而我不可以，他们是我的衣食父母。"

让吴心最为感佩的是，王凤梧虽好文人骨，却也最懂顺生规律，到了提笔忘字的某一天，他断然收笔。他说："老眼昏花，运笔生涩，再也写不出得意之笔，就不要写了，因为文毕竟是贵的，不能滥竽充数。"吴心不禁问自己：到了那个地界，我会这样吗？

在搁笔期间，王凤梧因为自己的成就而当了市人大代表，当选之后，他像个孩子一样逢人就说："我当市人大代表了，你们谁有需要反映的问题就找我，我给人大提议案。"他真是不懂政治，提了许多招人反感的议案，一到换届就被换下来了。有好心人对他说："老王，人大代表是多么荣光的事情啊，可你太书生气了。"他眼睛一瞪，说："书生气怎么了？书生气是不计个人利害的理想情怀，是高贵之气，你懂不懂？"

作为一个性情中人，自然会与别人产生一些个人恩怨，但是，他生前都化解了。

譬如他与同样是大方山文化名人的赵日升之间有一段著名的公案。他的成名作《露珠》，是被在大刊物《青年文学》主事的赵日升推荐给刘绍棠而得以发表并获得好评的。刘绍棠以《宁吃鲜桃一口，不吃烂杏一筐》在《小说选刊》发表了对王凤梧的短评，并盛赞他的小说有孙犁“荷花淀派”风韵。但在后来逢人说项的时候，他说是刘绍棠发现了他，而只字不提赵日升的热情帮助。这在酷爱家乡、疾恶如仇的赵日升看来，是一件不得了的事，认为王凤梧有失厚道，有意遮掩他对故乡的文学贡献，并上升到人品的层面。赵日升就此写了一篇长文予以陈述，逼着吴心在他编辑的《大方山文史选辑》上刊出，立此存照，以正视听。文章发出，赵日升希望王凤梧有所回应，却没想到他置若罔闻，保持沉默，这就更激怒了赵日升，以至于割袍断义，不相往来。到了吴心当文联主席之后，每年召开各类作品研讨会，都要邀请赵日升光临以增其辉，每次他都会问：“王凤梧怎么没来？”吴心说：“王先生自从封笔之后，各种文学活动也不再参加了。”赵日升点点头，脸上有忧郁之色。吴心感到，他心里对王凤梧是牵挂的。吴心便在春节看望王凤梧之时，有意扯起有关赵日升的话题。王凤梧也有忧郁之色，并问：“日升身体可好？”吴心便感到，两位先生因着故乡的血脉，心是相通的，并没有人们传言的那种死结之说。二〇〇一年，在区文代会结束之后，吴心试着对赵日升说：“咱们去看看王先生怎么样？”赵日升眼里亮了一下，很快又黯淡了，他说：“王凤梧这东西太可气了，我就不去了。”但赵日升那倏忽的一“亮”让吴心有了自信，他说：“赵老师，您现在是大场面里的人，不能跟小地盘的人计较，机会难得，还是去吧。”进了王凤梧昏暗的客厅，王凤梧看见赵日升的身影，立刻就站了起来。这一站，让赵日升有了感应，他疾步上前，主动伸出手去，说：“老王，你这个老东西！”“日升，真是你？”两人的手紧紧地握在一起。“老王头，明明是我推荐了你，你为什么偏偏只提刘绍棠？”“嘿嘿，日升啊，你这个人就是太爱较真，刘绍棠比你名气大，还不容许我有点虚荣心？”

王凤梧孩子一样的坦诚，让赵日升内心释然——“虚荣心是人性特点，不关乎品质，我真的是多虑了。”

他们相谈甚欢，不容旁人置喙。吴心为之情动，对他们都大为敬佩。

于是，每次回忆起王凤梧，吴心都像得到了一次心灵的净化，感到海明威那句话是对的——人可以被打倒，但不可以被打败。

诸种回忆中，吴心感到最不可思议的，是他与王凤梧第一次见面时关于女人的一段对话。因为有私密性质，他从来没跟旁人说过。不是为长者讳，也不是为逝者讳，而是为人间情感讳。一如《红楼梦》语：且莫说，且莫说，一说就俗。

那天，吴心与王凤梧从后者的小说《露珠》谈到了女人的品性。

王凤梧说：“女人的品性几乎是天生的，后天虽然有影响，但微乎其微。这就是说，贞淑与淫荡是骨子里带着的，温柔与鲁直也是先天造就的。品性好的女人，即便是沦落风尘，也守身如玉；品性不好的女人，即便是关在深宅大院，也企望着红杏出墙。守身的概念，好女子天生就有，勾引与利诱对她不起作用，水性杨花之徒，无论你如何规束，她的心早已偷人。你譬如说我《露珠》中的露珠，男人的勾引与‘妈妈’的逼迫也不能使其失身，虽然她待的那种地方，身子就是预备着卖的，但她不卖，偏偏服从于自己的内心，把身子白白送给她心仪的人。我设计了一个细节，露珠拒绝了‘妈妈’拉来的客人，‘妈妈’恶狠狠地掐她的大腿里子，说那里的肉最嫩，也最不能忍受痛。但她坚贞，掐得黑紫，迈不开步子，也不妥协。读者都说震撼，也有的说很意淫，让人，特别是男人，生出怜惜，因为心疼她的大腿而心疼她这个人。”

吴心觉得王凤梧很懂女人，便把自己相亲的经历讲给他听。

他听后哈哈大笑，说：“为什么咱们的文化里历来鄙薄好色之徒？因为色具有欺骗、蛊惑之特性，它让人迷失本性，把表象当实质看待。色是光，色是雾，是障眼法，是乱心术，是飘浮不定的，是虚空的，让人看着好，却怎么也抓不住。对怎么也抓不住的东西，你偏偏乐此不疲地抓，让人家怎么看你？轻则说你浮浪，重则说你没有品格、没有品德。

“自古就有红肥绿瘦的说法，更何况声光电更让瘦的肥，肥的瘦，你的眼睛必然会被欺骗。但是你相错了对象不要紧，因为那只是欺骗了你的眼睛而没欺骗你的心，女人好不好，适合不适合你，得近距离感受，跟肉体的胖瘦无关。事实上，身子胖的女人反而愚蠢、懒惰、粗糙，身子瘦的女人却勤快、伶俐、细腻。其实女人的器性是一定的，胖瘦、高矮、黑白这些外在的东西，不决定她的禀性。禀性好的女人在瘦处肥，在矮处高，在黑处白，她会自觉调整，收敛劣性，让你感到她处处美好。这就是涵养，这就是玉润，所以你坚决不能以外形选择女人，那很粗俗，很无品。如果你偏要重形体，那么我也建议你选瘦的，因为中国女人的体形，整体地有从清秀到臃肿的倾向。‘少小玲珑，老肥腴’，古书里有大量的记载和论述。”

王凤梧好像对这个话题有十分的兴趣。见吴心想插话，他摆摆手，制止了，接着说：“你将来可以现身说法，告诉后来的愣头青，看女人，千万别从服装上看，特别是什么时装秀。什么叫‘秀’？秀就是把假的展示成真的，把丑的展示成美的。要注意她们素面朝天的时候，最好是她们不穿衣服的时候，哈哈哈……”

王凤梧把自己笑出了眼泪，又说：“你说你在相对象时出了差错，发生了误判，这是物理说法。而生命说法是，你缘分在此，命该如此，她本来就属于你。乡下有言，‘剜在篮子里的就是菜’，这话你肯定听说过吧？那意思是说，即便田野里有无量数的好菜珍蔬，如果不剜在篮子里，也不是你的。既然剜在篮子里了，属于你了，就要珍惜，就不能丢，挎回家去，吃进嘴里，果腹保命。还有一个说法，‘见到好麦穗就要掐进篮子里’。意思是说，一个人去掐麦穗，一到地头就发现了一株又大又饱满的麦穗，但他看了一眼宽阔的麦田，想到，更好的麦穗还在前边呢，便丢下又往前走。又发现一穗，还是觉得再下一穗更好。就这样，走到了尽头，看一下身边最后的麦穗，猛地醒悟，还是第一株麦穗好。然而错过了，内心的自尊又不肯回头，就只能两手空空了。所以，人的一生，不要总是陷入幻想，觉得未来才好，而不把握住现在。就是说，那个小郭就已经不错了，不要等下一个了，快执子之手吧。”

见吴心还是一脸困惑，王凤梧说：“就拿我的老婆说吧，刚娶她的时候，也是个瘦的，不仅瘦，还矮小。当时我也看不上眼，是她执意贴上来，非我不嫁。但就是这么个女人，在我落难的时候，对我不离不弃，不仅同我患难与共，而且努力让自己温顺，不招我烦，还努力表现得坚强，不惹我脆弱。被批斗回来，一进庭院，我就闻到了炝葱花儿的香味——即便家里只有几捧棒子面，她也要从邻居那儿要一把榆皮面来，掺进去，给我做压捏格儿（玉米面面条）吃，让温软的食物暖我的胃，不使我凄惶。我刚平反的时候，挣得少，家境还是很贫寒。她攒下钱来，给我置备得体的衣服，她自己则补丁摞补丁。她说我是场面上的人，就得比她穿得好，这样才光鲜门庭，在穷中富。她虽然只有小学文化，我读书写作，她也跟着趋乎，我看过的书她也翻一翻，我写出的文章她也拿起来读一读。她虽然看不懂，但年深日久，潜移默化，她也有了一些文艺细胞，以至于后来一些业余作者贸然来访，我恰好不在，她也能接待。她翻一翻作者带来的稿子，说：‘你还是先回去吧，因为你的稿子连我看着都不上眼，更甭说你们王老师。你回去再往好里写一写，自己满意了，再来。’你看看，她进步有多大，都能给我当门神了，当初审了。从女人本身来说，她后来变胖了，屁股大得跟磨盘似的，这叫什么？这叫有骨头不愁肉，丰美总会最终来到。哈哈，依我的经验，娶妻一定要娶主动贴上来的，你是好是坏，她都能承受，因为女人不像男人那样，爱患得患失，她从不轻易否定自己的选择，她能从一而终。所以，我劝你，你的那个小郭，可不能轻易就否定，你要再看一看。”

这个王凤梧，真的让人吃惊。他写了那么一手孙犁韵味的雅致小说，却又有很世俗，甚至是很粗俗的一面，而且有满脑子的近乎狎亵的乡村哲学，以至于吴心想跟别人说，都不好意思说。

二十六

从王凤梧那里拜访回来，吴心暂时把小郭放下，专心去“修炼”自己的文学。

创作会上，《北京日报》郊区版那位编辑对他创作态度的批评，也让他觉得有修炼内功、严肃写作的必要。

正好《诗刊》开办诗歌创作函授学院，他立刻就报了名。

让他没想到的是，他到传达室去拿录取通知书的时候，居然看到，除了他的那张以外，还有另外两张录取通知书。一张上写刘振祥，一张上写王廷辅。这两个人是机关里退居二线的老干部，平时根本就没有爱好写作的迹象。

因为有两个不是文学爱好者的同学，他很受刺激，学习的时候，就特别认真，即便是已经发表过作品了，也认认真真地完成作业，恭恭敬敬地上交习作。到底是有基础的学员，他的习作不断在函授学院的院刊《诗刊之友》上发表。他觉得很有面子，盼着两个老干部前来祝贺。两个老干部果然登门，轮番表达赞美。吴心很得意，不禁摇头晃脑，夸夸其谈，一不留心给二位上起了创作课。

刘振祥啪地一拍桌子，说："你刚有这么点成绩就了不起了是不？有本事你上正刊，在《诗刊》上发表作品。"

吴心被这猝然一击弄愣了，迷惘地看着二位。

那个叫王廷辅的老干部笑着说："老刘就是这个脾气，你千万别在意。不过，我想告诉你的是，我们都是有一把子年纪的人了，对新诗，不仅了无兴趣，而且还'隔'得很，之所以也来凑热闹，是在'陪你'而学，我们有两个考虑：第一，你年纪太轻，离家又远，怕你想家，也怕你受街上的诱惑，到处瞎跑，交友不慎。我们想通过参加学习，跟你成为同学，一同聊诗，留住你的心。第二，是让你感到，两个外行人也学诗，可见诗歌是可贵的，就能给你提供一股精神助力，让你学得专心，并且往好里学，取得好的成绩。"

他们用心良苦啊。吴心很惭愧，收敛了得意，定高了标杆，开始刻苦地学。不久，还真的在《诗刊》上发表了作品，而且是含有八首短诗的组诗，并且还被评为优秀学员。

后来，三个人都拿到了结业证书，两位老人把证书都交给了吴心，让他作为纪念收藏。吴心像模像样地宴请了一下二老。酒到微醺，他口齿清晰地对二位说："我真心地感谢两位老领导，不仅仅是为了您二老特别的陪伴，更重要的是，您二老给了我一个文学的里程碑：我上大学时，整整写了四年诗，可一首也没公开发表过，是你们毫不留情的鞭策，让我不仅公开发表，而且一下子就发表了组诗，你们有大功德啊！"

刘振祥笑着说："功德可谈不上，但终究是达到了帮人的目的，我们也高兴。"

"就是，就是，"王廷辅补充道，"我们这代人有个习惯，也可以说是毛病，就是一看到有出息的年轻人就想关心、就想帮助。"

两个老干部的习惯，也传染给了吴心，他也落下了这样的"毛病"，有了助人之心。

同样是老干部的王凤梧，这时由于不断发表新作，还不断被包括《小说选刊》《小说月报》等选刊选载，让他像老树发新芽，有了葱俊的心情，便请名家开讲座，也组织定期的笔会，把业余作者凝聚在一起，切磋、交流、互动，大方山的文学空气空前地浓厚起来。

吴心因为作品发表得勤，还广受好评，而且能登上《诗刊》这样的大刊，便在业余作者中脱颖而出，颇受关注。

这样一来，他的生活里就多了故事。

记得是一个细雨的傍晚，吴心打着雨伞在街上踱。踱到临街的一个古旧的屋檐下，发现一篷极璀璨的小花伞正静静地在屋檐下绽着。暮阳穿过对面的屋瓦极温馨地照在那伞上，那伞便也在璀璨中折出极端的温馨。他便被诱惑，只能驻足。

久久，那伞终于动了，从伞下露出一颗女孩的头。见吴心正注视她，脸上便抹上一丝不安。但那只是极短的一瞬间，紧接着便悄然一笑，这笑，是极贞纯极清澈的那一种，让人极感动。

吴心说："雨下得好绵。"

她点点头："雨中的暮阳也被淋得无力了。"

他便觉得这女孩是一团幽秘，被细雨推出，让他沉浸。

数日后的一个夜晚，他到县文联参加由王凤梧组织的文学恳谈会。正低头上楼，就听到头顶有一声极绵的呼声，像是在叫他。他便抬头望，一望竟见到了那曾经相遇的——那个雨中的女孩，他便感到很亲切很温暖。女孩仍是悄然笑着，用目光引他走近，便又低声吟一句："吴老师，知道您也来，便在这儿等您。"他极惊异："你怎知道我姓吴？"女孩赧然垂低了头："知道就是了，别问。"他便觉得她很有意思，像自己的小妹。他说："那我们进吧。"女孩便迈动双腿。然而，迈出的步子却让吴心极意外：她双膝紧紧地拼在一起，一蹩一蹩地往前挪。他的心便一下子掉进枯井——恁美好的一个女孩，怎竟这样？！女孩知道吴心正用疑惑的目光看着她，步子便迈得慌乱，像要跌倒的样子。他便上前去扶。女孩并不拒绝，且抓牢了他的手臂，任他扶着走进会场。于是，他便觉得，女孩的心早就埋下了对自己的信任。

他们相扶而进的样子，让王凤梧看见了，他朝吴心点点头，送上一个很耐人寻味的笑。

女孩对自己信任的判断，很快就被日后她写来的一封信所证实——

她在信中说："吴老师，您总喜欢在傍晚一个人散步，而且总是极沉重的样子。我知道您又在构思新的篇什，便躲在屋檐下远远地望着您。您不知道我是多么爱读您的文章，我有厚厚的一个剪贴本，搜集的全是您的文章。我不是不喜欢别的作家，而是您离我最近，如果我愿意，每天都能见到您。有时，见到您还挺孩子气，将路上的石头踢得远远的，便觉得有思想的人并不神秘，而且很可以亲近。我因此便不再自卑，努力学得有思想……”

读着女孩的信，吴心感到很欣慰：她身残志不残，的确令人欣慰。但更主要的，是她这么看重自己的文章，这对他是一种不小的激励。于是，他便生出了去看望她的念头。

到了她的家，遇到的竟是极不友好的气氛。她的两个哥哥翻大了眼白白他，她的母亲也不时发出阴阳有致的窃笑，似乎期冀着他与她有不清不楚的瓜葛。吴心很难过，真想返身而逃。女孩一把拉住他，说：“跟我来。”把他引进她最不愿意让外人看到的、能自我躲避的所谓的闺房。这是居南的一座极灰暗的小屋，靠墙有一张比她的身材长不了多少的小床，床头是一张小小的写字桌，桌上摊着几本小说和写有文字的几张稿纸。陈设虽少，还算整齐。但屋里那浊滞的霉味，却令人感到窒息。她说：“我用女孩子们爱用的香水洒过，但怎么也驱不去这种讨厌的味道，不是我不爱干净，是这个环境太污浊。”吴心说：“再洒香水也没有用，你四周没有窗，空气不流通。”女孩默默地点头，将头埋下去，低低地抽泣。

这一次，吴心终于明白了女孩的身世。她本是极乖巧的一个女孩，但因了那两条不乖巧的腿被母亲和哥哥们嫌弃。她家境困窘，哥哥们娶亲不易，首先便是房子问题。哥哥们就把煤棚拾掇一番，让她住进去。她并不反抗，因为她爱自己的哥哥们，只希望母亲和哥哥们待她好一点。但哥哥们只顾奔自己的前程，很少同她讲几句话；母亲则想早一点给她找个婆家，但几经努力均告失败，便灰心而叹气，竟拼命要她做家务活儿。但她心里更多的是牵挂那几本书，牵挂一个叫吴心的青年作家发表的那几篇文章，就觉得母亲太不近人情，便时时同母亲顶嘴，终致母亲跳脚大吼，撕碎了她案边的书和精心剪裁的吴心的部分文章。她默默地忍受着，将吴心文章的碎片艰难地拼凑，终于勉强复了原样。即便这样，女孩也不绝望，总觉得那书中的美妙世界于世间总是存在着，那暮间的夕阳也总是美丽着，吴心——一个被她偶像化的青年也总是在那街面上踱步……

望着她低垂着的白皙而秀颀的脖颈，吴心心中漾着复杂的潮汐。他想给予她救助，但不知从何开始，便紧紧地握着她的手。她停了抽泣，专注地凝视着吴心。吴心发现，女孩的眼睛是那样的清澈，眼眉是那么细而长，那是一双不会怀疑的眼睛。他说："也别悲伤，你把想说的都写一写，心里便轻松了。""是的，我每天都写，写了这么多了，"她搬出她的手稿，"我相信迟早您会来，便都给您留着。"

吴心很兴奋。没有比少女的心灵更丰富的世界了；而自己却被这样的心灵信赖着，期待着。"我有福了！"他心中喊道。

这是一沓极真实极独特的心灵轨迹，那瞬间的心灵感觉被它的主人捕捉得那么准确那么明晰，令吴心于惊叹中感到汗颜。上海有个曹明华，写得一手极好的情绪和心态散文，而眼前这个女孩笔下的日月和星辰有足够的美质与她媲美！

于是，吴心便觉得，纤弱的只是她的外表，她内心并不缺乏强大，所以，她并不需要廉价的同情和怜悯。为了她那份珍贵的信任，他只能做她忠实的朋友和知己。

一天，她说："既是朋友，就有权利提要求。我需要您的帮助，我并不羞于提出来：希望您每天都能到我这儿坐坐，听一个女孩的只言片语。”他很高兴她的坦诚，朋友间绝不能太拘泥，就应该理直气壮从对方处得到些什么：或独特的思想，或真诚的启迪，或具体的帮助。这一切，都远离功利。

于是，从此以后，吴心的踱步便天天终止于女孩的小屋前，在昏暗的小屋里听她自由的倾诉，有时也听她低低的啜泣或几声孩子气的娇嗔。后来，他替她凿穿了两边的墙壁，安了两扇小窗。于是，女孩的脸便更明媚起来，那好看的眼睛便更贞纯。她说：“友谊常常比亲情悦人。”他便笑，极开心地。

后来，她终于发表了文章，开始拥有自己的剪报本，她便经常用她那特有的绵弱的嗓音哼几支歌子。她觉得自己活得并不凄惨，很可以活出个样子来。从此，她便常和吴心争论些文章上的问题，不再把他当成偶像来拥戴，只把他当作一个实实在在的朋友。有时她很固执，表现出强烈的好胜心理，对吴心的观点一点也听不进去，他感到有一丝痛苦，甚至不想跟她多说话。女孩那敏感的心很快有了察觉，露出一丝惊惶：“对不起，您别怪我，因为我已把您当成我最亲的亲人了，我仅有的一点自信或一点骄傲，全因您的存在而存在，所以我敢任性了。”这时，吴心感到很尴尬，她的贞纯像一面镜，照出一些他心中并不高尚的东西；但他又很激动，因为他发现，他对她也有了一种依恋，欢乐和痛苦总想让她第一个感知。

夏日到野三坡开笔会，她执意要去，她对吴心说：“不会有困难，有您呢。”吴心便不能拒绝：因为她对生活的追求愈执着，愈感到生活空间的狭小，她曾经向他恳求过，要他把她带到大世界中去。野三坡的山多、沙多、水长，她伏在他的背上，走过一道道沟坎，涉过一轮轮沙脊，渡过一条条小河。她纵情地笑着，感染了同行的所有人。但吴心的心却沉重起来。他感到：今生她不可能再离开他了，因为她把所有的信任都给了他，她太单纯太美好了！但人生之路漫长，背着她走一段路还可以，始终走下去，会把极坚强的汉子累垮。所以她的笑声愈是清澈，他的心愈是沉重。然而他骨子里是怯懦的，虽然躯体是那么高大，而且还有一个莫名其妙的小郭。

从野三坡归来，他苦苦地思考了数日。与其说是思考，莫不如说是下了一次灵魂的炼狱。他不忍心抛下她，抛下她就会使她又回到原先那孤冷的境地。现在的她，正是一朵被生活刚催生的花儿，极璀璨极生动地含苞待放。同时，她又是被吴心培植的一束柔弱的美丽，不容他无情地毁灭。

于是，在一个黄昏，他对她说："嫁给我好吗？"

她并不感到吃惊，只是极平静地注视他，那一双清澈的眼睛竟久久不眨一下。他被她看得心里不踏实，便低下头去，又轻轻重复了一声。

她终于问："是在可怜我吗？"吴心说："你别多心，我真心地爱着你。"

于是，从她那双清澈的眼睛中，缓缓地无声地流下泪来。

但很快，她就抹去了泪水，竟说："不，您只能是我的老师，我的一个哥哥，一个最知心的朋友！"

吴心被弄得极惶惑，以为她正在进行一种必要的试探，便以更坚定的口吻说娶她。

"您听我解释，"她说，"您是我最不能失去的师长和朋友；但我想，持久而真挚的友谊是要双方之间有一种必要的距离感。美妙的和音是被琴瑟两只乐器成就的，于是便有俞伯牙和钟子期。太亲近，以至融成一体，便奏不出好音响，失了那佳境！”她虽然说得极平缓，但吴心却又一次受到了震动。他觉得她是个了不起的女孩，非但不应该去怜悯，而且还要真诚地去爱、去尊重。

但真正让他懂得她的契机，是他为时月余的一次远足。出差归来，去看望她，见她的房间异常的乱，窗子也没打开，屋内又弥漫着那种浊滞的霉味。她被黑暗氤氲在那张小桌前，怔怔地看着走近的吴心。吴心开了桌前那盏小灯，就见她眼里盈满了泪花，那本来红润的小脸却极苍白极瘦削。他不知发生了什么，心里于酸涩中渗出汩汩的不安。待坐到了她的身边，她竟猛地抱住了他的头，不停地摩挲和亲吻，且不停地说着："您怎离开这么久，您该很快就回来的……"

吴心猛地醒悟了：她所表达的感情，绝不是友谊，是爱情，是女孩那种压抑不住的爱情！

他任其尽情地爱抚，准备接受这既定的现实。

当女孩从沉迷中清醒的时候，却极羞怯地垂下头，低声说："瞧我，怎这么脆弱？"

他说："你不是脆弱，事情本应该是这样。"他愈是解释，她愈是将头勾得低低，若水莲花"不胜凉风的娇羞"。

但当久久的沉默过去，她竟说："请您原谅我的失态，我会慢慢地克服自己的脆弱，跟您做成好朋友。"

吴心眼泪竟唰地下来了，心里翻腾着：你这是何苦呢？既然爱着，却不敢去接受，莫非是残疾人特有的心态？但回忆同她的交往，觉得她一直是极纯真极坦诚的，能毫无保留地对他倾诉一切，也能毫无保留地信任他，她是敢爱敢表白无所顾忌的。

这时，她说："您一定认为我很古怪，其实我是怕真的失去您。"她顺手将她的日记推过来：“看看这个，您会知道我说的是真话。”

她在日记中写道：“摆脱生存的困境，因着友谊的支持和主观的努力，是容易达到的；也就是说，人有能力、有信心去经受‘风雨的磨砺’。但最可怕的，却是陷入温情的纠葛，一味地剥噬他人的感情；若时间一久，就变成了一种极不自觉的感情依附，给自己与他人带来痛苦。要跳出这个圈子，有多难啊，但必须跳出去：有多少残疾人面对现实的磨难是强者，而在比常人更强烈更特殊的感情需要面前，却变得异常迷茫，经受不住‘温情的磨砺’，终致不能得到最后的超脱……”

看完她的日记，吴心喘不上气来，她的思考太沉重，不该属于这么柔弱的女孩子。这都是文学（包括他和他的文章）的罪过，有思想的人，总活得不轻松！

他抬起头，她正悄然朝他微笑着。这是她特有的贞纯而清澈的微笑。他隐隐地感到温暖，便觉得有思想的女孩是最美丽的，她们能让你感到朝阳般的美好、清露般的恬适和极端的放心！

“哦，祝福你，我的女孩！”他类似悲痛地叹道。

这特殊的经历，让吴心变得很犹豫，他常常情不自禁地长吁短叹，深觉人生无奈。

王凤梧敏锐地捕捉到了，问：“你是不是陷入了感情的纠葛？”

吴心躲避着王凤梧逼视的眼神，摇摇头。

“你别不承认，一切都在脸上写着，你还太年轻，还没学会掩饰的艺术。”

他只好把一切向这个老前辈坦白了，以期能得到一些有益的指点。

王凤梧听罢，哈哈大笑，之后又骤然收敛了笑容，竟说道：“我给你一个建议，你赶紧跟小郭确定关系，然后老老实实地结婚。”

见吴心满脸的疑惑，王凤梧说："因为文学这个东西能让人头脑发热，产生多余的感情，也能让人膨胀，变得不自量力。如果不能正确把握，你会丢乖露丑，害人害己。"

王凤梧的话，好像一下子就点醒了吴心，他马上联想到：为马小婵的三个弟弟盖几间房子，他都视为畏途，更何况要背着一个残疾人走一辈子的人生之路？自己真没那么大的勇气。

二十七

吴心听从王凤梧老先生的劝告，跟小郭结了婚，有了正常的家庭生活。

多年后，他重读了奥地利作家茨威格的《爱与同情》，对王凤梧的坦然规劝，有了情感伦理上的认同。

《爱与同情》(原名《心灵的焦灼》)，是茨威格唯一的一部长篇小说。这是一部杰出的心理分析小说，它不用众多的人物、广阔的历史背景、绚丽多彩的风俗画面、错综复杂的故事情节来营造引人入胜的效果，而是以狂暴激烈的内心斗争，变幻莫测的感情起伏，也就是以内心世界的波澜涌动来撼人心魄。

这部小说的情节很简单：奥匈帝国轻骑兵少尉霍夫米勒于一个偶然的机会结识了下肢瘫痪的富家少女艾迪特，因同情而常去陪伴她，致使艾迪特心底萌生了爱情。霍夫米勒原以为自己是出于侠义之心同情弱者，但发觉艾迪特倾心于己，便不禁惊惶失措。他因为同情和怜悯艾迪特而答应同她订婚，但旋即后悔。艾迪特得知少尉悔约，自己又康复无望，痛不欲生，跳楼自杀。少尉遂终生抱恨。

初读这部书时，吴心刚刚走出校门参加工作，对世道人心既敏感好奇，又缺乏了解，便以本能的好恶直觉感受这部情感复杂的书。读上半部时，感到同情者可敬，被同情者可喜；待读罢下半部之后，又觉得同情者可恶，被同情者可怜。总之，是受到了一次反差甚大的情感冲击。记得读完全篇的时候，吴心泪流满面，继而又痛哭出声，激愤之下，竟把崭新的书页撕得粉碎。待心情平复之后，他感到自己可笑，且生出一丝隐隐的羞愧。等他与那个残疾女孩有了感情纠葛之后，他产生了强烈的再阅读的愿望，便悄悄地踅到镇政府东侧那家新华书店，又买了一本。

初读时，吴心还是一个心智尚不健全的青年，这次阅读，他有了现实经历，便有了带着问题阅读的味道。所以他一经再次阅读，就有了令他自己都吃惊的感受。他把这种感受写成了一篇题为《危险的情感》的读书笔记，文中说道——

> 同情既是一种美好的情愫，又是一种危险的感情。因为被同情者不是一个机械的承受者，他（她）有自身的精神活动；同情的施予，会引起他（她）心理的反应，打破他（她）原有的心态平衡。这没什么不好理解的：再柔弱的花朵，一被触抚，也会战栗；再枯瘦的枝条，一经雨水，亦会滴露，更何况敏锐的人心。原有的平衡被打破之后，被同情者要与同情者一道，建立一种新的平衡。那么，同情者便是被同情者的精神支柱和感情凭依。这时的同情者已不是居高临下的施予者，而是新的平衡的共建者，双方已进入同舟共济、感同身

受之境，同情者须以强烈的责任感和无畏的牺牲精神做最后的支撑。霍夫米勒少尉的同情是侠义情怀的激情产物，没有尽责任、做牺牲的心理准备。所以，一旦发现艾迪特动情的附着之后，便陷入惊惶失措之地，便本能地选择了逃离。于是，指责少尉的薄情，是不公平的。说同情心是把双刃剑，既伤人亦伤己，倒有几分公允，不然他也不会把余生泡在悔愧的泪水之中。但从被同情者的角度说，不彻底的同情者（即没有责任心和牺牲精神作依托的同情者），既是施恩者，又是迫害者。

说到底，同情是一种不平等的感情，是强势者对弱势者的垂顾与呵护，有居高临下的味道在。所以，同情者必须保有自己的强势地位，一旦失落，便不再是同情，而是同病相怜，同气相求。为什么同病相怜者能建立深厚的感情同盟？盖缘于他们之间有着平等的人格基础。霍夫米勒少尉的强势地位是摇摇欲坠的。他是通过不择手段和隐姓埋名才取得贵族称号的，虽然做了军官，但不体面的历史和卑微出身依然像个阴影笼罩在他头上。而他一旦与艾迪特小姐结婚，就会被军官阶层和贵族阶级所不容，他会重新陷入社会的底层，这一点，是一个有失败经历的人所不能承受的。所以，少尉的最终逃离，与其说是自私，不如说是无奈，是不平等的社会制度造成的。从艾迪特小姐的角度说，既然同情是一种不平等的感情，她应该有勇气直面这种不平等。爱和同情是两种感情，而以不平等的人格基础，去索取人格平等的、比同情更深刻的爱情，她未免有些孩子气了。坦诚地说，在那种情形下，即便她勉强地得到少尉的爱情，她也是不会幸福的——“离之则双美，合之则两伤”，这是必然的结局。所以，艾迪特小姐不仅是社会制度的牺牲品，也是她自身性格（比如刚烈、要强和感情用事）的牺牲品。

从道义的层面上，同情是一种伟大的人间情感，是人心向善、向爱的象征，也是奉献和牺牲精神产生的人性基础，更是锻造社会良心和伟大人格的砧石。所以，人世间不能没有同情。但，同情不能仅停留在良心发现、感情用事、行侠仗义和个人努力上。同情，应该变成一种社会理性和社会规则，同时，也要变成一种道德评判和价值评判的标准，使愈来愈多的社会强势分子被规束到尊重弱者、关爱无助的情感轨道。一旦同情发展成一种浑厚的社会情感，变成一种心灵的向度，具有责任感和牺牲精神的彻底同情便会成为一种人性的自然。那么，弱者就有福了；那么，弱者不弱，孤者不孤，便不再是一种奢望与梦想。

这则读书笔记被吴心发表在《北京日报》“阅读”版上。王凤梧读后，特召他见面，对他说：“你的认识是对的，因为你把私人的感情，上升到了社会的层面，并做了哲学上的思考，给人以警示。所以，你的那段经历，就变得可贵，并令人尊重。我既感谢你，也对那个女孩表示敬意，文学终究是提升人、善化人性的，因此，我更感谢文学。”

二十八

一天晚上，吴心正在办公室里埋头写作，李镇长突然推门而进。

他还没站起身来，李镇长就快步走到座位前，把他摁住了，说：“你就别客气了，将来你很有可能会当我的领导，咱现在就平起平坐。”

李镇长的话，让吴心一头雾水，他探寻地看着李镇长。

“难道你还不知道？”李镇长搬过来一把椅子，和他面对面地坐下，“你很快就不再是我的下属了，上边已经看上了你，要调你走。”

李镇长告诉吴心，县政协缺笔杆子，到处选人，刘振祥和王廷辅两个老干部，正好与县政协主席是老相识、老同事，他们第一时间就推荐了吴心，说吴心在报刊上发表了很多东西，很能写，并且为人周正，政治上也可靠。由于是老相识、老同事的推荐，县政协主席连进一步考察的环节都省略了，直接跟他要人，他已经同意了。

这真是出乎吴心的意料，他的两个诗刊函授同学竟热心到如此程度，不征求他的意见，就把他的命运安排了。

“那我可就改行了，丢掉了所学的专业。”吴心说。

“种菜的土地都改种楼房了，你已经失去了用武之地，趁着有机会赶紧改行，这叫作顺生。”李镇长说。

“那我得回家跟我们小郭商量一下。”

“商量个啥，男人在事业和前途面前，要果断。”

“据我所知，政协是个清水衙门，收入会不会受到影响？”

“当然会受影响，你想啊，咱们乡镇干部，既有下乡补贴，又有年终奖金，收入几乎是县里干部的两倍。”

“既然是这样，请允许我再考虑考虑。”吴心说。

“考虑个屁！”李镇长断然说道，“县政协虽然收入比乡镇低，但毕竟是四大部门之一，那是多大的平台，能接触到全县的方方面面，触角也能够到市里有关部门，在个人的发展空间上要比乡镇大很多。所以你不能光算经济账，更要算政治账。往俗里说，乡镇干部的成长是很慢的，从科员进步到科长还容易，从科长进步到副镇长就很难，从副镇长升到镇长，概率几乎是零。你们陈站长，工作都二十多年了，人也很优秀，估计到了退休，也还是待在科级岗位上，因为我手下有二十多个科长，个个优秀，竞争很激烈。你进了县级机关就不同了，你升到科长，如果机关里没位置，可以外派，一下到乡镇，至少是副镇长，上级机关往基层安排干部，都是提拔使用，这就是大部门的优势。”

李镇长说得实在，说得透彻，一点也不冠冕堂皇，是标准的基层干部作风。吴心很感动，说：“就听您的。”

回到家里，跟小郭一说，她起初是一喜，很快就一忧，到后来端着饭碗就掉起泪来。

“你这是干什么？”

“县里的大机关，漂亮女人一定很多，我不放心。”

“瞧你这点出息。”吴心说道。

他这时候才明白了，为什么李镇长说男人在事业和前途面前一定要果断。

小郭的表现，反而坚定了吴心的信念，一定要到县政协去，否则就陷在家庭里了。

到了县政协，居然让吴心当主席的秘书，他大为惶恐，便找到秘书长，表达了自己忐忑不安之心；并说自己是新人，对政协工作不熟悉，当领导的秘书恐怕难以胜任；再说，那么多老同志，都有驾轻就熟的本事。秘书长说，这没办法，谁让他是作家，主席爱写诗，就喜欢文人，所以钦点了他，他必须上任。

吴心的编制，放在政协秘书处，所以他既被主席亲自指挥，也要归秘书长管理。起初他感到别扭，很快就心甘情愿了。因为秘书长是一个长得很美的中年女同志，姓卞，回民，有洁癖。她不仅人长得美，还特别注重打扮，气质优雅。她又善于言谈，与人交往时，往往会吸引众人的眼球，成为中心。所以，能在她手下工作，下属都感到荣光和体面。她文化程度不高（初中），却特别懂得知人善任，交派下属的工作，总是适合的。下属办事不得力时，她也不呵斥，只是用兰花妙指在其额上弹一下，给一个笑嗔。美妇之嗔，让人无地自容，只能把工作干好。她选择下属，总是挑拣有身高、有长相、有风度的男士，吴心虽然不是她挑来的，却恰好也是一个符合条件的美男子，她很喜欢。她主管的秘书处，连吴心在内，共四人。开大会的时候，她坐镇指挥，都干得有板有眼，被人称道。她则喜上眉梢，对人说："你看我这四条汉子。"她欣赏下属，一如欣赏自己。她让吴心感到，个人气质、优雅的风度，也是一种能力。所以吴心特别服从她的管理，她的要求，他毫不犹豫地努力满足。比如她让他跟主席出行，回来后，一定要跟她汇报，她好掌握领导行踪。吴心很乐意跟她汇报，且一五一十汇报得极为详细。因为他喜欢她的芝兰气质，愿意在她身边多待一会儿。

有一天，主席很不高兴，问吴心，说："我的一切，卞秘书长怎么什么都知道？"吴心脸红了，支支吾吾。主席说："你既然是我的秘书，就只对我一个人负责，别人问到，你要学会搪，别什么都说。"主席笑了笑，又说："因为她有个人魅力，男人会被吸引，会不打自招，这你就要注意了，别被美色迷惑。"

主席的话，虽类似调侃，但也让吴心无地自容，他开始不喜欢自己的身份。秘书就是跟班儿的，整天联络、协调、服务、记录和起草公文、讲话，做的是事无巨细的事务性工作，他是个文人，聪明而不精明，应对起来很是吃力，而且还陷在微妙的人事关系之中，更是深以为苦。

那天，他陪主席参加了一个北京市政协文史工作会议，会上大方山县被点名批评，因为这项工作大方山县是个空白，既没有成立办公室，又没有专人负责。在回来的车上，主席闷闷不乐，问吴心有什么建议。吴心觉得这是个绝好的机会，便大胆地说道："文史和文学是相近的，而我是搞文学的，自然也就搞得了文史，您就派我去抓这项工作吧，我办一个油印刊物，吸引社会上的作者，然后再组建一支文史撰稿员队伍，待形成一批成果之后，再出几本书，一定会后来居上，让您出彩儿。"

吴心所说，岂止是建议，而是比较成熟的实施步骤。主席听了，立刻就转忧为喜，放声大笑，说："好，就这么办。"未等吴心接话，主席又开始了调侃，他说："吴心，我知道你不喜欢当我的秘书，这次，你终于得逞了，哈哈，不过，这也叫人尽其才，歪打正着，哈哈。还有，搞文史你就离开了秘书处，也就远离了美色的诱惑，这岂止是得逞，还是拯救，哈哈哈哈。"

主席的哈哈，让吴心感受复杂，他只是嘿嘿地笑，什么话也没敢说。他暗暗告诫自己，文史工作，有背水一战的性质，一定要干好，否则，在政协就没有容身之地了。

吴心很快就创办了油印刊物《大方山文史选刊》。

没想到，刊物一经出版，来稿如潮，即便是以旬刊的形式缩短周期，也难以应对。为了扩大容量，继而又创办了铅印的《大方山文史选辑》，每期有四百多个页码，并精选作品，每个年度公开出版一本《大方山文史菁华》。吴心为了办好刊物、出好书，不得不牺牲了自己的业余时间，仅每周三回一趟家，其他时间，都住在机关。有出版物的依托，他发现并团结了一大批文史作者，见证并推动了大方山文史事业从无到有、从薄弱到繁盛的发展进程。很快，大方山的文史工作在北京的区县政协中，名列前茅，处开风气之先的地位，他本人也被评为北京市的先进文史工作者，出席了各种文史工作会议，做会议中心发言，介绍经验、阐述观点，成为北京文史界有影响的人物。

事业发展了，人手就不够了，吴心向主席提出建议，应该适时成立文史委员会，下设专门的文史办公室。

建议立刻就被采纳。文史委员会主任由一个田姓党外副主席兼任，办公室主任却是由一个意想不到的人担任。

这个人，让吴心大为感动，第一次感到人之所贵，不在官位，而在心胸、境界——

此时，石化区与大方山县合并建大方山区，从县处级升格为厅局级，由于职数的限制，就要有少数的县级干部被分流。文史办主任便是从副县长职位上转任的一个刘姓女同志。刘主任长相憨朴，不苟言笑，看上去就让人有信任感。走访撰稿员，本是吴心作为下属的日常事务，但每次她都要陪伴。她说："主任一职算不得什么领导，它只是内设的一个专业岗位，而我文化程度不高，又不懂文史，要再不深入基层，向撰稿员学习，就尸位素餐，对不起组织了。"审稿时，吴心自恃精明，有绝对把握，便建议她选重要篇目圈点一下即可。但是她篇篇都看，且字斟句酌，拖延了出刊日期。见吴心不悦，她说："慢工出细活儿，况且文字事业放眼未来，此时之慢，正是不留后患。"本来是一个堂堂的县长，却做了一个小小的处级主任，周围大有为她鸣不平者，认为是大材小用。她则心态平和，说："本来不材，有用即可。"她让吴心知道，心中无我，就不会患得患失，就会天地广阔，就会以事业为重。

二十九

刘主任因为是党内干部，她能表现出无我境界，还不太让吴心感到意外，让他大感意外的，倒是那个兼任文史委员会主任的田姓的党外副主席。

田副主席，本名田树屏，是典型的"听党的话"的那种知识分子。他领命出马时，是政协不驻会副主席，其本职是大方山中学的语文老师，系本县教育界的元老，唯一的一个特级教师。尽管在学校的教务很重，但一让他担纲，却不曾有一丝犹豫，学校、政协两头跑，均投入地履职。

由于他是政协副主席，又是特级语文老师，学问渊博，文字功底深厚，在他面前，最初吴心尚有几分怯意，总是毕恭毕敬地请教，不敢表达自己的观点。他说："你有话就说，咱们是道友，不要拘泥于上下级关系。"这是一句至关重要的话，一下子缩短了他们之间的距离，使吴心能放手处理稿件，便简化了流程，提高了效率。既然是道友，吴心便不再称他田副主席，而是称"田老"。

搞文史资料的征集，须接触各行各业年事已高的当事人，或资料的占有者。作为年轻人，与这些人接触十分困难，田老便带着吴心逐一登门拜访。机关车辆紧张，钻胡同、走小巷、到乡下，田老总是跟他一道骑自行车。那些老人与田老很熟悉，见田老骑车而至，便笑着说：“怎么，田老，岁数不小了，还卖老骨头？”田老也一笑，说：“对，卖把老骨头。”

这是一种胜过千言万语的精神，老人们很感动，便很亲热地接待他们，或答应提供线索，或索性亲自撰写。田老善谈，很会贴紧当事人的身份，做切实的交谈，与当事人之间浑然若老友相聚，他们有什么心里话都肯说出来。如此，史料的获得成了一重愉悦，更为愉悦的，是他们通过征集史料，交了一大批身份各异，一般人不易交到的朋友。

即便做成了朋友，田老也绝不在当事人家里用餐。他不愿意把情感因素渗入史料的纸背，给史料以公正和清白，是他恪守的原则。每当错过了饭口，他们便在路边的小店用餐。他从不要吴心掏钱，他说他挣得比吴心多，理所应当掏钱。饭菜很简单，但总是有点酒。你一杯，我一杯，把自己弄得有了颜色，心中充满了温暖，直觉得他们干的是一桩了不起的大事业。

在喝酒上，田老也从不示弱。

“田老，别喝了。”

“再喝。”

“我比您多喝一杯吧。”

“我也多喝一杯。”

“可我比您年轻。”

“我也不老。”

田老精瘦，不知那些火烈的液体他装到哪里去了，有这么大的容量与气度，以致酒愈喝思维愈清晰。后来，吴心明白了：他心中永葆着对生活的热情，达观的心态使他的生命充满了活力。那年政协在周口店猿人遗址邀六十岁以上委员举办“九九重阳”联谊会，田老也应邀出席。主持人请田老发言，田老即席朗诵了一首诗：

老田岂敢也称老，前辈面前我还小。
唯诺多年无建树，庸碌无为贡献少。
蹉跎岁月空流去，欣逢盛世再起跑。
甩开膀子干十年，埋入黄土再称老。

田老的诗一下子振奋了会场的垂暮之气，老委员们情绪激昂，都感到虽入老境，也应有激情，再干一番才好。田老的诗，同样让吴心感觉到了一种生命的滋润，那些因为一种灰色的功利情绪而生出无所作为思想的年轻人，若能现场感受一下老人们的激越情怀，当惭愧有加。

田老的“老骨头”没有白卖，稿子源源不断寄上来。但对于文史资料编纂工作来说，这些一线史料只是毛坯，还须研究、整理、考证、核实，再定稿，这中间有大量枯燥繁累的工作要做。这既需要学养的依托，又需要案头工作的耐力。田老的耐力是惊人的。他伏在桌上看稿子，一个字一个字地抠，一个年号一个年号地核，从早上坐下，到吃午饭，他从不挪窝，也很少说话，只是抽烟。他气管有些不好，抽多了就喘，喘着还抽。气管呼噜，烟雾袅袅，笔下的考订就越来越清晰、准确而无误。这是一幅很耐看的画面，让吴心想到凡·高叼着那管大烟斗，在烟雾中发奋不止的身影。

吴心便勤勉地做好手下的活儿，以减轻田老的负荷。但他的学养毕竟有先天的不足，留待田老做结论的地方很不少，所以，他审定的稿子，最终仍需要田老再做一次审定。一般是在下班前将初审给他，第二天一上班便会见到他的审定结果，他有着青年一般的快节奏。吴心的审稿意见，均写在原稿之上，将原稿弄得几乎失了本来面目。而田老的审稿意见，是整整齐齐写在几页信笺上，且甲乙丙丁，条分缕析，在每条意见之后，均注明出处和所据的参考书目。他是文史选辑实际上的主编，这应该算权威的评判，但他不强迫吴心接受它，而是让他参考定夺。

吴心不禁对老一辈知识分子产生一种肃然的感情。因为田老具有老一辈知识分子最珍贵的一种品质：在知识面前的人格平等和对人的真诚尊重。

从此吴心不敢在作者的原稿上下“批注”了，而是学田老的样子，另写在信笺上。这样，一篇稿子定下来，若没有大的改动，大体上保持着原稿的整洁与风格。

可以说，吴心在做学问上被同行认可的还算踏实还算谨严的作风，正是从田老身上“承延”的。

实际上，吴心虽然从事着文史资料的编辑工作，却从来没有真正对它产生过兴趣。吴心属性情中人，对现实人生更有热情，喜写一些现实题材的文章，以邀众鸣，便以本职为辅。田老能够感觉得到，却未曾做过说教，他有“点化”吴心的独特方式——

燕山石化的一个工人，名肖智，仅有小学文化，做过金陵遗址的“守护人”，有第一手的金陵墓穴知识。随着金陵的日益荒颓，他生出一股保护古文物的豪气，颇费心力地写了一部两万余言的《金陵考》。这是一部极粗糙的文字，除了实物记载丰富翔实、可靠可取外，历史学、文物学上的论述存有不少错误，且行文多枝蔓、多讹误。这是不好采用的稿件。但田老认为，金陵考据的文字在北京史学界和文物界是一个缺项，是亟待挖掘整理的一项“工程”，既然已有不畏艰苦的“开山人”，便要循着“开山人”踩过的小径攀登上去，采回将要湮灭的文明之珠，供奉于后人。他本人从没有金陵考证的兴趣，为了“救活”这篇文章，他几次带吴心到陡峭荒芜的金陵旧址实地考察，并翻阅了整部金史，搜检了所有能够找得到的关于金陵的记载与论断。而后，他对这两万多字的《金陵考》，从头校改，孜孜矻矻。这部手稿达到出版水准的时候，几乎成了田老的作品。但他仍仅署那个工人一个人的名字。他心之愉悦，在于经过他的手，又给社会贡献了一部珍贵的史料。吴心为之心动：搞《金陵考》并不是田老所好，他却极端地投入，盖一个老知识分子对民族对国家深入骨髓的责任感使然。这是一种不事张扬的、在生命层面上的责任感，体现了做人的境界。

后来，吴心亦投入地做下去了，与田老一道，推出一系列《大方山文史选辑》，填补了大方山此项工作的空白，在大方山和北京，乃至全国文史界产生了较大影响，成为大方山文史“辉煌的创业人”。几年的文史工作，对吴心个人来说，最重要的是使其生存素质上得到了一个飞跃：兴趣的驱使，可发挥才能；职业和工作的需要，即使没有丝毫兴趣，亦有足够的耐力把它干好。后来他读伏尔泰的《赣第德》，始知伏尔泰最推崇的做人之法便是：对你不得不做的事，要以勤勉和不屈不挠的精神去做，而且要做好。读《林语堂文集》，又知林语堂亦以其为人生圭臬，便深感几年文史工作对他人生意义的重要性，便默默地感激田老。

田老后来不再担任副主席的职务，只是一个政协常委，在文史工作方面也不再是主要负责人，但吴心从他身上看不到一丝失落之色，他依旧以干练负责的精神献身于文史事业，而且还以特有的清爽净洁的文笔亲自撰写稿件。他有较高的参政议政水平，被区政府聘为特邀监察员。

担任特邀监察员以后，他又以特有的人生姿态，积极地投入其中。他注重搜集民情民意，倾听群众呼声，并注重开展调查研究工作，所以，对一些重要的参政议政议题，他手里都有现实的依据。每次参政议政活动，主持人总要点田老发言，田老总会把独出机杼、鞭辟入里的意见和建议贡献给有关部门。他赢得了社会各界的尊重。田老是吴心认识的人中始终投身于没有实惠的工作，却有滋有味地干出成果来的唯一的一个人。

后来，吴心也不搞文史资料编辑工作了，与田老合作的机会自然就少了，但常见面。多是田老来看望吴心，对吴心的工作、学习和生活状态表现出极大的关心，使吴心感到有这么一位令人敬慕的前辈关心着，是一件很幸福的事。但总是他老人家来看自己，让吴心觉得有些过意不去，便说："田老，看我整天瞎忙，也没工夫去看望您。"

"没关系，我来看你，一样。"他一笑。

"您是前辈，理应去看您。"

"不，咱不论这个，这太老套。咱也不是一般意义上的忘年交，是契友。"

到了契友的份儿上，还有什么说的？吴心便说："老朋友，愿您的心永远年轻下去。"

"老不了。"他自信地说。

吴心十分感动，心中不禁感慨道：一个人要想生活得有滋味，与物质财富的拥有相比较，精神境界的修养，是第一等重要的。

三十

身边人给的教诲，就足以让吴心受用了，但老天垂顾他，想让他成大才，便不由分说地给他补充了一个更大的教诲——

那一年，号称“北京敦煌学”的云居寺石经研究启动，在大方山宾馆召开石经研究会的成立大会。本地的宣传文化部门邀请了区内外、国内外的有关领导和专家数十人。由于吴心当时是区政协文史工作的实际负责人，不仅被视作业内人士，而且也作为“领导”，被恭请到主席台就座。

因为会议具有国际性质，要与外国人接触，主办方要求出席会议时穿正装。吴心不仅遵从，而且还做了一番刻意的修饰——理发吹风，薄施油粉，还特意买了一双当时特别流行的三接头皮鞋。之所以这样做，系刚出版了一册散文，且报上有好评发表，心中有情不自禁的得意，觉得匹配以盛装，才对得起自己。

进到会场时，已人头攒动，气氛热烈，似要被淹没在熙攘之中。但主持人居然径直奔吴心而来，说一个叫三谷孝的日本学者点名要对他进行会前采访，以便让自己的演讲稿更加确当。三谷孝窄脸，细眼，长发，白面，汉语流利，礼数周全，对吴心说：“因为您主持《大方山文史选辑》的编务，对京西民俗素有研究，请多多指教。”这让吴心很是受用，边摇头摆尾，边夸夸其谈。三谷孝认真地记录，始终保持着谦恭之相。对吴心的回答，他颇为满意，采访结束，盛情邀其合影留念。二人刚刚站定，三谷孝的秘书——一个美得让人不禁侧目的年轻女子，也凑上前来，与他们同照，而且，居然笑吟吟地挽着吴心的胳膊，做小鸟依人状。镜头之前，吴心居中，一个日本学者，一个东洋美女，有月被星捧的感觉。

带着这种感觉，吴心被礼仪小姐引上主席台。

吴心的邻座，是个老叟，这时已端坐在那里。见吴心上来，赶紧起身，与他热情握手，还从工作人员那里接过茶盏，殷勤地递给他。

那时的会风，还不像后来那样讲究，既不摆台布、花朵，也不设座签，台上的人就兀自陌生着。似乎是还有一位重要人物尚未到来，大家还要继续等待。吴心由于内心有些膨胀，忍不得就这样枯坐，便仔细打量身边这个老叟。

老叟奇瘦，由于坐得端直，上身就显得特别长，看起来更瘦了。满头银发，腮颊无肉，有大小不等的老年斑。他穿着中式扣襻夹袄，色黑无光泽，一条玄色裤子，好像有些肥大，就愈显骨瘦伶仃。脚上是白色线袜和黑色圆口布鞋，由于袜口没有弹性，露出一节焦黄踝骨。整体看去，酷似一个田间老农，被促狭地位移于此。

吴心替他难受，陡地生出一丝悲悯，便主动与他搭讪，小声地问："你贵姓？"

他一笑，好像耻于说出自己的姓氏，反问道："您贵姓？"

吴心不仅脱口道出姓氏，还补充道："有个叫吴心的作家，你知道不知道？本人即是。"

老叟略一沉吟，赶紧说道："知道知道，您就是大名鼎鼎的吴心先生。"

吴心觉得老叟还是识趣的，对他便有了一些好感。虽然觉得他来错了地方，但依旧还是可以体谅的，便小声问："你平常也写东西吗？"

"也写一点，写一点小散文，之余搞点小小的研究。"他谦卑地答道。

“请问，写散文最重要的要素是什么？”

“真情实感。”

“这是最老套的观点，”吴心继续点拨道，“散文写作，最重要的是要有复合品质，学识、思想和体验，不露声色、自然而然地融汇在一起。我觉得，只有学识，流于卖弄；只有思想，失于枯槁；只有体验，败于单薄。三者有机地结合在一起，就丰厚了——前人的经验，主观的思辨，生命的阅历——知性、感性和理性均在，这样的境地才是妙的。其实，天地间的大美，就在于此‘三性’的融合与消长，使不同的生命个体都能感受到所能感受到的部分。文章若此，就适应了自然的律动，生机就盎然了，对人心的作用也就大了。”

他好像被吴心震慑了，不停地点头，说：“高论，高论，我得记下来。”他果然在本子上写了起来。由于身直头低，他的脖颈显得很长、很细，有命悬一线的感觉。

他一边记，一边问：“最近有什么大作出版，能不能惠赐一本？好让老叟开开天目、长长见识。”

“当然有，刚刚出版就引起轰动，书名叫《游丝无轨》。”

他表情立刻变得肃穆，说：“好书名，好书名，很大气，很哲学！”

他的连连称叹让吴心心花怒放，感到这个老叟虽然其貌不扬，但还是很可爱的，便说道：“把地址写给我，明天就给你寄去。”

在他书写地址的时候，会场有些骚动，是那个被众人等待的人到场了。上眼看去，是本地主管文化的官员，一个刚刚发迹的新贵。吴心陡地升起一丝鄙夷，有什么了不起的，这么重要的一个学术会议，你一个胸无点墨的市井俗物，居然让一片高人久等，岂有此理！

那个人径直朝着身边的老叟走来，不停地作揖，说：“季老，罪过，罪过，让您久等了。”

季老！

莫非？吴心有些懵懂。

这时麦克风响了，主持人开始介绍来宾。

“请允许我以十分崇敬的心情介绍一位大师级人物，即享誉中外的季羡林先生。”

话音未落，哗地就响起一片连天的掌声。

站起身来的，果然是身边这位老叟。他好像很惶恐，不停地作揖、鞠躬。

他越是矮化自己，会场的掌声越是向上生长，许多人还纷纷起立，起伏之状，如春潮涌动。

吴心木在座位上，已无勇气站起来向他致敬，觉得那样的表示是对刚才的嘲讽，更有恬不知耻的味道。待惊魂甫定，便悄悄地从他身边溜走，到街上的凡尘中，去找回自己的位置，是神的归庙，是鬼的归坟。

仰望天空，万里无云，一片宏阔；日轮硕大，却播洒温柔之光，不炙人皮肤；人影稀疏，不拥挤道路，反倒怡然自得；街树入定，小鸟在枝间攒动，虽叽喳声小，却也听得真切。在这殿堂之外的凡常而美丽的景色之中踯躅一番后，吴心才渐渐释怀。

三天之后，吴心居然收到了季羡林先生寄来的邮件，里边有一册《季羡林散文选》。封面素朴，只勾勒着几枚蓝色的枝柯，还有两只写意的无名鸟。扉页上恭恭敬敬地题着一行小字：吴心先生教正。字写得有些稚拙，不让人与大师联系起来。吴心觉得季先生的做法，含着一种属于长辈的体贴，不让他有冒昧的余绪，而是赶紧“放下”，在平等中找回心安。

吴心并不急于读他的散文，而是找来他的论著和译著，以体会他的大和深。一如大树不摇，大水无波，格局的大小，才呈现品质和气度。吴心要自觉地用他的大和深涵养自己，让知耻之心，变成知识、学养和情怀的血脉，在浅地里长茂树，在凡枝上生菩提。

首先品读了他译的印度史诗《沙恭达罗》。他译得很美，让语句生香，让意象有禅意，让人物摇曳出自己的风韵。其中的一个句子，让吴心怦然心动，回味不已——

因为臀部肥重，她走得很慢，袅娜出万端风情。

沙恭达罗有大美，所以她无须急迫登场，更无须额外招摇，她只需从容自适地走自己的步子，身体自然就有节律，心灵自然就有圆满与充盈，生命也因此而风流有自。

这个意象，后来化作了吴心的写作态度——从容不迫地书写，而不管书写之外的声名。让跬步自然积千里之远，让无声自然回响在时光深处。有人说："你已书写了几百万文字，却与大奖无缘，也与文坛高位无遇，换了别人，早就生出不公之愤，早就发出不平之怨，而你却依旧唇红齿白，笑容灿烂，几近于没心没肺。"他反问道："你知道季羡林吗？你知道沙恭达罗吗？"

人们不知道，与季羡林的邂逅，疑似天赐禅机，让吴心生命入定，有了一份难得的自信与从容。让他知道，眼光太"实"，则忧于物、忧于名、忧于利；心灵守"虚"，乃乐于情、乐于智、乐于创造。"园小栽花俭，窗虚月到勤"，这样的境地多清洁、多美！

吴心也真的体悟到，美好的情感都是乘"虚"而入的，就像梦一样，它让人超越现实，超越羁绊，让生命舒展，让灵魂飞翔，让精神登场。也因为此，使人远离物化，成为唯一能在非功利的场域中自足地存活的动物！

有了这份定力，出得门去，一片阳光普照；迈出步去，一派尧舜感觉——不仅爱众生，也爱自己。因此，虽然是身在政协这么一个无权无势的清水衙门，吴心也干得特别投入，不仅把文史工作搞得风生水起，还创办了一张文化类报纸《大方山时报》，散文写作也日益精进，大面积地发表。

三十一

卞秘书长有一天把吴心叫进她的办公室，嫣然一笑，说："吴心，你干得很不错，大家都有目共睹，这其中自然离不开你个人的努力。但更重要的是，咱们单位的风气好，不嫉贤妒能，还有，咱们秦主席欣赏你，所以，你要正确认识自己，不要骄傲。"

吴心马上就反应过来，卞秘书长之所以说这番话，是因为近期有舆论说，吴心因为表现突出，可能要被提拔，当文史办的副主任。"卞秘书长您放心，我自己有几斤几两我心里是清楚的，之所以能适应工作，有一点成绩，还不是得益于您的调教？刚来的时候，在您领导的秘书处，您的工作作风，个人风度，待人接物，都濡染了我，让我找到了标杆，所以要说感谢，排在第一的，还不是秦主席，而是您。"

卞秘书长咯咯地笑了起来，她跷起兰花指，在吴心的额头上弹了一下，说："你这个人就是招人喜欢，不仅有才，人长得也俊，还善解人意。等党组研究人事的时候，我一定带头举荐你。”卞秘书长是政协党组成员，所以才有这个说法。

吴心马上接话道：“您虽然不直接分管我了，但您永远是我的领导。咳，说句实话，在我心中，您就是我的一个可亲可敬的长辈，我真想叫您一声姨。”

“那你就叫。”

“卞姨。”

“欸！”卞秘书长答应得很清脆，心花怒放地在吴心的屁股上拍了一下。

吴心就闻到了她身上散发出来的一股好闻的香水味。他情不自禁地想到了张岚。多亏了张岚的启蒙，让他脱去青涩，不仅会工作，也解风情。

从卞秘书长办公室出来，他品味着她说过的话，心情大好。因为有她的举荐和秦主席的欣赏，他觉得个人的升迁应该没有问题。他庆幸从乡镇来到政协，并遇到了这么好的生存环境。

秦主席为什么这么好？因为他从形象上就和善，在作风上更是和善，是典型的“笑佛”。

秦主席有一个异常肥大的身子，肚子大得像扣了一口大锅，从上都看不到脚，自然就是重度脂肪肝。都劝他减肥，可是愈减愈肥，索性就由它去了。都以为他会短命，可是他活到八十六岁，一直是面色红润，到处走动，像年轻人一样。他是在睡眠中安然去世的，遗容是满面的微笑，无一丝痛苦。为什么会这样？因为他豁达。说的话被人赞许，他哈哈大笑，说：“我秦某人是外交部下放来的，自然有水平。”说的话不被接纳，也哈哈大笑，说：“我秦某人只是个没权没势的政协主席，说的话自然就没人听。”而且笑得举动特别大，如果站着，一笑，就把自己重重地摔在沙发上，好像笑能让人放下一切重负；如果坐着，一笑，就霍地站起来，好像笑能让人挺拔。

他是从区委宣传部部长位置上转到区政协当主席的，自然就看重文化、看重文化人，而且他特别喜欢与文人交往，即便身为政协主席了，只要外边来了作家、艺术家，他也会主动前去见面，并热情接待。经他的介绍，吴心认识了时任北京作协秘书长的赵金九和《北京文学》编辑部主任傅用霖。他留二人吃饭，邀吴心作陪，并嘱托他们二人，把吴心托举到北京文坛上去。后来二人对吴心真的热情帮助，在《北京文学》上发了他不少散文，出“新散文专号”时还把他纳入，让他与苇岸、冯秋子、周晓枫一道，成为新散文的代表性作家。

吴心那时发了成名作《中国媒婆》，被陕西教育出版社收入《今文观止》一书。因为秦主席爱逛书店，这本书被他发现，不仅自己买下，还多买了两本送给吴心。从此以后，他替吴心大力鼓吹，说吴心是与鲁迅、郭沫若、冰心同居一室的大作家。虽然有些夸张，但秦主席也说得理直气壮，因为薄地终于有了壮株，认为是地区的喜事、大事。他让县里的报纸、电台、电视台连篇累牍地报道，弄得吴心本人都不好意思了。

因工作单位与住家遥远，吴心又全力投入工作和写作，除了星期三外，他都是住在机关，秦主席和他就有了个人生活层面的交往。

一个晚间，吴心正在寂寞中写作，有人轻轻地敲门。他问：“谁？”门外答：“你们秦主席。”开门迎入，见他手提一个人造革的皮包，风尘仆仆的样子，但右腮却有抓痕。见吴心眼光疑惑，他笑笑说：“不小心让猫抓了一下。”他一屁股坐在吴心的床上，问吴心：“你吃了没有？”吴心说：“早吃了。”他说：“你能不能再吃点？”然后他不由分说地让吴心去县委门外的小店买点炸花生米、粉肠、猪蹄之类，又嘱咐：“别忘了带一瓶二锅头和两个火烧。”餐品买来，他说：“你陪你们秦主席喝两杯。”

他猪蹄啃得好，酒也喝得好，话头也稠密。他从马克思的《资本论》说到毛泽东的《论十大关系》，满肚子学问，让吴心震惊。还让吴心震惊的是，他右腮上的伤痕，殷红殷红的，看着就有痛感，然而却被他忘记了。正酒酣之际，桌上的电话铃声大作，他哆嗦了一下。他让吴心别接，只管喝酒。但铃声不断，吴心只好接。电话里劈头就传来恶厉的女声——“你们政协值班的怎么回事，有电话都不接，还是不是共产党的机关？”吴心愣了，看一眼秦主席。他幸灾乐祸地笑着，意思是说，我不让你接你非接，自讨苦吃。那边又传来厉声：“姓秦的老混蛋在不在？”秦主席朝他摆摆手。吴心便说：“你是哪一位，怎么这么没礼貌，我们政协没有姓秦的老混蛋，只有姓秦的主席。”那边说：“就是他，他在不在？”吴心说：“他不在。”那边说：“你小子别蒙我，如果你让我发现了在蒙我，我把你连同那老混蛋一块儿收拾。”吴心说：“悉听尊便。”她说：“有什么样的当官的，就有什么样的当兵的，真他妈的不假。”放下电话，吴心气愤不已，秦主席却大笑不止，甚至把自己笑翻了。他擦着眼泪说：“那是我那位老太婆，她在作河东狮吼。”吴心自然知道，所以故意望着他的伤痕看，他笑着点点头，调侃道：“狮吼不果，故抓之。”之后，他居然给吴心讲苏格拉底和尼采，说：“他们之所以能成为伟大的哲学家，都是河东狮吼的产物。”然后他狼吞虎咽地吃那两个火烧，再然后提起他的人造革皮包，对吴心翻翻白眼，说：“你们秦主席吃饱喝足了，该就寝了。”他回到他的办公室，睡下了。

在他当主席期间，这样的情形不断发生，所以，每当他敲门而进，不用他吩咐，吴心就去路边小店，给他采买吃食。就这样，他们无话不说，成为忘年交。

之后的一个下午，他们谈完正事，吴心留他闲侃，他说："切不可停留，我家的老太婆病着，我得回去伺候。"他对吴心解释说："你别以为女人作河东狮吼就是强势，其实她一直是脆弱的，一病了就更像个无助的孩子，每时每刻都离不开你。"他对老伴悉心照顾，让人看到夫妻之间更深刻的一面。

待老伴的病好了，一个晚上，秦主席又来找吴心，又让他备下小菜，喝酒。秦主席说："终于把吼狮侍候妥帖了，可也把我累坏了，今天可要好好喝一喝，舒舒郁气。"酒喝得畅快，秦主席又天南地北、谈笑风生。高谈阔论之间，他突然转了话题，说："吴心，你看，咱们给搞文史的办了刊物、出了书，使他们的作品能顺利发表，而你又在外边有了一片文学天地，散文可以到处发表，可就苦了我老秦喽。"

秦主席告诉吴心，他也是爱写诗的，为什么？在政界他要冠冕堂皇，在家里他要忍受河东狮吼，他承受的东西太多了。为了保持良好心态，也是为了一纾块垒，他总是偷偷地涂抹一点诗，透口气，愉悦自己。他说："而我写的那哪叫诗，说雅点是打油诗，说俗了就是顺口溜，无处发表，也不好发表。而不发表，只搁在屉中，好像从来没写过，一点存在感都没有。说实话，我也想发表，吴心，你告诉我，在哪儿能发表？"

吴心反应很快，说："那我们就自己办张报，市政协不是办了一张《北京政协报》嘛，咱也照葫芦画瓢，办一张《大方山政协报》。"

秦主席沉吟了一下，然后哈哈大笑，说："吴心，你绝对是个人才，思维敏捷，懂得对接。不过，叫‘政协报’，好像面儿窄，有些自设樊篱，咱要面向整个社会，开放办报，让各界人士都来发声，姑且就叫《大方山之声》吧。”

吴心拍手赞成。

秦主席又想了想，说：“也不妥，因为叫‘之声’有些忌讳，就叫《大方山时报》吧。同时你要开辟一个文艺版，刊名我都想好了，因为咱们境内有著名的百花山，就叫‘百花山’文艺副刊。”

第二天一早，秦主席就送来了一摞他的诗稿，说：“你赶紧把报办起来，我都有些等不及了。”

吴心说：“急不得，因为我又编文史，又办报，分身乏术，只好慢。”

他啪地拍了一下肥大的肚子，说：“你先办起来，我马上给你调人。”

他圈定了一首诗给吴心，说：“先登这一首，因为它跟政协有关。即便是开放办报，创刊号上也要体现政协性质，省得有人挑眼，至于以后，咱们尽可能地放开。”

他指定的那首，是七言律诗（他自己标注的），题目是“偕政协友人同游北戴河”。起句是：东方出火球，往事乐悠悠。政协上下齐步走，追求。

吴心看罢，扑哧乐了，也因为是年轻气盛，敢说话，就拿着诗稿对他说：“秦主席，把太阳喻作火球，形象固然形象，但过于俗俚，不雅。”秦主席哈哈大笑，说：“领袖都能说‘不须放屁’，我老秦怎么就不能说‘出火球’，留着，留着。”吴心不再坚持，因为他感到，秦主席虽贵为领导，却有童趣，殊可爱，不能太较真。

出创刊号时，还出了一个小插曲。由于秦主席催得急，就不能等米下锅，要主动发现作者，搜罗稿件。

吴心想到了任尚文。

他是秦主席的专职司机，还是自己的老乡。他好读书，善思考，经常写一些杂感式小文章。因为同是主席左右，便知其情况，主动找上门去，从他的存稿中挑了一篇他读《三国演义》后的杂感《论分久必合》。该文有统战内涵，也算是一篇有针对性的文章，便在创刊号“论坛”版上，以头条的位置刊出。

孰料，发表之后，一向温柔待人的卞秘书长，蛾眉紧蹙，不以为然，怀疑其是否亲为，因为他不过是一个开车的粗人而已。记得是在午饭期间，卞秘书长当着众人问他：“尚文啊，文章写得不错，但是你自己写的吗？”任尚文从吴心手里要过手稿证明给她看。卞秘书长笑了一下，说道：“这能说明什么呀，我也可以把别人的文章抄一抄，变成自己的笔体。”任尚文无言，脸红如熟蟹。

吴心不能忍受，站出来板着面孔说：“您不能隔着门缝看人，我可以证明，文章的确是他本人所写。”

卞秘书长干笑了两声，背着手，远去了。

吴心觉得自己的态度有些触犯红颜，便赶紧追进她的办公室。

卞秘书长劈头就说：“吴心，你翅膀真是硬了，敢当众驳我面子，还板着脸跟我说话。”

吴心立刻满脸堆笑，搂着她的肩膀做撒娇状，说：“卞姨，您大人不记小人过，千万别生气，您颜面妩媚动人，一生气就丑了，我心疼。”

卞秘书长撇撇嘴，笑了，说：“我真拿你没办法，但你要记住，以后不要发表他的文章了，因为我堂堂的秘书长都没发表文章，他一个小小的司机却登堂入室，这成何体统？”

吴心连忙承诺：“记住了。”

但他的心中复杂，感到了女人美颜下的虚荣。卞秘书长虽风度诱人，但胸无点墨，平时不善文字，即便尺牍，也靠秘书，所以，连一个司机都能发表文章，不啻是在打她的脸，便本能地怒。可司机怎么了？谁规定了司机就不能写文章？任尚文啊，任尚文，你的名字本身就有寓意，就表明了你对文字的热爱，我不会让你的文章泥牛入海，没关系，化个笔名发表就是了。吴心感叹。

后来再约任尚文的文章，他竟说：“谢谢你看得起我，但我不写了，绝不自取其辱。再说，我一个小小的司机，不能招领导不悦，我虽然以文为贵，但我更以生活为本。”

后来吴心调离了政协，就不知他到底是否真的不写了。

光阴荏苒，他已于前年退休。一天，他突然找到吴心，说他写了一部书，写的是家乡的地域文化，让吴心给看看，是不是能够出版。

吴心大吃一惊，赶紧翻看，粗粗浏览，就觉得是一部稀有之书，绝对值得出版。

当吴心说出自己的看法，任尚文说：“老领导，你先不要下结论，我把书稿留下，烦你认真审读一遍，再下定论。如果真行，就烦你给写篇序，因为你在文坛有话语权。”

吴心说：“老兄，没想到你这么有功底，了不起啊。”

他说：“有没有功底不重要，重要的是给世人一个证明。”

吴心幡然醒悟，原来他这是一部赍志之作，是想向人证明自己的价值。

二十年的光景，他潜心而为，甘苦自享。唉，这位仁兄，他有多大的气性啊！

阅完任尚文《那山那村那人——百花山莲花庵风物志》手稿，吴心顿生敬佩之情。他是当地人，所以书中记述，都是自己踏勘、收集来的第一手资料，不仅翔实，而且富含感情，并多有生命感受，颇吸引人。

他奋笔写序，毫无保留地誉美。他写道，通观这部志书，它有三大特点——

一是考证翔实精密。因为是当地人，任尚文熟悉故乡的一山一石、一草一木，但是，他并不靠感觉轻易下笔，他精研了地质学、矿物学、植物学、民俗学的经典著述，获取了科学的理念和方法，以此指导自己的考察、考据工作，因此使他的写作上升到了学术层面，堪可信任。

二是风物与人紧密结合。以往的风物志，重风物，而轻人，而任尚文则从风物与人的关系入手，把山水的孕育和人的主观创造紧紧地联系在一起，既让人看到了大地的神奇造化，也让人看到了人的亲切作为。生动地回答了山水为何如此壮丽，生民为何如此眷恋的命题，具有很高的人文含量，因而也就具有了不可忽视的人类学意义。

三是下笔多含感情。把握整部书的记事风格，不难看到，任尚文不是简单地在写“志”，也在写自己的思考，在写自己的生命感受，在写自己的“心史”。因而有在场的感觉和视角，处处有充满感情的描绘与抒发，有文学品质，耐人寻味，令人不忍释卷。

序写罢，吴心推窗远望，望着纷繁的星河，他内心豪迈：那张小小的《大方山时报》真是有意义的存在，既让官员回归人性，活得性情，又让小人物励志而上，活得不俗。

三十二

为了办好《大方山时报》，秦主席果然立即兑现承诺，赶在第二期出版前，就调来了一个人。

这个人叫张一介，调来之前是县委组织部组织科的副主任科员。他虽然干的是组织工作，却酷爱新闻写作，几乎每周都有新闻作品在首都各种报刊上发表。组织部部长对他很有看法，认为他不务正业，每到提拔干部的时候，就把他打入冷宫。部长看他不顺眼，他也看部长不顺眼，每到见面时，部长不主动说话，他也不打招呼。跟他的名字一样，很耿介。

组织部部长有时会跟时任宣传部部长的秦主席提到他，说："机关里居然有这样的干部，真是四六不懂。"秦主席哈哈大笑，说："他这叫有风骨，让人欣慰，说明机关里也不净是见风使舵、溜须拍马之人。再说，他为大方山的对外宣传是做了很大贡献的，你不能用本位主义的眼光看人。"组织部部长说："你要欣赏，就把他送给你，换我个耳边清净。"秦主席说："你先给我留着，真用的时候，你一定要痛痛快快地给我。"当办《大方山时报》需要人的时候，秦主席立刻找到了组织部部长。组织部部长说："你赶紧把他领走，我多一会儿都不想看见他。"秦主席哈哈大笑，把自己从沙发上笑挺拔起来，说："你这就叫作有眼无珠，所以，我也就不谢了。”

他报到那天，吴心在楼道里碰上他。不用介绍，一相遇就知道对方是谁，二人热情地握手。他说他要出席一个会议，中午定赶回来，把酒言欢，便匆匆走了，却给吴心留下了很深刻的印象。他长得很美，身姿也潇洒，用今天的词语形容，绝对是玉树临风。

中午小酌，他善饮，语锋直爽；吴心也如是，有一见如故之感。张一介说：“我生于一九五一年，你则是一九六三，按民间说法，相差整一轮，二人皆属兔，均性情温柔，正适合一起做事。”

便立刻商议办报的事，两人碰击出豪情，约定：一定要办得好，办得比公开出版的报纸还要好。

报纸是半月刊，采、编、校、印、发行，都是他们两个人干，而白天都有各自的事务，吴心是编文史，张一介是帮秦主席写讲话稿，就挤晚上的时间。二人商定，像吴心一样，每周除了星期三之外，张一介也都住在单位，把业余时间用于办报。

报纸版面上的文章，除了秦主席的诗，几乎都是他们自己写，便用了许多笔名，什么“心语”“耿介”“一夫”“口中天”，都是依托二人本名的拆解。因为他们的忘我投入，不仅报办得好，还把政协的宣传工作做得有声有色，使大方山政协的对外影响急剧提升，名列各区县前茅，以至于秦主席经常在北京市、全国做典型发言。

即便如此，他们也不居功自傲，每到年底评先进，总是评他人，即使是有晋升指标，也不争执。虽然他们干得很出色，但职级最低，吴心是科员，张一介是副主任科员。他们没有当官的执念，只有干事的热情，位卑却很快乐。

他们每每要骑自行车到二十里外的苏村印刷厂（人民文学出版社的

定点印厂）点红、定版，一路欢笑，把办报看得很神圣。一次归途遇雷阵雨，大石河的水突涨，淹没了道路。他们把自行车扛在肩上，涉水而过。他们不心疼皮肉，但心疼车，不仅很忘我，也很文人。

那时他们真的很有激情，日常工作，业余办报，整天忙碌，但是一点也不觉疲惫，还觉得应该做得更多一些，于是就设计了家乡主题的文学创作，要通过自己的笔，把家乡的历史文化、民俗风情、杰出人物悉数写出来。他们想到做到，先后合作过三部作品：报告文学集《太阳每天都是新的》、散文集《两个人的风景》、小说集《两个人的故事》。当时想，一旦能再版，《太阳每天都是新的》要改成《两个人的报告》，以便把“两个人”的系列源源不断地创作和出版下去。可是后来中断了，因为主观设计总是受制于客观命运的操纵，人算不及天算。

吴心在《太阳每天都是新的》的后记中写道：

> 据说，文学是一个极难弄的行当。那么，我们就弄文学吧，这就是我们的性格。
>
> 而我们并没有奢望，也不怕被文场的大家所鄙薄。我们生在大方山这块古老的土地上，就要首先在这块“母土”上留下足迹，然后，才能走向远方。
>
> 而且笔下的一切，都是友谊的印记，因此，我们格外珍惜。

他们之所以能够一拍即合、心心相印，一是因为他们有相同的性情。他们把张一介说过的那句话变成了对外的一句共同的口头禅：二人皆属兔，均率性温柔，重情重义，不问世俗。二是他们有共同的人生追求。不求物利，不求功名，只求心灵的自由伸展，过一种豪迈的生活。

一同工作，一同做事，自然而然地使他们进入了对方的生活，而且是全方位的深度介入。在单位办报的夜晚，他们形影不离，即便是回到家里，常常是吴心的筷子刚刚拿起，就听到了张一介的敲门声。赶紧让小郭再添置两个小菜，他们畅饮一番。到了最后，双方父母、兄弟姐妹、妻子儿女、亲戚友朋都成了共有的成员——一有家事，就共同承担；一有来客，就共同接待；一有外出，就结伴而行。

因为自己的文化作为，在秦主席转任人大主任，《大方山时报》顺势停刊之后，张一介被外派到良乡镇任党委委员、宣传部部长，比吴心先一步走出了政协的大门。他并不看重这个官，觉得他们的合作与友谊才是合乎本性的大事，还想留下一同编文史，就去组织部斡旋，不允，只好悻悻地走。他走之后，吴心一人孤寂，而且编文史资料日益驾轻就熟，就显得比原来清闲了许多，便把所有业余时间都投入自己的文学创作，其成就渐渐地比张一介大了起来。

虽身处两地，但心还是紧紧地连在一起，吴心每有新作发表，张一介都要打电话祝贺，并派车接吴心一聚，煮酒论文。这时张一介有了明显的忧伤，因为做官后杂务缠身，他顾不上文章的事，心有不甘。但他又是一个做事认真的人，不喜欢的工作也做得有声有色，两年之后，又当了农工商总公司的总经理，跟文学的关系就更远了。吴心在文坛上有了自己的位置，张一介真诚地为他高兴，主动地帮他解决一些生活上的难题，譬如他看吴心家居寒酸，就帮吴心装修房子。他说："堂堂的一个大文人，也应该注重一下门面。"吴心父亲患了癌症，诊费颇巨，他经常送来钱物，帮其渡过难关。吴心三弟娶亲，他也帮着操持。看得出，他是在充当长兄的角色。他这时常对吴心说的一句话是：“我以文为贵，但不以文为业，而你既以文为贵，也以文为业，不要分神。”

一九九六年，吴心也被外派到一个乡镇当了乡长，张一介则改任区旅游局局长。从此他们之间官话多了起来，首先谈到的，是如何很好地履职。他们的交往好像又频繁起来，因为同是行政官员，一起开会的机会多，谈工作的时候多。饮酒的时候，张一介会意味深长地笑，嘟囔道：“嘿嘿，吴大乡长。”吴心知道他的意思，一个正经文人，却要去当一个事务性的官，他觉得好笑。吴心说：“这没办法，这是中国国情，人才的价值，要靠官位验证，你不也是这样吗？”他说：“我和你不同，在文学上我是半瓶子醋，荒废了也不可惜。”

后来，著名的单霁翔先生到大方区任区委书记，结识之后，他对吴心说：“你就是大名鼎鼎的吴心先生？就不要当什么乡长了，回区里组建文联，把大方山区的文学艺术搞起来，做到人尽其才。”吴心遂于二○○一年当上了区文联主席。

张一介得知，比吴心还兴奋，他说：“早该如此了。”

张一介后来也被调回了区直机关，任史志办主任。吴心也调侃道：“你也早该如此。”

他面色阴沉，说：“我跟你不一样，你是神仙归庙，我是‘罪臣’遭贬。”他大有不平之气。

事实上，他的旅游局局长当得非常称职，把旅游年收入从原来的三千万元提升到八千万元。但是新来的最高行政长官要放“卫星”，让他达到数个亿。为了仕途所需，他把数据膨胀到一亿五千万元，领导还是不满意，就要设定的那个数字。他终于无法忍耐，说：“现在的数字就已经充满了水分，我的内心就已经很是不安了，若是再注水，您就另找他人吧。”领导说：“那好，你不是爱写吗？你就去史志办吧。”追根溯源，是他的耿介性格和文人本色害了他。所谓以文为贵，在他那里其实是以良知和真为贵。

两个单位同居于一座办公大楼，他们又恢复了每周一、二、四、五晚上聚首的习惯。所不同的是，那时他们共同办报，此时是喝酒漫谈，痛斥人间不公。

吴心曾生一想法，想让张一介当文联的党组书记，他们还并肩作战，合作为文，走得更远一些。征求张一介的意见后，吴心找主管领导游说。但主管领导畏于最高行政长官的权势，不允，且说：“他一个搞新闻写作出身的人，并不擅长文学。”吴心说：“他的实力我知道，他写的滹沱河散文、小说有很高的品位，他出生于河北安平县，长到十六岁随到大方山任职的父母迁居而来，对滹沱河有深刻记忆，作品在大刊物上也发表了不少。”领导说：“滹沱河是河北的，而这里是京西大方山。”

努力未果，张一介的忧郁更重了。他是一个饱含激情的人，喜爱情感文字，而史志办整天跟陈年旧事和故纸堆打交道，不合其兴趣，但他又不想尸位素餐，遂有很深的痛苦。此时，区里有文件，满三十年工龄的干部可以申请提前退休，他不听吴心的劝告，提笔就写。

一日晚，他们小酌归来，正碰上遛弯儿的区委书记单霁翔。他拦住他们，说：“我老远就看到了两个大才子，一直就等着。一介，我有几句话要对你讲。”他看了吴心一眼，说：“我知道你与吴心是莫逆之交，所以也不避他，我想要问，你年纪轻轻，身体又好，精神也充沛，为什么要申请提前退休？”

张一介说：“因为我符合区里的政策。”

单霁翔说："别人提前退，我毫不阻拦，而你，我要真心挽留，因为你有文采、有能力，又有丰富的工作经验，人也正直，提前放你走，是地区的一大损失。"

张一介说："您是区委书记，您的夸奖我真是不敢当啊。"

单霁翔说："我看你是对区里给你的职务安排有意见，不过没关系，你可以自己选地方，你愿意去哪个单位，我都会说服其他领导重新调整。"

张一介说："感谢您的体贴，但是我真的有实际困难，我的两个女儿都上了大学，老婆又多病，家庭开销大，我想借机下海，多挣点钱。所以，您要是真关心我，就批准我的申请，那样，我就感激不尽了。"

单霁翔摇摇头，说："既然是这样，我也就无话可说了，人各有志嘛。"

回到张一介的办公室，吴心对他说："单霁翔书记是学者出身，他有惺惺惜惺惺的情怀，所以他的态度是出自真心实意，你干吗断然拒绝，不留情面？放给别人，这是巴不得的机会，我建议你好好考虑一下。"

他说："有权有势固然好，但我看重的是做人的尊严，绝不给别人留下议论的话柄。"

他后来真的下海了，到通州著名的运河苑度假村当了常务副总经理。

有人说他早给自己找好了退路，才有那么坚定的决心。作为他朝夕相处的知己，吴心辩解道："我可以负责任地说，他当时尚没有下海的念头，真正想干的，还是与我一道从文，在文字里尽洒快意豪情。他是自断后路之后，在自尊心的驱动下，弄假成真。"

张一介心里想的是：既然说要下海，就要真的下海，并且要有游弋的风采，就像他与吴心知道文学难弄而弄文学一样，要对得起自己的选择，让人看到言行一致的品格。至今他仍在海里，且拍岸击水，游刃有余，业绩不俗。

不过，在海里畅游久了，就再也没有坐下来的耐力，他与文字渐行渐远，直至彻底告别。以至于对自己留下来的文字，也十分漠视。区里编辑“精品文艺大观”丛书，要他挑选自己的作品，他也毫无兴趣，说：“不过几篇练笔之作而已，就让它自生自灭吧。”吴心说：“在我看来，你的作品均属上乘，如不收入，很难完整展现大方山创作实绩，从为家乡文化负责的角度出发，你应该重视。”他说：“既然你看重，就任由你处置，选与不选，选多选少，悉听尊便。”

对他的态度，吴心颇有意见，对他说：“你真是离乡久了，心里已少了家乡概念，多了江湖习气。”他说：“然而，家乡人眼里，还有我吗？即便是你，对大方山的文化发展那么兢兢业业，忘我付出，可是大方山人眼里又真的有你吗？”

他的反问，让吴心无言以对，因为他点准了穴位，激起了吴心不平的心绪。

在吴心看来，他们俩虽然都属兔，但性情上还是大有不同。他决绝，吴心优柔；他耿介，吴心敦厚；他拿得起放得下，吴心则左顾右盼顾虑太多；他眼里不揉沙子，吴心则一切逆来顺受。因此，他是一条铁骨铮铮的汉子，吴心则是一介唯唯诺诺的迂腐书生。

后来单霁翔先生从国家文物局局长位上改任故宫博物院院长之后，相对的超脱，使他想起了大方山的贾岛故居。他推动各方，要在这里建一座贾岛纪念馆，他想到了吴心，要他搞展陈内容设计。多年不见，一见还那么自然亲切。他居然与吴心热烈拥抱，且当着众人对他说：

“吴心先生，你已经是著作等身的大作家了，我要问你，当年我把你从乡镇调回，专搞文艺，不知是耽误了你还是成就了你？”

吴心说：“在得失之间。”

听吴心回答得这么不符合官场规矩，陪同而来的老领导、已退休的秦主席哈哈大笑，摇着头说：“你真是不改文人习气，连个感谢的话都不会说。”

吴心不禁苦笑，说：“还不是您和张一介给害的。”

单雩翔先生说：“不过，这才像个搞文学的。”

或许他说得还有些道理。吴心觉得，单雩翔先生有设身处地的理解，在中国，衡量事情的利弊得失，没有非此即彼的简单标准。所以在饭桌上，吴心真诚地敬了他一大杯。他受到感染，也把杯中的酒一口饮尽，小声问吴心：“一介现在怎么样？”吴心说：“他很好，成了大款。”他说：“那很好，你替我捎个话，问他好，告诉他，挣钱固然好，但要注意身体，算来他也是六十好几的人了，不年轻了。”

三十三

《大方山时报》虽办得像模像样，但只办了两年，随着秦主席转任人大主任而顺势停刊。因为接任他的是那个组织部部长，他不喜文艺，更反感文化人，而工作理念也与前任大不同。他认为，政协是民主协商、参政议政部门，又不是宣传部，办报是不务正业，甚至有些哗众取宠。

至于两个办报人，吴心还编着文史，自然可以留下，张一介从来就跟他尿不到一个壶里，留着他碍眼，索性外派。好在前任给他在干部使用上已经打下了基础，即把二人都提拔成主任科员，有了正科的职级，他安排起来就水到渠成了。

他把张一介外派到良乡镇当党委委员、宣传部部长。这个职务是副处级，外派等于是提拔。既然很反感，为什么还提拔呢？这就是官场思维，对不喜欢的人提拔输送，既可以化解个人恩怨，又可以树立个人威信，可谓一箭双雕。

他把吴心任命为文史办的副主任。这个职务也是副处级，也是提拔使用。这里固然有卞秘书长的作用，因为她向新主席做了举荐。她说："这个吴心的确有出色的工作表现，又很有水平，虽然他跟秦主席走得比较近，那是秦主席好文、惜才，而他本人则有很周正的个人品质，只谈工作，不跟人。"关键的是新主席不看重文史工作，认为文史办副主任是个闲职，无可无不可，送给吴心，既可以卖好，又让人觉得他重视人才，不输于前任。所以他对吴心说："文史工作固然重要，但它不能给你现实的参政议政功能，你一年出一本书就成了，不必过于发力，以免覆盖更重要的履职方式，比如调研、提案、考察视察等等。"

于是，吴心的职务升迁了，工作却暗淡了，他成了闲逸之人。

跟秦主席、张一介朝夕相处、煮酒论文的日子他过惯了，猛地形单影只，他很落寞，就只好经常去文化馆找搞专职创作的凸凹叙谈，以填补空虚。

那年北京创作会议之后，陈渔夫很快就介绍他与凸凹相识，但他们一直没有热络起来，因为他觉得他们不是一路人，性情和做派相差很大，特别是凸凹对文史资料工作有毫不隐藏的轻视，便撞击少，吸引小，来往就不密切，只停留在客客气气的层面。

凸凹虽然名字硬朗，但面相清秀，性格柔弱，语锋迟缓，跟他对谈，少有激情，很难让人亢奋，更不用说妙语连珠，达到高潮。更重要的是，这个人慵懒，整天陷在茶酒、棋牌和脂粉之中。就是说，他喜欢与文人开怀畅饮，享受一种名士风的生活；更喜欢与女作者清饮谈心，循循善诱，做精神导师。就连他从赵日升那里接手主编的《大方山文艺》也办得日渐凋零，从一百二十八个页码的刊物变成了四开小报。也不发大作品，只是登一些微小说、短散文和小诗。吴心的散文，动辄三千字以上，一旦拿给他，他会紧皱眉头，因为一发表就要占一个整版，会挤掉好几位其他作者的稿件，而他喜欢小报上也要有众星般的阵容，希望有更多的作者围着他转，受用于一种众星捧月的感觉。

给了他稿子以后，也不说不发，也不说发，最后终究也没发，留给吴心的是一个空空的等待。所以吴心便很少去，兀自写自己的，在外刊发作品。这些作品凸凹都能看到，因为文化馆里订阅着大量的报刊，吴心的名字一不留神就能送到他眼里。他居然也不嫉妒，见面时轻轻地说一句："大作看到了，不错。"追问怎么不错，他也不回答，笑一笑就过去了。不嫉妒但是漠视，让吴心很难过，跟他有一种优雅的疏远。

凸凹很用心于微小说的写作，写得很精致，技术水准很高。但他写得很少，即便写得好，也影响很小。他似乎很得意于这种情形，表现出玩儿的心态，很快乐。

一天他打电话叫吴心去，见面就说："微小说更考验作家的写作能力，所以我建议你也写一些，别只沉迷于你洋洋洒洒的散文，那样会把笔写水了，就不精当了。"凸凹信奉精致主义的写作，嘴上常挂着"精当"二字。

"好，我可以写。"吴心答道。

凸凹点点头，说："但微小说因为体量小，常被写大作品的人视为小玩意儿，所以必须搞出集束效应，给人以冲击。”

问计于他怎么集束、怎么冲击，他说：“我正在组织作者搞同题小说创作，选了一个题目叫《夕阳》，希望你参加进来。”

这好歹也是一种吸引，吴心率然应允。

吴心用了一个晚上，写就了一篇，第二天就给他送去了。

凸凹不免吃惊，说：“你真是快手，隔夜立成。”看过以后，更是吃惊：“好，非常好，看来快手只要写得短，也能写得好。”

小说是这样写的——

风停，雨住。西天，一轮夕阳似火；东边，一架彩虹如弓。

清石溪上不见了跳石。来往行人不知深浅，便在岸上踅。

终于，有人被那夕阳堕得心焦，循着石形舞过河去。

最后，只剩了两个人。

她扯起裙的两角，一双肉色的丝袜直伸向大腿里侧，那是两条修长又不失丰满的腿。配上那张好看的脸蛋，疑是仙女下凡。

她拉下丁字脸，狠狠地瞪他。那人索性没了面皮，探着脖子看。她怒极，骂一声：“流氓！”却连自己也吃了一惊。

她看见，那人颤了一下，左右环顾。

忽地感到了恐惧，顾不得那身俏美衣裳，懵懵懂懂往河对面跑。上得岸去，便乏软地倒地。吸进股草香，才平稳了一颗剧跳的心。羞便藏不住，恨也就隐隐。

慢慢地便觉得事怪：除却哗哗水声，仿佛其他一切皆已消亡。

于是，坐起，回首那边。

那人仍呆呆地立着，夕阳隐在身后，灿灿地发光。

她愈看愈不解，渐渐地生些疑惑。

终于，他开始动了。但第一步就没踏住跳石，咚地水起，身子慢慢倾斜……她心里咯噔一下，嘴里便惊叫了一声。她飞快地往回跑，两次几乎倒下。她拉起那人。

他早已浑身湿透，眼镜也让水掠了去。他，是个盲人。

水珠间多了泪珠。“我扶你过河。”她说，泪珠滚出一脸愧色。

“谢谢。”他，竟笑了，甜甜的。

于是，他们相扶着，稳稳地走过河去。

身后，一轮夕阳似火，前方，一架彩虹如弓。

凸凹因为觉得吴心写得好，就有了与吴心对谈微小说的心情，说：“我已经写好了一篇，不妨拿给你看看，与你的这一篇同时刊在一个版面上，算是同题创作的豪华启动吧。”

吴心看过，坏坏地笑了。

因为凸凹的这一篇，不仅语言风格与他的这一篇切近，情调也极端仿佛。也是写的一个男子和一个女子，只不过他的场景放在小巷的一条斜街，那个男子望着走过的女子很忧郁，因为“她穿着一条大斜裙，裙下裸露的两条不着丝袜的小腿，腴润白皙，像两只雪白的脱兔，美得让那个男子没办法，眼睛被久久地牵引着，直到夕阳暗了”。

“你为什么这样笑？”凸凹问。

“因为都风雅地写了丝袜和女人的腿，貌似抒发诗意，其实是在宣泄意淫。”吴心说。

凸凹摇摇头，说：“你怎么能这么想？粗俗！”

“你不过是装腔作势的雅，骨子里也是粗俗。”吴心反击道。

凸凹沉默了一会儿，竟说道：“不过通过这次同题写作，我倒对你有了进一步的了解，你一定也经手了不少女人吧？”

真是雕琢成性，连跟女人交往都用“经手”这样的字眼。“何以见得？”吴心笑着问。

“别看你一本正经，写朴实的乡村叙事，但你不乏绮丽之思，这种粉红色的思维非沾着女人不可涵养，你不要不承认，我是谁？我是从女人堆里泡出来的。”

吴心不置可否，只是乜笑。因为他想到，他上中学的时候，就爱看女同学美丽的小腿。

凸凹一直以来专攻小城风情的写作，小说里一贯是一男一女两个人物，男女私情他写得既淋漓尽致，又细腻幽微，读过的人无不会心称叹。他一如情感专家，自然有刺入深处的眼光。

小说发表之后，文人聚会，一个颇有些年纪的女作者说：“你们是什么狗屁作家，简直就是一对大流氓。”

吴心含笑不语，倒是一向温文尔雅的凸凹坐不住了，他拍案而起，说：“什么大流氓，我们跟你流氓了？还搞写作呢，连想象与现实生活都分不清，你趁早歇菜。”

那个女作者赶紧站起来，搂着凸凹的肩膀付以撒嗲式的安抚：“嗯嗯嗯，凸凹老师您还真生气了？千万别，我的意思是说你们写得精确、精彩，让我们望尘莫及。”

三十四

同题微小说创作增进了吴心对凸凹的了解，再加上单位里的落寞，使他去文化馆的次数多了起来。

次数一多，除了能碰上女作者和文学女青年之外，也能碰上其他有点小名气的作家。一来二去，也就彼此相识了。因为都是文人，心地纯粹，眼里只有文学，彼此之间就息息相通，率性发言，心无芥蒂。再加上凸凹办着《大方山文艺》小报，作家们都有发表的欲念，一般都是带着稿子而来，不免就切磋一番。一有争锋，彼此不服，自然就增加了吸引力，常常预约下次的聚会，凸凹的办公室就成了实际上的文艺沙龙。大家三天两头碰面，论文学，喝酒，发牢骚，议社情，天南海北，无遮无拦，很尽兴，往往是不醉不归。有时酒后豪情不散，登文化馆顶楼，向大街放歌，响遏行云，喝止行人，成一道独特风景。

这也就打破了凸凹温柔乡的格局，因为拜访他的女作者和文学女青年进得门来，看到几个无良男人吞云吐雾、酒气熏天、大声喧哗，她们望而却步，赶紧告辞。凸凹过意不去，赶紧追出门去，说："对不起，咱们下次再约，下次再约。"

送人归来，几个大男人几乎是同声相斥："凸凹，你能不能长点出息？别那么勾三搭四、惜香怜玉，整个跟贾宝玉似的。"

这样一来，弄得凸凹很不好意思，不得不淡化了与女人的交往，一气之下，他也说粗话、吹牛皮，性情大变。大家觉得他比以前可爱了，就更愿意到他这里来。

聚会的常客除了凸凹和吴心之外，还有一个散文家兼文史家，一个豪放派诗人。那个文史家吴心早就认识，不仅是他发现的，而且还是他的骨干作者。记得最初是活页油印，开始几期，他的稿件占了页码的大部，特别打眼，便引起主管领导的重视，让吴心引路去拜访他。他在一所中学教书，不过是一个默默无闻的小人物，所以一干人马兴师动众的专访，让他颇为受用，白色镜片后边的眼睛眨动不止，既是激动，也是得意。也是因为这般的动作，他的处境得以改善，调入了史志办，开始了专业的文史工作。后来《大方山文史选辑》以书代刊，卷帙颇厚，就更需要他的稿件支撑，所以，虽然吴心对他有“发现”之功，但也不好意思矜持自傲，而是每每亲自到场约稿。以至于有一次，他的一篇稿件需要吴心终校，紧急召见他到编辑部来，他言称感冒重，不能移身，吴心便只好骑车到他的府上，他趴在床上定稿，吴心则站在地上等待。临了，他很不好意思地说：“你是一个以作者为上的好编辑，大方山文史因为你会越变越好。”吴心说：“你别给我戴高帽，我不过是以事业为重而已。”

由此可以看出，这是个非常有个性的人，他有传统名士的风骨，恃才傲物，爱惜羽毛。由于吴心心态好，眼里只有文章之道，就毫不计较，率性迎往，心无芥蒂。这个人太争强好胜，不仅善文史，还博学，有浓烈的夫子之气，文友之间谈论时，一遇碰撞就强辩，说：“好歹我是名牌大学毕业，还不如你？！”与他相比，吴心不过是农业大学分院的专科生，还是学蔬菜的，劣势自显。所以即便如此，吴心也能承受，且虚心向他请教。他也不吝赐教，让吴心从读《古诗源》开始，恶补古典文学知识，并送他《陶渊明集》，指点他既读其《桃花源记》《饮酒》，也要读他的《闲情赋》，让吴心知道，伟大的作家，其实是一个复杂的存在，既有“采菊东篱下，悠然见南山”的清幽，也有“愿在丝而为履，附素足以周旋”的艳情。所以，他对吴心来说，系“逆友”、良师得兼，吴心获益匪浅。吴心这时散文创作风头正劲，不时发表，他却不以为然，说：“我是不写，写则皇皇，让尔等汗颜。”他果然送上一篇小品，写一地方名石，曰《青芝岫》。文字有古意，有情怀，大得明清小品的真韵，直逼归有光散文《项脊轩志》，让吴心和凸凹十分叹服。他龇牙一笑，说：“我还是专心搞我的文史吧，待搞出名堂，定了乾坤，再回来陪你们写散文。”凸凹接话说：“你不写散文干吗到我这儿来，我这儿只谈文学。”他说：“我到你这儿来，一是来扯扯淡，给自己松松绑；二是给你们增加点文学氛围，督促你们正经玩儿活。”吴心对他的傲慢顿生反感，觉得到了该报复他的时候了，便说：“你千万别回来，做人要厚道，自己有的吃，也要让别人有饭吃，别抢别人的饭碗，再说，你以为你是谁？”

那个诗人性憨朴，又专写诗，便有赤子情怀，每一见面，就大声朗诵，让人热血沸腾。他后来编《燕山企业文化》，在封面登西洋裸画，开地区风气，影响颇巨。他还把作品给吴心等人大版面地发表，无私相助，为文人张目。

四个人聚得久了，就真的有了交情，而且交情波及家属，轮流在各家用饭，煮酒论文，不亦乐乎。有一次在文史家的家中，吴心兴致大发，拿过他家公子的吉他，虽不懂乐理，也乱弹一通，他们居然不察，拍手相和，还伴以舞。有一次在诗人家因观点不合，吴心故意嘲讽，他不能承受，痛饮一杯之后，把酒杯摔碎在地上，含泪喝道：“我其实对哥们儿最真诚！”三人忍俊不禁，哈哈大笑，他顿然醒悟，嗫嚅道：“我他妈的上当了。”有一次在凸凹家背诗赌酒，吴心因腹笥虚空，常出错句，被罚的次数最多，故酒喝大，上完厕所竟不知提裤，还是凸凹细心救护。

种种形状，均证明他们已到了不分里外、不讲礼数的感情深度，文学让他们任性而幸福。所以，吴心即使白天在办公室里办公，一感到枯寂无聊，抬腿就往文化馆跑。他暗自庆幸，这个小小的县城，多亏了还有一个凸凹。

三十五

一天，凸凹临窗而坐，凝望着西山的那片天。

是下午五点钟的光景。西山顶上的云，层次着，像海湾的水，一波一波的。远日像烧熟了的一束炭火，红得无力，但还是把云染红了。这多么像没有激情的爱情。他对自己说。

凸凹作为文化馆的创作员，发表的作品少，几乎是毫无影响，所以，他早就没了野心，也不把自己当作家看了——不过是一份职业，赖以生活而已。

现在的文化馆，是一个可有可无的单位，办公场所是租来的，在银行大楼的顶层。行长原来是个文学爱好者，对文艺有一点感情，在旧城改造，文化馆旧址拆除，新馆又筹建无期的时候，“赐”了几间办公用房。他说：“堂堂的一个京西大县（已经改为区了，但他依然只有县的感觉），怎么就不能养几个文人？”

银行大楼是本区最高的建筑，共十一层。本来想建到二十一层，但北临一个军用机场，建筑高度有所限制，只好简约。这是个银灰色的建筑，一水儿的落地玻璃窗，从外边远看，晶莹剔透，富丽堂皇，荧光闪闪。

从楼里出来的人，都被路人高看。凸凹有不名誉的感觉，摇头笑笑：“我算个什么屌（这个用语是他从那个文史家那里学来的）？”

他昨天居然写了一首诗，就放在桌子上，叫《十一楼的窗》——

这个房间在十一楼的西面，
玻璃窗大得像没有窗。
窗前有一张床，
单人，
却隶属于一个四十岁的已婚男人。
那个男人很无聊，
因为他不停地写作，
作品篇篇都能发表，
却像篇篇都没有发表。
稿费单子一握进手里，
他就掉眼泪。
文学的职业，
却与文学无关。

后来连眼泪都掉不出了，
就凄苦出掉眼泪的样子，
弄得眼圈红红的，
像一个很女人的女知己，
莫名其妙地死掉了。
后来他竟相信，

真有这么一个女知己真的为自己死掉了。
她死前留下了一张手绘，
画的是一张单人床，
面貌与十一楼窗前的那张一模一样。
他确信，
她的死因，
就是对这张床的渴望，
虽然她从来没到他的房间来过。
确信着，确信着，
他的眼神便开始涣散，
头也负债般地低垂。

他开始惩戒自己，
不修边幅，
拒绝吃喝。
然而他却一天天发胖，
胖得像一面墙，
站在窗前，
把那张床遮黑了。

一天，
一个细脆的声音，
把他从昏睡中惊醒。
发现一只陌生的黑鸟站在窗台上，

隔着玻璃望着他，
脸形妩媚，
像女人动情时才有的那样。
他心情亢奋，
手脚轻缓，
幽魂一般把脸贴在窗上。
黑鸟果然未被惊动，
且平静地看着他，
他心中有了一丝亮色。

那鸟从容地挪了一下身子，
留下了一摊新鲜的鸟粪。
他皱了一下眉头，
鸟毕竟是鸟，而不是女人，
不属于期待。
他推开窗子，
鸟并不惊走。
感动之下，
在鸟的黑色羽毛上抚摸了两下，
鸟只是呱呱地叫了两声，
没一丝惶恐。
陌生的鸟不怕陌生的人，
男人也像鸟一样呱呱了两声。

后来，
他退回了身子，
从书柜兼贮藏柜上，
找到了一只干硬的面包。
他掰了一块，
立刻就碎在手心里了。
回到窗前时，
那只黑鸟已不在了。
他摇摇头，
把面包屑撒在窗台上。
他自信，
那只黑鸟还会再来，
面包屑是预留的情义，
甚至是隐隐的得意。

黑鸟果然又来了，
自然察觉了人的用心。
但是，
只是迟疑了一下，
便从面包屑上踩了过去，
停到了一个干净的地方，
羽翼收拢了一下就飞走了。
刚才驻足的地方，
又留下了一摊新鲜的鸟粪。

男人的心抽缩了一下，
难道这世间还有不食之鸟？
他不能相信，
再撒一层。

黑鸟依旧来，
依旧不食，
只遗粪便。
到了后来，
阳光柔洒的窗台上，
赫然的一列鸟粪，
组成了一个豪华的省略号。
男人的心被刺痛了，
无心写作，
久久地站在窗前发呆。

鸟竟不再来，
那鸟粪成了唯一的证明，
证明这个死寂的地方，
曾经有过鸟，
一种比人还自由的东西。

因为知道鸟不会再来，
虚空的心反而充实了一些。

无望赐给了他等待的理由，
竟等来了一场小雨，
把窗台上的那列鸟粪浸润了。
阳光安静地照射了几天之后，
每摊鸟粪上竟钻出了针样的嫩芽，
那一排小翠，
小小的，小小的，
小到他心里去了。

嫩芽绽放不久便开始枯萎，
眼睁睁地见证翠色短暂之后，
他心中最温柔的部分被触动了，
他咧咧地哭了起来。
然后他打开了窗，
决绝地站到窗台上去，
伸开双臂做好了向外飞翔的姿势。
他看见，
邈远处那只黑鸟朝他飞来，
窄窄的小脸上泛滥着豁然的笑。
他明白，
他一生的价值，
就在这一次的飞翔了。

身子朝前倾去的瞬间，

身后响起了轻柔的敲门声。
他一怔，
凝固在那里。
“开门吧，我知道你就在房间里。”
一个熟悉的女音自信而暧昧地说道。
他苦笑了一下，
出于本能，
也出于对私密气息的反感，
他只好结束这个过程，
给女人开门。

送走女人，
他冷冷地看了一眼窗，
无可奈何地摇起头来。
此时的心境居然异常的平静，
飞翔的欲望消失得无影无踪，
他躺倒在单人床上，
期待着。

奇怪地，
那份激情再也没有出现在期待之中。
无所用心的日子里，
他的头发渐渐地白了，
白得令人肃然起敬。

他再也不在窗前伫立，

因为那会让他感到羞耻。

这首诗，可以说就是他的生活写照，那个敲门而送进“熟悉的女音”的，是搞舞蹈的吴晓娜。吴晓娜总黏着他，每天都要来几次。吴晓娜与他年龄相仿，面相庸常，为了填平时光的刻痕，总敷以过多的脂粉，更显庸常。但她的身姿却始终异常的好，胸耸臀翘，曲线袅娜。这就让他感到可笑，暗以老妖作比，懒得与她发生点多余的事情。

吴晓娜知道他对自己没兴趣，为什么还黏上来，是因为寂寞。

文艺吃香的时候，吴晓娜是炙手可热的人物。各乡镇搞文化活动，排演舞蹈，争着请她当指导老师，许多乡下小伙子把她视作偶像。但很快就时兴了交谊舞，声光电色，男男女女，娱乐其中，费时费力的“正规”舞蹈就被冷落了，她也就不再有用武之地。就只有寄希望于搞些创作节目，到市里参加舞蹈比赛和区县会演。但是她缺乏创作才华，送审的节目不是被淘汰，就是反响平平，没有脱颖而出的可能。从一个中心人物，一下子跌落为可有可无的角色，她承受不了，每天都到凸凹这里来发牢骚：群众富裕了，生活水平提高了，怎么越来越没文化了？

凸凹没好气地反问道：“你这是问谁呢？”

正凝望着，天霎时就黑下来。不是一般的黑，黑得不见万物，像末日来临。紧接着就是一阵惊雷，就是一阵呼啸，密集的东西砸在窗玻璃上，叮当乱响。起初是惊悚，稍后就是兴奋，甚至希望那玻璃被砸碎，他好破窗而出，乘风而去。

他索性合上双眼，沉浸在一种莫名其妙的快感之中。

快感真是短暂，像响马一溜烟地跑过，紧接着就是寂静。

让人惊恐的寂静。

他试着睁开眼睛，发现窗外响晴一片，西天的落日好像清晨初升的朝阳，红得锐利，割破了夜幕的胞衣，娩出了漫天的彩霞，可耻地美着。

正在这时，吴心推门而进，见他痴呆的样子，问道：“你在想什么？”

他揉揉眼睛，说：“什么也没想，只是在跟无聊对话。”他看到桌子上的几页纸，苦笑了一下，对吴心说：“你来得正好，我昨天写了一首诗，正想让你看看。”

“你也写诗？”

“我一个写小说的，居然也涂抹出几大页看着像诗的东西，连我自己都感到奇怪。”

“你是人民大学中文系的高才生嘛，自然不在话下。”

“别扯淡，趁着我还没后悔的时候，你赶紧看。”

吴心认真地看过，说：“的确是诗，不过写得很颓废，是安逸之下的无聊。”

凸凹瞪了吴心一眼，说：“算你狠，一下子就戳到人的痛处。”

“你应该学着改变一下自己的生活方式，别那么懒，要振作，要勤奋。”吴心说。

凸凹一愣，问：“你几个意思？”

吴心说：“就两个意思，一个意思我已经说了，另一个意思是说你也要改变一下自己的写作方式——不要再沉迷于你的所谓小城风情小说，总是一对男女，总是那么一点小情调，即便是写得再用心、再精致，也类似雕虫小技，你自己觉得堪可玩味，别人却觉得矫情和肉麻。你要写大作品，写长篇小说，写一群男女，写众生的情感困境，写震撼人心的东西，为伟大的爱情画像。”

“现在哪里还有震撼人心的情感，都是物欲作用下的情欲，都是男盗女娼，蝇营狗苟。最直接的证明，现在连个殉情故事都没有了，有的只是男女之间的勾引、纵欲、权衡、算计，还没感情投入，就已经想到了财产分割。”凸凹说。

“你是没有生活，”吴心摇摇头，说，“你整天厮守在这么封闭的小环境里，视界太窄了，其实你要往民间看，美好的情感、纯真的爱情，包括震撼心灵的殉情故事比比皆是，关键是你没有机会和能力发现。”

“情感经历是人的隐私，即便我愿意走出门外去发现、去挖掘，也没法采风啊。”

“我这里就有一大把殉情素材，可以全部提供给你。”

“既然是这样，你为什么不亲自写？”

“我在行政机关工作，是纯粹的业余写作，没有大块的时间，只能写散文、微小说之类的短作品。”

三十六

吴心对凸凹说，一个时代的情感状态，正折射着一个时代的社会风气，这是不容置疑的。

比如眼下，物质的原则、交换的法则，让感情生活失去了纯粹的质地，权衡、权宜之计悉数登场，代表着爱情至上的种种行为几乎绝迹，都蒙上了功利的风尘。人们普遍精于得失的算计，感情的纯正需求都退居其后，殉情之举，就成了天方夜谭。

"近日，总有几个殉情故事在我心中萦绕，震撼之余，让我顿感今与昔真是大不同，便心生块垒，总想倾吐，写一部有关的长篇小说。但我没你那样的'闲逸'状态，没信心写成，就想把材料贡献给你。我是想，由谁写作并不重要，关键是要发声，对当下社会尽一份人文关怀。"

吴心言之凿凿，倒也打动了凸凹。凸凹说："那你就把你肚里的故事讲给我听，写情感小说也正是我的强项。"

眼下正是雨后的傍晚，且阴且晴，且暗且明，正适合絮语，吴心啜一口茶，点上一支烟，娓娓道来——

八十年代初，我正在良乡镇搞蔬菜技术，一个冬天的早晨，早餐刚毕，一个同事就对我说，东大桥西侧的一棵大杨树之上，吊死了一个人，听说是因为失恋，你是不是去看一看。

我毫不犹豫地飞奔而去，因为殉情故事我只是在小说里读到过，从未对应过现实，所以对我颇有吸引。

所谓东大桥，坐落在著名的昊天塔之下，系一座铁道桥，京广铁路就从上边延伸而过。一跑到桥边，就看到了触目惊心的一幕：那棵杨树很高大，在树中腰伸展而出的横枝上，吊着一个青年男子。他穿着一件蓝色大衣，头戴一顶蓝色棉帽，足蹬一双翻毛皮鞋，一副工人模样。上吊的绳索，是工厂里常见的八号铅丝，由于负重，已深深地勒进他脖颈的肉里，以致死者面色铁青，舌头外伸，可以想见，他赴死的坚决。因为有风，他悬挂的身体不停地摇摆，让人惊悚不已。

树下有一人，不停地走动，且喋喋不休："没想到，这么老实的一个人，居然有这么大的气性……”此人正是该青年的顶头上司——附近北京电力设备修造厂的一个车间主任，他告诉围观的人们，这个上吊的青年，是厂里的业务骨干、先进工作者，两年前与厂领导的女儿建立恋爱关系，感情甚笃，令人羡慕。昨天到厂领导家商量成婚事宜，不期遭到激烈反对，抗争不果，遂殉情。“感情这东西，真是害人啊！”车间主任说。

过了不久，殉情的惨状居然又出现了，而且是我工作单位的大门口。一个妙龄女子裸身躺在那里，被人层层围住。政府里有知情者，告诉人们，这女子是电研所的，是个有研究生文凭的研究员。她爱上了她的所长，一个有妇之夫。俗话说，好男没好妻。那个所长虽然是颇有成就的科研人员，却娶了一个仅有小学文化的乡下女人。这就没办法了，一对知识男女朝夕相处且惺惺相惜，就肯定要弄出感情事件。他们悄悄地好了好几年，女子心甘情愿，也不跟男人要婚姻。事情的败露，是出在所长的老婆身上。她到所里大闹，还往女子的脖子上挂破鞋，女子的名声就臭了。这还不是问题的要害，最要紧的是，那个年代，对婚外恋处分很严重，所长被免职，被开除了党籍。这就让爱他的女子难以承受，认为自己是害人精，造成了爱人的身败名裂。她就吞食了大量的安眠药，以身殉情。不期被人发现，抢救过来。人虽然救活了，但神经却坏了，而且还得了莫名其妙的热病，衣服一上身就扯，只有裸着，才安静。

我扒开人墙钻到里边，看到了那个女子。女子裸身仰躺在水泥地上，整个人已奄奄一息了。一位女同事心中不堪，脱下自己的外衣，覆于她裸裎的胯部。然而转眼就被她扯下，好像羞耻与她无关。

“该死的爱情！”我当时心中大叫，那一刻我感到爱情是一把利刃，谁一挨近，就会被杀得片甲不留、无知无羞。

后来我调到了县政协，认识了一个俊美的同事，也就是我办《大方山时报》的搭档张一介。由于我们都爱好文艺，很快成了莫逆之交。有时候我们晚上不走，就在一起喝酒论文。我发现，一旦喝多了酒，他就痴呆呆地盯住眼前的一个地方，久久不动。与他讲话，他也不睬，只是脸颊不停地抽搐，好像那里有一个能卡住他命门的东西。

到了能够倾诉隐私的时候，他告诉我，酒一攻心，他眼前就出现一个幻影，一个女孩的幻影，那个女孩因他而死，他悔得肠子都青了。

他是县领导的孩子，在他生长的那个年代，可谓是根正苗红。上高中时，喜欢俄罗斯普宁、阿谢耶夫的爱情诗，能背下来几十首，再加上他人长得又格外出众，对班上的女孩是巨大的诱惑，便不乏追求者。他从中选中了一个女孩，那女孩深眼窝，身材颀长，又有俄罗斯式的鼻子，嗓音也柔和，正暗合了他的诗歌情调，他就不顾一切地爱了。但是，女孩出身于城市小业主，在那个讲成分的年代，他们分属于不同的阶级阵营，两人的爱情自然遭到了他父亲的激烈反对。高中一毕业，他的父亲就通过老战友的关系让他到天津的蓟县去插队，以空间阻隔时间，离间他们的感情。这还不算，他父亲还与老战友商定，让他当知青点的生产队长，激发他的政治欲望，以实现对爱情的完全覆盖。那是个特别讲政治的年代，一切价值的实现，都服从着政治的规定，对于一个涉世未深的热血青年来说，当然会被这样的社会氛围所左右，便在爱情面前迟疑了。

他回家的次数越来越少，留给女孩的等待就越来越多。

思念不可承受之下，女孩只身东去，来到了蓟县。

女孩的到来，让他感到意外，因而手足无措，郁郁不快。然而女孩却无所顾忌，纵情地表达她的爱意。给他铺床叠被、拆洗衣物，甚至把自己也送到他的床上，给外人的印象，他们已爱得很久，一切都已不在话下。

他虽然有所推拒，但男女的热情终究有自己的力量，他暂时把所谓的政治淡忘了，又接纳了她。

他们“好”了一周以后，知青点起了风波，认为他被资产阶级思想腐蚀了，乱搞男女关系，许多人把情况反映到县上，要罢免他的队长职务。他父亲的老战友坐不住了，给他的父亲打了长途电话。他的父亲火速赶来，斥责之外，还打了女孩一个耳光。女孩用乞求的眼光看着他，试图得到道义上的支持和情感上的确认，但是，面对父亲的愤怒，他怯弱了，竟说：“你还是走吧，走了以后，就永远别来了。”

女孩怀着深深的伤痛和空前的绝望，独自登上了西去的列车。到了家乡的车站，她买了一瓶农药，两只梨。在离家不远的一个场院，她一气喝下了满瓶的农药，然后背靠在麦秸垛上，面带怪异的笑容，慢慢地啃食着梨子。一个看场的老人看到了她，还纳闷，这是谁家的姑娘，怎么大老远跑这儿来吃梨？

她就这样死了，死得无声无息。

张一介讲完他的故事，失声痛哭。平息之后，他对我说，这么一个如花似玉的大姑娘为他而死，他犯下了滔天罪孽，所以他心中再也无男女之爱，有的只是公猪母猪配对的日子。而且，从此以后，他再也不想当官的事，只要一想，就觉得自己猪狗不如。

他是这样说的，也是这样做的——虽然有家庭，但很少回家；虽然工作出色，但拒绝升迁。女孩用身体殉情，他殉之以心，让人既肃然起敬，又悲从心生。

那两个殉情故事，也有类似的结局：那个厂领导的女儿终身未嫁，那个电研所的所长跟老婆离婚之后，不曾再娶。一出悲剧之后，又是一出悲剧，让人感受到了爱情之重，永远尊重爱情。

吴心讲完他的故事，抬眼一看，见凸凹面色铁青，泪水淋漓，他不禁心生暖意，觉得凸凹就要上道了。

吴心趁势说："这几个殉情故事，我不知回味了多少次！每次回味，我都生出忧愤，痛感眼前的现实之中，爱情已堕入风尘，变得毫无神圣可言。为了反抗这种变异，我总想用我手中的笔，为'伟大的爱情'写一曲振聋发聩的心灵挽歌。"

吴心为了让凸凹彻底动心，又议论道："我至今一直认为，对爱情的态度，可以检验一个人的品质，也可以检验一个社会的品质。知堂老人（周作人）在《两种道教观》中说，在情感遇到障碍的时候，人们不再选择殉情，而是退位于偷情；虽其情可悯，但终与嫖妓、蓄妾无本质区别，乃卑怯的渔色者也。回味他的话，我感到，这个年代之所以不再上演感天动地的爱情壮剧，盖市场上的利益原则为情感打造了晶莹剔透的享乐的酒杯——情感已让位于自私自利的世俗哲学，并且已转化为一种情欲满足的消费方式。所以，为了社会的善化，也为了人类的自尊，我们必须为纯粹的爱情呐喊，为情感的精神伦理招魂，让神圣归于神圣，让俗鄙无地自容！”

果然奏效，凸凹啪地一拍桌子，说：“吴心，你就别再煽情了，这阕挽歌我来写。不仅写，还要写得让你刮目相看，让你爱上爱情。”

吴心点点头，说：“我自然相信，因为你有那个文字能力。”

“有来无往非礼也，既然你把这么宝贵的素材送给我，我也要给你贡献点建议，”凸凹给吴心斟了一杯茶，说，“写散文你是快手，三五天就能写一篇，但是你写得太随意，选材也太泛，基本上抓到什么就写什么，没有集中的主题，就形不成文本冲击。据我所知，你幼时的山地经验是个富矿，是独特的立足点。所以，你要按住你葫芦一般的故乡，集中写‘垭里风景’的系列散文。其实你已经有了《中国媒婆》这样的高起点，你只需从容沉潜地写下去，假以时日，你一定会把自己写出来。”

凸凹的这个建议立刻让吴心兴奋起来，他说：“我们两个想到一块儿去了，我正有此意。”

“但是，我还有具体的建议，”凸凹说，“我看过你以垭里生活为素材的散文，虽然写得细腻生动，堪称活灵活现，但是缺乏思想内涵，还是传统散文的套路，新意不多，不具备超越的品质。”

“那怎么办？”

“好办。一是向世界经典问路，二是引入城市眼光。”

凸凹引申阐述道——

乡土是个温情厚地，从那里走出的人，容易产生本能的眷念，甚至陶醉其中，处处以为好。这种“催眠”作用，反而遮蔽了发掘“准确性”所应必备的眼光。纵观当代的乡土文学创作，为什么品格上整体趋于低，就是因为写作者“匍匐于乡土，醉倒于村俗”，感性泛滥，理性缺失。而鲁迅乡土文学，为什么有那么丰沛的理性和那么宏富的内涵，是因为他着眼于“立人”，从民族历史和国民性的层面上“审视”乡土，获取乡土之外的意义。那些世界乡土文学的经典作品，譬如怀特的《人树》，诺里斯的“小麦三部曲”，胡安·鲁尔福的《平原烈火》，埃林·彼林的《土地》《未收的麦田》等，为什么那么宏富而深刻，那么具有生命意识和人性含量？因为它们的作者在处理童年经历时，不一味缅怀地写乡土物事，也绝不一味沉醉，而是以成人襟怀、现代眼光和城市经验关怀和观照旧生活。一如蚂蚁爬行得再努力、掘进得再深入，总是向下的，头顶上的风光它是看不见的。如果插上一双小小的翅膀，飞上一个小小的高度，看世界的维度就会发生根本性的变化，就会从线性思维、平面思维、传统思维，上升到理性思维、立体思维和现代思维，如此一来，写作的“准确性”，就会有更高程度的到达。所以，即便是写自传，也要取法乎上，跳出小我，写出普世的意义。

虽然屠格涅夫很动人地说，“我只有在俄罗斯的大地上才能写得好”，但那是他在欧法羁居得太久之后的一种文化乡愁。至于我们，如果只盘踞在京西这块小小的乡土，而不跳出“三界”之外，站在北京城的制高点上回望京西，肯定是写不好。因为批判、审视和反观眼光的缺失，只会让我们写出起点过低的乡村挽歌。于是，写作时你要融入高度的文化自觉，它虽然立足于童年、过去和乡土，所面对的却应该是成人、现在和城市，它试图揭示人与土地的关系、人性生成的路径和文明进化的得失——让不同的文明状态，从对抗走向更有机的相互融合，让不同的生存方式，从隔膜走向更内在的相互涵养。简而言之，它是写给成年人的现代童话，是写给城市文明的乡村寓言。其用意就在于给今人以反拨，呼唤成年人红尘阅尽之后的天真、城市人功利占尽之后的真情——让人性的太阳蓬勃升起，让物化的迷雾最终散去。

至于在技术层面，你要把追求文字的“复合”品质的理念更勠力地落到实处——要认识到，叙事、抒情、论理三者之间，不单单是一种因果关系，也不是一种被动服务的关系，而是结伴而行，共同到达的关系。具体地说，叙事里有抒情，抒情里有叙事，即便是论理，也不是以传统样式靠叙事与抒情的铺垫，最终得出结论，而常常是论理进入叙事和抒情环节，在交互作用中，推动意象、意绪和意义的形成，以期达到浑然天成，无造作痕迹的效果。这样，就拓展了散文的文体边界，提升了散文的艺术功能，或许就有了开创之功。因为不蹈窠臼，免入俗流，你就离成功不远了。

凸凹的话，如醍醐灌顶，让吴心顿然醒悟，豁然开朗。凸凹毕竟是大学中文系科班出身，他有着自己不具备的文学眼光和学问支撑，虽然都是“夕阳”，都有丝袜美腿的趣味，但还是不能平起平坐、同日而语，对这位公子哥，还是应该有一点最起码的敬意。

三十七

接下来的时日，吴心和凸凹都进入了沉潜的状态，都竭尽全力去完成对方指出的创作命题。

这期间，他们约定，不进行文人式的聚会，也要远离风月和俗事打扰，要净身、静神，他们陌生了自己，也陌生了彼此，疑似在荒山老寺里敛性修行。

两年后，他们脱去袈裟，重返江湖，再相聚的时候，虽灰头土脸、形容憔悴，但均眼神炯炯，缓语里也有金声。因为他们都修成了正果，可以相互告慰了。

凸凹完成了皇皇五十万言的长篇小说《欢喜佛》。

最可喜的是，小说一边写作，一边在《羊城晚报》上连载，写了两年，也连载了两年之久，引起了出乎意料的强烈反响，凸凹收到了大量的读者来信，纷纷向他倾诉自己的感情形状。这疑似神助，因为读者的人生经历，正可以补足写作的素材，让他写得及物；这又疑似东风，给了他自信的把握，因为南方是改革开放的最前沿，是最受西风熏染、最遭物化侵蚀的地方，然而那里的人们还深深地保留着对纯粹爱情的真诚向往，还喁喁地发出对古典爱情的深切呼唤，直让他感到，爱情是一种不可湮灭的人间大义，是信仰一般的宗教情怀，它在人们的心中有着永恒的位置。小说刚一脱稿，就被作家出版社出版，三个月内就再版了三次，而且各地街头都出现了大量的盗版。凸凹声名大噪，他喜极而泣，对吴心说：“我他妈的谢谢你，因为你让我对得起文学，更对得起文化馆高寒、枯寂的十一楼的窗。”

吴心也大有斩获——

他的“垭里风景”系列散文竟冲出小垭，成为阐述“大地道德”的大散文，以《大地清明，故乡永在》的总题，在《十月》上集中刊布两次，每次都有六万余字的篇幅。《新华文摘》《散文选刊》居然能舍版面，予以全文转载，并与于坚、庞培、张锐锋一道获得了年度的“十月文学奖”。徐坤女士在夜半发来短信：“吴心兄，大作恢宏、深刻、优雅、经典，你写成了！”

一句“你写成了”，让吴心酸涩难耐，也忍不住失声抽泣。

更想不到的是，为了获取世界眼光，“在乡土上嫁接文化”，吴心受凸凹的启发，启动了“名著新读”的阅读工程，怀着超越传统的大志，在短期内阅读了大量的西方名著。整个过程，头悬梁锥刺股，既自我强迫，又昏天黑地。一如做小本生意的农民，为了盘算收益会随身带着账本，吴心为了储蓄阅读经验，备下纸笔，随时记下阅读心得。韧性坚持，渐成常态，且边读边记边整理边发表，居然渐成气候，著名的读书报刊上，也常出现他的大名，身上便意外地有了“新书话”散文写作代表人物的文化符号。京城大学者孙郁和解玺璋叹而称奇：乡下俗子，疑是学人；山地蛮民，疑似通儒。

两个“疑似”，透着被人看低，但是，因为有了大量的“别处生活”的经验，吴心心中的格局就阔大了——气运丹田，胸装万象，接引中外，便不再以农民的出身为鄙，也不再以被生活捆绑为苦，且心中有了一种丰盈的自信与豪迈——峰巅如何，不过是大地的皱褶而已；身矮又如何，雄踞之处，未必是巅。

吴心与凸凹相约见面，一诉衷肠，一逞意气。

凸凹急切地问："先不说小说如何如何，你看了我的那篇后记了没有？它不仅记述了我的创作历程，更是我的一篇有关爱情的宣言，我是很看重的。"

吴心看到凸凹背后的书架上正放着一排《欢喜佛》的样书，笑着抽出一本，翻到后记部分，摊在两人面前。后记题为《〈欢喜佛〉的悲喜》——

> 这是一部让我歌哭不已的书。
>
> 一进入写作状态，我便被书中的人物所左右了，为其悲而悲，为其喜而喜，一切都情不自禁。我写作着，我歌哭着，情感完全融在字里行间了。所以，写它的日子里，我每天从键盘上下来之后，总是晕眩不止，赶紧躺到床上去，身子一挨上床板，就訇然失去了知觉。等到醒来的时候，面色青苍，如鬼。身边女人受了惊吓，说："你以后少写什么长篇小说，会写死你！"
>
> 但还是写，因为我生活在字纸情感中时，无所顾忌，快感如潮，酣畅淋漓。我感到：这时的我，才活得像个人，就像一个不懂世俗规矩的少年，一切只听从内心的呼唤。而在现实中，总是听从别人的，总是无可奈何地完成别人的规定动作，毫无激情，麻木而凄凉，连自己都好像是个身外物，多余得如同脸上那蓬杂色的胡子。在写作中，我感到我是个至关

重要的角色，书中的人物都期待着我，期待着我同他们一起去冒险，去完成一种神秘的使命。我和他们是一种生命攸关的认同关系，我们相互热爱着，又相互憎恶着，但谁也离不开谁，很刺激。比如在叙述一个女人的爱情时，我的热情已渐渐冷却下来了，而她正要到一个激情的峰巅上去，在晦暝中她对我说：“你不能停下来，一旦停下来，我会报复你！”她的报复，就是让我以后的叙述变得虚假、混乱而不合逻辑。我立刻就清醒了，感到，我既是叙述的主人，又是叙述的奴仆，我不能太一厢情愿，于是我说：“好吧。”我的善解人意，使她露出了最璀璨的笑容，她回报了我一大段最精彩的文字。像爱情的失而复得一样，我高兴得笑出眼泪来。

如此，在整个写作过程中，与其是我在编织爱情故事，不如说是书中的人物在给我上情感课，使我开始看清了感情的真实模样。我发现，感情这个东西，观念、法制、伦常和金钱、权力等外在的力量有时拿它一点办法都没有，它有它自己的法则，它的法则就是它的当事人能不能感到心灵安妥。感情的进展，是受惊的心灵逐渐放得安妥的过程。比如书中的何小竹爱上了已婚男人金文起。他们爱得如火如荼，总想睡到一个屋檐下去，作彻底的拥有。于是他们在荒野里逡巡，在宾馆的门前徘徊，由于环境的非温柔性，使他们不甘心进入那种最温柔的过程，他们只好等待。金文起的老婆终于出差了，他便迫不及待地邀何小竹到家中来，但何小竹却临阵却步了：她那颗敏感的心，感到了一种强烈的不安，她感到自己像个非法入侵者，颇有鸠占鹊巢的味道。她人性的善良，使她不能决绝地迈出那一步。本来我是急于安排他们见面的，但一从何小竹的内心视角审视这一过程，便大吃一惊，就何小竹的出身和性情来说，是绝不会轻易地就走出这一步的！如果硬要按自己的主观意图安排他们见面，那么就是作者对人物的一次强暴，或者说是对人性的一次强暴。于是，我的手久久地在空中悬着——一个有良知的作者，在他的作品中也是不能胡作非为的。终于，我手中的笔只能遵照人物的选择，也就是循着人性的向度叙述下去。当我回头检视自己的文字的时候，我是十分心安的，因为我对人性还保有足够的敬畏，没变得那么世俗和下作。所以，成就作品的同时，也成就了我自己，我的心灵得到了一次深刻的净化。

于是我体会到，那些动不动就把人物写到床上去的小说家，要么是心地鄙俗，要么是别有用心，要么是对人性缺乏起码的认知。性爱是依据人性的法则而发生的美好的感情，人性中的向善、向美和向真的本能，使人类绝不会走向滥交的轨道。

…………

吴心说：“你的这篇后记，是很震撼人心的，无论社会如何变迁，世风如何变幻，爱情自身都有它不变的伦理，因而我们要对爱情充满信任、充满敬重，这几乎是人类最后的尊严。”

“这真是知心之论。”凸凹站起来与吴心热情拥抱。

凸凹的这篇后记，后来被一所大学作为学术论文在其学报上发表，题目被改为《欲望的毁灭与启示》。

这正如吴心所说“雄踞之处，未必是巅”，两个京西文人，不仅拔高了乡土文学的尺度，也在当代中国文学的层面上，贡献了经验。

三十八

两个人虽然在文学上都实现了预期的成功，但却有了不同的现实走向。

凸凹的影响被文化局领导看重，请他出任了文化馆馆长。而吴心却引起了政协主席的不满。主席对他说：“报纸杂志上总有你吴心的名字，你很风光啊，但是，你这是不务正业的风光。”吴心说：“然而我也没耽误文史资料的征集和每年的出版啊。”主席说：“谁说没耽误？你干得不温不火、不死不活，一点也不出彩。”吴心说：“是您告诉我，文史工作固然重要，但它没有现实的参政议政功能，一年出一本书就成了，不必过于发力，以免覆盖更重要的履职方式。”主席说：“我是这么说的吗？你有记录吗？”吴心说：“您怎么这么不讲道理？”主席说：“你怎么跟张一介似的，敢跟领导叫板。”吴心说：“我不是跟领导叫板，而是觉得委屈。”主席说：“你也甭觉得委屈，你要想让领导抬举你，也好办。”吴心说：“怎么办？”主席说：“既然你喜欢写，你就写写政协、写写我。主要是写写我，让上上下下都看到，我作为主席，是如何如何履职敬业，开创政协工作新局面的。”吴心说：“那好吧。”

虽然嘴上应承了，但吴心心有不平，没有马上行动。他还没有转过弯来，怎么行动？他这时理解了张一介的耿介，原来下属的耿介都是领导培养出来的。

现任主席和秦主席真是不同。秦主席鼓励下属成名成家，他曾在机关全体会议上说过："吴心和张一介爱写文章，这很好嘛，他们能出名，就等于是政协出名，因为外界会对我们政协高看，觉得我们的工作有新意、有活力、有水平。所以大家也别嫉妒，更不能说不务正业，有本事你也来写嘛。大家要是都出了名，借着名人效应，我们大方山政协也就有了知名度、美誉度，哈哈。"然而现在这个主席，也不怕出名，但怕的是自己不出名，因为立足点不同，就有了不同的格局和心胸。

吴心最反感的就是人的自私和狭隘，因为他心有抵触，所以就更不会行动。

迟迟不见行动，主席再次找他谈话："吴心，你还想不想在政协干？要是想干，就抓紧写我要的文章，正好全国地方工作会议要召开了，要有过硬的经验性文章。"

这类似威胁，让吴心顿生逆反，说："我还真不想在政协干了。"

"既然不想干了，就赶紧写书面申请。"主席竟说。

吴心咬咬嘴唇，说："好，我回去就写。"

吴心回去以后并没有真的写所谓的调动申请，而是怀着悲愤，给主席写了他要的文章。这不仅是因为伏尔泰在《赣第德》里提倡的做人境界和田老的做人风范，也是出于做人的尊严。既然还是政协的干部，就要为政协的名誉而战，他不能临阵脱逃。

主席看了他写的文章，大喜过望，说："吴心，你写的正是我想要的，你真是令我刮目相看，你到底是与张一介不同，他只会要脾气，而没有真本事。"

虽然是赞语，但吴心却更鄙视，因为他表扬自己还拉自己的朋友垫底，更像小人，便暗自对自己说道："千万不能再在这样的人手下干了，不管怎么干，也干不出好来。”

文章之所以让主席满意，是吴心借用了文学笔法，把秦主席的理念和业绩转引到他的身上，再运用现实语态，营造出在场感，让他合理地登场。

这篇文章先行被传递到全国政协，因为精彩，被确定为重点发言，这就让主席风光了一下。

主席去登台表演了，吴心赶紧去拜访秦主任——原来的秦主席。

听完吴心的汇报，秦主任哈哈大笑，说：“你还真得鄙人真传，居然能调侃自己了！”本来是站着，一哈哈大笑，就把自己扔到沙发里，就势放松了自己。“你舒服了，他也高兴了，这就是智者之举。”

秦主任的豁达又感染了吴心，他放胆请教。

“道不同，不相为谋，你还是到乡镇去吧，”秦主任见吴心要说话，摆摆手拦住了他，“政协毕竟是四大部门之一，副职下去也能当正职，再说你又让主席露了脸，他不会再刁难，反而会顺势行善，做一次好人。”

吴心说：“这也倒是，然而行政事务会影响写作，我还是下不了决心。”

秦主任说：“你横竖是业余写作，不必计较一时一地。再说，基层有生活，会丰富你的阅历，让你更有得写。”

受了秦主任的点拨，他向现任主席提出了去乡镇的申请，主席吃了一惊，沉吟片刻之后，说：“好吧，既然这样，我也就不说什么了。人各有志嘛，君子应成人之美。”

但却是有折扣的成人之美，因为本来有秦主任提前说项，区委书记打算给吴心安排到附近的一个条件好一点的乡镇，但主席在书记面前提出意见，认为青年人还是要到艰苦的地方去磨炼磨炼为好，便改派吴心到与涿州码头镇接壤的一个边远乡镇——南召乡，当了乡长。

那个乡实在贫困，财政收入少，干部收入很低，连代课教师的工资都不能按时发放，机关食堂清汤寡水，中午饭食总是素油炒饼，乡长座驾是一辆接近淘汰的破伏尔加，有时过铁道路口会被颠簸得自动熄火，乡长本人也要赶紧下来与司机一道推。

即便是这样，吴心也不抱怨，尽心工作，潜心体验生活，自觉地少写文章，多干实事。机关干部和村里百姓都喜欢他，认为他清正、单纯、敬业、亲民，口碑很好。吴心并不觉得自己有什么可资骄傲的，因为有背水一战的性质，他必须做好。

快干到三个年头的时候，单霁翔先生来大方山任区委书记，到乡里视察工作的时候，得知吴心也是个读书人。冲动之下，吴心把自己的两本散文集送给了他，他当时很是吃惊，情不自禁地叹了一声："没想到，在乡下，还藏着一位大作家，我回去一定好好拜读。"

不久，吴心就被召见，单书记说："大作拜读了，写得很好，有些篇章写得很深刻，为了读懂，我还真的下了一番功夫。"他随手从案头拿过吴心的赠书，展示他下过的"功夫"。吴心看到，几乎是每个书页上都有下画线，有的页码上还有密密麻麻的眉批，他心里很热，动情地说："荣幸，荣幸。"

"我找你来，是想跟你商量一下，"书记很亲切地说道，"既然是文化人，就不要当什么乡长了，回来组建文联吧，当文联主席。"

吴心知道，王凤梧老先生时代的县文联，是社团性质。这一次的文联，是在区委领导下的，与工会、共青团、妇联平行的群团组织，是正经的一级文艺工作机构，具有划时代意义。就他个人来说，能够出任文联主席，不啻是命运所赐，正如别林斯基所说：“任何人迟早都要回到自己的位置上。”所以他毫不犹豫地说道：“好吧，我服从组织的安排，同时也感谢您的信任。”

三十九

两年后，吴心已把文联主席当得风生水起，在大方山文艺界站稳了脚跟，也被社会各界普遍认可。心情大好之下，他想回溯一下自己的乡长经历。但奇怪地，无论怎么回溯，记忆都不是那么清晰，都不是那么连贯，好像是做了一场梦一样，一切都是似有似无、似是而非。借着日记，他理出了一点头绪，并整理出一篇文字，说是年谱，其实更像纪实散文——

×年×月×日　内心孤寂

我系性情中人，于文学独钟；青灯黄卷数载，至今发表文字逾百万，在故里便有些个名声。地区首长不没人才，给了一顶乡长的帽子，放到乡下去磨炼，并美其名曰“镀金”。

北京的乡长属正处级，在外省便是一介县长。文艺圈里不少朋友便生出羡意，羡我文场与官场均混得得意。其中，散文家伍立杨竟说：“作家里任乡长实职的，全国就数你一个，可以为《文艺报》写一段。”我说不敢造次，作家里任高职的人多矣。他固执地说：“多固多矣，均是挂职，样子货，而你是货真价实。”我仍坚拒。

做乡长之后，果然忙，忙得中饭晚饭均有人安排。你不能不去坐预先安排好的那个席位，否则下属会说你装模作样。若给人这么一个印象，以后的工作便不太好开展。

就这么每日忙碌着。

但就怕晚上的光景。乡机关几乎都是当地干部。一到晚间，下属们都侍弄自己的婆娘去了，偌大个乡机关就剩乡长大人的房间里有灯光。

我孤坐在大而阔气的写字台前，试图写一篇什么，但一个字也写不下去：白日的忙碌，已使自己的心性浮飘了，久久不能入定。这样的情形持续了三月余，内心便极不安起来。我发现离自己真实的需要愈来愈远。自己真正的需要：其一，氤氲于自己痴爱的文学，写几篇好文章；其二，缱绻于自己心爱的女人，说几句悄然的体己话。

就这么枯坐着，外面是厚重而寂静的夜，能听到叶子落下时与空气的摩擦声。不禁黯然神伤，失声啜泣起来。我知道，下属们听不到乡长的哭声。

× 年 × 月 × 日　不堪冷遇

北京文坛的几个朋友来看我，我高兴极了。因为朋友们均是率性之人，可尽情地说想说的话，便极珍惜这样的相聚，把朋友带到一家僻静的店铺，独自招待之。

有一桩犯思忖的事，便是如何安顿自己的司机。既要纵情，便难免失态；既要畅谈，便不避忌语。可司机不仅是下属，且比自己小，不想破坏他心目中乡长那尚属完美的形象，也不忍他质朴而单纯的心受到异质观念那意外的冲击，便把他单独安排在一个房间里，且嘱咐店主好生招待。

与朋友相聚，果然畅快，素日的假面具已消释在不设防的心灵碰撞之中，歌哭自任之。

送走朋友，在回归的路上，司机闷头开着车，一声不吭。我看出小伙子的心情很不好，便关切地问："身体不舒服吗？""不。"他支吾着，再一追问，小伙子的眼圈竟红了，说："今天的饭，吃得憋屈。"

原来他耿耿于被冷落的际遇。

"文人说话，没把门儿的，怕你接受不了。"

"得了吧，乡长，您净从门缝里看人——把人看扁了。你们有坦荡放言的胆量，我还没有默默倾听的勇气？看来，我人还不如车。"

我不禁愕然，一腔的好心情顷刻间跑得杳无踪影。

×年×月×日　逃避同情

我不得不到W村去，开一个有关计划生育的现场会。W村出了一个三胎生育户，影响恶劣。

那个超生户的情况比较特别：男方系初婚，女方则是带两个孩子再醮的寡妇。

那个男子叫李三，卑琐地站在一边。

"你知道不知道不允许生三胎？"

"知道。"

"知道还生，跟政府对着干？"

“咱可没那个胆量，去年怀上了，不用干部找，就做了，今年再也不想做了。”

“为什么？”

他申诉：“她带过来的两个孩子，您猜叫我什么？叫我三哥。让他们的妈调治了一番，您猜他们叫我什么？还是叫三哥。后来听说，孩子就听他们亲奶奶的话。我便去找她，说：‘婶子，您给管管，好歹也是他们的长辈啊，不叫爹，叫声叔也成啊。’您猜那老太太说什么？她说：‘叫三哥还便宜了你，依我，叫你小三比什么都痛快！’我管吃管喝到头来才混了个三哥，冤不冤？！我咂摸透了，要有个叫爹的，横竖得有自己的根。”

说完，竟如童子般咧咧哭起来。

他讲得倒在情在理。

但仍然要处罚，不处罚，以后的工作便不好开展了。而我的内心，已被他的哭声弄得酸涩难耐了，处罚的那声令，久久不能发出来。合情的不合法，合法的不一定合理。乡长大人正无措于这两难境界之中啊。

我转身走出屋门，对跟出来的主管副乡长小声地说：“我有桩急事去办一下，你留下，记住，你今天收不上来罚款，就甭回来见我。”便如此这般，我逃离了会场。不是我逃避责任，而是逃避那不堪一击的同情心。

× 年 × 月 × 日　宣泄愤怒

北京是首善之区，限养工作抓得紧，京郊的限养工作便也抓得紧。比如限制养犬，养犬户要主动到派出所交费登记领证，接受档案式管理；若不登记，执法队便将狗打死。

B村有数十条狗，却无一户登记，执法队去了数次，竟未打到一条狗。便让派出所所长去摸底，得到报告说，症结就在村主任身上。

村主任是个老好人，执法队每次打狗都事先通知他，以求得配合。但他怕得罪人，一接到通知，便在村里的大喇叭上广播："村民同志们，执法队明天来打狗，都不要跑，要主动配合执法队的工作。"

这表面是宣传动员，实际上是在通风报信。第二天执法队一到，果然一条狗的影子也未见到。

我和派出所所长到了B村，专门听村主任汇报工作。村主任闭口不谈打狗的事，谄媚地笑着问乡长中午喝什么酒。

我极反感，问："你的限养工作怎么抓的？"

"该抓的都抓了。"

"那怎么一点成效都没有？"

"刁民油滑。"

我气愤极了，这位老哥把滑头耍到乡长头上了。

"厕所在哪儿，你带我去一趟。"我对他说。

进了厕所，我朝他点点头："操你个娘！"

"乡长您骂谁？"他不相信自己的耳朵。

"骂的就是你。"未等他反应过来，我已回屋了。

等他回来，面对一屋子的人，他低头不语。他不敢说乡长骂了他，他知道，没人相信戴着眼镜斯文温和的乡长会这样粗俗地骂他。

第二天，B村的养犬户都到派出所做了登记。

“怎么回事？”所长惊愕不已。我不能告诉他，只是提着两瓶好酒到B村去了。

“我知道您会来。”红着眼圈的村主任说。这位老哥，油滑得到什么时候都能给自己找回面子。

×年×月×日　杯杯苦酒

做了乡长，便穿梭于酒宴之场。人家请吃，请人家吃，是官场机制必要的操作。

本乡工业欠发达，乡民多靠种粮、植果、养鱼搞一些现钱收入，曰“土里刨食”是也。在酒场之上，再大肆吞咽，便如鲠在喉，心灵放不安妥。

便搞了一个自我约束：不赴不必要的宴请，不搞不必要的宴请。出入酒宴的次数便大减，就出现了一个奇怪现象：往常一到饭时，同僚及属下便都簇拥于你的左右，颇有众星捧月之势；随你到了酒桌之上，左一杯敬你，右一杯敬你，弄得你飘然有好感觉。眼下，一到要进机关食堂的时候，几乎看不到一个身边人的影子，只得独自捧着一个轻巧的小饭盒，默默地咀嚼。

做了几次私访，发现在乡间的饭店，同僚及下属仍偷偷相聚，喝红咽绿，且在酒酣之时，对乡长啧有烦言，认为乡长假正经，戴着面具过日子。很想揭穿他们的把戏，但想到他们均是本地人，是一派势力，得罪了，以后的工作便不好开展，便吞下一口恶气，睁一只眼闭一只眼了事。

我还有一个原则：只要知识界文化界的朋友来，无论如何都要盛情款待。但这些朋友多是迂阔之士，反对我搞觥筹交错，吃一顿便饭，讲一番温暖可人的话乃最佳。然出于极端的尊重，我固执地以美酒陪奉。朋友们并不领我的情，亦啧有烦言，认为我为官摆阔，堕入世俗，不如以前清纯自守时那般可爱了。

于是，在官场中，我被视为异类；在文场中，我亦被视为异己。我陷入两难境界，喝下的酒便无一杯美味，杯杯苦酒也。

×年×月×日　官样口味

老家有渍酸菜的传统，自幼便吃了许多酸菜，养成嗜酸的习性。每餐若有两根酸黄瓜佐餐，胃口就大开，饭菜吃得香甜。

乡里正产着大量无污染的瓜菜，有渍酸菜最好的原料。但乡里人无渍酸菜的习惯，要想吃酸菜就要自己下手。

让办公室主任买了两个小缸，照着老家人的办法试着渍起来，不想竟真的渍出了好吃的酸菜。下属们尝一尝，都感到爽口得很，吃了一口想吃第二口，便新奇地问："您是怎么渍的呢？"

"不复杂，将菜洗净，注入清水，少放盐就是了。"

"不会那么简单，我们也渍过，一渍就臭。"

"那是手没洗干净。"

"洗干净了。"

下属们很固执，总认为那里有不可言说的妙法。我解释不清，索性眯眯笑起来，任他们乱猜一番。这一笑，更添了一重神秘，办公室主任竟说道：“兴许乡长渍菜时发了功。”

“肯定是发了功！”众人言之凿凿。

我大笑不已。

以后的日子，下属都跟我要酸菜吃，吃得上下一片和谐。因为乡里穷，每日的午餐均是素油炒饼，无滋无味，有酸菜佐餐，他们吃得顺畅，胜似美味。

但几个爱动脑筋的同僚，竟对乡长的渍菜问题在私下里做了一番讨论。

一部分人说，从渍菜上看，乡长清白自守，艰苦朴素，是个廉洁的好官。

一部分人说，乡长渍菜无非是做一种姿态，是一种官样文章，笼络人心而已。

单纯的一个口味问题，竟变得如此复杂，我再也笑不起来了。

× 年 × 月 × 日　钓者无度

乡里鱼塘多，钓者如过江之鲫。

钓者多为上级，不可怠慢，虽心中厌烦着，仍得热情安排。钓者所钓之物，均无偿奉送，所欠鱼款由乡里支付，系一大负担也。

日前，市里一家公司的老板来，且带一俏丽小女人。中午陪完饭，便去鱼塘钓鱼，客人兴致好极。

去的是精养塘。所谓精养塘，即出售前短期育肥的鱼塘，那里的鱼分量重、密度大，密度大得只要在一根木棍上拴上鱼钩，顷刻间便钓上一条，不需什么垂钓技艺。

这是为了博客人高兴。

那个老板与俏女人对坐在鱼塘边上，一边钓鱼一边递着媚眼，喜格盈盈的一天地。

我和塘主在一边陪坐着，虽稍感疲累，亦被他们的喜气所感染，心里不曾觉得苦。

鱼太好钓了，数分钟便钓上一条白亮亮的大鱼。那俏女人高兴得挓挲着双手，笑声如银铃般响脆。我不禁感到，美丽的女人终究美丽。

三个小时过去了，两人已钓上两百余条，有二三百斤的样子。我突然觉得，他们钓得忒多了，应该适可而止。要知道，一斤活鱼十元钱。

但钓者仍无收竿之意，那个小女人且愈加活泼。“我又钓上来一条！”“我又钓上来一条！”鱼塘上空穿刺着小女人亢奋而尖厉的叫声。

远处的田野里，农人们正深深地弯着腰颈，割着夏小麦。

不知怎的，我觉得眼前那个俏丽女人是那么的丑陋和可厌。

“他妈的一个小妖精！”我望了一眼塘主那紫色的脸，低声骂道。

“妈的，小妖精！”塘主也跟着骂了一声。

× 年 × 月 × 日　难恤乡民

一日夜暮，某村村长匆忙来到，曰有刁民捣乱，请领导前往。

便随其进村。

进得村去，村支部书记正在现场，汇报说：“村里要推一条排水沟，推到一李姓村民房前，被李拦住了，言房前有一鱼坑，养有百八十斤鱼，一旦填平，损失多多。”

勘察一下现场，果然有一水坑，便低声对支书说：“既有鱼池，让其将鱼打净，再推也不迟。”支书说：“不可，此系刁民，你若让步，他气焰更嚣张，村里的工作便不好开展了。”

便令推土机手强行推填。

李姓之家一片号啕，均趴坐在推土机前，哀声叫道：“要推，就从我们身上轧过去！”

事态陷入僵局。

令手下人去了解情况，李氏说：“我不是不通情达理，修排水沟惠及村民，我当然支持。然我的鱼池被填，受了不小的损失，村里理应给些补偿。这是合理的要求，但支部书记不但不答应，反污我占用公家之地擅养私家之鱼，损失不但不补，还要罚款。”

问及周遭村民，皆称是，并介绍情况说：“支书与李氏有三十年的宿仇，谁也不服谁。”

内因明了，便上前对李氏说：“我是乡长，有事好好说，不要影响工程进度。”

李氏眼光大亮，扑通跪在面前，说：“乡长做主。”

“让你的家人离开推土机前，让机手正常作业，有话到你家里说。”我表现出必要的诚挚。

李氏一家回到屋里，僵局打破。

与李氏交谈，果然很讲情理：鱼苗买得贵，而时价偏低，卖了鱼之后，村里补个差价即可。

便应允了他的要求。

回到村部，支书正气咻咻地等在那里，便要求他把补偿的事落实一下。“补个屁！依着我，你大乡长把派出所的人叫来，办他个妨碍公务，铐两天完事！”其言令人愕然。

“要正面做群众工作，不要激化干群矛盾。”我说。

“不要激化干群矛盾？你当官他当民，这本身就是矛盾，这个矛盾你化解得了吗？”他说。

后来听说，李氏的鱼不仅白白损失了，而且一举一动还被村里严密地监视起来。

不禁喟然长叹：乡长大人，其实无用！

× 年 × 月 × 日　点不亮的灯

乡机关有一座露天厕所，一到夜间，黢黑一片，如厕者，战战兢兢。

其实也有照明线路，只是没有灯泡而已。

乡里正有一电管站，令其费举手之劳，装几只灯泡，实属正常。

令主管副乡长承办。

数日后，仍未见光明，便质询：“区区几只灯泡，怎安得这般迟钝？”

副乡长尴尬地一笑，说：“我人微言轻，还是您亲自部署为好。”

便把电管站站长叫来。那人毕恭毕敬，说：“一丁点儿小事，还劳大乡长操心，在下失职。”

灯立即就安上了。

不出三日，厕所里又一片漆黑。灯丝断了。

传电管站站长来，不容细说，脆口答道：“马上就安。”

厕所里就又大放光明。

又无三日，灯丝依然断了，再传电管站站长来，应之不再爽快，久久嗫嚅不语。再催问之，竟答道：“机关里养着一帮懒驴，不随手关灯，整日点长明灯，不坏也邪。您得在机关会上强调一下。”

便在机关会上强调随手关灯。

依然是没人随手关灯。

灯丝依然是断。

再叫站长来，他只是嘿嘿地干笑。这时，我才明白了副乡长那尴尬一笑的含义。索性不再过问这事，令办公室主任买来手电一柄，打着活动灯光悄悄地去厕所，保有乡长大人最后的一点面子。

× 年 × 月 × 日　无话可说

给我收拾办公室的，是一位三十挂零的女同志。

她原来是乡电话室的电话员，程控电话开通后，就自然而然从岗位上下来，在政府办公室当个打杂的角色。

她的先生在北京城里，她则工作在乡下，生活极不便。乡里没有直通城里的客车，她要到二十里外的京保路上打车。有时周五回城，怯生生地对我说："乡长，回家吗？要回家，捎我一段。"我感到心里很不是滋味：她只因为文化程度低，进城去谋不到现在这样安逸的工作，只得饱尝这路途之苦，便索性让司机送她一段。

周一上班，办公室主任便问："乡长，您让司机送她了？"

"送了。"

"您千万别惯她这毛病，让她感到多有身价似的，将来我就不好管了。"

办公室主任的话，让我很吃惊。

又一个周五的下午，我去参加一个会议，正好经过京保路口，便叫她搭个顺风车。她犹豫半天，才上车来。

周一上班，便看到了办公室主任玩味的表情。

她给我收拾屋子时，闷声闷气地拖地、擦桌子，拾掇得极仔细，墙角的几丝不易察觉的尘网也让她掸得干干净净。整个过程她一句话不说，让人感到很沉闷。我主动问她一些生活上的小话题，她似乎没有听到，问得急了，她抬眼看我一眼。

"我只是个干活儿的，跟你们领导无话可说。"便仍专注于手中的活计。

窗外，办公室主任的身影晃来晃去。

我亦无话可说。

× 年 × 月 × 日　一字之师

与其他省份不同，北京的乡镇有三套班子，党委、政府、农工商总公司，故有书记、乡长、总经理三个正职。书记和总经理颇不睦，总是互相揭短。今天开大会，我们三个坐主席台，书记做报告，其中讲到乡里要大力发展獭兔养殖时，书记读成“赖”。总经理立即打断纠正，说，那不念“赖”而念“塔”。书记不悦，看着我说：“乡长，你是作家，你说是念‘赖’，还是念‘塔’？”我觉得二人都不能得罪，就说：“这是个多音字，均可。”以为自己精明，暗自得意，却看到二人都瞪我，似乎是齐声斥责我“滑头”。

晚上参加一个乡村聚会，因为都是熟人，就把白天的情状做了叙述，临了我说，这年头做人忒难，不想得罪反而都得罪，不如咬定一种读音，还能维下一个。

本地一大款，系小学毕业，做着一个村的支部书记，本以为他胸无点墨，他却说：“其实你是放不下文人身份，你完全可以说，这个字太怪癖，我也不认识，须查字典。”

我觉得他说得太精彩，不禁与他紧紧握手，视他为一字之师。

他得意地说：“别以为就你有文化，先天不如后天，书本不如实践，在座的都涉世深广，不是诸葛，就是神仙。”

× 年 × 月 × 日　土地之子

这是夏收的一个傍晚。天色阴沉，酝酿着一场雨。因牵系着麦收百姓的辛劳，便到田野里去，察看收割进度。

田里，联合收割机的轰鸣亦显沉闷。

几声尖厉的雷声，雨就要落下。收割机迅速退到地头，将斗里的麦粒“吐”出来，百姓赶紧往编织袋里装麦粒，扛到防雨棚下。新脱出的麦粒漫起股股灰尘，农人的汗迹便黏滞而浑浊。

不忍坐观，便与百姓一起抢装粮食。忙乱中，竟也生出神奇之力，近两百斤的袋子，扛在肩头，居然没有觉得几多分量。

麦粒都抢到防雨棚下，雨也来了。与农人挤坐着，看那雨斜斜地来，极有诗意。

“今年的麦子打得多。”我说。

“托您的福。”农人说。

“托党的福。我不是党，只是一个青年人。”

“您不只是一个青年人，是一个乡长，是父母官。”

我心头一震，立即便把父母官与粮食联系在一起，觉得内心要想放安妥，就不能亏了种粮食的人。

“那就让咱们一起在雨水里滚吧。”我动情地说。

“这话我们爱听，”他质朴地笑起来，递给我一支点着了的烟，“抽吧，我没病。”

“有病，我也不怕。”便大口大口地抽沾满他浓浓味道的烟。

“今晚请你喝酒，你喝不喝？”他说。

“喝，你老哥的收成酒，我为什么不喝？”

我们笑成一团。

雨停了。收获过的土地上，弥漫起一大片水汽。吸一吸鼻翼，闻到了一股潮湿的黄豆粉一样的香味。“这是土地的味道。”农人说。

我大口大口地吸着这沁人的气味，不禁神清气爽，心廓大开。我找到了做乡长的感觉：所谓乡长，不过是一普普通通的土地之子而已。

吴心把整理出来的这篇文字反复看了两遍，不禁吃了一惊。因为文字的记载，远离行政事务，看不出“官”的内容，不过是一些文人情怀、文人趣味。

他不禁摇了摇头。这一摇头，居然摇出来两个字眼：过筛。

他直觉得记忆是有选择的，它像一爿筛子，只留下自己感兴趣的、与自己兴致相合的部分，其余的东西，哪怕客观上也有着很重要的意义，均不在话下，都统统地筛漏了。所以，所有记忆都是残缺的，是定向的保留，并不顾及价值本身。

“过筛”这个意象，让吴心认清了自己的面目，自己骨子里，不过是一介书生、一个文人而已。真是应了乡间的老理，是鬼的归坟，是神的归庙，是人的归廊庑，他从乡镇回来当文联主席，是选择对了。

吴心笑了笑，把这篇文字又润了润色，加上一个《乡长纪历》的题目，给一个约稿的刊物寄过去，很快就被发表了。

四十

记得区文联成立大会召开的前三天，吴心去拜见王凤梧老先生。一是听取他的指导意见，二是邀请他出席会议，并且作为元老在主席台就座。

王凤梧胖了，腮肉松弛，眼泡鼓凸，行动迟缓，但声音还是那么有底气。

落座以后，还没容吴心说明来意，他首先就哈哈大笑，说："你即将是吴心主席了，主席，主席，哈哈，有意思。"他说话的口气很怪异，既似嘲似讥，又似惊似疑。

"放着好好的乡长不当，当什么劳什子的文联主席，可悲啊，可悲。"他亮明了态度。

吴心笑笑，说："身不由己，无悲无喜。"

"我知道你来是邀请我出席会议，这是你念及旧情，在执弟子之理，我先就谢了。但我明确地告诉你，我哪儿都不去，就待在家里。"

"不光是我想请您去，还是领导的意思，他们很尊重您。"

"那些当官儿的会尊重我？扯淡，他们是在拿我当摆设，捞开明之美，我绝不能让他们得逞。"

吴心执意地呈上请柬，老人家拿在手里晃了晃，然后一把撕断，扔在字纸篓里。他又做了一个漂亮的耸肩动作，说："不要再说它了，还是说说你吧。"

问他有什么叮嘱，他点上一支烟，缓缓地吐着烟圈儿，看来他要跟吴心长谈。

他对吴心说："当这个文联主席，就意味着你的仕途算是断了，因为文联是边缘的边缘，是官儿又不是官儿。要提拔干部的时候，把你当作文人；要进行管理的时候，又把你当作干部。只有受气的份儿，而没有被提拔的份儿。所以，你要是当的话，就要心甘情愿。”

吴心赶紧说：“您放心，我心甘情愿。”

老人家瞪了吴心一眼，说：“你跟我如实说说，你到底怎么个心甘情愿？”

吴心说：“是因为思维习惯，或者说是一种生活惰性。”

“嗯？你怎么搞得这么玄乎，说得具体一些。”

吴心解释了一番——

惰性，一般意义上说，自然是指懒惰，好逸恶劳，好吃懒做，不思行动，厌倦劳动。性情懒惰的人，注定了终生得过且过，一事无成。

但我这里所说的“惰性”，则是指习惯，指守成，指长期形成的思维定式、行为方式。在惰性之下，人往往驾轻就熟，不思改变，沿着已有的轨迹一路竟走，忽视了别的道路。即便是有所张目，也视为畏途，怯于走。

之所以说自己有“惰性”，是缘于身边物事——居室里的门松动了，门把手不能入位，不能关。找来工匠，卸下把手，用新型胶固定门框，用木托抵住，等待干。这期间，工匠去服务别的客户，不能给予及时安装，门就那样敞着。家婆说，安装把手是极其简单的事，你何不自己动手？硬着头皮动作，怎么也找不准榫位，只好悻悻作罢。

多年来习惯于读写，就不敏于动手——水龙头漏水、马桶堵塞、菜刀刃钝，别的男人顺手就可以收拾，我却弄不来，视为烦难，只好花钱请人。家婆讥道：“你是个废人。”

但是，一到案头，再繁杂的资料，我也能理出头绪，找出内在联系，提炼出主题，生发出思想，写出漂亮文章；再深奥枯涩的典籍，我也能读出趣味，找到入门的钥匙，做出深入浅出的阐释，写出好看的阅读笔记，惠于人。

我老婆常挂在嘴边的一句话是：“你除了会写几篇文章之外，一无用处。”

起初很是反感，觉得她小瞧了自己。后来却坦然承受，因为她的话，类似赞语，毕竟自己还有一技之长。

可以看出，每个人都不会是全能的人，因为每个人都生活在自己的固有领地、思维习惯中，也就是说，每个人都有自己的“惰性”。这个惰性特征，造成了能力的此消彼长、用进废退。在自己的世界中，你有巨大的热情、足够的耐心和施展才华的自由空间，可以是巨人；而在他人的“国度”，你处处陌生，处处忐忑，游移彷徨，无所适从，无计可施，往往就是侏儒。

所以，我对自己说：“你不要轻易地被别人的价值评判所左右，你要立足于自己的优势，懂得坚守。一句话，搞文学，是我不可割舍的生活需要，而文联主席的差事，正可以让我有时间写，而且还是理直气壮地写，不担心被人说成是不务正业。”

王凤梧听罢，说：“你基本上是把我说服了，那么好，你就去当你的文联主席吧，哈哈。”

笑过之后，老人家又严肃起来，他说：“当了文联主席，努力尽职，做到问心无愧便罢，可千万别指望让人说好，因为这个身份，依我这些年的经验——扯淡，没他妈的经验，净他妈的教训，就像农村土话说的那样，老鼠钻风箱——两头受气。官员与文人杂于一身——在官场谈文学，书生气重，人们认为你像蠢蛋；到了文场，又讲官话，官气十足，让人觉得你面目可憎——两个场面上的人便都视你为异类，甚至是鸡肋——均不倚重，均不与你畅所欲言，或防备，或轻蔑，或嘲讽，或贬损，都让你直不起腰来，所以你必须有足够的心理准备。”

“这也请您放心，我不仅有这方面的准备，还有更多的准备，”吴心也点上一支烟，“除了您说的情形之外，我还知道有两种状况——其一，即便仅仅是在文场行走，由于身居城乡接合的位置，学院派认为你黄土加身，胸无点墨，文化轻浅，一派俗俚；而乡土文人，又认为你登堂入室，狐假虎威，故作高深，不可与之为伍。二者皆排斥，便雅俗无据。即便是写作本身，因为既写散文又写小说，易招来多余的议论。虽然都写得用心，都写得精致，且多‘经典’篇目，但小说界说我的小说不如散文，散文界说我的散文不如小说，多能，反而自取其辱。这两种状况是动你根基、乱你心性的事，但我都不怕，任其臧否，不被其左右。您说，我是不是看透了，有了充分的心理准备？”

“既然这样，我就什么都不说了，你就好自为之吧。”王凤梧在烟灰缸上狠狠地揿灭了手中的烟蒂，靠在椅背上不说话了。

文联成立大会很是隆重，区四大部门主要领导，宣传部、文明办、文化局、广电局有关单位负责人，浩然、刘绍棠、苗培时、赵日升等名家悉数到场。

会后，吴心想到的第一件事，就是邀赵日升一道去看王凤梧。赵日升起初还有些犹豫，但在吴心的催促下，还是去了。进了家门，两个人果然热烈握手，相谈甚欢，不仅摒弃前嫌，还一如老友重逢，旧情大发之下，还相约了未来，更亲密了。大方山的两个文坛前辈，不仅又走到了一起，而且叙说了对新一代的责任，要并肩相扶。吴心十分欣慰，觉得从这一刻起，作为文联主席，他已经开始履职了。

四十一

关于赵日升，吴心觉得与他有天赐的缘分。

从幼时在《大方山文艺》上读到他的《拒马河，靠山坡》受到文学的启蒙，到后来在文学上受到他特别的关照，吴心把他视为父亲，爱着，敬着，孝着。

在《赠书的生命温度》一文中，吴心曾经说道：

> 我之所以走上文艺之途，盖在心灵易感的年龄，得到了两册《大方山文艺》。刊物中的文章，特别是他的《拒马河，靠山坡》，蕴含着现实生活之外的富足和温暖，给贫苦中的少年以梦般的慰藉，痴迷地读过之后，便再也不安于身边的枯寂，生一种莫名其妙的冲动。

记得是二十世纪八十年代中叶，十渡文化馆在十渡发起旨在培育山区文学新人的“绿谷文苑”，在成立大会上，吴心第一次见到了已在北京当了《青年文学》副主编的赵先生。

那时候，吴心已经在北京乃至全国的报刊上发表了一些散文作品，有了一点小小的文名，所以主持人向他介绍吴心的时候，他一愣，说：“怎么，你就是大方山的？”

他这个特别的表示，让吴心既意外又得意——看来，他已经知道了自己。要知道，当时的赵先生，在大方山作家心目中，是个有光环的人物——其一，他是在全国都广有影响的诗人，因而让人崇敬；其二，他在《青年文学》上推出了几个当红的青年作家，因而让基层的业余作者极为向往。

吴心率真地告诉他：“我不仅是大方山的，而且还是来自大方山最偏僻的类似葫芦状的一个小山村。”

他吃惊地看着吴心，那意思是说，你们那里是没有文艺氛围的，怎么你竟搞了文艺？

吴心说：“赵老师，您根本不会想到，是《大方山文艺》让我走上了文学道路。”

他大喜过望，激动地说：“看来，我在大方山文化馆那几年还是有价值的。”

他的话，当时吴心并不明白其中的含义，后来才知道：他是怀着一种不被人认知的忧伤，离开大方山的。这不是他情愿的选择，因而身子虽然在大地界了，但心灵却还一直牵系着故乡，热土上的物事与人情让他眷顾不息，既爱且怨。

所以，虽然吴心不过是一株刚刚崭露头角的小荷，但对他来说，却有特别的意义。即他能从一个故乡子弟的身上，感受到他的心血没有白白付出。

因此，他的心情愈发地好了起来，吃饭的时候，他把吴心叫到身边，喝了不少酒，琅琅地背诵着《拒马河，靠山坡》。随行而来的他的文友、著名诗人阵容说道："老赵平时是羞于提起这首诗的，今天却意气风发地朗诵，看来，文人的神经是最容易被故乡的情思所拨动的。"

分手时，赵先生悄悄地问吴心："你手头有没有现成的作品让我带走？"

吴心回答说："几天前倒是写了一篇自我感觉良好的散文，题目叫《路边的白杨》，但是不知道您来，所以没有带在身上。"

他随手找来一页纸片，把《青年文学》的地址抄给吴心。"尽快寄给我。"他说。

《路边的白杨》很快就被他在《青年文学》上推出，并很快就被著名作家谢大光先生收入《青年散文选萃》一书。吴心激动地给赵先生写了一封信，表达自己无限的感激之情。几天后收到他的回信，在信中说：

> 你不要感激我，要感激就感激你自己，是你自己的文章写得好。虽然我们是老乡，但我又是国家级刊物的编辑，不能无原则地给家乡人"吃偏饭"，否则会引起非议，让人家小看。所以，你自己要加倍地努力，靠实力说话。

明明是用心扶植，可他却不言扶植，没有居高临下的"人师"派头，让吴心享受到人格上的平等，创作激情便被空前地激发了。那之后，吴心在短期内写了大量作品，几乎是每两天就有一篇散文完成，好像遍地是文思，处处是文章。

吴心把成束的稿件寄给他，恳望他能利用"权力"多发几篇。他很快就回了信，告诉吴心，文章他都认真“拜读”了，都写得不错，看得出，作者的确有些天分，但是，他只留下一篇，其余悉数退回，建议另投他刊。另，即便是留下的一篇，也只能明年刊出，因为刊物有规定，同年之内不能连续发一个作者的作品。

认识赵先生之后，《青年文学》他是每期都寄吴心的，吴心知道上面的刊发情况，并不像他说的那样“同年之内不能连续发一个作者的作品”，颇有几个作者是连续发表文章的，便对他生出一股怨气：既然作品面前人人平等，咱怎么就不能连发？哼，还是老乡呢。

吴心被他激起了一股较真的情绪，把作品纷纷寄给了《散文》《随笔》《中国作家》《人民日报》等名报名刊。不期竟陆续发表出来，极大地安妥了他“受伤”的心灵。

吴心恶作剧似的把这些刊载着自己作品的报刊寄给赵先生，想“刺激”他一下。

不久，他打来电话要吴心到《青年文学》编辑部去一趟。到编辑部的时候，已近中午了，赵先生因为还有些编务上的事需要处理，顾不上他，便给了他一些全国交流来的刊物，让他随便翻一翻。一翻他才知道，这里边就有刊载他作品的刊物，有关页码上还折着角。他明白了，即便不给他寄刊物，自己的“踪影”他也是早有所察的。吴心感到羞愧，脸热得很，大气也不敢出，低低地垂着头。

不知什么时候，赵先生从单位食堂把饭打了回来，餐具重叠在他手上，没有收拾桌面的余裕，他满脸大汗地说：“帮我收拾一下桌子，咱们吃饭。”

“咳，您言语一声，让我跟您一起去买饭呀。”吴心说。

“咳，那哪儿成，远来的是客啊。”他说。

餐具就放在他的办公桌上，他们头簇着头在一起用午餐。

这么近地跟他在一起，吴心更觉得尴尬，便只顾低头吃饭。他突然叫道：“呀，我给忘了，文件柜里还有半瓶酒呢。”他看了吴心一眼，笑着说：“我想起来了，你是爱喝两口的。”

酒给了吴心一丝轻松，说道：“赵老师，真不好意思。”

是指给他寄刊物的事。

赵老师听后竟孩子一般呵呵地笑了起来：“小伙子，你以为我会生气是不？其实我心里高兴得很，因为我的目的达到了。”

原来，赵先生的目的就是以那样的方式，“刺激”吴心独自往外闯，而不要依赖于他这根拐棍。知道了他的用意，吴心心中之怨不仅涣然冰释，而且立刻转化成一种感动，感动于他给自己施予的是一种别样的恩德，即从一开始就培养年轻作者在事业上的自立精神。

所以，赵先生从编《青年文学》，到主编《小说》，做了二十余年的编辑大家，虽然经手发表吴心的稿件不过六七篇的样子，但是，在吴心的意识里，他公开发表的几百篇作品，都跟赵先生有关——正是被他培育起来的自立精神，使自己终身受益。

这次见面，赵先生在肯定吴心的成绩的同时，又给他提出了新的要求。赵先生说：“你已经渡过了发表关，可以在任何一种刊物上发表作品了，但是，真正的危机也就随之而来了——有许多作者铺天盖地地发表了许多作品，但在文坛的影响却微乎其微。为什么？就是因为作品没有自己的特色，没有独创的品质。所以，你千万不能只满足于能发表作品，而是要写出‘属于你自己的文章’，发出你‘自己的声音’。我衷心地希望，在我的家乡，能出一位真正立得住的作家。”

他给吴心立了一个比较高的标杆，也把吴心当成了故乡的文学希望。这是一种期待，缘于他对故乡的大爱。但是，这样的嘱托，不免有些沉重，在吴心的心里激起了一片凄惶。然而，也就是从那天起，吴心的文学情感发生了微妙的变化，即文学创作不仅仅是一桩个人的事业，而且也属于生你养你的那片乡土。

于是，在他的启发下，一种叫作使命感的东西，压低了吴心的头颅，使他每有所得，都不敢夸耀和招摇。尽管在此之后，他获了不少次文学奖，作品被选入了不少的权威选本，但是，他一直抬不起头来，因为他觉得自己还没有达到那样一种境界，即一提起吴心，就让人想到了大方山；一提起大方山，就让人想起吴心。还没有像人家刘绍棠一样，成为出生地的文化符号，自己还是一只随时都会被浩渺的文海淹没的、没能系缆船埠的漂泊小船。

所以，一九九六年，当一家大出版社要出版吴心的散文集的时候，他是羞答答地请赵先生作序的。

赵先生说："你已经有不小的气候了，我应该在序里吹吹你。"吴心说："别吹，我嫌寒碜。"

赵先生点点头，说道："那我就不客气了，便把序的题目定作《'出线'的吴心》。"他是借了足球的一个术语，就像中国足球刚刚走出国门一样，吴心的创作也不过是刚刚迈向全国文坛的大地界。

序将要上版的时候，他又打电话给吴心，说："我给你定的调子是不是太低了，是不是委屈了你？"

吴心说："一点都不低，我很受用。"

他在电话里沉吟了很长时间之后，竟说了这样一句话："吴心，我敬重你。"

听了这话，吴心一时语塞，泪流满面。

他是自己的文学前辈，是启蒙者，领路人，居然说出了这么情动于中的话，让一个后辈怎么受用得起啊！

就为了他这一句话，吴心后来更勤奋了，开始冲刺被一般作家视为畏途的长篇小说创作。

当吴心的长篇小说《生门》出版之后，赵先生在一个深夜给他打了一个电话，劈头说了一句话："吴心，你的文学成就已经远远地超过我了。"

撂下电话，吴心兴奋得睡意全无，在冰冷的大街上久久地徜徉，直到东方破晓。因为那时，他正遭受着领导的排挤，同事认为他不务正业，在单位每天都能感受到从背后射来的轻蔑的目光。所以，赵先生的话，已不是对自己创作水平的认可，而是对自己生命价值的认定。

它来得何等及时啊！

它给了吴心一个心灵上的定力，身外的风雨雷电又奈他何！

吴心的父亲已经过世有年，这一刻，他把赵先生极为庄重地请到了自己心中最神圣的一个位置，即父亲的位置。丧父所造成的心灵缺残，顷刻间变圆全了。

于是，每年的春节之前，吴心都要专程去拜访赵先生，即便是赵先生在饭店设宴招待吴心，吴心也不肯让赵先生掏钱。赵先生能感觉到吴心对他的感情，颇为自得地承受着。以至于一年的春节，由于公务太忙，节前实在无暇去探望，便在节中接到了赵先生的一个电话——

"你小子在忙什么呢？也不来看我，我想你。"

这是血浓于水的感情，在老爷子的心中，吴心已经有了一个别人不能替代的位置。

吴心五内俱热，慌忙成行。到了赵先生家，本以为是要挨几句数落的，没想到他慈祥地笑着，说："只要你来了，这个春节，我就算是过好了。"

当时吴心百感交集，真想哭出来。

这之后，他们之间很少谈文学上的事，因为赵先生对吴心是有信心的，觉得他在创作上是自觉、自律的，不需要费太多的话。但是，也留下了三个关键性的叮嘱——

第一，不媚时、不媚俗，写生活的原生态当然好，但是一定要高于生活，给人贡献一些理想的东西、一些崇高的东西。

第二，不管别人怎么看你的作品，你都要平和地对待。对文人，不管他对你什么态度，你都要存一份爱心，因为当下的环境，文人活得很艰难。

第三，要写得慢一些，从容一些，文人的总体成就和影响就在于长寿。

因为赵先生爱吴心，不忍心他把文字弄得过于拘实和雕琢，也不忍心他因为文学而恶化了自己的生存环境，更不忍心他身心透支，早早地把油灯里的油耗尽。

这三点吴心是记在心上，也是践行到实处的，因而少了几分挥斥方遒的少年意气，而多了几分宽容和温厚。用友人的话说，从面相到性情，他都妩媚了许多。

最让吴心感慨不已的是，虽然赵先生跟自己谈文学的事少了，但是自从大方山正式成立文联以来，他对大方山整体的文学建设倾注了几乎全部的心血——文联的各种活动、各种会议，只要接到通知，他都会不讲条件地参加。而且，每次他都是自己打车前来，从不摆名人派头。在发言中，他从来都是讲率真的话，讲坦诚的话，讲有的放矢的话，没有一丝虚假和做作。他既为故乡的文学鼓与呼，又为发展中的症状真诚号脉——他留下了赤子般的殷殷情义，贡献了可资镜鉴的真知灼见。让人感到，他爱故乡，爱得何等真切！

大方山的作者，在回首往事的时候，都能讲出一段又一段与赵先生真情交往的动人故事，会不约而同地说：“咱们哪一个与赵先生无关？”

在大方山的文学史上，赵先生既是大方山当代文学的奠基者、开拓者、经营者和杰出代表，又是连接小小的大方山文坛与广大的中国文学界的历史性文脉。所以，在听到他猝然而逝的消息的时候，吴心一下子哭倒在地，涕泪交迸之余，心生怆然，感到：自己生命的一部分，也随之去了。同时觉得，赵先生的去世，遑论北京文坛、中国文坛，就大方山文学来说，就“大方山文化”来说，绝对是个永远都无法弥补的缺憾！

记得赵先生去世前的那个春节，吴心和张一介一同去看望他，在席间，他突然说道：“我拜托你们二人一件事，请你们在十渡拒马河边给我选一块墓地，等我百年之后，我还要葬回大方山。”

吴心和张一介面面相觑。他刚刚六十三岁，正值盛年，身体又好，怎么突然就有了这等打算？

他们以为他是戏言，便嬉笑着想岔开这个话题。

他正色道：“我说的是正经话，你们千万别当儿戏。”

他解释说：“第一，我是大方山人，故乡让我魂牵梦萦；第二，我的代表作是《拒马河，靠山坡》；第三，我的文学成就主要是诗歌，涵养诗人的地方必须有山有河。”

他还说：“《拒马河，靠山坡》给我带来文名，文坛总是把我同拒马河联系在一起，既然是这样，莫不如就葬在那里——坟头立一块天然的石头，石头上刻上《拒马河，靠山坡》一诗的手迹，成为一个人文景点，即使我人不在了，也能给故乡的旅游业再做一点贡献。”

不幸一语成谶。

诗人的灵魂迫不及待地向拒马河奔去。

十渡，是一处不曾被污染的自然胜境，那里的山青青苍苍，那里的水青青苍苍，漂泊赤子怎不归心似箭？

吴心对当时担任着旅游局局长的张一介说：“大方山应有情——立心碑厚载诗魂，贮文脉召启天物，人心思贤，后来者思齐，乃文运勃焉兴焉。”

张一介动情地说：“好，这事就交给我。”

吴心觉得，心碑不仅要立在石头上，更要立在人心中。因为赵老师虽然是大方山人，但故乡已没有家族里的亲人，而他又重乡情，即便是在九泉之下，也会遥望乡梓，而自己正是他与故乡的联系纽带，不仅延续着文脉，也延续着血脉，便每年春节还要到他的家里去，探望他的遗眷。

孙师母已把吴心当成了她的儿子，每去必管饭，每饭必诉衷肠，常弄得涕泪交流，让吴心酸楚难耐。进了五十岁，吴心变得异常脆弱，不仅迎风流泪，稍情动于心，就立刻唏嘘，所以，每次看到她慈母一样的面容，就相拥而泣。

河北的著名诗人刘章老先生是赵先生的至交，他闻悉吴心对孙师母的一贯深情，几次打电话来，赞其人品，他说：“如今文坛人情浇薄，你却温情如故，殊可贵。”他还代表他们那代人对吴心表示感谢，欢迎到他家做客。老人家的公子刘向东也是诗人，他嘱咐其子要与吴心真心交往，成一对亲兄弟。向东与吴心果然情笃，文学理念趋同，且心心相印，互相鼓励，一同进步，且在他主编的刊物上不断发表吴心和大方山作者的作品，让两地文人交好。

去年春节，因为跌跤臂断，吴心内心脆弱，不敢亲自探望孙师母，以免母子弄出肝肠寸断场景，便派手下人去看望。不期竟很快收到孙师母的来信。读过，五内俱热，潸然落泪。

信文如下——

吴心：

你好！今年春节你又让人代你来看望我，还送来重重的礼物，我心里很感动。应该打电话给你以表谢意，可总怕选的时机不对，怕你在开会、谈工作、午休或在构思，总之怕打扰你。但心里又有些不安，像缺了点什么，所以写封信以表我的心意。

从二〇〇四年至二〇一八年，整整十四年了，这十四年来，你一直这样关心我，从没落下。你的工作担子那么重，需操心的事那么多，我还在你心中有一席之地，让我从心里感动，日升在九泉之下也会为之欣慰的。

每次春节你的到来，都引起我的回忆。你们师徒高谈阔论、谈笑风生的场景萦绕在我的脑海中久久挥之不去。是幸福、是感动、是情谊，十年的光景如昨天，对你的敬意、谢意不是用一句话能表达的。你真是一个有情有义的大好人，不愧是“德艺双馨”，名副其实。其实你的成就完全是缘自你的天赋和勤奋，真的。

我的身体很好，除腿疼的老毛病外，没什么大事。血压、血糖都不高，头疼脑热的我自己能去医院拿点药，平时买买菜、做做饭、晒晒太阳，生活自理没有问题，你放心吧！

听说你还是那么勤奋，工作之外忙写东西，要注意身体，别老熬夜，少烟少酒，你健健康康的是我们大家的幸福！不多说了，水平低，但是心里话，见笑了。

被你牵挂的老人

孙秀荣

二〇一八年四月六日

师母的信，让吴心感到做“有情有义”的人真是幸福，因为可以活在人们的心坎上，被人感念。而这种感念，才是成功做人的证明。他老人家的一句“你健健康康的是我们大家的幸福”是多么动人、多么厚重的祝福，更让人自珍、自重，永远活在阳光之下，爱万物，爱人。

他赶紧给老人家打过电话去，想听听她的声音。没想到电话通了之后，吴心竟情不自禁地说了一句：“师母，我想您！”说完就哭了。那边师母不停地说：“好孩子，不哭，不哭。”

四十二

文联成立大会那天，凸凹也去了。他坐在会场的第一排，不停地冲着台上的吴心弄怪脸。也许是嫉妒，也许是不屑，也许是幸灾乐祸。晚上，他来到吴心的家里，与他一边对酌，一边做了一次很正式的对话——

凸凹：“你人模狗样地当上文联主席了，恭喜恭喜。”

吴心：“没什么可恭喜的，本来当着一个有实权的乡长职务，却因业余的写作被人误解，认为不安心于行政，遂从乡下调回，令专心搞文化，以至于才三十几岁的盛年，就担了这么一个老年人的闲职，殊可悲。”（吴心不愿意把区委书记看重因而让他回来搞文联的真相告诉凸凹，以免他认为自己虚荣，被边缘了，还觉得受了宠幸。）

凸凹：“你这种认识可不好，至少可以说，你年纪虽轻，观念却老。以世人的视角看，文联主席是个荣誉性、安慰性职务，多让那些所谓的德高望重的老年人来担任。这些老年人，可以是达官显贵，可以是社会名流，未必懂文化，未必有作品，因为老了，从一线退下来，尚可发挥‘余热’，便当文联主席，或侨联、集邮协会、戏迷协会、桥牌协会等社会团体的主席。这是官本位的延伸，是官本位对文化的侵害。其实，文联主席，正应该由真正的文化人来担任。真正的文化人，具有艺术情怀，不仅懂得艺术规律，更懂得艺术家的心。文化人管理文联是一种艺术操作，不会将文联官场化，乃文化人、艺术家的一大幸事。”

吴心：“道理是这样，但就我本人来讲，终究是一种现实的失落。以前担任的是行政上的实职，在世俗价值尺度上是一种成功；当了文联主席之后，人们还以为我犯了错误：或人事上的纠缠，或经济上不清白，或玩女人玩出了破绽……其实，我还是清清白白、堂堂正正的一个我，怎么一下子就变得这么败象淋漓了？”

凸凹：“这根本上还在于你自己。作为一名有成就的作家，你怎么这么看重世俗的评判？难道你文章里那思想上的超拔与品格上的高标，是做样子给别人看的？如果真是那样，才是你的大悲哀。”（凸凹还当真了。）

吴心：“我总结了一下，古人云，‘成也萧何，败也萧何’；我是‘成也由文，败也由文’。文学，使我有了一定的知名度，成了社会上被关注的人物；但文学，又使决策者忽视了我文学之外，在实际工作上的能力，似乎除了可以搞文学以外，其他事务就不能像写文章一样搞得出色似的。所以，虚名误人，文学误我。”

凸凹：“你的话，让人心伤，有损于文人的自尊。‘官本位’已深深桎梏了你的一颗文人心。这也是中国文人的真实心态，亦是中国文学很难弄出大气候的真正原因。表象上恃才傲物，骨子里媚俗自惭，能有什么大出息？你为什么就不能理直气壮地宣告：我就是一个弄文学的料，是一种戛戛独造，文学的成功就是生命的存在。市井与乡土之上，可以产生数不清的大小官吏，却很难产生几个真正的艺术家；在地域之上，一个县长、乡长的位子之后，可以有无数个后继者，一个作家的位子，除了作家本人以外，没有第二个替代者能去坐。所以，文学是你的立身之本，文学是你独特的生命优势；是文学成就了你，并且将继续成就你。离了文学，你只不过就是一介小小的可怜的官吏，伟大与崇高将远远地离你而去。所以，你应该感谢文学，应该尊崇文学，并作为信仰孜孜不倦地追求下去。一个人一生只能做一件事。你不可能一边做官一边从文，这样的操作只能两误而不能两全。你只有一心一意地坚持文学的操守，文学才会回报给你真正意义上的成功。”

吴心：“你说得太好了，虽然你不像我，边官边文，你只执迷于每日的创作，因而就有着比我激越的‘文人情怀’，或者说‘艺术情怀’。我虽然也搞着文学创作，却缺少这样的情怀，所以，对文学快乐的感觉便迟钝了，这也是一种遗憾。”

凸凹：“我尽管写作上不那么勤奋，要不是你的督促，也写不出

《欢喜佛》，但我从来都敬畏文章之途，所以我既以文为业，也以文为贵。我知道，文学给人心灵与思想的滋润，是任何行当都不可比拟的。对文学有感情的人，即便面色冰冷坚硬，内心却温暖柔软，向真、向善、向美，具有美好的性情。对这样的人，可以相交，可以共言，可以同事，可以患难……所以，对有‘文学情怀’的人，我从来都是尊重的，以他们为友，并愿意为他们做些有益的事。”

吴心：“那么，我就应该安于文学的命运，以一种坚定的使命感和献身精神投身于美好的文学艺术事业，当好文联主席的角色，广撒艺术的种子，促其生根、开花、结果，善化美化世道人心，为芸芸众生送去最诚挚的最诗性的人文关怀。”

凸凹：“理该如此。那么，在文联工作的具体运作上，你有什么考虑？”

吴心：“第一，建三个纽带。文联的章程上写着，文联是党和政府联系文艺家的纽带，而在区县这个层面，又有多少人可以称得上是文艺家？多的是文艺爱好者、文艺工作者，所以我要化传统的一个纽带为三个纽带，即把文联建成党和政府联系广大的文艺家、文艺爱好者、文艺工作者的纽带。第二，履行三个职能。即围绕中心，服务大局，发挥优势，有所作为；面向社会，服务基层，服务百姓，有所贡献；立足本职，服务文艺家，潜心创作，有所成就。通俗地说，其一要让区委、区政府看到文联有用，肯于支持，即所谓‘有为才能有位’。其二要让社会和群众能享受到文化权益，让他们真心叫好，夯牢生存基础。其三要给文艺家提供必要的创作条件，让他们安心创作，多出作品，有家的感觉，对文联满意。一个‘有用’，一个‘叫好’，一个‘满意’，如鼎三足，文联就立住了。第三，实现两个转变。一是从‘公转’到

‘自转’的转变，二是从‘内在’到‘外在’的转变。前者是基于文联是清水衙门，没权没钱，一味地靠文联的组织、策划、发动，工作起来会很被动，运转的效率也会很低。要变被动为主动，就要建立健全文联下属协会，并大力发现和培育领军人物，靠协会的平台和领军人物的影响，让他们走上自我服务、自主发展、自动运行的轨道。后者是基于文人的自身特点，他们一旦有一点小成就，就会沾沾自喜，目中无人，就会相轻相妒，排名号、争座次，搞窝里反。所以必须引导他们，要把眼光放在北京、全国乃至世界的文艺坐标上，出高品、出精品、出名品，把影响弄到大地方去。第四，两个效益一起要。既然现在是市场经济的社会氛围，那么就应该打破传统的文联工作模式，走出封闭保守的思维惯性，以开放的心态，把市场经济的运行规律与手段引进文联工作。其一，要办一份刊物，一份大文化刊物。不能简单地把它作为艺术品的发表园地，而要把它作为经营媒体，通过它，与社会接轨，与市场接轨，使文学艺术的细胞渗透到市场中去，既产生经济回报，又形成艺术影响。其二，要建立两个工作室：一个是文学艺术创作、研究与出版工作室，一个是社会文化综合服务工作室。第一个工作室是纯文艺的生息之地，第二个工作室是大文化的发展之源。两个工作室是对内的说法，即对广大文艺工作者的说法。对外则是两个挂牌的服务中心，两个经济实体。前者搞文艺产品，诸如图书、音像的制作、出版与发行工作；后者则依靠并发挥文联各类人才聚集的优势，搞社会文化服务，诸如撰写文稿、企业形象策划、广告宣传等等。文联为社会送去文化与艺术的关怀，社会为文联送来经济支持。我们也经商，也牟利，使文联以文化产业的方式，在市场经济的冲击中立于不败之地。但营利不是文联的最终目的。其终极，也就是它的起点，是为文学艺术的发展保以实力、生以活力，真正实现艺术的价值。”

凸凹：“妙哉，妙哉。你究竟是当过官的，有政治意识、组织观念、务实作风和行政思维。这虽然未能使你在仕途上获得所谓的‘理想收益’，但却开阔了你的眼界，增长了你的胆识，解放了你的思想，使你与老派文人有了境界上的区别。你少了虚幻，多了实际；少了酸腐，多了生气；少了顾影自怜，多了勇毅自强……这一切，使你步入了既有浪漫理想，又有现实能力的健康生活之路。这是现代文人应走的路，一条正确而充满希望的路。”

吴心：“是啊，文人在社会上，从来都被一些人另眼相看，觉得文人酸腐、柔弱和无用。这除了夏虫不能与之言冰的境界差异之外，文人本身也实在是有一些致命的弱点，比如虚荣自怜，比如患得患失，等等。这些弱点都应该在现实生活的磨砺中，自觉地加以克服。我们崇尚文学，并不是要过一种书斋生活。书斋生活是一种退避的生活，与世隔绝的生活。书斋里走出的人，面色苍白；风沙里归来的人，满面沧桑。沧桑在世间就比苍白有深度、有力量。所以，文人的心，要经风雨见世面，要敢于经受磨难与痛苦。”

凸凹：“文人还有一个最大的弱点，便是在世俗生活面前的不恒定态度，即没有一颗入定的心。文人得意之时，很傲俗，志得意满，挥斥方遒。但失意之时，又很俗屑，怨天尤人，自损自残。在与金钱、名利相交之时，既清高，又很易陷落；在与官场相处之时，既睥睨对峙，又很容易妥协。比如我们的一个朋友，是咱们地界上的一个知名的作家，平常很看不起官场人物。但近期分福利房的时候，官场以‘官本位’操作之，他虽然快五十岁的人了，名气和作为又有一些，但行政职务只是个科员级，便得不到房子。相反，一个不到三十岁的小青年，由于是副科长，便轻而易举地得到了一套新房。咱们的这位朋友受不住这现实生活的挤压，跑到主管官员那里，哭诉乞求，荡尽了素日倜傥矜傲的雄姿。作家的自尊真抵不上一套房子，让人唏嘘不已。恃才傲物到底，是一种悲壮；最终屈尊妥协，是一种悲怜。悲壮的东西，是崇高与气概；悲怜的货色，却是卑贱与哀叹。不可同日而语。”

吴心：“身为文人，命途多舛，承受得太多，你不可苛求。”

凸凹：“是不能苛求。但我固执地认为，文人是人之精、类之华，是人类的大脑，是生命的灵魂，他们应该是永恒的诗歌，浪漫的情怀。通俗地说，他们应该伟大，应该超俗，应该悲壮，应该灵动，甚至有几分不食人间烟火。因为他们不是行尸走肉，也不是一般意义上的人，而是宇宙的星辰，人间的神！”

吴心：“这样的素质，在大文学家、大艺术家身上才真正具有，一般意义上的作家、艺术家难以望其项背。”

凸凹：“所以，作为你的朋友、你的知己，我希望你，不，是要求你，一定不要把自己陷在文联的事务堆里，一定要学会超脱，下决心把自己成就为一个大文学家。”

吴心：“如何成就？”

凸凹：“在你把文联组建成功、步入正轨之后，就不要揽权不放，要把它交给热心而又擅长文艺组织工作的人，而你，要沉潜于创作，甚至干脆毅然决然、义无反顾地离开乡土、离开地域，走向大城市、走向北京。京城才是实现你伟大的文学抱负的首选之地，也是最重要的所选之地。”

吴心：“也未必如此。我虽身处乡土，却绝少小农意识，更未匍匐于乡土，醉倒于村俗。我已把乡土文化与城市文化做了自觉嫁接，培植出了新的文化植株，我上百篇深刻而大气的散文作品可以做证。只要我心系城市，心系世界，心系宇宙，心系大文化乃至世界文化，身处乡土身拘于地域，又有何妨？福克纳一辈子没有走出他的约克纳帕塔法县的家乡社会，他的‘约克纳帕塔法世系小说’却轰动了整个世界；梭罗在马萨诸塞州那小小的瓦尔登湖畔写就的伟大的《瓦尔登湖》，影响了世界上的好几代人。你的地域限制说，我不能接受。”

凸凹：“你举的例子比较典型，有较强的说服力。但你举的两个作家都是美国的，美国的城市与乡村在文化上没有太大的差异。而在中国，城市与乡村却存在着巨大的文化差异，对作家的生态与心态有着巨大的影响。浩然、刘绍棠写农村小说，却是在北京写作并产生影响；沈从文从边城走到北京，才使他的湘西小说与散文走出边城、走向城市、走向世界。鲁迅、周作人、张中行……哪一个大家不是在城市里将自己成就的？城市，有巨大的文化土壤与文化氛围，北京城一个拉洋车的都有关于北京的悠远而精细的文化细胞。城市给文艺家留着位置，城市懂得艺术家的价值，城市给了艺术家从事艺术的生命快乐。这很重要，因为艺术而尝到生命快乐，这足以吸引并激励艺术家献身于艺术，把艺术作为他的全部生命。”

吴心：“在乡土上，也能尝到艺术的生命快乐，我已经无数次地尝到了。”

凸凹：“这我不否认。但你的生命快乐是孤独的、是压抑的。身处在只知道‘三十亩地一头牛，老婆孩子热炕头’的人群中，艺术的生命快乐，是个什么东西？在只知道一只小官帽、一辆小官车、一套小别墅的人群中，你的艺术的生命快乐又能值几个钱？在他们的眼里，你是个异类，是个悖时货，是个不合时宜的人。他们给你的，不是理解，更不是支持，而是轻视与嘲弄、排挤与作践。因为你不在他们的价值评判尺度之上，更不在他们的道德宽容线之内。与他们交往，他们理直气壮地享受被理解被宽容的权利，而你，要想取得最基本的生存权，就必须忍气吞声地履行理解和宽容的义务。所以，你很难找到倾诉对象，更遑论知音。所以，你的艺术的生命快乐，你就孤独地享受吧！快乐不能共享，就变得无足轻重，就只能是私语，不可能是公众语言。被漠视的快乐，便是被压抑的快乐。久而久之，快乐的神经便愚钝麻木了，你便感觉不到快乐的滋味了。”

吴心：“照你这么说，我是应该走出去。但走出去的时机还不成熟，还需积聚实力，还要‘十年磨一剑’。”

凸凹：“不对，就你目前的文学功力与成就，已是一把锋利的剑。你需要做的，是放开手脚，用锋利的剑披荆斩棘，杀出一条生路，杀向城市，杀向大文化的广阔疆域，在那里为自己开辟一块立身之地，及早地成就你伟大的功业。你不能再一味地磨剑。锋利的剑刃磨过了头，就失去了钢性，失去了锋刃，会变成一把钝剑，一把废剑。‘人是环境的产物’，这就是说，在地域中沉浸得久了，你会失去进取的雄心与力量。文联主席虽然不是一个很重要的官，但毕竟还是一个不大不小的七品官，亦具有官场的一切特征，官场与世俗会很快同化你，使你消泯了斗志。就你的文学影响，文联主席非你莫属，你是地区的文魁，你是地区文坛的山大王。大山可是个美好的慰安之所，因为远望城市的那个大文坛，你可能暂时还是一个小兵小卒，而在这个山头，你却已经是一个呼风唤雨的司令。人追求安逸的本性，很可能使你安享于这种世俗快乐：市井上我不得志，在这方宝地之上，我却可以翻得动江海、吞得起云雨，我愿足矣。但这只不过得丘树之风、井蛙之乐，不悲亦怜矣！另外，人的眼界，决定人的取舍。你长期在小地域里游弋，久而久之，地域的价值尺度终究要变成你的价值尺度，用这样的尺度评判你的身外世界、域外世界，你会感到隔膜与不适，你会受不了新潮的冲击，你会受不了大境界的压迫，你本能的反抗，只能是固守与退避。这就是僵化，这就是沦陷。届时，你虽然还披着作家的美丽外衣，但已失去了创造之力，已不会再有大作为，沦为万千书生之中苍白的一位。那啸叫山林的山大王，亦只不过是冬阳之下扪虱阔论的一个老朽而已。”

吴心：“你所说的这种境况，真让我心惊。你看，我已出了一头冷汗。看来，文学真不是一件简单的事；文人，真不是轻易就做得。”

凸凹：“是啊。出门看担当，文场细思量。”

吴心：“Yes！ Yes！喝酒，喝酒。”

凸凹：“Ok！ Ok！喝酒，喝酒。”

吴心：“不过，你也不能光高谈阔论、指点江山，你也要给文联做点实事。”

凸凹：“你在打我什么主意？”

吴心：“文联下属协会，第一个要组建的，就是作家协会。至于作协主席，我想，你是最合适的人选。为什么？一是你的创作成就，无人匹及；二是你的文化馆已经是一个客观存在的文学沙龙，作家出没，不舍昼夜；三是你主编着《大方山文艺》，有作品发表的平台，作者会自然趋近。”

凸凹：“理由充分，但我不想当官。”

吴心：“作协主席，不过是社会兼职，没有行政束缚，你依旧可以懒，只不过是要多一点担当、多尽一份责任而已，所以，你不应该拒绝。”

凸凹："既然这样，我就勉为其难，给你当了，不过，丑话说在前头，你可不能对我发号施令、颐指气使，你要跟我民主协商、和风细雨，因为我是你的朋友，是'道上'的关系。"

吴心："这你大可以放心，我知道怎么对待你，没有你这个平等的朋友，我就像待在一整块硬土里边，连去透透气的地方都没有。不过，我会很快就去文化局找你的上司商量，把《大方山文艺》联合办成文联的机关刊物，而且要改版，把小报改成至少有九十六个页码的月刊。赵日升老师办的时候，是远近闻名的正经刊物，你却把它办成了只供圈子里孤芳自赏的小报，你丢人不丢人啊？所以，要继承赵日升老师的传统，要认认真真地办、有声有色地办，而不是玩味，更不是玩票。"

凸凹："难道你要把我累死啊！"

吴心："我不想让你懒死。"

凸凹："哈哈，哈哈哈哈，你这是上任伊始，就咿里哇啦。"

吴心："哈哈，哈哈哈哈，我这是出于信任，友情提示。"

四十三

文化局局长是吴心农业大学分院的同学，虽不是一个专业，但在校园里也相识，彼此之间很有好感，况且还是同一天、同一辆卡车拉回原籍的，有相同的起点。所以一跟他说刊物的事，他率然说道："没问题，而且早该这么办了。"

接下来他留吴心吃饭，说是要祝贺他荣登主席宝座，并一叙前缘。吴心赶紧辞谢，说是还有一件重要的事要办，还是另择他日吧。

“好，就随你，”局长送他出门，竟笑着问，“你跟张岚还有联系没有？还有马小婵。”

吴心一愣，说：“你问她们干什么？早就没联系了。”

局长一笑，说：“我就是一问，不过我要提醒你一句，因为文人多情，作为文联主席，你要离那些女作者远一些。”

吴心所说的要办的那件重要的事，其实就是要找一个作者谈话。

那个作者，原来视写作为生命，从偏僻的家乡到县城来打工，在王凤梧手下，干一些文联事务，以便接近文学氛围，欲写出撼世之作。王凤梧辞职之后，他也戛然折断苦苦探求的笔，决绝地不再写作了，一直到今天，也不在人前露面。吴心替他感到惋惜，便急切地去找他，欲以自己的赤诚，唤他回心转意。

见到他的时候，他满面青苍，烟一支接一支地抽，手亦不停地颤抖，像一介老农，望着丰收在望却猝然被冰雹毁灭的一片稼禾。吴心心中顿生一丝凉意，不知如何与他讲话才好。

两人都默默地注视着对方。他眼中发出的是浑浊而凄切的光。吴心不忍看这样的目光，便垂下头去，倒像是做了对不起他的什么事。

他突然问：“作为一个男人，你说最大的痛苦是什么？”

吴心不知其意，便试着问：“比如你？”

“对，就如我。”

“便是酷爱写作，却写不出满意的东西。”

他审视着吴心，说：“你不觉得你所说的痛苦，太奢侈了吗？”

吴心被他刺痛了一下，说：“别他妈绕弯子了，直说吧。”

他凄然一笑，说：“如果老婆孩子都很爱你，全身心地依傍你，你却无能力给他们基本的生活保障，他们跟着你一起挨饿一起受穷一起遭人白眼，却从无一丝怨言，作为一个还未丧尽自尊的男人，你说，他心里会是一种什么滋味呢？”

他流泪了。这时，吴心才想到了他的真实处境——他是把一个柔弱的妻子和四个都不满十岁的孩子舍弃在山里，孤身出来奔文学之路的。那一年，他仅仅三十五岁。他在山外无任何根基，只是爱好文学，在文联里做个勤杂工，每月挣不到三百元的工资。县城的生活费又很高，为了多给家里省下几个钱，他每天都躲在一个昏暗小店里（怕文友们看见，被人怜悯）吃素炒饼，素炒饼吃得他面黄肌瘦，每天还要为文学熬到夜深。为文学，他如此困守了五年，稿子写了不少，发表却寥寥。他的身心不免疲惫了。

吴心一把握住他的手，说：“不要伤心，我理解你。”

他甩掉吴心的手，说：“不要轻易说什么理解，我听到这个词就恶心。大凡一个人对另一个人说我理解你，百分之百是有一种潜在的优越感包含在里边。”他看到吴心愕然的样子，便把语锋放平和了一些，说：“我省吃俭用有什么用呢，家境并未因此而好上一分；我苦熬苦写有什么用呢，文章并未因此而多发一篇。现在老天亦很势利，不是天道酬勤，而是天道酬‘巧’。况且，文学顷刻间就贬值了，我又能有几多价值呢？好的，如果我吃了喝了享受了，落到这般地步也甘心了；可恰恰是艰苦奋斗了，艰苦奋斗得一场空一场穷！”

吴心被他的情绪感染了，眼角上也漾起了一股难忍的凄酸，岔开了话题：“你眼下想干点什么呢？”“只想找个妓女！”他从衣兜里掏出一堆发皱的边角毛票，说，“这月还结余八十多元，该痛痛快快给自己花上一次，是哪个痞子说过，‘过把瘾就死’？”

“上哪儿去找你需要的那种女人呢？妓女又没有贴上标签。”

“你去跟踪一个有钱的人，他身后，一定能发现妓女的影子。”

“找到了又怎么样，找到了恐怕你也玩不转，你忒土。”

“未必，弄女人还比弄文章难？”

“真无聊。”

“真无聊。”

吴心觉得小城给他的安慰太少，因为他的枯寡贫穷被小城市井上的热闹繁华对比得太鲜明，便不敢说他的承受能力尚不够，而是认为他无意间被小城伤害了。

“去回家住一段时间吧，与妻子一道耕耪，收几担新鲜谷物。即便依旧贫寒，也能饱尝一下亲情的温暖。”

他竟佝偻了身子，呜咽起来。这次，可能触到了他的疼处。果然，他说：“回去有什么好呢？对孩子老婆我已经没有了爱，只有可怜，正如可怜我自己。这是令我吃惊的一个事实。文学的苦酒把我浸泡得太久，醒来一看，却还未摆脱衣食境界，便感到一种悲哀。但我连享受这种悲哀的权利都没有——老婆孩子像一群幽灵般青着脸无言地注视着你，你便不能喘息，你必须为他们奔忙，他们不管你心中的文学跌不跌落，他们只知你是为人夫为人父者。而在现实中，自己又是个低能儿，碰壁的时候太多，不如意的时候太多，烦累交加！带着这般恶劣的情绪回到家，竟感到妻子的温顺是一个绳索，拖着你同她一起为过日子而过日子。这让人怎能忍受呢？倒不如让他们死掉了来得痛快！”

“你的心理已有点不对头了，应该想办法疗治一下才好。”吴心说。“一个追求文学的人，竟连亲情和爱情都失去了，如何能疗治呢？”他苦笑着说。“所以，说了半天，你之放弃文学，与其说是由于苦了家人和自己的生活，倒不如干脆说是因为失去了爱情。”“可以这么说。”谈到爱情，吴心想到了《废都》，便问："你看过《废都》吗？你如何评价牛月清和唐琬儿呢？""《废都》是有钱人的无病呻吟，不过它倒是让贾平凹出了一口恶气的，我什么时候也能出这么一口恶气呢？所以，我相信一个大作家所说的，文学是一种呼吸，与作家本人是息息相通的，而我的文学却为我呼进的是闷气、浊气和一派凄清，厮守它还有何用？！至于牛月清和唐琬儿，是《废都》里最成功的两个人物，两个都是好女人——庄之蝶与牛月清是为了日子，与唐琬儿是为了心。"

"那么，你与你妻子便是为了日子？"

"曾经不是而现在是。"

"以什么为分界点？"

"深入文学以后。"

"为什么会这样？"

"深入文学以前不懂得区分日子和心。"

"那么，文学岂不是有害？"

"起码对我有害。"

"什么人才适合搞文学呢？"

"已得到爱情的，就不要搞文学；没有得到爱情的，可以试一试。"

"你不是已经失去爱情了吗？横竖还是搞下去吧。"

"不，我只是个小人物，已不堪文学的重负。"

"那就甘于在为过日子而过日子的日子里沉沦？"

"这有什么呢，沉沦得久了，连肉都是爱情了。"

吴心被他逗乐了，拍了一下他的肩膀，说："扯淡，你这是因穷生恨，理想破灭，心态失衡，殃及文学。只要改变一下你的生存环境，让你多少有些余裕，你紧绷的神经就会立刻松开，就有了搞文学的心思。

再说，你不是叫李响吗？你的名字就有暗示，你不会真的抛弃文学。”

“你一个堂堂的文联主席，竟也信拆字术，真是岂有此理！”李响说。

“我不是信什么拆字术，而是知道心理暗示对人的作用，既然你叫李响，怎么会容忍得了不声不响？你现在的状态，违背你的初心，别再废话，快回归吧。”

“往哪儿回归？”

“当然是文学。”

“现在哪里还有文学？”

“区文联里就有文学。”

“区文联跟我有什么关系？”

“区文联是你的家。”

“你说话算数？”

“当然算数。”

吴心告诉李响，这次来，就是请他出山，聘他到文联编刊物。编刊之余，写写他想写的东西，既可以解决养家的问题，也可以解决创作的问题，两全其美。

李响极为惊骇，站起来说：“有这等好事？而我又不是你的亲朋好友。”

“亲朋好友不归我管，我只管像你这样的作家、文艺家，这是党的嘱托、人民的期待。”为了打消李响的疑虑，吴心不禁说了一句官话。

吴心把凸凹的电话号码给了李响，说：“你明天就到文联上班，办公地点暂时就在区文化馆，你到了就找这个凸凹，他是刊物的主编，他会具体安排你的工作。”

告别了李响，吴心立刻就去了文化馆。他对凸凹说：“怕把你累死，所以我马不停蹄地给你找了一个助手，他叫李响，我让他明天就来你这里上班。”

“哦，李响，我知道这个人，他小说写得不错，还偶尔上了一次《中国作家》，不过他这几年销声匿迹了。你还真找到了他，嘿嘿，你的敬业精神还真是感人啊。”凸凹说。

“你甭废话，你要给他安排好工作，我觉得他这个人将来一定会大显身手。”吴心说。

凸凹摇摇头，说：“你凭什么这么说？据我所知，他这个人其貌不扬、畏畏缩缩，哪里会有那样的做派？”

吴心说：“文学让他落魄，所以他恨文学，但爱之深才恨之切，咱在绝望的边缘把他拉回来，感恩之下，他会奋不顾身地爱上文学，不仅会任劳任怨地当好你的助手，还会披肝沥胆地写好小说。”

“怎么安排他的工作？”

“你让他当刊物的副主编，并作为作家协会秘书长的候选人。”

“为什么？他再能干，再肯吃苦，也不能一下子给他这么多的位置，别人会怎么说？”

“你别管别人怎么说，先要解决好你怎么说的问题，”吴心直视着凸凹说，“我这么做，是想通过他多做些工作，有理由多给他一点聘用工资，他很穷，需要钱。”

“文联又不是民政局，没有抚恤扶贫的义务。”

“文艺事业也是民生事业，所以文联工作的起点，也应该从对文艺家的扶贫开始。”

四十四

在吴心看来，文学与美术是最难为的两个艺术门类，既不能偷奸取巧，又不能弄虚作假，必须一字一字地写，必须一笔一笔地画，是要真功夫的。所以，两个协会的领军人物必须有相当的成就，才能服众。

凸凹担任作协主席已不在话下，美协主席人选的甄选，就成了他最上心的事。

他循着线索初选了一下，有个叫孙墨人的画家很是让他心动。

孙墨人的作品在社会上有很好的影响，台湾、河南及北京大学都为他举办过个人书画展。听说他的字画带给了他可观的收入，本地画家既佩服，也嫉妒。

他便去登门拜访。

吴心已进了门庭，却不见孙墨人来迎接，进得厅堂，只见他就坐在阔大的红木圈手椅上，面无表情地看着客人走进来。孙墨人身后挂着一块大大的牌匾，写着：浩斋。

浩，喻大，喻气势。吴心吟味了一下，虽面带微笑，但心里却皱了一下。

孙墨人终于还是欠了欠屁股，说："知道你吴大主席要来，洒家正候着呢。"

明明是世间人，却自称洒家，吴心的心又皱了一下。

孙墨人穿着肥大的唐装，下摆没膝，只露出小腿的一截玄色的绸裤，一双穿金丝镶边布鞋的脚也异常肥大。真是浩啊。

他指了指身侧的另一只红木圈手椅，冷冷地喊了一嗓子："看茶。"

出来一位年轻艳丽的女子，捧上茶盏。

见吴心愣神，孙墨人嘿嘿一笑：“贱内。”

孙墨人也不寒暄，也不问来由，兀自放开沧桑的嗓音说开了。

“说到艺术，洒家反对为作画而作画，主张书画作品要融入自己的感情和思考，要少作应景和应酬作品，不要害怕被世人冷落，要超拔自己的艺术品格。我是‘艺术为人生派’。我的作品，不管是斗方，还是大画，都忠实地表达着我对人生的思考，我不怕作品的形式拙朴，就怕里面没有内容。”

他猛地站起身来，说：“请跟我来，让你看我两幅画，画里正体现着我的追求。”

吴心随他进了画室，展现在他面前的两幅画，一幅是《一柿知天时》，一幅是《大地，您早》。

《一柿知天时》：在偌大的一个画幅上，横空垂下一条遒劲的柿树的苍枝，一只孤独但肥腴的柿子，在枝头兀自通红着。

孙墨人说：“这只通红的柿子是要给人们以昭示：这个世界是个可被感知的世界，世间万物充满性灵，性灵的柿子默默地告诉我们，腴美的秋到了。但这不是画的深层，它应是‘一事知天时’。一件小事并不是孤立的，透过一件小事，可洞观大的社会风貌、时代的风云雨雪。”

吴心被震动了一下。

《大地，您早》：这是一幅斗方。在画面上，有几道交错的曲线，一只伸长了脖颈的蜗牛，直直地立在曲线交点上，向前凝视着。

孙墨人说：“大地对这只蜗牛来说，每天都是新鲜的，尽管背着沉重的壳，它仍深情地呢喃：大地，您早。这里，曲线的交错喻示着人生之路的曲折，在人生的路上，每个人都背负着一个内容不同的包袱，人要敢于承认这个包袱，每天抱着希望（这个希望可能是不是希望的希望，亦可能是不可能成为希望的希望）执着地朝前走。人生真正的目的在于随时填补正在经历的那段生活的空白，所以，人们对生活不要有过多的抱怨，每天都应该深情地道一声：生活，您好！”

吴心又被震动了一下。

吴心觉得，孙墨人真是不简单，不仅画画得好，而且有思想，可以做美协的领军人物。

但是，他突生一计，抱抱拳，笑着说：“您的画，有大师风范，令鄙人敬佩不已，我冒昧地提一个小小的请求——您能不能把那幅《大地，您早》的斗方赐我？让我挂在办公室的墙上，以励志。”

“可以，”孙墨人笑了笑，马上板起面孔，“但是不能白给，拿钱来。”

吴心一震，问道：“多少？”

“念你是文联主席，别人是五万，你就两万吧。”

吴心嘿嘿地笑着，不知说什么好。

孙墨人摇摇头，说：“你是不是觉得不近情理？这就是艺术家的风骨，钱不是目的，而是要体现价值。甭说你一个小小的文联主席，就是区委书记来，不给钱也休想把画拿走。”

到了这个地步，就没法再谈下去了。“好，敬佩敬佩，但我今天不凑手，等改天再登门拜访。”吴心就坡下驴赶紧告辞。

出了浩斋，走在坚实的大地上，吴心放声大笑。这个人真有才，真有思想，但是也真贪，这样的人怎么当领军人物？

记得在报上，看到全国文联主席的一篇文章，其中有一句话：作为文联主席，有百条、千条职责，最终都要化成一条职责，就是要带出一支听党的话、跟党走，以人民为中心的文艺队伍。一个小小的区文联主席虽然够不上党的化身，但是，依孙墨人的做派，为社会、为群众搞公益文化活动的时候，他会乐意到场？你给他布置工作，分派任务的时候，他会乐意服从？

罢了，罢了，就让他孤芳自赏，当他的大名士去吧。咱们池子太小，养不了大海鱼，索性放生吧。

吴心气郁，要找一个小人物平衡一下心情，便想到了畜牧水产局畜场的那个技术员画家。

到了畜场门前，一说找一个画画的，看门人马上热情地说："找段书樵啊，他在，他在，我这就领您去。"

看门人的热情，让吴心欢喜，他觉得这个段书樵人缘不错。

看门人主动说："我们陈景旺局长对他不错，特意腾出一间畜棚给他当画室用，要他专心画画。他很感激，每天都画，专画驴，像伺候真牲口，很卖力气。"

吴心被他逗乐了，说："他画的假驴可比真驴值钱。"

看门人说："这我就不知道了，我只知道，他画的驴，只要谁喜欢，随便拿走，一分钱都不要。"

吴心开怀大笑，竟至把眼泪都笑出来，说："痛快，痛快！"

段书樵闻声迎出来，见是吴心，马上就局促得脸红了，说："这可怎么好，您是大领导，屈尊俯就，可这里连口热茶都没有，只有温温吞吞的矿泉水，得罪得罪。"

吴心大喜，很热情地跟他握手，说："别客气，我是来看画的，有画就成。"

段书樵的画室里也有一方巨大的画案，上面铺着一幅画了一半的长卷，有一处只有四只驴蹄子，而没有身子。

"怎么，你画驴先画脚？"

段书樵点点头，说：“您发现没有，毛驴身上最有特点的地方就是它的脚，比女人的脚都清秀，所以最难画。”

这个画室里居然没有一处座位，他们俩只能站着。

“主席，您既然来了，就索性向您介绍一下我的画。”

段书樵说：“在普通人眼里，驴子没有什么好写的，也没有什么好画的，然而我段书樵却以独特的视角，在前人的基础上，探索出了一条自己的艺术道路，那就是‘书樵禅易画’。什么是‘书樵禅易画’？就是我把书法草书的用笔用在了画驴上面，强调一个‘写’字。因此，观其画（他的口气像是在对别人的画发表评论），挥洒自如，一气呵成，沉着痛快，并且大胆写意，皴染出禅易精神。观者无不啧啧称赞，真乃开先河之气概，气死黄胄也！”

吹得大了，吴心一震，暗自道：“怎么这么不谦虚？”

段书樵察觉到了，双臂猛地朝前一伸，又迅速收回，说：“还是用作品说话吧。”

“您看……”他点划了一下四周，吴心才发现，原来画室的四壁上全是驴。

吴心隐约听到了由远而近的群蹄如雨、狂蹈春潮的声音，情不自禁地屏住了呼吸。

首先看到的是一幅《雁驴图》。画面的左上角有一排像逗点一样的大雁，右下角一棵老树上拴着两只小得刚能看出轮廓的驴。中间的部分，是辽阔的天际和空旷的原野，留了大片的白。压在留白处，错落着一行墨色很深的草书：大雁南来北往，飞来飞去，时光却洗不去童年的记忆，村口大槐树下那两头驴子总悠然入梦。

意绪温厚，拂动人心。吴心本能地感到好。

再看到一幅《燕京之驴》。群峦起伏，似有似无，近处的驴子却纤毫毕现，蹄脚料峭，风声在耳。蹄踏之处，有大字一行：燕京西部的小毛驴，素时性温顺，但莫让性起，极倔犟。

吴心忍不住地叫了一声："好！"这哪里是在画驴，分明是在写人！他心中生出一片大水，冲击着久瘀的块垒，好不痛快！

段书樵很得意，想把所有的画意一下子都灌到吴心的心中去，收醍醐灌顶之效，便围着画案走来走去。段书樵个子很小，面白，却在下巴上留着几缕稀疏的山羊胡子，很滑稽。画案之大，人体之小，好像那画案不是用来作画的，而是供一个调皮的孩子用来游戏的一片疆域，就更显得滑稽。

吴心忍不住笑了起来。

他发现，段书樵张狂的背后，是一颗赤子之心。他的画，以草书的笔法写之而得其骨，以水调动墨而得其韵，以醇厚佐以乡情而得其趣。他是在抒情。

看完墙上的，再看画案上的——那幅未完成的长卷。

"你想给它起个什么名字？"

"叫《驴阵》，或者干脆就叫《群驴图》。"

吴心看到驴子的脚有几只都陷（掩）在草丛里，便有所得地说："你是在讨巧，干脆说是在偷懒。"

"我跟您说过，画驴最难画的是驴脚，摆弄一幅长卷，要是笔笔不苟，您还不把我累死啊，"段书樵笑笑，接着说，"不过您说得也忒难听了点，用我们画行的术语，这叫藏拙。有境地的画家，最懂得运用两种手法，一是留白，二就是藏拙。"

"你真是成精了。"

“谢谢夸奖。”

段书樵很是受用，请吴心到棚里的客厅去喝茶。吴心一愣，说：“你不是说只有矿泉水吗？”段书樵嘿嘿一笑，说：“我是觉得在这种地方喝茶太没情调，跟喝矿泉水差不多，嘿嘿。”

脚刚要迈出画室，吴心突然想起了什么，问：“你准备给这幅画题点什么？”

“画未动先立意，早想好了。”段书樵从笔筒里抽出一支大毫，抻过一张宣纸，蘸足了墨，写道：怨天怨地不由生，驮粮驮草不驮兵。但愿来生成龙马，驰骋沙场做英雄。”

写罢，把笔朝空中一扔，画了一个优美的弧线，毛笔稳稳地落到了一只巨大的笔洗之中。

“题得好，豪气逼人！”吴心说，“你这幅字，我带走了。”

“您要是不嫌弃，就恭送了。您这是给我脸，荣幸了脸面，也荣幸了画。”

“别拍马屁。”

他们在茶几旁落了座。段书樵的茶几是用古树的树根做的，原木颜色，拙朴而典雅。其上，年轮毕现，且呈辐射之状，像不安于室内的拘囿，要扩展到室外的天地中去。吴心啧啧作叹，稀罕不已。

“喝什么茶？”

“随便。”

“我只喝云南的普洱茶。”

“那就普洱。”

段书樵取了一套日本茶具，热水冲杯，滗去头汤，灌到子壶里，再从子壶往牛眼大的口盅里斟茶。程序繁复，一丝不苟。

“主席，其实我知道您心里在想什么。”

“唔？”

“我一没上过美术学校，二不是丹青世家，还是个养牲口的升斗小民，怎么就混上了这行？原因就两条：一是乘势而上，二是独辟蹊径。”

段书樵解释道：“现在人都混奘（粗、阔）了，有闲心了，吃喝嫖赌抽太老套，没品位，就往文化上靠，一下子进入了一个附庸风雅的时代——书画有市场，咱就弄书画，这就叫作乘势而上。弄书画就那么容易？传统的弄法，拜师，上培训学校，练技法，弄出点模样，少说也得十年五年的。即便是上道了，所有的画法都有名家大师在前边戳着，你画得再认真，也是赝品、下品，谁买账？我就创自己的路子，打禅易画的旗号——禅和易，是现今两个时髦的东西，咱不仅禅，而且易，还画，一下就吸引了众人的眼球。这就叫独辟蹊径。”

“喝茶，喝茶。”见吴心听得发呆，段书樵提醒道。

吴心小啜了一口。

“茶怎么样？”

“不错。”

其实吴心觉得这茶真的没什么喝头，有点土腥味，还不如喝矿泉水爽口。

“那么，画界对你的画认吗？”吴心小心地问。

“画界算个屁！关键是民间。”段书樵把口盅重重地蹾在茶几上。

吴心吓了一跳，问：“你这是什么意思？”

段书樵说：“画界论资排辈、党同伐异、谗强凌弱，是个小圈子，也许你一辈子都进不去。再说，参加美展，报刊发表，出版画册，也是少数人看，再好的画，也是死画。行内人又有谁舍得花大钱买你的画？书画的广阔天地在画界之外。

“非款送小款，小款送大款，大款送巨款；非官送小官，小官送大官，大官送高官。附庸风雅的时代，书画是传递情感、装潢门面、打通关节、权钱交易的首选。您看市场大不大？所以您甭担心，我的画，一幅也剩不下。”

吴心大开眼界，觉得这个世界不能用老观念看了，有着无限的可能性。

扯来扯去，他突然醒悟，问：“主席，您这次来，是不是有什么吩咐？”

吴心说：“吩咐倒没有，就是想探探你的心气儿，如果可能，也捎带手给你办点事。”

吴心对他说：“你看，你是个有思想、有创意、有功底，又懂社会、洞明世事的画家，却一直只是北京美协的一般会员。这可不行——因为我知道，书画这个行当，不同于写作，不管哪级会员，甚至哪级会员都不是，只要是写得好就成了。而你们这一界，讲牌号，讲等级，哪级会员有哪级会员的润资，即便是同级会员，普通会员要比理事差一大截子，理事又比副主席差一大截子，当然拿得最高的是主席。我知道你清高，不屑于求人，所以，我想利用当文联主席的方便，为你在北京美协争取一个理事的名额，条件成熟了，再推荐你入中国美协。”

“您的心意我承领了，”他说，“我会积极配合的，也不是名利心重，既在江湖混迹，就不能免俗嘛。”

吴心觉得他真的很可爱，既风骨其内，又旷达其外，还心中有人，无才子冬烘，可造化也。

“将来咱们区文联成立美术家协会，你想不想在协会里任个职？”

吴心问。

段书樵一愣，说："只要您看得起，只要您信任，叫干啥就干啥。"

"做协会工作，要配合中心工作，也要搞公益活动，有许多无偿服务，个人收益就会受到很大影响。"吴心说。

段书樵马上就接上了话茬："您别看我也懂门道、懂市场，但我心底是这样想的，美术作品与其卖到市场上、展览在美术馆里，不如进入寻常人家的厅堂，挂在百姓的墙上，发表在群众的心坎上，因为艺术说到底，是感情的事业，是人心的事业，是浸润人性的，是让人求真、向善、爱美的，这就叫艺尽其用、术有正途。"

"说得好！"吴心情不自禁地与段书樵击掌相和。

吴心决定了，区美协主席就是他了。领军人物不光是有所成之后再拿来用，也可以是先用着，再培养造就。关键是要德艺双馨，底子要好。

后来吴心找到陈景旺，就让段书樵当美协主席一事与他沟通。陈景旺说："他名气不够，也太年轻，而且连个党员都不是，让他当领军人物，恐怕不合常理，也难以服众。"

吴心说："协会负责人，又不是党政领导，是不是党员没有关系。他就是一个做组织、协调和服务工作的，只要他听话，又肯于为会员服务，文联再给他在背后撑腰助阵，久而久之，他就立住了。再说，通过我的考察，他这个人是个'增值股'，有很大的艺术潜力。我相信，只要他努力，再加上咱们的帮助，他是一定会成为一个大艺术家的，到那个时候，协会同人不服也得服。"

陈景旺点点头，说："照你这么说，将来我们畜牧水产局成立产业文联的时候，是不是也让他当文联主席？"

吴心说："产业文联是在你们局党委领导下的群团组织，跟区文联只是团体会员的关系，人事问题你说了算，我就不跟着瞎掺和了。”

“你滑头。”陈景旺笑着说。

四十五

区文联的各个艺术协会先后成立，文艺工作走上了正规化、常态化的运行轨道。

最让吴心得意的是，几年下来，他的工作理念，在实践中得到了成功的验证，大方山文艺有了欣欣向荣的大好局面。特别是各个协会表现出很强的“自转”能力。譬如——

作家协会紧扣区委的工作大局，就“改革开放好”的主题搞了以会员为依托、面向全社会的征文活动，来稿如雪片纷飞，最终结集出版，名为《见证》。就“一城一区”功能定位，选取几大功能区建设为描绘对象，创作出版了大型报告文学集《扬帆》。这些文学作品为地区发展营造了良好的舆论氛围，提供了令人振奋的精神动力，区委书记在全区的干部大会上说：“我们领导干部的一张嘴，不如文人的一支笔，因为我们的说教，让人反感，他们的生动，让人信服。”

书法家协会和美术家协会就京津冀一体化的发展战略，联合主办了“‘燕赵风’京津冀书画精品大展”，让大方山艺术家的作品走向津冀，以津冀艺术家的精品反过来涵养自己。大展惊动了上层，认为大方山文艺界有战略眼光，发挥了北京文化中心的引领带动作用，业已成为京津冀发展轴上的文艺桥头堡。

摄影家协会对接各乡镇对外宣传的需要，实施了“三个一”的摄影工程，为每一个乡镇搞一次摄影大赛，办一个摄影大展，出一本风光摄影画册，将生态大方、人文大方的形象生动地展示给世人。还围绕“三农”的主题搞了“摄影在农家”活动，让农民拍，拍农民，在农家展，让农民看，带动了人民群众的参与热情，在区内外形成了“大众摄影”的文艺品牌。

那天，吴心送走《北京日报》前来采访的记者，欣慰之下，他翻开一本闲书：章衣萍的《枕上随笔》。其中一则云：我们乡间有个疯子，他的嘴里老唱着：“天上无我无日夜，地上无我无收成！”

吴心不禁一笑，这是典型的“妄自尊大”，但可以原谅，因为他“疯”。可是，我们正常人在“有时候”，是不是也可以适当地“疯”一下？即在自己“妄自菲薄”的时候。吴心想，其实人的本质，注定是恒在的，谦者自谦，傲者自傲，只不过“有时候”也会迷失一下，这也无妨，正可以缓解一下绷得太紧的神经。

因为认为“有时候”，是人人都会遇到的正常反应，吴心就又想到了里尔克的《有时候》——

有时候，她感到：生命是巨大的。
比淘沙的浪涛更奔放，
比穿林的风暴更粗犷。
宁静地，她的灵魂沉湎于梦幻，
让时间在指尖滑过……

然后，她醒来。一颗寂寞的星
闪现在和谐的景物之上，

房屋的墙壁一片洁白。

她明白：生命是遥远不可知的。

于是把苍老了的双手合上。

“有时候”，我们感到生命巨大，但“醒来”时，也明白“生命是遥远不可知的”，因而双手合上，心存谦卑。同样，“有时候”，我们感到生命渺小，但毕竟还是实有，因为房屋的墙壁依旧是一片洁白，所以我们还要向往“奔放”和“粗犷”。

既然如此，吴心想：我还待在这里干吗，赶紧找凸凹去，吹牛、喝酒，也奔放、粗犷一下。

刚要起身，桌上的电话响了。

“你是吴心吗？我是徐广鑫，我就在你们楼下，请你跟我走一趟。”

“我为什么要跟你走一趟，我又不认识你。”

“因为你是文联主席，而我又是艺术家，你必须给我服务。”

疑惑地走到楼下，吴心见一辆一三〇汽车前，站着一个穿着工装，胡子邋遢的人。他劈头就问：“你是吴心？”

见吴心点头，他指了指车子的后座，说：“上车。”

在车上，徐广鑫说：“我是玩儿石头的，我要带你去我们家，让你感受一下子。”

他的家是普通的农家院，几间北房之外，就是一座偌大的院落。吴心放眼一看，惊呆了。整个院落别无长物，全是石头。大大小小、黑黑白白、丑丑美美、正正斜斜、千姿百态的石头就静静地在那里放着。

“你别看我这个德行，我还是全国观赏石协会的秘书长呢，”徐广鑫指了指那些石头，“你别看它们样子奇怪，但都是艺术品，每块石头都有自己的故事，都有自己的内涵，都有自己的价值，你耐心一点，我都讲给你听。”

他说——

“我的‘蜗居’，是奇石的安栖所，各种奇石有数千件。其中珍贵的玛瑙石、翡翠石、红宝石、云母晶体等亦比比皆是。不少人出高价要买我的石头，只要一出手，顷刻间我便可成为百万、千万富翁，但我一枚都不卖，除了送去参加‘中华百绝’‘中华奇石’等艺术展览会，让人们叹服奇石艺术华彩之外，便是悉心捡石、摸石、养石、鉴赏石，享受清雅人生……”

平川熟路之上少奇石，便要到荒僻之处。为了到大西北人烟稀少的地方收集奇石，他背负了很多债务，到腾格里沙漠、克拉玛依大戈壁和阿尔泰山去做艰苦探寻。没有路费，就想办法搭车，拉油的车、装煤的车、边防哨所的巡逻车和哈萨克老人的毛驴车，他都搭过。为了报答少数民族人民的盛情，喝马奶子酒差点喝死；在莽莽戈壁，被风沙包围，车子出不来，险些被活埋。

“我告诉你吧，车子陷在风沙中，车上有水，但不能喝，要把水浇到沸腾的水箱上去，保住车子，才能保证人走出沙漠，那时车就是人的生命。在那个时刻，车与人竟是一体的东西，如果不为探寻奇石，我哪会有这样的人生体验呢？所以，每块奇石上都刻着我的人生印痕。由此你便可以理解，不轻易出卖我的艺术品，盖因艺术品与我的生命是一体的东西。

“在苦苦寻觅中，我终于在咱们大方山的龙骨山上发现了一种山石，其表面有一种天凿的神奇图案，经过处理，呈现出‘小桥、流水、人家’的古诗境界。我被震撼了：这是一种难得的艺术珍品。我立刻把它发掘出来，送到“中国首届观赏石观摩与研讨会”上，举座皆惊。这便是名扬海内外的石画——《龙骨人家》。

“贾平凹的《丑石》，诠释了奇石的禅境及其在人之心象上发生的效用，也让局外人认识了养石人与自然物象的本质关系。说白了，人都害怕被金钱、功名、权势和世俗生活所束缚所牵累，欲寻求一种超然的助力，以解‘生命之重’，便有人融于石，有人融于梅竹，有人融于文学。所以，艺术品类便没有高低贵贱之分，皆出自心灵的排遣。说‘玩石’丧志，便是一句外行话，大可不必在意。我们养石人的一句口头禅：我只对几块石头感兴趣，你还奈我何？我们活得很自足、很自安、很自得。”

徐广鑫把《龙骨人家》和《阿尔泰问古》拿到案头，让吴心观赏。

《龙骨人家》很直观，薄薄的石片，大如十六开的纸，黢黑的纸面上有反白，勾勒出小桥、流水、人家，既隐约又清晰。

《阿尔泰问古》是一块拳头大的圆石，没容吴心猜度，徐广鑫已开始为他解读——

“你看，它是一块掌上石，状若心脏，在赏玩中，可以通过手的触觉，感受到雨水对它的滋润，阳光对它的照耀。虽是石，却不干涩，却不生冷，像手握着手，心贴着心，有生命感应。

“它石面的纹络，可真有心，整体地勾勒出一幅画，一幅传统而标准的中国画。画中的线条极清晰，像画家不苟的笔墨，却是天然的，所以令人惊奇。画中有几个古人，峨冠博带、羽扇纶巾，非凡俗之辈。他们有对谈和商量的态势，或是在高谈，或是在论文，或是在谋略，又或是在衡理、发天问，他们的目光平和，甚至有些低垂。他们的表情平静，儒雅而悠闲，但背靠石岩，脚踏太虚，一实一虚之间就有了大涵盖、大意象。所以，他们虽然悠闲，却绝非无聊，他们在谈有用的东西。谈什么？是个空白，真实的消息和确凿的内容由摩挲者自己填充。尺幅虽小，却是一幅大画，承载天地昭示，让世间的画匠汗颜。”

吴心大开眼界，心中惊叹，问：“你接我来只是让我看藏品？”

“其实我是想给你提议，”徐广鑫捋了一下胡子，“为了能让你接受我的意见，所以先让你看一下我的石头。”

吴心说：“但说无妨。”

徐广鑫说：“你虽为文联主席，但我觉得你缺乏平等意识，你对所谓纯艺术门类之外的艺术有歧视，或干脆就没有意识，比如奇石、根艺。”

他的这个意见虽然提得突然，但提得很有道理，吴心无法反驳。

徐广鑫说：“在我看来，所有艺术门类，都是思想和感情的化石。石头见石头，石头碰石头，都是石头，虽有大小，虽有方圆，却没有高低、贵贱，大家亲在一起，风雨共担，日月共沐，美善共呈，疑似爱与悲悯，这有多好！”

徐广鑫的话打动了吴心，他追问：“你到底是要表达什么意思？”

“你也要给我们这些人搭建艺术平台，成立相应的协会。”徐广鑫慨然答道。

“请允许我回去考虑考虑。”

“还考虑什么，要建就赶紧建，我们已经等不及了。”

吴心回去以后，又走访了几个民间艺人，包括杂技、剪纸、泥塑、花会、礼仪、谣曲等门类。他们都表达了成立相应协会的强烈愿望。

正可谓，民有所呼，政有所应，大方山民间文艺家协会应运而生。

这个协会不仅成为节庆活动的主力，活跃了群众的文化生活，还走向全国、走出国门，为大方山争得了美誉。其中女子中幡夺得全国金奖，并启动海内外巡演，被视为中国民间艺术的奇葩。作为民间文艺家协会主席的徐广鑫更是眼界高远，他把每年一届的奇石根艺博览会引入区内，大方山被评为“奇石根艺之乡”。他本人成为界内的领军人物，主编了《中国奇石根艺大典》，并被指定作序。他的这篇序温暖、振奋了全国奇石根艺家的心，被视为“行动宣言”。

奇石与根艺是一种很奇特的艺术。

何言独特？其一，它是情感与自然、思想与自然的浑然结合物。奇石与根艺如果离开开掘与鉴赏它的人，它便只是一块顽石与一截朽木；反之，如果没有石之奇崛可凿，人的情感与思想便无所依附。奇石与根艺本身具有自然的可供人类凭借的结合点，人类又有着发现和凭依这个结合点的情趣，二者交融，便诞生了奇石与根艺这种艺术。

奇石与根艺最本质地体现了人与自然的关系，体现了灵与物的关系，因而它好像是造物主的启迪与昭示，便奇特。

其二，在于奇石家与根艺家是一群奇特的人。

奇石与根艺并不能给艺术家们带来物质利益。一群奇石与根艺，放在一群没有慧眼与慧心的人面前，它们只是一堆垃圾。而市场之上，多的是功利之象。那么，这些奇特的艺术品，如果没有人收购，没有人鉴赏，它们只能是寂寞的艺术，而不是叮当作响的金钱。然而艺术家们还要执着地收藏与开掘，便显得与物质世界格格不入。

然而，正是这种格格不入，使奇石家与根艺家成为卓尔不群的奇人。

奇石与根艺虽然给艺术家们带不来直接利益，但它的追求者的自律意识却异常强烈——因为它们是自然的灵光，感应这种灵光，需要眼光、境界、修养、毅力和为构筑精神世界而勇于自我牺牲的精神与意志。

所以，没有精神至上、灵魂至上的境界，便做不了奇石与根艺的艺术家；没有深厚的知识修养与艺术修养，没有对大自然的巧夺天工的神奇而敏锐深刻的感知心灵，亦做不成奇石与根艺的艺术家；还有，在生命层面上，如果没有兀行荒滩戈壁、独走莽野悬崖的勇气与毅力，更做不成奇石与根艺的艺术家……

…………

四十六

人确实存在着一种叫“预感”的东西。

比如早起，吴心突然就想到一个人，她的音容笑貌好像就在眼前，那个人就是马小婵。

上午十时，吴心在办公室里和同事聊天，心慌了一下，刚好有人敲门。应声而进的，就是马小婵，让吴心惊异不已。

“怎么会是你？”

“怎么，不欢迎？”

同事赶紧退去，留一对老熟人谈叙。

自从结束恋人关系，除了同学聚会时得以相见，二人平时素无联系。

见吴心还残留着吃惊的样子，她嫣然一笑，说：“没想到吧？我此次来，无他，是陪同事来看房。她想在你们长阳的加州水郡买一套，没想到房价也那么高，就作罢了。”吴心赶紧给她沏茶，手脚有些慌乱。马小婵见状，笑着说：“你怎么还是那么笨，真拿你没办法。不过你也甭客气了，同事就在楼下等我，我也不久待，只跟作家要套书，听说书里写到我，不知是美化还是丑化，我如果不亲自索取，这辈子你也是不会主动给的。”

吴心赶紧给。给过，心中惴惴不安，因为书中既美化了她，也美化了他自己，怕她说你这个人真矫情，真会瞎编。

拿到书，她果然要走，吴心说：“干吗急着走，还怕我把你吃了？”

“真是怕你把我吃了，你这个人好冲动，怕你图谋不轨。再说同事就等在楼下，她又知道咱过去的关系，怕她瞎想。”

她的话，反倒提醒了吴心。他上下打量了一下马小婵，感到她没什么变化，便打趣道：“你的胸脯还是那么高，我想朗诵那首诗。”

马小婵说：“高什么，孩子都恁大了，不过是肥而已。”

吴心有些冲动，拉起马小婵就拥抱。马小婵起初是推拒，后来还是顺从了。吴心还想得寸进尺地亲吻，马小婵坚决地躲闪。“抱抱就成，亲就算了，都是有家室的人，没意思。”

吴心想请马小婵和她的同事留下吃饭，以尽地主之谊，也可以从容地多叙叙旧。马小婵说：“既然是‘旧’，就让它旧着，一叙，反而变味，就不美好了。你看，现在我就有点后悔一个人上来，要是有同事在场，也不会遭你的侵犯，你一点也没变，虽然是作家、文联主席了，还是那个坏家伙。”

吴心说：“你是不是还对我耿耿于怀，甚至还恨着？”

“你这叫怎么说话呢，我马小婵是那样的人吗？”她瞪了吴心一眼，平静地说，“我当时是有点不理解，觉得我弟弟们的几间房子就成了你跟我分手的理由，你真有点不配当男人。后来我想明白了，你骨子里是个文人，写是长腿，而做是短腿，所以你真的跟了我，你会走得一瘸一拐，不会有平稳的日子。所以我觉得你想得比我远，也做得对。慢慢地，我还感激你哩，因为我后来有了务实的态度，找了一个特别能做的男人。他不仅为我父母养老送终，还痛痛快快地给我弟弟们盖房，不烦不厌地帮衬他们的生活。我弟弟们的日子过得不错，他们很尊重我，我在大家庭里很有地位。”

听了马小婵的话，吴心既欣慰又羞愧，说：“这就是命。”

马小婵一笑，说：“你的命也不错，不仅真的当了作家，还当了文联主席，这也让我很开心，觉得这里边也有我的功劳——因为我没强人所难，死乞白赖地纠缠你，而是忍痛放生，让你走上顺境。你说，我是不是也很伟大，你是不是也应该感谢我？”

吴心被打动，泪水喷涌而出。“小婵！”他嘶哑地喊了一声。

马小婵的眼圈也被他喊红了，不过马上就缓过神来，说：“别煽情了，都老大不小了，不过我还是想提醒你一句，你即便文联主席当得很风光，也不要忘乎所以，不是你现在多么能做了，而是运气好，有人帮衬你。你以为我不关心你？要知道，你们文化局局长和畜牧局局长都是咱们同届同学，我从他们那里经常打听你。”

吴心用力地点点头，说：“你放心，我记住了。”

“时间不短了，我该走了。”马小婵转身要走，却突然又转回身来，主动上前抱了抱吴心，说了一句“别送”，就迅速走出屋门。

都五十多岁的人了，她朝电梯疾走的身姿竟还是那么灵活，让吴心大受感动。他久久地回味着马小婵最后的拥抱，多么朴实厚道的女人啊！

她走后，吴心想，陪同事买房不过是一种托词，实际上是她自己想买房。

晚上，她发来短信，告诉吴心，孩子大了，现有的住房要给孩子结婚用，而积蓄又不多，想在郊区低价买一套自己住，没想到也那么贵，就只好到河北三河试试运气了。他俩真是没缘分，老来做邻居都不成，这就是上帝的旨意。不过，还是要感谢吴心，吴心书中把她写得那么好，既唤起她对生活的爱意，也让她不改做人的初衷。

看完短信，吴心心绪复杂，覆上一层厚厚的忧伤。给她回复道：为你祈福，祝你好运。

晚上不能入睡，他想到了她最后的叮嘱，恍然悟道：她说得没错，他能把文联主席当得有点意思，是时代的恩赐，是组织的信任，是社会的支持，是群众的期待，而且不是他一个人在当，而是广大文艺家共同帮着他当，譬如凸凹、李响、段书樵、徐广鑫等等。

四十七

细细想一想，自己在社会上的这点儿小小的作为，夫人小郭是做了很大贡献的。

他不想用“牺牲”“付出”这样的字眼形容她，因为这一切都是她的主动作为，含着她清晰的自我，所以“贡献”一词最为适宜。

结婚后的第二年，小郭就给他诞下一子。

有了孩子以后，吴心的生活节奏几乎没有受到任何影响。因为小郭独揽家务，不让他插手。从育儿，到入托，到孩子上学，都是她一个人操持。

她出身农村，不娇气，也不坐等，更不依赖，只埋头尽妻子的本分。来自土地上的人，信奉土地伦理，她只有一个信念，就是“旺夫”。在她看来，所谓旺夫，就是让男人放手干自己的事，绝不给他拖累。

所以，即便是吴心每周只回一次家，她也从不抱怨。结婚以来，她从不让他下厨，也从不让他洗衣服。只是袜子他必须自己洗，因为这牵扯着人格。有的时候出于体恤，吴心会抢着做饭、洗衣服，小郭会站在他身边撇嘴，说：“你这么殷勤，是不是做什么对不起我的事了？”

这可不得了。无物之阵会破坏感情和家庭稳定，吴心赶紧放下，说：“那好，你要是不嫌累，就你来。”

小郭对他说过：“我一个卖货的，整天不过是卖货—收钱，收钱—卖货，就在屁大点儿的一个地盘上转来转去，一辈子也不会有什么改变，而你是长翅膀的，有的是空间，所以你必须往大了发展，你大我也大，你好我也好。”

吴心逗她：“那么你就甘心一辈子相夫教子？”

她反问道：“不相夫教子又如何？”

他说：“你真传统。”

她说：“传统有什么不好？传统是本分，省得瞎折腾。许多女人就怕别人说她传统，赶时髦，出风头，跟自己的老爷们儿争高低，争来争去，地位是高了，家庭也解体了，最后什么也没了。”

吴心觉得，小郭虽然很不浪漫，但她很可爱，亲情提前代替了爱情，他很接受。

可喜的是，小郭虽然整天操持家务，但她却没有变得粗俗和粗糙，她举止得体，语气温柔，跟孩子相处也是平等协商，不强加自己的意图。孩子一天天大起来，她却一点也不显老，脸相还停留在婚前的状态。生完孩子之后，她胖了，但胖得很正点，不似别家女人的臃肥，而是把以前的瘦恰到好处地撑起来，变得有了凸凹的曲线，胸是胸，臀是臀，有了临海悬崖一般的韵味。

用萨迪的标准来说，她丰艳了，而且一直就那么毫不走形地丰艳着，对吴心有一种持久的吸引。

而且她也能陪吴心喝口小酒。

丰艳的女人佐以美酒，虽然还差一点诗，但也接近了《蔷薇园》的境界，吴心感到心安，小郭感到平安。

然而她的平安感觉，还是遭到了现实的惊扰。

文学和文联主席声名，自然就招致了所谓崇拜者的不请自来。

家居东侧，不过三四里的地方，坐落着著名的中央企业——北京电力设备总厂。厂里有个文学社，文学社里有个文学女青年秀女士。一个傍晚，在毫无前兆的情景下，她居然“摸”到吴心的家里来。那时，吴心刚在庭院里支上餐桌，女眷也正喜乐地往餐桌上端餐盘，她贸然闯入，且无声无息，他们都愣了。

她秀发披肩，长裙曳地，身姿就格外绰约。吴心愣后欣喜，热情地让座，女眷则依旧愣，餐盘凝固在手里。秀也不坐，只是从手包里拿出一个丰满的信封，放在桌上，嫣然一笑，说：“吴心老师，这是我的一篇习作，希望您给看一看。”她看了一眼愣在那里的女眷，说：“我今天就不打扰了，改日再来。”

送走了那个美丽的身影，吴心居然有一丝淡淡的忧伤。想看一眼那习作，以确定今后的交往，但信封已托在女眷的手上。“嘿嘿，还写上了电话号码。”她莫名其妙地说。这意外的插曲，居然改变了餐桌上的气氛，无论吴心怎么笑脸相对，垂询日间见闻，她都沉默不语。但饭菜均合吴心的口味，便埋头痛享，以表对她的感激。她竟说：“你是没心没肺，还是暗自得意？”

晚上躺在床上，吴心翻看那篇习作。作品不仅写得流畅顺达，有很独特的生活感悟，而且也讲究技法，让所思所想蕴含在意象之中，让人感到惊喜。更让人微微触动的是，稿子的字迹异常端庄，能让人看出一笔一画的痕迹，稿面也净洁，还散发着隐隐的淡香。他感到她是个有心人，有从里到外的用心。还发现，女眷竟从侧畔观察着他，就顺势把稿子递给她：“你也看看。”她不仅看，还急切地看，看后说道：“写得不怎么的，但我横竖是写不出的。”她蒙面而睡，再也没有声息，好像她真的累了。

过了几天，那个女工又贸然造访——她似乎知道吴心的作息习惯，能在他回家的夜晚适时出现。这一次，她穿一身工装，头发也梳成乡下女孩般的两条发辫，身形隐忍在朴素之中。女眷微笑着把她引进吴心的书房，轻声说道：“你们谈。”因为稿子的基础好，自然就谈得很投机，她就释放出本性的喜悦，弄出脆亮的笑声。她的笑声很有磁性，被感染之下，吴心侃侃而谈，尽心尽意。女眷闻声而进，给客人倒水。吴心也借势把水杯往书桌的边沿推一推，给她一个明确的暗示。但是她却把热水瓶放在地上，转身走了。看到那个女工并没有察觉，吴心陡然而起的不快渐渐地平复下去。他依旧慷慨激昂，很想把已有的创作经验在一个晚上的时间之内，悉数传授给这个可爱的女工。不久，女眷又推门而进，这一次，她手里端着个小杌凳，说：“我也喜欢文学，我也听听。”竟坐下不走了。

在这种情境下，吴心的语锋变钝了。因为当着一个整天说家长里短的人云山雾罩地谈文学，总觉得有些可笑，甚至尴尬。那个女工也羞于提问，也羞于摆出倾听之状，空气就凝滞了。这种气氛让屋里的三个人都觉得难以承受。女眷借口去收拾餐具，先行退出。像凝聚的云团，一旦被撕裂了一个缺口，就会迅速散去，那个女工也知趣地站起身来，说出一个很体面的理由，走了。由于走得仓促，她把自己的作品遗忘在他的书桌之上。

餐具已无影，女眷则坐在床头愣神。见他探进头来，她朝他暧昧地一笑，说：“怎么，这么快就走了？”

他嗒然地说道：“搁着你，也会走。”

她撇一撇嘴，补充道：“依我看，她心不在文学。”

为了让女眷看到文学，吴心把女工的作品推荐给一个相熟的报纸，不久就登出来了。按照信封上的号码打通了电话，惊喜让她在电话那端大呼小叫，急迫地说：“吴心老师，我必须见你。”

她把见面的地点放在她所在工厂的东侧，那里有个慢坡，坡顶有一座著名的古塔——昊天塔。它是宋辽交战时的瞭望塔，在民间传说中，昊天塔承载着有关杨家将的一段凄迷悱恻的传奇故事，即“孟良盗骨”的传说。北宋初年，宋军勇将杨业孤军深入辽地，兵败身亡。辽人念其忠勇，将他的尸体安放在昊天塔下的洞穴内。“澶渊之盟”后，辽宋罢战，宋派边关大将孟良去昊天洞盗取杨业尸骨。孟良到达良乡城后，因置买棺椁延误了时间，而追随孟良去盗骨的另一员大将焦赞却先一步进入昊天洞中。孟良后入洞中，见有人盗窃尸骨，立即手起斧落，将人杀死。待他将此人尸体拖出洞外，方知误杀了焦赞。孟良追悔莫及，派人将杨业尸骨运回宋营后自刎而亡。孟良随身佩挂的宝葫芦摔碎在昊天洞外的燎石岗上，引起大火燃烧，将土石烧成了红色。至今，昊天塔下燎石岗上的土石依然是红色；昊天公园内，孟良墓和焦赞墓赫然而立。

红的颜色，特别能触动人的心弦，再加上昊天塔是附近唯一的凸起物，在今世，那些被生活逼上绝路的人，特别是那些感情被阻塞的痴男怨女，便多是选择了在塔顶上引身一跃的告别仪式。昊天塔就很文学，它对应着这样的词汇：重情、忠贞、浪漫、悲壮、决绝。

一进入昊天塔的氛围，吴心就有了一种莫名其妙的感觉。等到她本人走近，他的这种感觉就更加强烈。她穿了一袭白色的超短裙，整个身形就有了被夸大、似乎要喷薄而出的性感。他的心就有些慌乱，眼神游移，不敢凝视。他不禁暗自悲叹：此女有才，又这么惊艳，我这颗小小的心灵啊！

她朝吴心大大方方地一笑，很自然地挽起他的手臂，咱们走走吧。

她的态度，似乎他们已相知多年，走在一起是必然的动作，理由的编排，已纯属多余。她的身上，散发着隐约但又强烈的香水味道，鼻翼一翕动，就迷乱，就感到，什么是暧昧，什么是不名誉。他内心有个声音：既然是谈文学，怎么跟谈情说爱似的？

他本能地从她的臂弯里抽回自己的手臂，把那张样报递给她，说：“祝贺你的作品发表。”

她说：“不谈它，咱们先谈谈昊天塔。”

他说："我要对你说的是，你的作品写得很成熟，已不需要我的所谓的指点，你就一路自信地走下去，一定会修成正果。"

她说："难道你没看出，我的作品有许多模仿你的痕迹（她居然不称'您'，而称'你'），没有你这块模板，我怎么会写得好？"

她告诉吴心，他的作品，她几乎全有收藏，篇篇都用心研读，所以，既懂他的文学，又懂他的心。他对她有强烈的吸引，便情不自禁地想走近他。

前边有一片茂密的桑树林，厚暗的绿色，让吴心想到不可掌控的变数，而自己又不太老，尚不具备完全掌控自己的能力，便说："咱们就走到这儿吧。"

她知道这是分手的预告，便急切地说："您不要想得那么多，我真的只是想一心一意地跟您学写作啊！"

"写作不是跟别人学出来的，而是靠自己悟出来的。"他说。

"请允许我经常能到贵府去拜访您！"她说。

"不是什么贵府，只是寒舍而已，欢迎你去，但你要担当我夫人搬过来的那只杌凳。"

怎么会这样？

他们的交往就终止于此，因为那只杌凳，虽家常，虽矮小，但却足以伤害女孩子的自尊。从此再也没见到秀女士那充满诱惑的身影，好像也再未见到她在报刊上发表作品，也许她已回归她女工的生活，安心扮演相夫教子的角色。

但是，却给吴心留下了深刻的影响，或者说是阴影。因为这个年代，人们普遍不再尊崇文学，由尊崇文学而尊崇制造文学的人，已是稀缺难得。就这么隔断了，真是可惜了。而一个身处低处的女工，想借助文学的翅膀获得一种被提升的生活，也是出自青春的律动，她没有错；工厂里那种非文学化的环境，使她进而想寻求一个贴心的陪伴，也是没错的。错就错在生活它有自己的秩序，一想到生活的秩序中链接着为了营造家庭的温馨，女眷任劳任怨操持的身影，就哀怜，就痛惜，就在突如其来的浪漫面前，惊惶地逃避。这种逃避，既是一种自保，也是一种伤害，因为那个女工后来从文学中消失了，不能说跟他无关，所以他有拂之不去的愧疚。更不可救药的是，日后他再与女作者、女作家相遇，总是抱以远离和冷漠的态度，让人不解。

那年到高邮领取汪曾祺文学奖，吴心认识了一个美艳的女作家。开汪曾祺追思会时，她一语惊人，说："汪老生前特别喜欢美丽的女孩子，如果早一点相见，我跟他之间一定会编织出一段动人的佳话。"见他皱眉，她说："吴心你别不相信，一定是的。"接下来的两天她总是不停地换装，上午一身，下午一身，晚上又一身，抖落着她自以为是的韵味。且吴心越是躲闪，她越是黏在他身边，逼着他欣赏。她说："吴心，别看你得了金奖，我只是个三等奖，但是我一点也不觉得你的文章好，倒是你这个人还有点品位，有北方男人的挺拔傲岸，而且唇红齿白，疑似俊美。"半年后她到鲁院学习，几次给吴心打电话，说这里的生活很无聊，她很想到吴心那里去透透气，因为听说吴心那里山清水秀、人文深厚，可以得一番快哉。她的快哉让吴心害怕，便绞尽脑汁编出婉拒的理由，使她不得成行。又是半年之后，在全国作家代表大会的晚餐上，他们不期而遇。她那时正和一帮当红男作家拼啤酒，他们的眼光意外地碰在一起，她愣了一下，然后冷冷地盯着吴心。一个在场的男作家是吴心的熟人，他马上站起身来，对她说："怎么，你不认识他？他是吴心啊。"她说："无心，这么怪的名字，没听说过。"

她后来很是走红，散文集还获了鲁迅文学奖。她居然把获奖作品寄给吴心，扉页上只有她美丽的肖像，而没有只言片语的题字。他知道她给自己寄来的是一把钝刀子，便转身送与身边的女眷，对她说：“你看看，这个女作家，不仅人美，文章更美。”女眷翻了翻，凄然一笑，说：“俗话说得好，跟着师父睡，什么都能会。你也教教我，不信我就弄不出个人美文更美来。”

吴心说：“甭跟我瞎扯淡，还是把你这个人给我吧，因为你只有一个丰美的身子可供我享用。”

她说：“你真粗俗。”

他转身走远，留给她一阵放浪的大笑。但他心里却说：“因为我对你忠诚，所以我有理由粗俗。”

四十八

此后，一有女作者到家里来请吴心指导，小郭就要搬个小杌凳来旁听，虽然让吴心不快，但足可以提醒他收敛心性，清除杂念，对他客观上起到了保护作用。

他对凸凹说：“我要给你分派个任务，就是一有女作者来向我讨教文学，我就把她推荐给你，你替我履行责任。”

凸凹说：“你年龄也不小了，还怕收几个擦着脂粉的女徒弟？你的自控能力也太差了吧。”

吴心便把杌凳的故事讲给他听。

凸凹听了哈哈大笑，说：“她公然的监视，说明她心地纯正，她在乎你。好吧，我就替你履行诗教，好让你的文联主席当得清正。我这不仅是心系小郭，也是对大方山文艺负责。”

一个心情大好的时刻，小郭跟吴心坦言：“你千万别厌弃我坐在杌凳上监视你，因为男人容易迷乱，看不清本质。就咱们大方山这个地界，虽然也城市化了，但总的来说，底子还是农业县的，文学的土壤很薄，能出现几个名副其实的大作家？那些女作家，不过是弄些小情调，写一些小文章，能弄出什么大气候？到了最后，热情退了，也就文学不起来了，就跟我一样了，不过是一介老妇女而已。他们一旦普通下来，能跟我比？就像你哄我的时候说的那样，我内心朴实，珍惜日子，还面色红润光鲜，身姿绰约有形，既正经又性感，让你喜欢跟我搞床上的浪漫。所以，你为她们搭上时间精力不值。白乱了半天性，落得个始乱终弃，还坏了名誉，你不害臊，我都为你羞。”

小郭说得有道理，让吴心不禁看了两眼那只小杌凳，觉得那是个巨大的隐喻，说：“听你这么一说，我还真得感谢你，也要感谢这只凳子。”

小郭说：“可以这么说，因为你别看这只凳子矮，正因为它矮，所以坐着踏实。”

吴心点点头。因为小郭这话背后的寓意他能猜得出来，是在说，做人不能太招摇，招摇生事，生无聊的事。

小郭见自己的话男人能听得进去，便趁势说道：“再说，做大事、做正经事的男人，谁会被闲事、无聊的事干扰？除非他脑子有问题。”

她没看过《约翰·克利斯朵夫》，却能把罗曼·罗兰序里的意思说出来，吴心不禁感到，读书人与普通人，其实在基本问题上的认识是一样的。“好，听你的。”

不过，过了五十岁之后，无眠之夜便常常光顾了。失眠的痛苦，让吴心猛地醒悟道：人的种种所有其实都是无所谓的，只要能吃得饱，睡得着，就很幸福了。

在辗转反侧中，借着暗夜的微光，能够清晰地看到身边女人那安恬的睡相，心中生出别一种滋味——不仅仅是嫉妒，更主要的是不平：一张床榻，竟有天壤之别的境地，凭什么?

尽管她是我的妻子，用《圣经》的伦理而说，是我生命的一半，但此刻想来，她其实跟我无关！吴心居然冒出这样的念头。

用这种心境审视她，吴心发现，小郭即便是贤妻良母，也不过是有着一大堆微不足道的小优点，而没有哪怕是仅仅一处能被人感念的大优点；她衣兜里尽管叮当作响，却都是一些散碎银两，没有一张百元面值的大钞——她真的不值什么。

害怕自己继续刻毒下去，便摸索到了那台被人当作“敬意”赠予的MP3。在耳机里，那首极欣赏的《马赛曲》竟也变了往日的感觉：已听不出它的英雄气概，听出的，竟是一种“伟大的恐怖”。

“伟大的恐怖”，是雨果喜欢使用的一个词汇，用来比喻那些空洞的、人为放大了的所谓壮烈情怀。近处的他，竟与遥远的雨果有心心相印的味道。这不禁让他大吃一惊。

既然音乐的情调被败坏了，再听下去的意义已经不大，便关掉了。

为了应对这漫漫长夜，吴心迅速陷入无边无际的幻想中。

他幻想着捡到了一千八百万现钞。巨富之后，要干些什么事体呢？不用苦思冥想，“事体”本身竟依次登场——

首先，置备至少有五百平米的美庐，里边有一个大大的书房，有几排黑压压的书架。不仅家里所有的藏书都上了书架，而且为了填满剩下的空间，又购买了一大批价格昂贵的典藏本。在嘴角回甘的同时，他突然觉得自己很可怜。因为即便有钱了，也掩饰不住文人的出身——现实的家居很狭仄，大量的藏书都堆在地上，一旦用到有关的册籍，翻检起来很困难。所以，“大书房”的梦想早就潜泳在脑子里了。

其次，砌建一个不大不小的室内游泳池。棚顶的阳光很明媚，池中之水也平静而透明，有一种既私密又公然的时尚氛围。这并不说明他是个追逐市井颜色的人，而是缘于他的身体状况。他是个热衷于书写的人，便养成了既慵懒又勤奋的生活习惯。在键盘之上他是勤奋的，键盘之外，就什么都懒得做，包括从健康方面考虑所该进行的最起码的健身活动。于是，身形就很恐怖——肚子很大，腿杆子很细，心肾肝胆有过分的负担，行色稍一匆忙，就作汗牛喘，颇有来日无多的感觉。真是比不得人家濮存昕，五十多岁的年纪，尚有十八岁的腰身，生机盎然，惹少妇追慕。而游泳运动，正符合既慵懒又勤奋的性质——懒洋洋地伸展一下腰身，水流会托着你往前走。

再次，竟是养两个美妇。既是红粉知己，不时地成就一番“红袖添香夜读书”的情调，也可以在心神疲惫之时，给你一些形而下的耳鬓厮磨。既可以像苏菲·玛索一样给你消“心火”，又可以给你一种成功男人的自我感觉。

幻想至此，吴心不禁心冷了一下——因为虽然是一片幽闭的夜色，却看清了自己的本来面目——尽管写了二十多年的道德文章，也塑造了近乎完美的“人文知识分子”的角色形象，但其实不过是一介凡夫俗子而已。

伟大的夜啊！

夜色孤独却犀利，它能直刺出本质——自己白日里种种光荣的表演，所依托的，不过是一张张变换颜色和质地的“画皮”而已。

雨果说：现实的敌人尽可以蔑视，但心中的两个敌人却要认真对付，即孤独和幻想。

吴心的理解是：孤独是一种赤裸的状态，使伪装不能附着；而幻想是“本心”的原生态伸展，使“本欲”暴露无遗。

对于文人，这是两种多么不利的生存元素啊！它们会使居高临下的“表达”优势荡然无存，使自以为是的“信心”彻底动摇。所以，将心比心，在万丈红尘中，如果你是普通人，千万别相信文人墨客的红口白牙的鼓噪，你要留心他们在孤独状态下有什么表现。

郁达夫是个性情中人，敢于向众人公布他在孤独状态中的真实样相：在街头喝老酒，烂醉如泥唱大风悲歌；在暗门子里嫖私妓，把荆裙冯妇当作旷世佳人。

然而在现世的文人群落中，已经没有郁达夫了。进化之功，使秃鸡变孔雀，懂得如何爱惜羽毛了。

所以，他们在“完美”起来的同时，也失去了承受孤独、享受孤独的能力——为了躲避失眠，他们干脆不去入眠，“泡吧”“泡碟”成了时尚生活方式，高脚杯，走私影碟，成了日子里的柴米油盐。他们“痛并快乐着”，以至于普通人都没有予以同情的资格了。

想得久了，头疼起来，吴心掀开手机的屏幕，已是凌晨三点了。这是周扒皮半夜鸡叫赶长工们出工的时辰。

不禁苦笑了一下。他想到：长工们的觉总是睡不够，是因为劳顿；我等鸟人总是有觉不睡，是因为安逸，虽然也戴着文联主席的面具坐在办公桌后边发声，但那究竟不是体力劳动。

这时，身边的女人打了一个哈欠，翻了一个身。侧卧的姿势，使她臀部的线条显得分外惊心动魄。

他知道，被衾之下，女人有个极腴美的臀部，正可以给他一个应有的劳顿。但是，最后的一点修养，准确地说，最后的一点虚荣，使他不能主动而急迫地表达对她的需要，便也别有用心地重重地翻了一个身。

果然被她感知了，她嘟囔道："都几点了，还不睡，真是闲的。"

"闲"与"安逸"是同一种状态的不同说法，在似醒非醒之间，她居然也概括得如此准确，以至于让人陡地生出厌烦。"谁不想睡？不是睡不着嘛。"

"睡不着就去写作。"她竟说。

她居然开出了这样一服药方，点燃了他心中的怒火，他真想吼叫一声："我是人，而不是写作机器！"但是，他还是忍住了，忍成了一种蔑视：蔑视是力量中的力量。

"我大小是个人物，不能没有这种力量。"他安抚着自己。因为她是无辜的，无辜得令人讨厌，所以，他更得安抚自己。

陷在望不到边的黑暗中，他悲伤地想：她是谁呢？而我又是谁呢？

"我是一座挂在房子正面的钟，向所有的人指明时间，而唯独不向房里的那个人指明时间。"居然想到了雨果说过的一句话。

"房里的那个人"是谁？是时钟本身，还是背对时钟的那个人？

如果他是时钟的话，那么，身边的女人莫非就是背对时钟的人？

现在看来，所谓同床异梦，绝不仅仅是婚姻之外的爱情，或爱情之外的婚姻。在本质上，应该是虽然拥有最亲近的身体距离，却不能拥有或进入共同的精神世界和生命状态。

一个人的失眠问题，真不是孤立的问题，它会改变一个人对世界的看法、对人生的态度，至少牵扯到与身边人的感情问题。他清晰地感觉到，在这一刻，他不爱她。

长夜终于挨到了头。当晨光钻隙而入的时候，他的心境居然又变了——望着她晨起时慵懒而柔美的面容，居然说了一句："对不起。"

第二天晚上，吴心还是失眠。看着熟睡的丰艳的小郭，他很想不顾羞耻地把她弄醒，云雨一番，以便累了肉体，而安眠了灵魂。但是，他不忍，因为即便她的丰艳是自己的，但她有自主意志，如果不情愿，也不能随便占有。

他还想像昨夜那样放任幻想，但又觉得那种绮丽的幻想，使自己太像不正经的文人，多少有些下作，跟与别的女人偷情有类似性质，就想儿时旧事——

儿时真是穷，穷得冬天不穿袜子，夏天不穿凉鞋。而贫与寒是连襟，总是相伴而生。那时的冬天很冷，老北风飕裆咬屁股，南风也作怪，钻进胸怀，狠狠地扎心。人们就倚着墙根而坐，晒"老爷儿"。那时太阳是亲娘，他们全身心拥抱她。只要天一阴，就伤心，怕与温暖分离。眼下就不同，即便是阴霾遮去数日，也不察觉，好像太阳与自己无关，她是大款的包养，是饱暖之后的闲事。这也难怪，因为饱与暖也是连带关系——吃得饱，堆积脂肪，即便冷风长了尖尖的喙，也刺不进皮肉，更遑论触及骨头。但是，这忘记了冷暖的日子，因为失去了牵挂，就多了闲愁。闲愁是什么？是无聊，是惆怅。

儿时不宠猫狗，任猫在炕洞里钻，狗在泥水里打滚。冷眼看它们自己宠自己。猫钻炕洞，是因为它饿，它得拼命逮鼠；狗在泥水里打滚，是因为有泥水的地方就有潮虫，它得捡到嘴里。都是饥饿支配下的行为。而人们宠鸡。因为公鸡可以司晨，提醒人们去耕种。好像越贫寒的日子，人们越勤勉，即便是薄地几垄，只是可怜的收成，也要全身心地侍弄。它可以给对贫穷的仇恨提供理直气壮的理由。而母鸡可以下蛋，支撑日用。一枚蛋，可以换一两盐、二两醋、一坨子生黄酱，让“瓜菜代”的日子有滋味。眼下就不同，富裕对应的是慵懒，丰实对应的是奢靡——过于勤勉的人，人们会怀疑他的智商；舍不得浪费的人，人们会认为他小气、狭隘。猫狗已当道了，宠物的粪便公然摆在街道上，像城市绽放的花朵。

儿时常到地里走，发现红薯的叶子落了，就满心欢喜，因为“叶子枯，地瓜肥”，预示着在土下它有很沉实的供奉；看到仰头向上的谷棵，就心生憎恶，因为“稗草直，谷穗低”，让人们感到它在招摇撞骗、哗众取宠。那时的人们习惯用朴实的眼光看事物，不被表象欺哄，知道光长枝叶的庄稼，其实心里空；光会说好话的货色，其实待人虚；负重的往往身矮，闲逛的反而腿脚灵便。眼下就不同，种庄稼求观赏，美其名曰“生态农业”；与人交往不看来路，只看他会不会“扮酷”、会不会“点赞”、会不会“互联网+”，笃信“嘴是两扇门，全靠话打人”“形式即内容”“时尚即魅力”，世界观已不是方法论，本质已不是决定因素——摆拍的风景都是真的，虚拟的财富都是实的，骗财的跑官的往往都能够得逞。

儿时常耽于幻想，透过窗棂看着对面崖上的老柏树，树冠团团的，缓缓晃动，像人的头。一会儿像婆婆，她自言自语地说道：“人定在一处，会慢慢变老，但如果安身立命、不生贪念，少也是多，近也是远，甘心被土地拴牢。”——这一小忽忽心里明，让人感到她很豁达。一会儿又像美妞，她内心不平，想未来的男人，那男人要么是会打家具的木匠，要么是在灯下读书的俊郎。她羡慕有手艺的，欣赏有墨水儿的，不待见光有身膀、只会卖死力气的——这一小点点虚荣心，让人觉得她真是可爱。他似乎能看到婆婆脸上的平静，也能看到女子脸上的羞红。但，不一会儿，刮起了一阵大风，树影被吹乱了，什么也不像了，才知道，树就是树，树的表情和树说的话，都是自己想出来的，就气咻咻地躺在床上，合眼。现在想来，那长久的观望和遐想，使其内心有了温柔，有了诗的东西。所以高晓松一唱“生活不止眼前的苟且，还有诗和远方”，他就流泪、就共鸣，老柏树终究不是老柏树，它关乎性情。

儿时的山道上只有一挂老马车，因为缓慢，所以那马蹄的声音特别响亮。大伯是这挂马车的驭手，他身矮腿短，步调将将赶上胶皮轮子的移动。他头发短黑，但头顶却突兀生着一块白毛，所以他的小名叫“印子”，所以人们都觉得，印子和这挂马车是般配的，只有他适宜赶。大伯的马车只拉种子和煤。种子能让村里人自己养活自己，煤则让山里人与寒冷和解，温暖盈心，热爱生地。从山外拉一车煤回来，要走三天的路程，所以即便是马车不停地移动，分到村民手里的煤也很是有限。人们只好节俭地烧，且在煤里掺了很多黄土。炉火昏黄，对应着油灯的黑，疑似乡愁，晚上睡觉肉挨肉，盈满了亲情，匝牢了爱情。那年降大雪，压断了路边的电线，驾辕的马触电身亡。大伯卸去车上的煤，自己驾辕把死马拉回来，一见到村人，就伏地大哭。现在想来，马车代表着山里的生活状态，由于缓慢，反而养成了人们节制、节俭的品性，它便不单单是一种交通工具，而是一种生命符号。它有呼吸，不似现在跑在高速路上的汽车，多的是生活之外的东西，且只有尾气，没有人心。

儿时对待动物，心中总是存一丝悲悯。黄鼠狼如果不咬鸡，即便是行走于庭院，也不施以棍棒；老鼠如果在棉絮里坐了窝，一旦有幼崽在里边滚动，就要撒上一捧米。人们把黄鼠狼视作精灵下凡，它的啸叫，让人想到“良知”和“敬畏”这样的字眼；老鼠则被看作是“粮食的伴侣”，有它在的地方，一定会有满仓的谷物。在旱象频仍的年份，地里枯，仓里空，肚里饿，人们早早地歇在炕上，以节省体力。如果这时仓里有老鼠啮啃的声音，人们会心生感动，因为它会让人们的眼前幻化出五谷丰登的模样：玉米白，晚黍黄，大豆红，荞麦黑，感到粮食终究会有的，不必灰心绝望。而且会发出一声叹息：可怜见的，一个空仓也嗑出满的消息，它比人懂得饥饿，比人更期待来年的丰实！因而就有了“心疼”的情怀。现在想来，土地上的生物，除了兽性的来路，还启发人性的哲学，人们从它们身上想到自己，喜怒哀乐，其实人与万物是一样的，便不目空一切，谦卑下来。不似现在的人，一味地放任线性思维——觉得是鼠就患，是狗就咬，是猪就脏，是蛇就毒，因而戾气横生，满心怨恨。

…………

总以为想想旧事就能自然睡去，却不料想，因为想得津津有味，反倒毫无睡意。西哲希罗多德说“太阳底下没有新鲜事”，依他的逻辑，无眠之下的一阵“眼下就不同”和“现在想来”之后，竟觉得，旧事反而是“新事”。这其中的辩证，让人有了反思意识、批评意识，甚至是忧患意识。所谓“乡愁”，并不是叫人一味留恋过去，生今不如昔的冬烘之叹，而是让人有一点理性的眼光，能冷眼审视今天，而不被“新”所催眠，做盲目的推崇和追逐。

由于睡不着，吴心索性翻身下床，轻轻地走进书房，就像小郭说的那样，睡不着就写。

在这样的状况下，他写了许多有关大地道德的散文。

凸凹问他：“你小子整天事务繁忙，居然还源源不断地发表，而且越写越好，难道你真有超人的天分？”

“扯淡，都是他妈的失眠闹的。”他据实答道。

见凸凹摇头，他解释道：“因为撙节守身，因为耻于幻想，又不忍伤及身边无辜，所以就孤寂无聊地失眠，被迫疗治，就无奈地写。被外人看见，以为天分，以为勤奋。”

四十九

人就是这样，越是内心寂寞，越是向外伸展触角，在外在的世界里寻找激情，寻找向上生活的力量。

吴心一早就去了柳树镇，想找镇党委书记柳岸青。因为跟凸凹聊天，多是文学，相同的思维模式，使他们的交谈失去了新意。而柳岸青既是党委书记，又是书法家，官场、文场他都知就里，聊起来就宽阔，可以给他新鲜的呼吸。

说到柳岸青，二十世纪九十年代初吴心就与之相识，那时他在县政府机关当司机，而吴心在政协机关编文史，自然就有机会乘坐他开的车到乡下去。他身姿挺拔，面目英俊，让人眼前一亮。他车技好，反应机敏，也颇健谈，与他出行，如沐春风。吴心不禁感到，柳岸青在车行里当差，不过是“暂栖身”而已。后来吴心了解到，他在驾车之余，看书，练书法，自信满满，不让时光虚度，便更确信，虽然身在低处，但他绝对是一条龙，而不是一只甘于蠕动的虫，未来的他，肯定会有龙腾之姿。

好学，使他知识充盈；敏思，使他善于提炼；健谈，使他能不失时机地表达……这一切，使他很快就秀出于林，从工人变成乡镇干部，继而当上了党委委员、副书记、乡长、党委书记。身份的改变，并没有改变他对书法艺术的热爱和追求，在工作之余，他临帖，在废旧报纸上练字。他嫌自修进步太慢，也不规范，就四处拜师。只要能教他写字，指导者不管有名无名，他都视其为书法大家，真心尊重。他后来终于拜到了“真佛”——国画家兼书法家崔立根，便昏天黑地地学。崔立根有朴野之风，且不拘小节——他常侃得云山雾罩，使人们烦，但柳岸青不烦，微笑着倾听，然后拨云见日地从中提取出真经；他常酒后放诞，写字作画信马由缰，不顾及法度，但柳岸青不迷，只静静地观摩，然后去伪存真地从中找到规范。以至于连崔立根本人都大为感叹：“从岸青身上，我感到，只有坏老师，没有坏学生！”

后来，柳岸青果然日益精进，作品不断发表、入展，本人也成为北京书法家协会理事，并加入了中国书协。

到了镇机关，却造访不遇，他出去办事了。吴心嗒然而返。

有一天，参加完区里的一个行政会议，往会场外走的时候，柳岸青急急地追上吴心，对他说：“你身为文联主席，也不到我们镇上去看看，我们那里也有书法艺术。”

吴心笑着说：“我知道你也写字，但是我怕热脸皮贴上冷屁股。”他背后的意思是说：“我其实已经拜访过你了，你反倒变被动为主动。可真能装。”

“我日前去镇里找过你，难道你不知道？”他还是不甘心地把话说了出来。

“有这事？”

“当然有。”

“你是不是没有报名号？”

“我一个小小的文联主席报什么名号，我又不是区委书记。”

“那可就别怨我们了，是因为你太低调。”

这疑似奉承，吴心笑了笑。

柳岸青也一笑，说：“那好，你现在就跟我到镇上去，实地考察一下，看一看我们到底是热脸皮还是冷屁股。”

他先领吴心到了他的办公室。与别的党政干部所不同的是，他的办公桌是一张画案，文房四宝一应俱全。他也不让座看茶，而是径直闪去外衣，泼墨挥毫，迫不及待地让吴心看他写字。他下笔流畅，伸展自如，一招一式均是书家风范。看得出，他是有来路地书写，有柳公权楷书的基础，又有王羲之行书的融入，独具风格，很是上眼。

吴心问他：“你这是什么体？”

他说：“是‘柳脉王风体’。”

吴心说：“字能写成这样，看来你是下过功夫的。”

他指了指案边摞起来的几乎有一人高的旧报纸，说：“它们可以证明。”

他告诉吴心，他对书法，是灵魂的追求，绝不是人们猜疑的所谓附庸风雅。别人在工作之余，是酒肉应酬，他则是把自己“钉”在画案上，在旧报纸上练字。这既是亲和艺术，更是涵养心性，让自己淡泊宁静，境界高洁，不堕凡俗，人品不污。

之后，他领吴心到街上去，看镇容村貌。

镇政府北面，是紫苑文化公园，公园里有雕塑、碑石，最让人震撼的是，那里有一面绵长、宽阔的文化墙，墙上是紫铜色的主题文化浮雕，地区的人文历史有层次、有时序地镌刻于其上。人们只要在公园里流连，在休闲的同时，地区的历史与文脉，也就自然而然地濡染于心。

镇政府西面，是一个大型的文化广场，广场南侧，是一座书画院，不仅有大小不一的书画创作室，还有近四百平米的复式展厅。广场西端，是一座巨大的露天舞台，可以容得下几百人同时登台。耸入青天的照明灯台，静静地分布在东西南北的角落里，即便是在阳光之下，也能想见，夜幕来临，喷薄的光柱会聚拢而来，把舞台照得一片通明。

柳岸青说："有了这样的书画院，镇里的百姓，不仅能在这里写字、画画，还可以切磋交流，举办个人作品展；有了这样的大舞台，乡下的歌咏爱好者，不仅能在这里试唱、排练，还能登台表演，让街坊邻居欣赏。如此一来，广大群众热情高涨，争相涌入，渐成气候。毫不夸张地说，在我们柳树镇，村村有数量可观的书画爱好者，村村有一支像模像样的合唱艺术团。"

经过实地考察，吴心感觉到，柳树镇既有齐备的文化设施，又有浓郁的文化氛围，还有广泛的群众基础，"文化在乡"的格局已初步形成，令人振奋。吴心情不自禁地说道："那还不乘势而上，成立柳树镇文联？"柳岸青得意地一笑，说："我之所以请你来，就是这个意思。"

柳树镇所拥有的文化气象，缘于以柳岸青为班长的柳树镇党委紧扣时代的发展理念。他明确提出，要用五到十年的时间，把柳树镇建设成经济强镇、城市新镇和文化名镇。而文化名镇建设，是重要的基础，因为农村城市化的前提，是农民的市民化，要让农民有与城市生活相匹配、相适应的思想观念和文明素质，因此，他理直气壮地把文化名镇建设放在工作的首位，并确立了旨归鲜明的工作方针：以文化促文明，以文明促和谐，以和谐促稳定，以稳定促发展。

他用心良苦，自己成为书法家不是目的，他要用这个艺术家的身份，水到渠成地在乡土上“种”文化，让老百姓受益。

镇文联的成立，为文化建设搭建了聚拢人才、群众参与的工作平台，使地区文化走上了迅速发展的快车道。在镇文联的大旗下，先后成立了创作、摄影、书法、美术、舞蹈、秧歌等各类协会十三家，这些协会有力地带动了地区的文化活动，形成了一支具有半专业水准的文艺队伍。为了培训人才，舞蹈协会与中国铁路文工团、北京民族乐团、北京歌剧舞剧院等多家文化单位和专业文艺团体签约，有计划地为全镇培训文艺人才。同时，与区文联所属协会建立合作关系，共同举办活动，提高技艺。最让人刮目相看的是，镇文联敢于把市文联、全国文联的品牌文艺项目承接到柳树镇来，先后举办了北京美术作品新人新作展、全国书协理事作品展等，把高端文艺元素引进乡土。多年来，全镇围绕“弘扬地区文化、提升市民素质”开展了一系列综合文化活动，譬如，书法协会把名家名言写成条幅送进了校园，音乐舞蹈协会把演出送到了村镇，摄影协会主办了柳树镇四季风光展，还创办了综合文化刊物《梓萌》。通过协会活动，全镇真正做到了年年有主题、月月有重点、周周有演出、天天有活动。让村民在欢笑中求知，在快乐中怡情，不仅塑造出了和谐向上的文明风貌，还极大地激发了地区群众参与文化活动的热情，协会的队伍不断壮大，各类文艺会员逾千人，形成了门类齐全、人才济济的发展阵容，使文艺成为群众的一种日常的生活方式，形成了自创、自演、自展、自享的文化生态，老百姓既是文化的享受者，也是文化的创造者。文化身份的历史性转变，使柳树镇名声远扬，居民的文化福祉也极大提升，他们有了作为柳树镇人的光荣与自豪。以至于到区上、到市里办事，只要一听说是柳树镇来的，办事人员立刻就变得异常热情，因为他们觉得，为有文化的群众服务，自己也要有文明的举止。

不仅如此，地区文化事业的蓬勃发展，还使居民有了更高的艺术追求，他们觉得仅仅学唱、翻唱、传唱现成的歌曲和别人的曲目，是不够的，要传达自己的心声，要有自己的原创歌曲。柳岸青顺应群众的需求，同时也为了把充满生机活力的柳树镇更广泛地宣传出去，主持推出了极富乡土色彩的镇歌《请到柳树镇来》，二〇〇九年十月在中央电视台文艺频道由歌唱家于文华倾情演唱："柳树小镇有水彩，风卷绿色就展开。左边园林出生态，右边花园藏住宅……"凡是听过这首歌的人都说："歌词抒情，曲调悠扬，使人们对柳树镇充满向往。"

书法之外，柳岸青写歌的激情也被空前激发，在短期内创作了一系列乡村歌曲，譬如《小镇寄情》《柳树镇村，我美丽的家乡》《飞奔吧，柳树镇》等。在他的带动下，柳树镇掀起了不小的一股写歌热。听过柳树镇原创歌曲的人都说，歌曲透过优美舒畅的旋律，表达了百姓对新生活的热爱和对未来的向往，既接地气，又感人肺腑，是柳树镇最亮丽的一道文化风景线。

更可喜的是，柳岸青在认真履职，勠力"种"文化的同时，自己的艺术创作也进入了有担当的境界。他所秉承的就是习近平总书记所倡导的，胸中有大义，心中有人民，肩上有责任，笔下有乾坤。

他的书法创作，重心向下，以服务百姓为己任。当地的企业、学校、驻军只要需要书法作品，他都会无偿地前去书写。特别是每到年关临近，他都会亲自带着镇文联的书法家到各村、各街道去，挨门挨户给群众写春联、送福字，光鲜了群众的门楣，红火了百姓的庭院。他常说："我是党员书法家，我的艺术价值不在于把作品发表在报刊上、展览在殿堂上，而是要发表在百姓的门楣上、客厅上，发表在群众的心坎上，群众的认可、群众的受益，是我艺术生命最好的证明，是最幸福的存在。”

这个说法，让吴心不禁想到段书樵，他觉得这些年来区文联的党建引领切切实实地起到了作用，有了心系百姓的价值认同。

再说柳岸青的歌词创作，虽立足乡土，却仰望高处，把触角伸向党、国家和民族的重大主题，努力体现专业水准。这缘于他的出身。他出生在二十世纪六十年代，是听着“红歌”长大的，对主旋律情有独钟，有强烈的家国情怀。而自己的家乡又诞生了著名的歌曲《没有共产党就没有新中国》，与生俱来的光荣感、自豪感使他有了接续传统的艺术冲动，他要响应时代的呼唤，写出属于自己的音乐经典。于是，他开始了自己的朝圣之旅，从南湖到井冈山，从深圳到西昌，沿着党不断壮大、国家日益强盛的历史轨迹，一路走去，感受改革开放的时代脉搏，倾听人民群众的感动与心声，让情怀激荡，让灵感登场。终于在建党九十周年之际，推出了让乐坛刮目相看的成名作《辉煌妈妈》——

在南湖你育出生命之花，
井冈山上你把红旗打。
万里长征你把火种播撒，
革命胜利你建立人民新国家。
改革开放你把蓝图描画，
走向世界你把大门打。
幸福民生你总在心中挂，
九十华诞你辉煌永驻——好妈妈……

柳岸青把歌词拿给中国铁路文工团的著名女歌唱家高文致，想听听她的意见，高文致读后，非常兴奋，激动地说道："您的歌词写得太好了，不仅张力十足、主题鲜明，而且亲切自然、感情丰沛，透过纸面，我能感受到您心中那种熊熊烈火般对党、对国家、对民族的爱，是一首大歌！"高文致郑重地说道："咱可说好了，这首歌就由我来唱，不许再给别人。"

在北京市庆祝建党九十周年文艺会演的舞台上，高文致激情演绎，情动四座，一举夺冠。巨大的成功，也使柳岸青产生了跳出乡土的想法，追求更高的创作激情。他对重大主题进行了更广泛的涉猎，写军魂，写民族团结，写"一带一路"建设，创作了一系列被高度认可、广为传唱的主旋律歌曲，其中有《军旗飘扬》《走向深蓝》《爱新疆》《草原人》《梨花开》《美丽中国》《梦圆丝路》等。他不仅被吸纳为中国音乐家协会会员，还被各种音乐刊物争相报道，形成了首都文艺大潮中的"柳岸青现象"。以至于中国大众音乐学会搞"美丽乡村"原创歌曲大赛时，也找到柳树镇文联做承办单位，并请柳岸青担任组委会负责人，因为柳树镇有台面，柳岸青有境界。

吴心适时地总结了柳树镇的成功经验，形成了一个成型的工作理念——别看一个小小的乡镇文联，它让农村和农民实现了两个历史性转变：从"文化下乡"到"文化在乡"的转变，从文化的消费者到文化的创造者的转变。这两个转变，使农民在自创、自展、自演、自享中，完成了文化的自我服务，从根本上打通了公共文化服务"最后一公里"的难途。

费孝通在《乡土中国》中说，农村秩序的维护，依靠的是一个客观存在的"乡绅阶级"。农村的文化人，正是"乡绅"的角色，他们平日分散在乡村的各个角落。怎么把他们团结起来，发挥他们凝聚乡魂、稳定秩序的作用？靠行政命令不成，因为他们大多不是党员，更多的是体制外人员。成立文联，就如同建了一场“雅集”，自然就形成吸引，各路“乡绅”“乡贤”就会积极涌入。而文联又是党领导下的群团组织，一旦加入，就要按章程的规定，接受党组织的领导。所以，文联不仅仅是一个文艺组织，也是一个政治组织，是新时期党的群众工作的一个有力抓手。柳树镇的事实证明，正是有了文联，才使该镇工作走上了“以文艺促文化，以文化促文明，以文明促和谐，以和谐促稳定，以稳定促发展”的良性循环。

依据这一理念，吴心在文联主席会上提出了“要顺应时势，在大方山建构区乡镇（社区）三级文联组织全覆盖的发展格局”的工作目标。这一提议得到一致通过，从此，大方山文艺工作走上了创新发展的快车道。不到五年，先后成立了十八个乡镇文联、两个产业文联和三个社区文联。

群团工作要体现政治性、先进性、群众性，工作重心要向基层下移，哪里有人民群众的文艺需要，哪里就要建立文联、作协组织。吴心学习了全国群团改革工作会议的精神之后，不禁大感欣慰、心花绽放，看来，大方山的文艺工作是与党的要求、人民的期待和时代的呼唤合拍的。

五十

吴心一早从家里给凸凹打了一个电话，要他早一点到《大方山文艺》编辑部去，自己一会儿就到，跟他谈谈如何转变办刊方向的问题。

为什么嘱咐他“早一点”，因为凸凹一般晚上写作到下半夜，第二天起得很晚，不把他从被窝里“拎”出来，一上午都不会见到他。

一个农村的木匠，酷爱写，居然把他的木匠生活、木匠工艺和木匠趣闻写成了散文，而且结集成书，要自费出版。为了一壮声色，也怕周围人讥笑，他“求”吴心作序。一“求”之下，吴心不忍拒绝，就留下了文稿。昨晚睡前，他随手翻了一下，没想到一翻，竟不能释手，读出了新鲜滋味。兴奋之下，他连夜写了一段文字，算是序了。

他一见到凸凹，就把打印稿递给他，说：“你先看看这个。”

凸凹揉着惺忪睡眼看下去——

良乡黄辛庄一村民名闫启业者，乃木工出身，他别有心计，把几十年的职业心得悉数整理，成卷帙一部，曰《木工速成》。日前他打听到我的办公地点，怯生生将其书样送来，嘱我作序。初，认为此乃工具书也，离文学、文艺远，能否序之，颇迟疑。待全书翻过，心中豁然，觉得闫氏所写，虽多木工规程、操作要领，但也记述了匠人的生命体验，而且情景再现的笔触极其生动，频生趣味。在实用处有超逸的东西，给人读下去的吸引，这就近乎文学，让人另眼看待。敬佩之余，也就想写几笔。

关于文化，深奥、浅易的说法都有，就我个人而言，我认为，所谓文化，是人类生产、生活实践的经验总结和智慧结晶。文化的本质，是群体认同、行为规范、价值尺度，甚至关乎道德、伦理的遵守与传承。从这个意义上说，闫氏的《木工速成》，不仅有木工知识的传承，更有职业道德的约定和如何成为一个好木匠的伦理规定。它告诉我们，一个好木匠，精湛的手艺固然能更多地谋取生存之资，但能被广泛地认可、让人生出敬意，进而赢得生命尊严和价值实现，是他更高的追求。这种更高的追求，就是我们所说的“成就感”。所以，《木工速成》有许多精神范畴的东西，它既是木工文化积累和传承的宝典，也是如何享受劳动、练就品格的修养书。

人们历来把著书立说看得很神秘，觉得那是作家学者、高人雅士的专利。其实文化就在我们每个人的身边，我们的生产、生活行为本身就在不断地创造着文化，只要我们留心，注意经验的积累，并且提炼出规律性的东西，用心记录下来，再借助媒介进行传播，让他人也能分享、受益，就是著述了。

从这个意义上说，闫启业给平民百姓树立了榜样，让人们看到文化自觉的作用，从而改变我们固有的生活观念——我们不仅要埋头做，也要学会抬头说。这样，文化的发展与繁荣，就有了广泛的群众基础。

“你这篇东西写得倒很用心，也有点新鲜见识，不过，你让我看它，有什么寓意？”凸凹问。

吴心说：“这个木匠的举动，给了一个启示，让我对文艺家如何立身的问题，有了一点思考。文艺家的立身，存在着两个‘面向’、两个‘立言’的问题。一个面向，是面向内心；另一个，就是面向社会。与之相对应的，第一，就是面向内心，立自我之言，即潜心于个人的文艺创作，拿出足以立身的优秀作品；第二，就是面向社会，关心大局，关注民生，在时代所需、民心所感方面，立社会之言，起到‘干预’和引领作用。当然，要起到这样的作用，这一立言，就不仅仅是作品，还有主张、导向、情操和行为等等。因为，立自我之言，深刻；立社会之言，广阔。只有二者的有机结合，文艺家才能实现自我价值和社会价值的完美统一，才能产生出最广泛最深远的艺术影响。”

“你净是高论，”凸凹挑了挑眉毛，说，“你的这个说法我也是同意的，但大清早你就把我薅来，不光是高谈阔论的吧，你究竟要跟我说什么？”

“我是想跟你说，咱们要调整一下办刊方向，立足于‘两个面向、两个立言’办刊物，提高它的容量。”

“怎么调整？”

“关注当下，面向社会发声；关照两类作者：一是基层作者，二是党政干部。”

“那就意味着把门槛放低，以内容取胜，而不局限于写作技巧，不过分强调艺术品位。”

“也不是要降低门槛，而是要在坚持原有标准的基础上，有所侧重。”

“我们办的是文学刊物，还是要坚持精品路线，保持文学品质，而不能人为照顾。”

“而我们办的毕竟是文联的机关刊物，不同于《人民文学》《北京文学》和《十月》这样的纯文学刊物，文学功能之外，还有宣传功能和服务功能。”

“我不同意你的观点，即便是文联机关刊物，也不能是习作水平，也不能变成宣传品啊。”

“你理解得有误，”吴心加重了口气，说，“为什么要关照基层作者和党政干部？因为基层作者的作品接地气，能反映人民群众火热的现实生活，呈现老百姓的生存状态和生命感受，是有血有肉的东西。而党政干部知区情、知社情，视野开阔，写出的作品能与时代合拍，而且还有着纯文学作者所不具备的社会内涵。所以，这两类作者的作品，就有着鲜明的独特性。独特性是什么？独特性就是文学性。”

“你这是偷换概念。”

正在两个人争论的时候，李响悄然而至。

这个李响的装束和神情与往日大不同，他穿着合体的西服上衣和窄瘦的牛仔裤，鞋子也是时尚的耐克。脸颊刮得极干净，透出白皙而红润的肤色，眼神也明亮，整个人就显得很精神。

吴心不禁说：“李响，你感觉不错嘛。”

没容李响回答，凸凹就说：“他这个人要求低，有了一个喜欢的工作和一份稳定的收入，他就特知足，就显在脸上。”

吴心觉得他应该是一个可靠的同盟军，便把刚才跟凸凹争论的话题向他重复了一遍，问他有什么看法。

他果然同意吴心的意见，而且不仅同意，还有延伸。他说：“我觉得咱们的刊物应该多发表一些报告文学，反映时代嘛。”

“发什么报告文学？你看看，文坛上发的报告文学，有几篇是像样的东西？更何况由基层作者来写。”凸凹急切地打断了李响的话头。

李响求救似的看着吴心，吴心说：“凸凹，你能不能沉住气，让李响把话说完？”

“既然凸凹老师反感报告文学，那就改个说法，叫纪实文学，或非虚构作品，”李响解释说，“因为生活的精彩，远远超出作家的想象，在丰富多彩的生活面前，我们的作家，特别是基层作者，不能缺席，要有作为。”

吴心得意地看着凸凹笑，凸凹因此瞪了李响一眼，说：“拍马屁。”

这一瞪，反而激发了李响的灵感，他说：“我想，咱们的刊物，不仅要多发纪实文学，让基层作者和党政干部登场，而且还要眼光朝外，开辟‘名家眼中的大方山’‘京津冀名家巡礼’等栏目，前者是引智，用文学的形式给地区发展提供借鉴坐标和动力支持，后者是聚焦，让京津冀名家都涌进大方山，以在咱们刊物上发表文章为荣，让咱们文联在京津冀一体化建设中发挥引领作用。对了，还要开辟一个‘京西文学’栏目，让京西各区县的作者把作品拿到咱们这里发表，确立咱们在京西文学创作上的领军地位。”

吴心不禁拍手称赞。

凸凹急了，说道：“既然是这样，还应该保留或开辟这样的栏目，比如‘名家新作’‘经典欣赏’‘精品力作’，我要维护纯文学的核心地位，保证刊物的文学品质。”

吴心哈哈大笑，说：“今天的编前会开得不错，综合你们俩的意见，就确立了刊物的办刊方针。我要说的是，我们拓宽办刊思路，并不意味着放低门槛。对那些专业作者，或成熟的作者、纯文学作者，要严格要求，要发他们的精品力作，而不发平庸作品；对基层作者、党政干部作者，则要以内容取胜，即便是文笔粗糙一些，也不要苛求。”

凸凹摇摇头，说：“你前半部分的意见我同意，后半部分我难以苟同，我就纳闷儿了，你干吗那么看重党政干部作者，他们与一般作者有什么不同？”

“确有不同，”吴心细细地道来，“首先，他们有思想理论水平，对事物的认识深刻，能写出别开生面的作品。譬如，区残联理事长爱写诗，他的诗固然是他因公致残以后，为了振奋精神而直抒胸臆的产物。但是，与一般的残疾人作者不同，他不止步于抒发个人的生命痛感，而是由己及人，写对残疾人群体的情感关怀，就有了超越之象。譬如区研究室主任业余也写诗，但他不是为了出名，而是为了表达自己的思考。你们看过他的诗《田野上的头》没有？‘身子坐在城里的居室里，头却滚落在郊外的田野’，他用这一分离的意象提醒人们，在农村城市化进程中，农民虽有了城里人的身份，却还未形成与之相匹配的市民意识，还残留着落后的思维习惯。你们看，他写得多么独特，多么现代，这一境界，是一般的诗人能达到的吗？譬如区水利局副局长由于职务的便利喜写山水散文，他的散文，不限于对风景的描绘，而是注入忧思，呼唤生态意识，这样一来，文字就有了宽广外延。还比如区政协副主席，他爱好摄影，不仅拍了不少好片子，而且注重摄影理论，用人文观念把握创作，视摄影为一种文学语言，在表达层面立身，不仅拍得美，还有思想内涵。为什么他能够这样做？就是因为他领导干部的身份，使他站得高、看得远。还有一点，党政干部的身份，使他们在本单位、本系统、本行业，有普通作者所不具备的话语权、影响力，推出他们的作品，更能引起读者的关注，让人们以文为贵，趋向文艺。从这个角度来说，发他们的作品，其实也是为了培肥文艺土壤、营造文艺氛围，最终受益的，还是文学艺术事业本身。”

“既然是这样，就试试吧。”凸凹说。

即便凸凹有所保留，作为主编，他还是按照吴心的办刊思路编辑刊物。吴心毕竟是文联主席，他还是有规矩意识的。

试了两年之后，凸凹服气了。因为刊物的影响空前提升，订数也大幅增加。订数增加最多的是基层群众和党政机关，百姓爱看，党政领导干部也把刊物当作枕边书，午休和工余，他们都要阅读几篇作品。京西和津冀两地作家都踊跃投稿，把一个区县小刊视为省级大刊。到了第三年，中国大众文化学会主动邀请《大方山文艺》参加全国期刊评比活动，并授予全国群众文学期刊优秀主编奖。

一天上午十点，区委常委、组织部部长亲带职能科室负责人来文联座谈，这让吴心大感意外。

部长不摆架子，谈笑风生，给人感觉亲切，消解了吴心的惴惴不安。

吴心记得，组织部部长刚到任的那年春节，就带领班子成员到文联拜年，让吴心颇为吃惊。因为文联被人视为边缘部门，历来遭漠视，他的到来，开了历史先河。

而且，每年春节，他都要亲发短信给吴心拜年。短信总是一副长联，长联内容结合当年的发展形势，有针对性地抒情。

给吴心留下印象：他不仅作风民主，还有文化底蕴。

部长开门见山，说："我们这次来，主要话题就是《大方山文艺》，因为你们发了不少党政领导干部的作品，因此引起了我的兴趣。"

他让吴心谈谈他这样做的理由。

但还没等吴心开口，他先就评论了一下刊物。他对每期刊物的栏目、作者、文章居然都了如指掌，所发议论，都在文艺层面，让人感到他是刊物的忠实读者。

这疑似鼓励，让吴心能从容地道出自己的意图。他说，文联乘"中国梦"大讨论之机，启动了"共圆文艺梦"工程，其中，有意识地并成规模地选发领导干部的文艺创作，旨在通过领导干部所具有的特殊影响，营造社会各界共育文化发展的氛围和土壤，提升文学艺术在塑造现代文明市民上的引导力。还有更重要的一点，鼓励领导干部业余创作，对吏治也有特殊作用，因为这可以引导干部远离酒肉，崇尚精神，养成文明向上的生活方式。而且，对文艺有爱好的干部，常常是内心锦绣，自律知耻，绝不会是恶吏、酷吏、贪吏。

“我历来认为，吏治，应该是人心之治、文明之治，文艺可以起到这方面的推动作用。另外，从小处说，领导干部如果有文采，讲话都生动，枯燥内容都有感染力，让群众爱听。所以我斗胆说一句，我们发干部的作品，其实也是在帮组织部、帮您做干部工作啊。”

部长开怀大笑：“你做得好，也说得好，我完全赞同。我们做干部工作，就是要以人为本，注意寻找与干部的共同语言，在自然而然的语境下，了解干部的所嗜所好、所思所想、所需所求。组织部门安排任命干部，又被称为‘码干部’，在我看来，不仅要码人，还要码心气儿，让干部在最适合的岗位上心情舒畅地工作。你们发表干部的作品，正是给了我们一个察心迹、知心气儿的窗口，的确也是为我们的干部工作做了贡献，所以我真诚地感谢你们。”

部长又说：“我们的干部，都应该有很高的文化修养，也要自觉地培养一定的文学思维，因为文学思维有内圣外化的作用，让人自觉追求做人品格，而且文学思维使人善于联想，善于触类旁通、举一反三，这样就不会保守僵化，就会有很强的创新意识。从这一点来说，文联要继续通过刊物发挥好引领作用。”

他们相谈甚欢，不知不觉就到了中午，言犹未尽。吴心说：“您肯定我们的工作，让我们很感激，也给我们注入了新的动力，我有个小小的心愿，你们能不能跟我们文联机关干部一起吃个饭，再给我们打打气？”

部长笑笑，说：“饭就不吃了，你们有高度的文化自觉，不需要我再打什么气。不过，我会用实际行动支持你们的工作，回去以后，我也要整理整理自己的习作，给你们投稿。”

过了不久，他果然让人送来了稿件，是在《大方山文化咏叹》总题统领下的四十首系列短诗。诗的选材，是大方山的著名文物遗存，既是向远古的抒怀，也是对文化意义的挖掘，极下功夫。试举一例——

等你三千年

——西周燕都遗址·北京从这里开始

你在风中唤我，
铜车铁马向前。
回首处，
声慢慢，
扰了召公大梦，
却惊了日月三千年。
我倾听久久，
那瞬间一梦相联。

我在燕都等你，
走出皇天后土。
谁承想，
弹指间，
叩了鬲堇铭文，
却懂了无声三千年。
你诉说娓娓，
那片刻一文万卷。

你在风中唤我，
瞬间与我一梦相联。
我在燕都等你，
片刻读你一文万卷。

北京市西周燕都遗址博物馆是一座古文化遗址与文物陈列相结合的历史文化类博物馆，位于大方山区琉璃河镇董家林村东，坐落在西周燕都遗址的东城墙外。博物馆展出文物数百件，有青铜器、陶瓷器、玉石器、漆木器和甲骨等，尤以四座原址保留的墓葬和车马坑为特色。组织部部长且咏且注，看得出来，态度严肃，是下了大功夫的。所以吴心通读之后，心情激动，有大感慨。他在手机的“备忘录”里写下了读后的感受。

……这是一部关于大方山文化的精心之作。它打通了古与今、物与我、新诗与旧诗的界限，今人与古人对话，主观与客观相融，新词与古韵互文，有极广阔、极深厚、极开放的表达维度，使静态的文物有了温暖的情感，有了鲜活的形象和深刻的思想。从文体上，它既谨严又灵动，既理性又飞翔，既守律又创新，极具张力。在达意上，它不拘泥局部，不陷于考订，而是为历史文物赋予文化意义、精神内涵和人文情感，是点睛画魂之作……

五十一

为了给刚写就的散文注一个写作日期，吴心翻了一下日历。这一翻，让他愣住了，原来今天是自己五十岁的生日。

居然五十大寿了，他真不敢相信。

在乡下，这个年纪，已是标准的老人了。其形象应该是：戴黑色毡帽，穿缅裆棉裤，坐南墙根下，曝日扪虱，流涎谈阔，不悲不喜，表情麻木。

蒙田说，人到了二十岁，就到了生命的顶峰，以后就走下坡路了。四十岁已进入老年，应该过退隐的生活了。三十八岁那年，他称自己已到了暮年，辞去波尔多法院推事的职务，躲进蒙田城堡的一座塔楼，不问世事，也不问家事，一心读书、思考、写作，一“隐”就是十年，写出了著名的《蒙田随笔》第一、第二卷。

这期间，蒙田说了一句耐人寻味的话，亲朋好友，包括妻子、儿女是不重要的，是“自我”的负担。

这对向内心深处讨日子过的人来说，是一句冷酷而妥帖的话，类似真理。

其实“自我”也是如黑夜一般的境界，即便心无旁骛，也未必有所得。所以，他又说，最大的幸福，不是“找到”，而是“找寻”。

蒙田的话，打动了吴心，让他陷入沉思：我已到了五十岁，用他的标准来界定，真是已老得不能再老。

从生理上看，做工作的牙齿都松动了，并且还有四颗假牙，怕冷怕热怕疼。害怕美味，因为不能尽情咀嚼。两鬓也爬满了霜雪，揽镜自照，悲从心生。

更可怕的是心理，对一切不再有兴趣，包括名利、金钱、美色。记性也差，出门时，明明是上了锁，也要再验证几遍。种种，种种，一切都失去了往日的模样，已认不出自己了。

心中一片苍凉。吴心猛地觉得，其实欲望之于人是好的：欲望多而强烈，说明生命之树健朗、清俊；心如古井，非淡泊明志、宁静致远，而是生命衰退的征象，虽生犹死。

现在最怕的是有人兴致勃勃地谈到感情的事。即便是自己想到这个话题，也战栗，内心寒冷。老婆和孩子在身边晃动，常生出烦厌，莫名其妙地问自己：他们跟自己有什么关系？

反照内心，吴心不由得又问自己：自己真的爱过，被爱过吗？

要找到答案，需一个“找寻”的过程。

好在已经衰老，找得到找不到，已不成问题。套用知堂所谓“寂寞之上没有更上的寂寞”，失落之上也就没有更上的失落了。屈指算来，四十岁那年当的文联主席，至今居然有了整整十个年头。这期间，也自律，也发奋，也敬业，虽被人称道干得有声有色，却依然待在这个位置上原地不动。看来，文联主席注定是一只被套牢的股票，增值无望。

吴心笑了笑，内心居然不生波澜。因为无奈，反倒从容了，不遗憾于以往，也不期许于未来，接受该来的生活，无所谓得与失。

还是有人记挂，不断接到祝贺生日的短信，前后有十数条。包括有关单位的例行公事，与他亲近的亲属友人，还有观点相近的知己同道。他觉得，这里的感情底色，不过是爱与怨：爱者，提醒你感恩；怨者，警告你还账——都是情债难还的潜在含意，考问你的责任和使命，让你不禁惊悚。

午间，单位才女小徐送绿萝一盆，叶阔、色深，有哲学用意。她说，您嗜烟，室内空气污浊，“罗”它一下，使其清新。望着她白净的额面，吴心无言以对，因为太善解人意的举动，一如利刃插入软肋，疼得叫不出。

办公室主任，一直把他当作家里的兄长，便送他生日蛋糕。既然是家里人，就应赋以家常形式，相宜。

儿子投吴心所好，送他书籍两册，即北京十月版高尔泰的《寻找家园》、北京大学版金雁的《倒转红轮》，系新近同获第四届在场主义散文大奖的经典作品。真是正中下怀的礼物，博他大喜，便与儿子商量，喝一瓶泸州老窖以共庆。儿子说：“我的心意已表达了，酒就不陪你喝了，因为我们俩历来就说不到一块儿，倘有意见不合发生争论，反倒破坏心情。”说完转身就走，与小伙伴喝酒去了。

老婆小郭怕吴心伤心，说：“还是我陪你下馆子吧。”吴心问为什么下馆子？小郭说，以表庄重。吴心说，就在家里吃家常便饭。小郭追问，吴心阐释道：五十岁以前，浪迹江湖，放浪形骸；五十岁以后，要回归家庭，心静耳顺，恪守天职——这餐生日饭，有象征意义。

小郭说：“又得烦累我。”吴心说：“近三十年都烦累了，又不差这一刻。”小郭说：“只要不嫌弃。”吴心心里说，早就嫌弃了，出逃不能，只好认命。

几个小菜，均是吴心喜欢的口味，遂对小郭有一丝感激，让她也喝一杯。

她说了不少祝福吴心的话，近似肉麻，是素日不能听得的，吴心顿感陌生。

这时儿子发来短信，祝老爸生日快乐。吴心脱口而出，真他妈的假。

小郭说："你怎么这么说儿子？"吴心说："我本来心已平静，他又来扰乱，招人烦。"

就像他觉得小郭陌生一样，他跟儿子一直就不亲近，儿子好像是一个影子，有的时候现身，有的时候无迹。

儿子从一出生，就是小郭一个人带，究竟是怎么长大的，吴心都没有完整的记忆。儿子上学了，可以交谈了，但他不愿意跟吴心说话。吴心强迫他说话，他竟说，你每周才回一两趟家，你不懂我，我也不知道你，聊什么？

吴心不禁悲伤，原来工作和事业荼毒亲情。

孩子生长得寂寞，作为母亲，小郭很是心疼，变着花样给他做好吃的。他吃得很胖，有段时期，体重都超过了二百斤，突然就患了晕眩症，查了半天也查不出病因。让一个老专家看，老专家对他说，你就是肥胖闹的，所以你必须减肥，不然可活不长。儿子说，好吧。

从此他就骑山地车、练健美，坚毅不挠，从不间断。同时也爱上了游戏，每天晚上草草地写完作业，就开始玩。劝也不止，他说，由于节食，肚子饿，只有玩游戏，才能忘记食物。

那天晚上，吴心与文友讨论新散文写作，他讲得滔滔不绝。正忘形间，接小儿班主任电话，言小儿在高考临近的情形下，晚自习时居然不温功课，反而看健美杂志并寄情于作画，劝说无效，只好尊请。吴心顿觉事态严重，便在电话里训斥儿子。那边啪就把手机挂了，再打竟不接。而后发过短信，称只收短信不接电话。便用短信对谈。最终结果，吴心不仅没能说服儿子，反被他的气势覆盖了，气血攻心。

懊丧之下，已无谈兴，任别的文友高谈阔论，他则整理儿子的短信，竟连缀成一篇长文——

我一直想问您一个问题，我要是考不上怎么办？（只收短信，不接电话）（18：41）

我考虑好了，您可千万别生气啊！我去江苏那个动画游戏制作学校。这个学校挺有名的，教动画游戏设计，面对初中、高中、大专和本科学生招生。我主要考虑的是想学一门自己感兴趣的技艺。（19：10）

您一定会问我，为何这样想？是我看到我的三位朋友上大专，学校什么也不教，学生整天待着。我们老师也是这么说的。我了解自己，肯定会重蹈他们的覆辙的。（19：28）

我现在对这个社会有些失去兴趣了，就连玩游戏都感到无聊得要死，对什么事情都是那么混沌。我看过心理医生，查过我的心理——说我心理衰老，过度成熟。所以老是找不到志同道合的人。（19：37）

（因此）和宿舍的人闹得也很僵。我总认为他们太俗了，是一帮人渣。我一直想跟您说这些，可是我总觉得和您之间有一层厚厚的壁垒。（19：41）

我不想跟您面谈，在您面前我想说的话说不出来都憋在心里了。要怪就怪您。不过您放心，我不会有事的，我还有很多感兴趣的事要做：练健美、读书、电脑。（20：10）

事实上，我现在学得很痛苦，没有激情。同学们嘲笑我的学习成绩，我却不以为然。我是个没出息的孩子，我无法摆脱困境。我看到那些名人名言就反感——（所谓名人）都是一些站着说话不腰疼的孬种。（20：21）

您不必回我短信，我就是想把我想说的话跟您说说，这

样，我就能解脱些。(20：22)

我并不惧怕挑战：练健美时，我会把不好的部位反复练上十几遍；画图时，为了画好眼睛，我会画上两节课。然而，我现在又堕落了，因为远离了我感兴趣的事。(20：28)

现在我所面对的事，是我不喜欢的、有些憎恨的数学、英语。我害怕考不上，丢您的脸，害怕亲属责备我。可我……我太软弱了，我被自己打败了。(20：33)

我比您们大人都了解天雪成绩差的苦涩，我和她很相似。抉择的矛盾，家庭的矛盾，一切，一切，我想得太多了，太累了。生活就是这么痛苦！(20：39)

有人说早熟不好。因为我早熟，就先体会到了这份痛苦。那些学习好的同学整天学习，哪能体会得到？我也羡慕过优等生，那终究是实力的象征。(20：45)

当我无法赶上他们的时候，我开始憎恨他们。因为我感兴趣的事不能让我去做，无法让我成为佼佼者。我试图忘掉它，玩游戏可以让我暂时忘掉一切。知道中国孩子为何如此沉迷于游戏？(20：51)

是因为许多孩子跟我一样，有心理问题。这是中国教育的失败。(玩游戏)就像吸毒一样，既让人解脱，又让人上瘾。您应该就这个题材写篇批判性的文章。我的同学和我一样，都沉迷于游戏。正如一些评论家说的那样，游戏，是新一代的海洛因。操！一帮站着说话不腰疼的懦夫。他们为什么不说真话？为何不说说这是什么造成的？操！虚伪的社会！(21：01)

因此，我学精了，我变得撒谎成性——在虚伪的社会，就是要做个虚伪的人。有本都叫好的书，书中说有好口才就会有成就，就会获得成功。其中是什么意思，我都懂。就跟您聊到这儿吧，手机没电了。(21：10)

短信共十五条，每段文字之后括弧中所注，系短信发出的时间。

拿给文友们看，文友们说，就文字本身来说，真是洋洋洒洒的一篇好文章。吴心，这里有你的遗传基因，同你一样，他将来也会成为一个不错的作家。

吴心说，这样的文章真让我心惊肉跳，无论如何我是不会有欣赏的心情的，因为就要高考了，他应该为生存而战。

后来儿子考了一个专业学院，毕业后考入一家事业单位，总算能自己养活自己。年龄也不小了，也不谈恋爱，一直就赖在父母家中。每天都抱着一本书看，吴心的藏书都快被他看遍了。有时吴心谈到喜欢的书或眼下正被热读的书，他也会接过去看。看完之后，吴心问他的读后感，他只是一笑，并不发言。

后来他不仅看，还写，有的时候，整天晚上都会听到他房间里传出来的敲击键盘的声音。似乎他写得很投入，也写得很顺手。问他在写什么，他说，这好像不归你管吧？在好奇心驱动下，吴心想偷看一下，但孩子设着密码，他打不开电脑。

儿子看了那么多书，有什么心得，有什么长进，思想到了什么深度，吴心一概不知；儿子写了那么多东西，是什么体裁，是什么内容，写的成形不成形，吴心一概不晓。

“这哪里是我的儿子？”吴心很郁闷，就当他是个影子，任其自由行事吧。

有一天，文联秘书长和办公室主任来家里谈工作。吴心说，今后文联的工作要在以下三个方面加大力度：一是要大力培养青年文艺家，二是要加强与驻区外埠艺术家的沟通，三是要督促骨干艺术家更新观念、提升素质。

吴心就如何做好这三方面的工作，征求二人意见。两人面面相觑，讷讷无言。

这让在一边看书的儿子感到可笑，他丢下书本，站起来说："你们要是拿不出意见，那么我给你们指点指点。"

口气很大，惹得吴心狠狠地瞪了他一眼。

儿子说："你这个态度就不对了，既然同在屋檐下，就得允许我说话。"

"那你就说。"

在谈到要大力培养青年文艺家时，儿子大放厥词："现在的八〇后、九〇后，个性独立，你说培养，人家未必愿意被培养——他们心性自由，不会接受你们的艺术理念和艺术趣味。所谓培养，有把他们'捆绑'到体制内之嫌，会引来逆反。出发点是好的，效果未必佳。在体制内写作的人，往往放不开笔墨，还是让他们天马行空的好，正可谓'笼鸡有食汤锅近，野鹤无粮天地宽'。所以，你们不要管得太具体、管得太死，只需给他们搭建必要的活动平台，比如成立一个小作家协会、小美术家协会，让他们自己折腾去。这样一来，优者自优，劣者自劣，真有出息的，自己就把自己培养出来了。"

在谈到加强与驻区外埠艺术家沟通联系时，他深以为是，放言道，现在体制内的人，要么有德无才，要么有才无德，有才有德的人都当企业家了。以此类推，大方山虽然是远郊区，但房价也颇不菲，能在这里买得起房子的艺术家，肯定是既有才又有财的人物，融入他们，肯定会给自我封闭的艺术环境带来竞争氛围，这对地区文艺的发展有大好处。因为大方山人历来是井底之蛙，井还是枯井，连水都没有。大方山地处京西南，瘦寒，多污染，多阴霾。所以大方山一定要打开天窗，放进新鲜空气。

在谈到现在的艺术骨干一定要更新观念、提升素质，与时代合拍时，他说，要想更新观念，首先要更新“工具”。搞摄影的，一直迷恋胶片，觉得电子相机缺乏智性，殊不知品质优异的摄影作品、传播广泛的摄影作品，都是电子相机拍摄的，其中手机摄影也是后来者居上。搞写作的，大多都不会使用微博、微信，也不重视网络，有的甚至连手机都不配备，还标榜是不堕红尘，在坚守文学信念。其实狗屁！我的意思是说，不要小看这些现代工具，它们本身就会带来新的思维方式、新的生活方式。作家、艺术家，从本质上，应该是站在时代前沿的人、是引领社会风尚的人，却逆潮流而动，甚至抱残守缺、僵化保守，岂不十分可笑?

这小子的奇谈怪论，让在场的吴心几位惊慌瞠目；又因为他伶牙俐齿，好像真理在握，令人们无从辩驳，都木在那里。

其实吴心是窃喜的，因为以他的身份，不便于像儿子那样公然张目，把话说得那么直白、那么犀利，有人替他说出了想要说的话，岂能不喜？！

在文坛，不能整齐划一、千篇一律、千人一面，那样，艺术活力、生动局面就无从谈起，更遑论百家齐放、百家争鸣的文艺气象。吴心想。

“这小子说得有没有道理？”吴心问。

两位下属齐声说：“不仅有道理，还是真知灼见。”

“那好，你们就参考他的谬论拿出一个书面的整改意见。”

这一刻，吴心有了一点欣慰。虽然不知道他是怎么长大的，但他的确是长大了。

回溯记忆，夜色已深，他嘱咐自己，赶紧睡下，不然又该失眠了。

临睡前他想，那么，小郭和儿子到底跟自己是什么关系？想来想去，还是闹不清楚。

不过这也好。充实着，也空虚着，活得才真实。

有了这份豁达，吴心很快就入睡了。

五十二

五十知天命，五十也享圣命，因为在吴心进入静虚守成、无欲无求之境的时候，荣誉却乘“虚”而来。

五十生日刚过，吴心就被市文联授予“德艺双馨文艺家”的称号。是年十月，他又被评为“全国文联系统先进工作者”。这对吴心来说，五十之龄，堪称大寿。

接连而来的荣誉，自然要引起关注，新华社北京记者站的记者闻讯而来，进行专题采访。

从区委宣传部到乡镇文联，从吴心到各类协会的领军人物，记者进行了一周的全面、系统的采访。记者被深深感动，怀着激情，写了一篇题为《文艺大潮中的大方山现象》的长篇报道，不仅在《新华每日电讯》上发表，还把大方山的文艺工作经验写成新华社内参，呈送高层做决策参考。

文章说——

大方山文联，以高度的文化自信和文化自觉，面向基层，心系群众谋划文联工作，以做历史文化的传承者、先进文化的传播者、当代文化的创作者、群众文化的服务者为己任，创新发展，成绩斐然，形象地说，呈现出铺天盖地的繁荣景象。他们率先在全国建构了区县、乡镇、社区三级文联覆盖的文艺工作格局，实现了从“文化下乡”到“文化在乡”的历史性转变，使文艺成为人民群众的一种生活方式，“半藏农具半藏书”，“一手握着鸡蛋鲜，一手握着翰墨香”成为常态，群众文艺得以广泛开展，可谓“铺天盖地”。他们抓协会工作，秉承从“公转”到“自转”、从“内在”到“外在”的工作理念，充分激发文艺家自身的创作潜力，推出了一批在全国都叫得响的文艺人物和文艺作品，堪可谓“顶天立地”。文联组织，业已成为地区文化的建设主体，起到了“六个中心”的文化作用。即地域历史文化的研究中心、民间文艺资源的开发利用中心、群众文艺活动的指导中心、行业及部门文化的打造中心、地区文艺作品的创作中心、文艺事业持续发展的人才储备中心。

报道的调子比较高，让吴心本人都难以承受。所以，当取经的人接连不断地来访时，他都躲起来，交给秘书长和机关的同志接待。还有一点，他骨子里是文人，夸夸其谈地说自己，他感到羞耻。

外边闹热，内心清醒，他冷静地盘点任职以来的作为，令自己得意并可圈可点之处还是有的，依时间循序，计有——

有一个适合区县文联的工作定位，譬如“三个桥梁和纽带”“三个家”“三个作为”“四项使命”“两个转变”。

文联建立伊始，就与区文化局合作，举办了“大方山图书节”，并年年持续，成为文化品牌，使老百姓提着篮子，像到菜市场上买菜一样，到书市上买书。

创建了一个叫“大方山文化学”的北京唯一的地方研究学科，从二○○二年启动以来，科学规划，扎实推进，先后为八个乡镇编写了二十多部地域文化丛书，推出了《贾岛新评》《周口店遗址通览》《京西民间文学大全》《历代名人咏大方》《高克恭研究》等系列研究专著，总字数近两千万。

借助大方山是贾岛故里的文化品牌，与中国诗词学会、北京诗词学会联合举办了“贾岛诗歌全国学术研讨会”，吸引了包括香港在内的十八个省市、自治区的专家学者来大方山研讨，论文总数达一百二十篇，被学界誉为中华人民共和国成立以来贾岛研究的新高峰。

大方山作为“没有共产党就没有新中国”的词曲诞生地，二○○四年建立纪念馆，全部展陈设计，包括文字、图片、雕塑，都由文联承担，不仅得到中央党史研究室、中央文献研究室的高度认可，还为地方财政节约了设计费用八百多万元。

文艺工作向基层倾斜，建构区、乡镇、社区三级文联覆盖的工作格局，让群众文艺的繁荣发展和百姓文化权益的零距离享有，有了机制的保障。

在鲁迅诞辰一百三十周年之际，与孙郁任馆长的北京鲁迅博物馆在大方山联合举办了“鲁迅收藏版画展”，把伟大的鲁迅精神，注入乡土的大方山文化建设。

同心出版社推出了乡土题材的长篇小说《一任乡官》，大方山文联与出版社联合举办了该作品的研讨会，出席会议的人员不是文学界的专家，而是大方山的乡官，让乡官评“乡官”。乡官们结合自身的生命体验，做了针对性很强的批评，使研讨会开得别开生面。著名出版家、评论家解玺璋兴奋地说，大方山开辟了一种新的批评体系，形象地说，是乡野批评体系，为中国的文艺批评贡献了新的经验。

大方山苏庄三里社区文联成立后，在“中国梦大讨论”之际，会员们自发地创作了歌词《百姓托起中国梦》。区文联敏锐地感到这是群众的心声，遂邀著名作曲家伍嘉冀谱曲，并交群众演唱。该歌曲获得了北京原创歌曲会演一等奖，并登上了中央电视台的春节文艺晚会，让人刮目相看。

区文联与区委组织部、区委宣传部、区纪委合作，创造了“党建+文艺”“理论+文艺”“廉政建设+文艺”的文艺品牌，推出了“文说”“图说”“曲说”“剧说”等系列主题作品，还在北京的大剧场上演了党建和廉建题材的《林则徐传牌良乡》《京西之子》《红黑白绿》等大型话剧，赢得了广泛的赞誉。

为了鼓励创作，启动了“大方山文丛”出版工程，连续推出作家、艺术家新作，并在改革开放四十周年之际，出版了《大方山文艺大观》十卷本，洋洋洒洒一千万字，树立了文艺大区的对外形象。

立足大方山，放眼整个京西，主导成立了京西文学研究会，并发挥切实的组织作用，使京西文学得以迅速繁荣，在北京文坛，有了重要地位。

与北京电视台合作，延请中央电视台著名的纪录片编剧，主持创作并拍摄了大型文化纪录片《大方山》，并运作在北京电视台、中央电视台连续播放，使大方山的历史文化得到有效宣传，增加了大方山的知名度、美誉度，并被市委宣传部有关领导视为样板作品，号召各区县学习。

中央提出京津冀一体化发展战略以后，大方山文联依托流经北京、河北和天津的著名河流拒马河，倡议并具体组建了由三地二十二家市县文联组成的“拒马文艺联盟”，举办各种形式的笔会、进行书画摄影作品联展、开展同题文学创作，使文艺交流常态化，使文艺发展一体化。大方山文联也因此发挥了文艺桥头堡的引领作用。

五十三

大方山文艺的发展，堪称到了历史上最好的时期。

到底是怎么到来的？吴心想，时代和时势当然是最大的成因，自己应势而谋、因势而动、顺势而为、乘势而上也是个基本的前提，但是，更少不了身后支持和助推的力量。

文联刚成立的时候，宣传部部长亲自谋划文联工作，并派常务副部长任文联常务副主席，以把握方向。这位副部长却不指手画脚，而是承揽了许多对外协调工作，且不辞辛苦，事无巨细。

后边的几位部长，都是女同志，吴心曾感慨道，我这个人有女人缘，从参加工作开始，一路都是女领导，所以我一路顺风。

第一个女部长姓唐，为了增强文联的号召力，她让文联与宣传部合署办公，还亲兼文联党组书记。她出身农家，却有城里人眼光，干事不嫌大，总是冲击高端，如担纲搞“没有共产党就没有新中国”纪念馆，举办“贾岛诗歌全国学术研讨会”，把“同一首歌”引进农村文化广场，等等。她喜欢跟自己的出身较劲，正因为土，所以要“洋”起来，不能让人小觑。她让吴心列席部务会，每遇决策都要让他首先发表意见。为避免遭各方嫉妒，吴心起初总是推辞，她劈头就斥责，你有什么了不起的，不就是一个“无心”嘛。他知道她用的是激将法，也是给他一个在台面上放心表演的理由，即不是我要表现，而是不得不表现。她虽然很有主见，也从善如流，且善于把别人的理念转化为自己的观点。她特别讲究形象，喜穿美衣，喜挺直了腰杆走路，高跟鞋蹈出的声音异常响亮，让人感到她虽已人过五十，却有用不完的精力。她后来终于把自己“蹈”到区政协主席的高位，喜上眉梢，也不忘旧人，对吴心打趣道，自己之所以能有今天，还不是因为“无心”？从她身上，吴心认识到，人不能委琐，要懂得张扬个性，要有魄力，要挺直了腰杆做人。

继任的宣传部部长系从市委来的一个赵氏女性。她是哲学博士，眼界开阔，底蕴深厚。她人长得异常清秀，却有侠义性格，阴柔与阳刚巧妙地融为一身。她工作追求高起点、高规格、高境界，讲究“借船出海”，把北京乃至全国的高端要素、优势资源延揽到大方山。她与新华社结对子，畅通了外宣管道，她打造了Funhill——寓意为快乐之山、智慧之城的地区形象品牌，创办了“长阳音乐节”，策划拍摄了区县第一部大型历史文化纪录片《大方山》，推出了旨在宣传佛教文化圣地云居寺的三十集微电影——把宣传工作搞得风生水起，有气吞山河之势。她几乎熟悉吴心所有的作品，懂得他的心路历程，尊重他的创作习惯，而且把他作为地区的一张文化名片勠力打造——研讨会、专题片、电视访谈、大版面对外推介，可谓是全方位“包装”。对有关吴心的采访，无论多忙，她都要亲自介绍、发表评说，被吴心戏说为自己的新闻发言人。吴心将她视为难得的知音，充满敬重。从她身上，吴心获取了创作动力，并且有了全新的文学境界，即虽身在乡土，却绝不能匍匐于乡土，要放眼全国，放眼世界，在北京文化、中国文化、世界文化的大坐标系上处理乡土题材，以超越自身局限，成戛戛独造，有重要影响。

后来她到国家大剧院任领导，接任的是一个曹氏女性。她娇小而柔弱，但气势却恢宏，她指示吴心不要就文艺说文艺工作，要搞“文艺+”，把文艺的社会功能发挥到极致。她特别尊重文人，尊重文人的创作，力主文艺作品的转化，转成话剧、影视、戏曲，使文艺作品特别是文学作品不能只存于书斋里、藏于书架上，要走向民间、走向社会，发挥出更大的现实效益。

回溯到此，吴心对自己说，我注定了要由女性来涵养，这是我的宿命，要以感恩之心拳拳待之。

不知不觉间，眼前竟然有了光亮，他内心生出大喜悦。

喜悦之下，他又想到了其他人——

当文委（文化局）主任的那位同学，把对文联工作的支持视为应有之义，不仅帮助吴心办好《大方山文艺》，还启动了“作家书库工程”，启动专门资金购买大方山作家的作品，充实益民书屋，他有个明确的主题，叫“大方山人要读大方山人的作品”。不仅如此，还亲自进行歌词创作，助推群众文艺发展。他写的题为《白草畔·百花山》的歌词颇有名——

白草畔，百花山，
四季纷呈，景色绚烂；
风妩媚，松涛展，
游人寻梦，探访空中花田？

白草畔，百花山，
天工作画，多彩巨卷；
云作梯，山为栈，
你我同行，试想谁是神仙？

白草畔，百花山，
岁月更迭，风雨浇灌；
天造化，物积淀，
敢问百花，这是天上人间？

白草畔，百花山，
京西风光，唯我独览；
白草畔，百花山，
诚邀宾朋，共赏百花盛宴。

百花山是京西名山，而白草畔又是百花山的最殊胜处，乃山巅大草甸，素有北京“小西藏”之称。北京音乐家协会主席认为，歌词不仅有词采之美、情景之美，更融入了作者攀登时的心绪，一如王国维所说：景词皆我。所以，可勠力传唱，让其渐成地区品牌。

那位同学的继任者也是文艺的亲和者。他不仅真诚为吴心的作品叫好，并到处宣扬，还申请专项资金，帮助文联打造领军人物，为区音乐家协会主席启动了“五个一工程”，为他解决了一个处级待遇、建了一个工作室、印了一部作品集、出了一张歌碟、举办了一个专场音乐会，让他声名大噪，有领军能力。吴心构建三级文联覆盖工作格局的时候，每成立一家乡镇文联，这位主任都拨付二十万元的支持资金，让基层文联能正常运转。吴心很感动，信口吟出一首顺口溜：文委文联是一家，只因文化来当家。兄弟姐妹常来往，大方山开出文明花。

这位主任转任后，接任的女主任也很给吴心面子。成立曲艺家协会，她给场地支持。“相声周末俱乐部”一开始因观众稀少有人主张取消，吴心找到她，力主保留，她接受意见，并把其列入星火演出工程。由于坚持举办，被群众认识，俱乐部红火了起来，成为北京一个知名的文化景观。

还有区广电中心主任，他对文联工作的报道不讲条件、不遗余力，每有文艺活动都派记者及时到场。

还有区教委主任，他让全区每所学校都要订阅《大方山文艺》，还说：“你吴心就是看了赵日升编的《大方山文艺》走上文艺道路的，我也要让现在的孩子们跟你一样，及时得到文艺的启蒙和滋养。”

吴心眼前出现了一片大光明，因为天亮了。

但是他还是偎在被窝里，因为被窝里太温暖了。

他又想到了文联机关，跟他抱团取暖的同事。

在文联掌门十余年，吴心始终秉承一个工作理念，即有声有色地工作，有滋有味地生活，有情有义地交友，有板有眼地做人。因此，他自律甚严，遇事总是率先垂范，并且信任每一个人，尊重每一个人，把机关视为家庭，培育爱，培育关怀，培育责任，培育和谐。

习惯上，人们自然而然地就贬损文人，总会用“书生气”一词，譬文人不谙世事、迂腐冬烘、呆傻委琐。吴心做文联主席之后，在“书生”之后加上了“情怀”二字，大力提倡“书生情怀”。

他阐释道，所谓书生情怀，是悲悯万物、体恤万民的情怀，是不以物喜、不以己悲的情怀，是上下追索、位卑未敢忘忧国的情怀，是主动担当、无我奉献的情怀。总之，它是一种闪光的品格、自觉的操守，带有金子的质地。这种情怀有两个实实在在的支点：第一，可以不当大官、不发大财，但是，不可以不干大事；第二，不看别人的脸色，也不让别人感恩，在社会需求、群众需求和文艺家需求面前，永不言不。

吴心的倡导，多年坚持之后，变成了文联人的集体人格。他身边的每一个人，都有阳光面相，一如从理想国而来的臣民，不堕凡尘，素面朝天，内心欢悦，洁身自好，甘于奉献。旁人视之，初，摇头；后，微笑；终，尊敬。

官场说，因为有为，才能够有位；文联人说，因为书生情怀的操守，才最终完成了自我实现。所以，他们既感恩，更自我感动。

吴心真为手下人感动——

一中年副主席，与吴心一道草创“大方山图书节”，负责图书节具体事宜，由于是连年举办，他总是提前筹措，且在办节期间盯在场上，他像小商贩一样，租场地，找书商，维持秩序，洒下了辛勤的汗水。他做协会工作，以特有的温和为吴心的暴躁补台，聚拢了各种秉性的艺术家团结在文联的大旗之下，形成了合力，繁荣了创作。

一个年轻的副主席，因为机关办公用房紧张，甘愿在大办公室办公。每次领到任务，他既亲自设计，又亲自施工。带着作家出去采访，他不仅亲自联系，还亲自驾车。他不要助手，凡事总是亲力亲为。

一个驻会副主席，是从基层宣传部部长岗位上转任的女同志。她肯于学习，迅速适应角色，把握文艺工作特点，与文艺家打成一片，使文联部署能够在各协会里顺利落实。遇到困难她总是想方设法自己解决，她有一句口头禅：“主席，什么事情您交给我，就尽管放心，您只管结果，甭问过程。”

文联主管文字工作的，是一个娇小的女同志，但她有气吞山河之势，几乎一手承揽了全部的文字工作，且毫无怨言，从容应对，一丝不苟，大文小牍都写得颇见功底。不仅如此，她还代吴心给人写序，文字风格紧贴吴心，不出破绽。这让吴心很感动，视她为得意门生。

办公室主任是个高个子女士，她集组织、人事、劳资、后勤、发行等各种事务于一身，每天都马不停蹄，忙得团团转。但她始终情绪高昂，面如春风，不言辛苦。而且机关里谁家有事，她都主动帮忙，是大家的开心果。她也特别正直，在原则面前敢于提意见、敢于较真。

还有一个女同志，是辞去现职到文联来的副处级干部。虽当过领导，却以普通一兵的心态，积极担当调研任务，认真撰写调研报告，体现了文联水平，并把分担的编书、校对工作，做得十分精细，俨然专业人士。

几个社工和借调人员，也以主人翁的精神干事，不仅认真完成交办的工作，还主动给领导提醒，主动拾遗补阙。

即便是机关的司机，不仅开车，也“问路”，对领导出席场面把脉，提出哪个活动可以参加、哪个饭局不可以去，并主动收集艺术家的思想动态，帮助领导更好地履行意识形态主体责任。可谓既对领导的出行安全负责，也对领导的政治安全负责。

如果说文联机关是一棵树，树上的每一只花朵都本分地开，而且努力开得灿烂。

吴心曾在机关里说过，我最大的长处，是善于发现并学习别人的长处。所以，如果你们还认为我是一棵大树的话，那么我就是把你们一个一个的长处都吸纳到手，累积起来，才有了现在的高度。

大家伙儿高兴地说，精辟，精辟，您眼里既有自己，也有别人，的确是高人。

想到这儿，吴心从床上一跃而起，要上班了。

他愿意去机关上班，因为那里不仅是一块净土，更是一块乐土。

五十四

在吴心的意识里，大方山文艺工作的大好局面的形成，颇为重要的是，他选了一位好秘书长，发挥了举足轻重的作用。

这个人，就是被他视为“我心中的文艺劳模”的赵文敬。

还有十个月，赵文敬就要年满退休了。

一想到这一点，吴心不禁心中嗒然，想到很多——

从一九八六年相识至今，他们竟然有了二十八年的交往。

都说人间无至人，但稍一回想，赵文敬与至人庶几近之。

一九八六年，吴心在大方山政协编《大方山文史选辑》，赵文敬在《燕山油化报》编副刊，因赵喜写文史小品，常有稿件送来，遂与吴心相识。那时，赵文敬与有相同嗜好的张彤江形影不离，故每次都是结伴而来。因为工作生活在工业区，二人绝无乡下人的那种委琐、狡黠之相，行止磊落大方，言谈坦率质直，且只谈学问，不论人事，给人以好感。所不同的是，赵文敬总是徐徐道来，而张彤江则眉飞色舞。

他们对学问很认真，稿子投过来之后，还不时打电话，进行补充修订，让人不敢懈怠。二人文字之外，还另有所好，赵好书法、好摄影、好诗词、好藏书，张则好金石、好扇面。所以，每有投稿，还辅以照片、篆刻，以求图文并茂。他们善与名流交往，与史树青、范曾、欧阳中石、康殷、李准等都有往来，无论谈到哪个名家，他们都能讲出许多趣闻逸事，也能拿出留影、手迹、签名、赠品以做证。他们虽交游广泛，眼界宽阔，但却从不矜持卖弄，好像这一切是再自然不过的事。

这就把他们同周围的文化人区别开来——他们博识、通透、儒雅、谦抑，好像天然就属于文化。

一九九六年冬，吴心的父亲得了肝癌，无灵丹妙药以保命，只好窝在家里，用吗啡、杜冷丁纾解疼痛。时间久了，镇痛效果锐减，便寻民间偏方。一小诊所的中医闻讯前来，说他研制了一台镇痛仪，愿义务救助。不想果然有效果，给诊费他拒收，相持不下，他对吴心说，你既是文人，若非要表达谢意，就写几笔，在报上发表。因为我的诊所无名，门庭冷落，一如好酒也怕巷子深。

这几乎是软广告，一般报纸不会刊发，即便发表，也要斥以重金。无奈之下，吴心便想到赵文敬。文稿之外附了一封短笺，说了秀才人情纸半张之意。稿子寄出不久，就收到一大沓样报，也附一短笺，说，令尊之痛，乃大家之痛，既是秀才人情，绝不打折扣，原文照发。

从这时起，他们的交往，上升到感情的层面。

后来吴心到赵府登门致谢，刚要说感谢的话，就被他笑着拦住，拽着吴心去看他的藏书。他的住房有宿舍性质，标准的蜗居。但卧室、客厅，甚至包括厨房、卫生间，都被他“塞”满了书，留给生活的空间便极其有限，几乎是仅够容膝。书架之外是书垛，层层叠叠，翻检不易。但是，只要你说出书名，他总能从被覆盖、遮掩之处迅速找出，让人惊讶不已。吴心不禁感到，他真是个读书种子，一如劲草，地表之乱，乱不了他捕捉阳光的意志，总能向上生长，且钻隙而出，站在明处。

他执意留吴心吃饭。吃的是水煮面条，无酒菜。面条是他从店里买回来的成品，他只是简单地煮。他告诉吴心，在生活中，他奉行极简主义，一身工装穿了洗、洗了穿，几把面条煮了吃、吃了煮，心中所想，只有书。

他肚里装的书的确多，几乎是无所不包。

中国的古典名著，只要你说出篇目，他都能给你叙述出概要；古典诗词的名篇佳作，只要你说出题目，他都能倒背如流；历史方志，只要你点出方向，他都能给你作一番清晰的勾勒；地理名胜，只要你有所问询，他都能给你作一番泾渭分明的描绘；文献典籍，只要你有所借用，他都能给你提供有关的影印、图像、版本、考据、索引。

若说钱钟书是一座文化昆仑，赵文敬则是一座活的图书馆。吴心想，前者在远处，我等羡而不妒，似与己无关；后者就在近旁，我等便自惭形秽，频生汗颜。

赵文敬的渊博，源于他的家学根脉。他的祖父和父亲就好读，敬惜字纸。他的父亲，虽是工人，却喜钻研学问，遇到好的诗文，不仅研习，还恭恭敬敬地抄在本子上。吴心亲眼见到，他父亲留下的笔记，就有数十本。本子上的字迹，差不多都是小楷，很见功底。赵文敬参加工作后，也是工人，父亲就开导他，做工人不意味着就远离学问，要学会用书香修身养性，以便活得超逸脱俗。他听父言，勤于阅读。但父亲还嫌不足，告诉他，书要能真正读懂，并且装进肚里，就要勤于抄，不仅摘句，还要抄全文，且要用小楷，做到一丝不苟（后来赵文敬成了书法家，入了北京书协，问他如何学书，他说，无他，抄书使然）。所以，赵文敬与其父一样，也留下了很多抄本。娶妻生子后，家里的这个氛围也感染了母子，一家子都手不释卷。他的儿子刚小学毕业，就把成人需要研修的古典文学必读书悉数读完。他的妻子，因饱读诗书，悟性突出，被从售货员的岗位上调到公司党委宣传部，搞文案、做电视节目。

后来，吴心以他们家为原型，写了一部中篇小说《欢悦》，在大型文学期刊《长城》发了头题，并被《中篇小说选刊》转载，还被河北作协推荐为鲁迅文学奖的参评作品。吴心觉得，不是他写得好，而是原型的生活样相好。其中的主人公好作古体诗，为了增加现场感，吴心也贴着主人公的身份炮制了几首。由于他不懂平仄，就找赵文敬请教，文敬一笑，把父亲的两个抄本借给吴心，一本是《逻辑学概要》，一本是《诗词学发凡》。吴心照猫画虎地弄出两首，嵌在小说里，一些文友读罢，竟大加赞誉，以为他素有诗才。

赵文敬由于满身书香，就写了大量的文史小品，除了在各大报刊发表之外，还在他所在的厂报上以专栏的形式经年连载，大光版面，吸引了燕化之外的许多读者。这些文章应读者要求结集出版，为《闻喜斋随笔》《闻喜斋续笔》，成了许多文化人的枕边书。

二十世纪末，赵文敬所在的燕化公司进行企业改革，搞一刀切，四十五岁以上的职工都被分流。或买断工龄，提前退休；或自谋出路，实行转岗。恰此时，《大方山报》创刊，也恰好当时的区委宣传部部长也是出身于燕化，对他有很深的了解，遂顺势把他调来。

到报社以后，虽然还干熟悉的业务，但因为他心地单纯，处事率真，在人与人交往上颇有不适之处，他又不会妥协，就时常苦闷。出于相知和信任，他把内心的苦闷多次向吴心诉说。吴心感到，作为一个传统文人，他最适宜的地方应该是文艺单位，踏踏实实搞点学问，便向组织申请，把他调进区文联。

到了文联之后，他才真正进入了人尽其才、如鱼得水之境。

首先是吴心将他们俩的关系定位在兄弟、同道、知己的层面，而不是世俗意义上的上下级——领导与被领导的关系，让他享受到被尊重的美好，做到尽展欢颜、知无不言。其次是给予他充分的信任和自由施展的空间，放手让他在自己最擅长的领域，譬如办刊、编书、策划书画笔会和文化学研究，使其才华得以绽放出最璀璨的光华。

他也珍惜天时，十几年来，兢兢业业，任劳任怨，埋头苦干，勠力而为——

参与编辑地区文艺刊物《大方山文艺》。他与主编凸凹密切配合，不仅全权负责组稿、审稿、编辑、校对、发行，而且封面、版式和插图设计都是他一人承担。《大方山文艺》出刊至今，总刊数近百期，已成为北京的名刊，成为北京乃至全国文艺家向往的发表平台，没有赵文敬的鼎力支撑，就凸凹的懒散，是不可能的。吴心跟他开玩笑说，你在《燕山油化报》编副刊是在练兵，到了《大方山文艺》才是作战，好像这个战场，就是预先给你准备的。

他与吴心一道，创立北京第一个也是唯一的一个区县文化研究学科——大方山文化学。周口店北京人遗址文献收集、贾岛诗词研究、大方山民间文学集成、大方山农民画钩沉、高克恭史料搜寻和六个中心乡镇的地域文化挖掘等项目，包括二〇〇七年大方山文联倡议主办的“贾岛诗歌全国学术研讨会”，他都是工作支柱。大方山文化学至今已出版了两千万字的研究成果，都是由他代表吴心履行了终审的职责。

与吴心一道推出两辑“大方山文丛”，皇皇三十三卷，近千万字，把大方山骨干作家的创作成果悉数收进，成功打造了一个“大方山作家群”现象，使大方山一跃成为北京的文学大区。在丛书的编审、校对环节，他以极端负责的精神，对吴心已签订了的文稿，字斟句酌，反复推敲，绝不放过一处错讹一个别字，其严谨作风，让人感佩不已。

可以说，文联的每一份出版物上，都凝聚着他的心血和倾力付出，且他心甘情愿，不讲回报。

然而，这只是他工作风貌的“惊鸿一瞥”，其实，他在许多方面，都有其独特的贡献——

譬如他因为有很强的文献意识、档案意识，参加工作以来，积累了大量的历史文献和史地资料，包括文本、图像、原件，堪称是大方山历史文化的私人资料库、档案馆。在市场经济条件下的今天，这些稀有资源，绝对是自己获利的独特资本。但是，在大方山文化学研究、乡镇地域文化挖掘以及行业文化打造过程中，只要是需要，只要是他有，他都会毫不犹豫地贡献出来，供有关单位无偿使用。即便是他个人的研究成果、文章著述，只要是别人想借鉴、想引用，不管告知与否，他都慨然应允，从不计较所谓的版权与稿酬。许多人说他傻，说他不会经营，而他却说，私人收藏如果不被利用，会烂掉；个人智识如果不发挥现实效应，会胎死腹中——“只要是被运用了，就是实现了我的个人价值，我深感欣慰和快乐”。

也是因为他的文献意识、档案意识，他到文联以后，特别注重方方面面工作的信息、资料和文献的收集、存储和积累，详细编制了历年的大事记，建立了活动图像电子文库，责编印制了《大方山文联十年图志》，使文联的发展历程有据可查，为今后大方山文艺史的撰写提供了原汁原味的第一手资料。

譬如他性情敦厚，处世谦恭，总是与人为善，体恤他人，也从不论人是非，一味地忍辱负重，就变成了一种人格力量。这种做人风范，因着他秘书长的身份，带动了文联良好风气的形成，促进了文艺界整体的团结。在别的区县，普遍存在着文人相轻的现象，而整个大方山文坛，却呈现出文人相亲、文人相重的大好气象，这是与赵文敬蔼然仁者的示范作用、“润滑”作用分不开的。令人感叹的是，他的“仁者”操守，竟坚守到了极致——由于他敬业，工作从不放低要求，总是精雕细刻，有人便说，他认真是认真，但不注重效率；由于他承担的事务多，而每一件事情他都力图处理得尽善尽美，就不会变通，统统苦干，有人便说，他负责是负责，但统筹协调能力太差；由于他有奉献情怀，不仅自己的收藏、积累和研究所得、文字著述供别人无偿使用，而且干什么都不讲条件、不讲回报，就给有谋利之心的人造成了心理压力，有人便说他虚伪、爱表现……面对这一切，他总是一笑置之，从不反驳，从不抗争。吴心曾对他说，做好人也要有底线，也要有原则，听到不实、不公之辞，你要斗争。他说，主席，你说的我也明白，但是跟谁斗争？都是自己的文艺家，都是咱们服务的对象，你一“斗争”，就伤和气、伤和谐，影响合力的形成，得不偿失。赵文敬虚怀若谷，就像一团海绵，自己吸进脏污，还周围一片净洁。可以说，他是地区文艺界走向团结的一块磊落的基石。

回想与赵文敬在文联共同的十来年经历，吴心除了敬佩和爱戴之外，心里也有很深的歉疚——

即便是他贡献突出，但是由于文联的职数所限，他依旧是个科级干部。

即便是他渊博多识、底蕴深厚，可以写出无量数的文史随笔，但是由于吴心给他分派的任务太多、太重，几乎耗尽了他全部的心力，他无暇写自己的文章。他的密友张彤江，因为处境超脱，不断有文章在各大报上发表，且不断有新书问世。每一接到张彤江的赠书，面对日显老态的赵文敬，吴心都心潮不平。他认为：如果说，我用好了一个赵文敬，推动了地区文艺的发展繁荣，可以算是功臣；但是针对于赵文敬本人而言，我“剥夺”了他的创作时间，使他在个人成就上不能脱颖而出，堪称罪人。

即便是他无怨无悔，但是他的身体却每况愈下——发白齿豁，肩斜腰塌，全身都是病，反应也大不如以往敏捷。即便如此，在吴心询问他退休之后有什么打算时，他竟毫不犹豫地说，只要你聘用我，我还跟着你干。吴心说，跟着我干就累。他一笑，累也不怕，习惯了。

听了他的话，吴心转身离去，因为他已满眼盈泪，就要落下。而面对这样一位无私持重的人，流泪是一种侮辱，有假惺惺的味道。

吴心回到自己的房间，打开了日记。那天，吴心被授予全国文联先进个人的称号。赵文敬主动陪他前往，说要把全国政协副主席、全国文联主席孙家正给他颁奖的镜头留下。日记中写道——

在回程的路上，到会场为我照相的区文联秘书长赵文敬，无意间感叹了一句：“我这辈子最大的一个遗憾，是我父亲临终前，我没在他身边，这几天他总是在我梦中出现，让我深感不安。”

赵文敬是我最亲密的工作伙伴，十几年来，文联的每一项工作，他都是出力最勤者。二〇〇六年，我们两个人搞“没有共产党就没有新中国”纪念馆的展陈设计，由于要赶在“七一”当天开馆，便日夜赶制，他无法抽身回家照顾病危的父亲。在“七一”前夜，还有最后一块展板没有上墙，家里急电，要他速回，说老父咽气前要看一眼儿子。我催他归，他有极强的敬业精神，说这块展板内容是他设计的，他不在场，怎么上墙？凌晨三点，终于告竣，含泪急归，父已僵冷。父一直不瞑目，他只好跪身抚其阖。此情此景，令我心中大痛，觉欠下了一笔大大的人情债。

以为岁月可以弥合伤痕，不想却适时裂开，刺痛心灵。我没有语言可以安慰，因为说出的任何语言都轻浮，便对自己说，这个荣誉不属于我，因为赵文敬这样的人才是月亮，我不过是掠其光华，使自己晶莹而已。

作为文联主席，有职无权，几近边缘，既不能促其荣升，也不能遗其金钱，只有一颗感恩的心——我终生敬重，并祝他健康永在，幸福长寿。

在吴心看来，他是自己心中的文艺劳模，其光华足可以照亮自己未来前行的道路。

吴心认为，一个地区能够出现这样一个真正的德艺双馨人才，是不易的，所以他想，对赵文敬，不仅搞文艺的人应该以他为榜样，整个社会，也应该给予其充分的尊重。

他怀着深情和敬意，伏案疾书，不到半天的工夫，就为赵文敬写了一篇近万字的报告文学，风范填满胸怀，自然就会笔下汹涌。写罢，立刻就通过邮箱投给《中国艺术报》的副刊主编。很快主编就打来电话，说："我把一个版面的稿子统统撤了，大作明天就整版见报。因为这个人的事迹太感人了，他不仅是文艺劳模，还堪称中国文艺的良心。"

放下电话，吴心不禁掩面而泣，因为再深、再重的情怀，也是秀才人情纸半张啊！

泣而成哭，惊动了隔壁人，赵文敬推门而入，吃惊地问道："主席，您这是怎么了？"

吴心猛地起身，紧紧地握着赵文敬的双手："无他，因为惭愧。"

五十五

吴心情不自禁地就去拜访了张岚。

他们在学校的时候，一个喜写诗，一个爱唱歌，都是文艺青年，又都有俊美的外表和温柔的气质，自然就产生了吸引，走到了一起。

文艺让人多情，又让人有激情，彼此都有欲动，自然就有了缠绵的感情。

正因为是这样，吴心因文艺而获得了荣誉，他本能地就去找张岚，她是最好的分享对象。

来到张岚所在的职工教育学院，以为她会在大门口等他，毕竟也是多年不见了，她应该有那种急切的心情。但张岚只给门房打了一个电话，说如果有个叫吴心的人来，就让他进来，径直去张副院长办公室。

吴心多少有些不快，觉得张岚世故了，少了率性的东西。

进了张岚的办公室，张岚马上就说："学院的环境不同于社会，这里的人比较传统，男女之间交往得避讳一下，最好是别让人看见。"

张岚既世故，又坦率，还能让吴心看到在学校时的影子。

张岚已是副厅级的副院长，主管后勤事务，所以她的办公室是标准的里外间，布置得异常清洁素雅。外屋的窗台上放着一盆石竹，地中央是一盆仙人掌。

她说：“你别看我是女的，也特别懒，所以名贵的花养不了，就养一些好侍弄的，你别见笑。”

这些植物都不开有香味的花朵，但她的屋里还是弥漫着香味。往深里嗅嗅，吴心辨得出，那是昔日里散发在她发间的香味。

记忆好像是暗示，让吴心觉得张岚在期待着他的一个拥抱，虽然门已关上，但他还是下意识地推了一下，然后上前拥抱。

果然不被拒绝，但像在举行一个仪式，她不往深里拥揽。吴心感受不到她的肉和温度。

张岚迅速地坐回座位，示意吴心也在沙发上落座。

张岚说：“你现在可算是功成名就了，我看到了很多对你的宣传报道。”

吴心摇摇头，说：“咱先不说这个，你现在怎么样？”

张岚说：“平平静静，马马虎虎，还过得去。”

吴心看到，张岚瘦了，因为腴润的脸颊有些往下塌陷，且紧缩了一圈。肤色还是那样白，但因为没有光泽和血色，所以白得有些虚假。可喜的是，即便是瘦了，胸臀还是有曲线，还有昨日性感的余韵。

张岚说：“别看了，已经不好看了。”

吴心说：“还是好看。”

“有了皱纹，有了眼袋，不能让人靠近了。”

“除了我，也不能让人靠近啊，呵呵。”

“都老大不小了，还是那么坏。”

虽然她与马小婵是两种女人，却说同样的话，吴心不禁愣了一下，说：“你的意思是说，我还是昨天的我，你不感到陌生？”

“怎么不陌生？原来的你，只是个白小子，现在却是德艺双馨文艺家，全国先进工作者，满脸脂粉，都闻不到你的汗味了。”

吴心借机站了起来，靠近她：“还是那种汗味，不信你闻闻？”

张岚推了他一把：“你就好好地坐在那里吧，别把自己整得跟个情人似的。”

“难道不是情人？”

张岚笑而不语。

张岚说：“我真的祝贺你，德艺双馨文艺家是其他搞文艺的人追求一辈子也未必能得到的称号，而你就得到了，所以值得祝贺。”

“谢谢。”吴心就等着这样的祝贺，因为它可以加重在老情人心中的分量，也能确定他这次来的意义。

“全国先进文艺工作者是不是享受省部级劳模待遇？是不是要涨工资？退休后是不是也要多拿百分之五？”

没想到这么优雅的女人却问这么俗气的问题。吴心摇摇头，不作回答。

“要是那样，别看我是副厅级，你是处级，却可以享受差不多一样的待遇，咱俩还是平等地站在一起，我真为你高兴。”

这让吴心难以承受，难道我不给自己弄个先进，在你的心中我就不占位置了？那么感情呢？“咱们能不能说点别的？比如浪漫一点的话题。”他悻悻地说。

“你也别不高兴，到了咱们这个年龄，还有什么浪漫话题？不过是通俗话题。”

“比如你的个人问题。”

张岚告诉他，本来是不想结婚的，但实在是孤寂，前年就把自己嫁给了一个比她大十岁、一直关心她的老干部。张岚说，她与老公温馨相处，互不苛求，互不束缚，也决意不要孩子。他们的爱似有似无，情似浓似淡，不过，这样挺好，于心脏无虞，对生命有益。

“哎，听说你妻子很漂亮，也很贤惠，你命不错啊。”

吴心说：“她很丰艳，而且越来越丰艳，就是照着你的模子找的。要说感情，跟你和你老公的一样，不温不火，似有似无。”

张岚说：“其实这就是你有所成就的原因，你没听说，男女之间感情太好了，要不短命，要不就一事无成。看你的气色，看你的做派，你不仅功成名就，还是一个长寿老头儿。”

吴心说：“看你的状态，也一定会是一个长寿老太太。”

张岚摇摇头：“很难说，因为我有先天性心脏病，去年还做了一次康复手术。”

“看来这是真的？”

“是不是马小婵跟你说过？”

“是。”

“我说呢，一让你跟马小婵好，你就痛痛快快地离开了我，原来如此。”

“不全是那样。”

“不过，我和马小婵跟你都不会有什么结果，这在当时我就预料到了，因为你爱好文学，激情来得快也去得快，我们还停在原地，你已经走远了。”

“也不是的，因为爱好文学使我孱弱，承受不了琐碎和负重的生活。所以，一听说你心脏不好，一听说她三个弟弟还需要我给盖房子，我怕应付不来，才跑远。”

“哈哈，你真可爱，能把复杂的感情问题简单化。”

吴心不好意思地嘿嘿笑着，像个孩子。

张岚说：“不过，我还真得感谢你，在我情欲萌动，需要一个男人的时候，一招手，你就听话地来到我身边，还给了我那么美好的感情，让我没有虚度青春。”

吴心说：“听你的话，好像我中了你的勾引，其实不是的，是我中了卢梭的毒，把你当成了我的华伦夫人，奋不顾身地投进了你的怀抱。我也真的谢谢你，因为我虽然已过五十岁了，也遇到过别的女人，但最让我心醉的感情，还是与你。”

张岚笑着，脸上有了颜色。

吴心说：“我至今还纳闷儿，那么高的水塔，你居然比我还灵巧地爬上去。”

张岚说：“都是情欲闹的。”

相互的表达，类似情话，两个人的眼睛里都有了脉脉的东西，再加上室内熟悉的记忆中的香味，吴心冲动地站了起来，拥抱过去。张岚也顺势投进他的怀里，这一次抱得紧了。

吴心说：“我想吻吻你，你嘴里好闻的香味，我至今都忘不了。”

张岚摇摇头：“就别吻了，都老太婆了，五脏六腑都病变，像个空心萝卜，嘴里已没什么好味道了，别败坏了记忆。”

吴心斜眼看了一下里间的房门，把张岚拥了进去，一起摔倒在床上。吴心顺势去解张岚上衣的扣子，以为水到渠成。不想遇到了激烈的反抗，不仅躲闪，还用力地推搡。

“以前是因为顾忌，都这把年纪了，还怕什么？”吴心说。

“你给我看过司汤达的《论情爱》，他说过，美好的爱情是站在远处的信仰，一旦近处占有，就失望，就失去了对爱人的敬重。”张岚说。

“我们已经老了，再不拥有，就没有机会拥有了。”吴心说。

“这样的拥有会失去永远的拥有，你还是把我放在心上吧。请你尊重我。”

话已至此，吴心只好尊重，但他垂头丧气，满眼幽怨，不停地摇头。

张岚牵过他的手，说：“好孩子，跟我回到座位上去，让我好好做一次你的华伦夫人。”

回到座位，张岚说道——

你透过你老伴的鼻子看过日出没有？如果没有，你要尝试一下。我是透过老伴的鼻子看过日出的，看后我发现，阳光并不是想象中的直射，而是有一个柔和的弧度；光线也不是齐刷刷地纷披而下，而是袅袅的脉动。你看，鼻梁那么一点凸起，就使阳光改变了光粒子的运行轨迹，何况更大的障碍？我是说，到了我们这个年龄，生命之光本来已失去了一往无前的强度，一旦有额外的鼓突，就会有更多的波澜、更多的曲折。所以，一定要平和、平静处事，不要奢望重起激情。

情欲和性爱是属于青春，那时叫浪漫风月。到了老年，男女之间，属于远远相望和默默相守，再不管不顾地放任，就是丢乖露丑。我们年轻的时候都没有占有，这时候何必占有？

因为到了现在，我已经不是那个饱满多汁的女人了，是枯萎干瘪的落花。还算挺拔的前胸，是高档乳罩的底托托起来的；还算后翘的腰臀，是修身底裤修起来的。如果上手这样的身子，只会破坏以往的美好，在你的眼里，我就不再是你的什么爱人兼圣母华伦夫人了，而是一边占有一边生厌的下女兼家婆戴莱丝小姐。

还有，为什么我用鼻子说话？因为我知道，在你们乡间，把男女私情叫作招猫逗狗，把喜欢招猫逗狗的人喻为鼻子长，你一旦被人认为鼻子长，你在他们心中的清正、正直就会顷刻瓦解，你再有社会作为，也什么都不是了。所以到了你这个地步，就要远离金钱和女人，就是要清心寡欲、谦卑恭顺、遵规守矩地生活。这就做到了德高望重，虽内心枯槁，无浪漫感觉，也算是成功人士了。

所以，我不到门口去迎接你，不是我世故，而是为了你好。因为我是你的华伦夫人，要处处为你着想。

五十六

就在吴心获得荣誉称号的这一年，凸凹的第六部长篇小说《小城谣》在《收获》发表，并旋即荣获老舍文学奖。被称为北京文坛的重要收获。

北京作家协会觉得他这部作品完全可以问鼎茅盾文学奖，为了造势，会同中国作家协会小说委员会给他举办了隆重的研讨会。

关于这部作品，凸凹在跋中说——

这部《小城谣》是我向世界乡土文学大师致敬的作品。

由于我住在小城（县城），是农村和城市的接合部，有熟悉的生活，又由于有前几部小说的经验积累，更由于我用心之精，人物心态的把握，是准确的，也是深层次的。

在小说结构上，借鉴了略萨的结构现实主义写法，单章写人物在农村的成长历史，双章写人物在城市的生活现实。这种把人物放在农业文明和城市文明两种背景条件下的对称结构，虽不简单地进行两种文明的优劣对比，也不机械地阐释两种文明作用下的观念碰撞，但打在人物身上的烙印却是迥异的，区别也是鲜明的。人物心态的生成，具有强烈的历史感、立体感，因此，人物的心路历程，便也具有了广阔的空间和丰富的造影。

奇怪地，小说的主人公南晓燕，在农业文明条件下，她的心灵是开放的，可以自由伸展自己的个性，因而形象也是生动的；而在城市文明的作用下，她的心灵却本能地选择了规避，一进一退都是被强大的外界力量推动着，主观的缺席，使她的形象变得异常苍白。在原始的乡野，一只牧羊鞭，一柄锄头，便可以拓展一爿足可以生存下去的空间；而在现代的城市，一片心机，一腔筹措，换来的却是生存的失据，心灵的凄惶。城市文明对个性的遮蔽，对“小我”的颠覆，是毫无商量的。在自守与异化，抵御与妥协的几番较量之后，她被后者湮没了。她无奈地哀叹道：“一个女孩子，一到了城市，好像生活的全部资本，就只剩下一个肉身子了。”

我不是彭斯、梭罗和苇岸，不是农业文明的执着的捍卫者，并不想为其吟唱一阕美丽而忧伤的挽歌。但是，我又不能搞话语霸权，用我的现代理念去强力支配笔下的人物——人物一旦走进了叙述空间，她自己就“活”了起来，她的呼吸、她的心跳，引领着作者的笔尖——这是基本的写作常识。

于是，遵从人物的心灵逻辑，不知不觉间，还是有了挽歌色彩。

终卷反思，觉得像南晓燕这样的女孩子，在城市里生存，有个“不适期”是再自然不过的了：人的来路、现在和未来是不能人为地割断的，她有那样的“来路”，就不能不经历这样的“现实”，对“未来”的立身和崛起，她是要付出代价的。所以，与其说是挽歌，不如说是“壮歌”。

像南晓燕这样从农村“杀入”城市的人群，是“不完全”的城市人，他们还不具有健全的城市人格，这种不“健全”，正是文学的大幸——它给文本“心态”，提供了一个广阔的发育空间，《小城谣》的价值也就如此被确立了。

在《小城谣》中，有个跟南晓燕完全不同的人物——谢小思。她是“完全”的城市人，有较为健全的城市人格，她对忧伤的南晓燕说过一句话——“因为生活无法抗拒，你就懂得了怎么生活；因为黑暗驱之不去，你就懂得了怎么寻求光明；因为与人相处无所适从，你就懂得了选择专注”。这种说法未免有些“小资”，但“小资”的精明比“农民”的懵懂更适应生存。这样一来，小说就又有了城市寓言的味道。

在研讨会上，专家们给的评价很高，著名评论家王干甚至说它是京西版的《包法利夫人》。著名评论家雷达说，凸凹虽然是区县作家，但他有世界文学眼光，写得很现代、很洋气，他的小说是同类题材中最有突破性的作品，仅凭这部书，他就可以理直气壮地成为北京文学的代表性作家。在肯定凸凹的同时，他还捎带手评论了一下吴心。他说，其实吴心也是很有潜质的作家，他发表在《十月》上的大地散文，很是让我眼前一亮，但遗憾的是，他这几年就像一般的乡土作者匍匐于乡土、醉倒于村俗一样，他匍匐于官场、醉倒于行政事务，使作品难以为继，只是不断地发表一些不痛不痒的小散文，刷个存在感。可惜，可惜，真是可惜。

三个可惜，弄得吴心心烦意乱，他又不敢解释，只是一味地傻笑。

研讨会后，凸凹春风得意，真的有了大家的派头。他穿上了唐装，蓄起了大胡子，叼起了烟斗。文学青年，特别是男作者去讨教，他也冷脸以对，架子摆得很大。他对那些忧伤的男作者毫不隐瞒地说道："到了我这个份儿，只辅导女作者，虽然也烦，但毕竟可以红袖添香，还多少有一些情调。"

吴心听到了不少对他的微词，心情滞重，硬着头皮去找他谈话。

为什么说是硬着头皮？因为文联召开的有关会议，即便是吴心亲自通知，凸凹也不参加；一些必要的活动，即便是吴心亲自带队，他也托词缺席。吴心在他那里，也好像不好使了。

终于坐在了一起。

吴心说："大方山容不下你了，是不？真正的大作家历来是随和、谦卑的，因为大海无波，小河才喧哗。"

凸凹说："那你让我怎么样？"

吴心说："包子有肉不在褶上，就像我当文联主席要清廉、正直一样，你作为名家，也要懂得守虚内敛，这样才可爱、才可敬。"

凸凹说："人怕出名猪怕壮，难道我有了名气，就不能率性做人、自由生活了？你别给我摆官场那一套。"

吴心说："我是以朋友的身份跟你说话，是让你在盛名之下也真实，也朴实。"

凸凹说："装得跟圣人似的，那得有多累。"

吴心说："累也得忍着，咱们大方山文坛不能出异类。"

凸凹说：“什么？异类？你是不是嫉妒我了？”

吴心说：“我嫉妒你什么？”

凸凹说：“你嫉妒我比你有成就，比你名气大。”

吴心说：“我要是嫉妒，就不会给你提选题、供素材，让你改掉懒毛病，进行沉潜的创作。你的成功，有我的因素。”

凸凹说：“那倒是。不过，既然是朋友，我也要劝劝你，你不要把自己的文联主席太当回事，就像屠格涅夫劝托尔斯泰一样，我希望你回到文学上去，不然可真的像雷达先生说的那样，可惜了。”

吴心说：“我谢谢你的好意，但我暂时还是回不去的，因为我既然还当着文联主席，就要尽职，践行我的文艺工作理念，让大方山的群众文艺铺天盖地，精品创作顶天立地。”

凸凹说：“你又来了，这么多年你少干了吗？做了那么大的贡献只换得了两项虚名，连个升迁的可能都没有，换了别人，早就审时度势、坐享其成了，可你还没心没肺地进取，真是书生气。”

吴心说：“你所说的书生气，在我这里叫书生情怀，我还靠它安身立命呢。”

凸凹说：“我是个懒人，写得很慢，但也写了六部长篇了，而你连一部都没有，不眼红？”

吴心说：“我为什么要眼红？我说过，作为文艺家，要有两个立言：立社会之言和立自我之言，立社会之言广阔，立自我之言深刻，二者结合才完美。依这个理念，我立社会之言，让群众文艺铺天盖地，你立自我之言，让自己的创作顶天立地，这有什么不好？因为面对整个大方山文艺而言，我们俩是一个人——我替你立社会之言，你替我立自我之言，对外界来说，都是在为家乡做贡献、争荣誉，我们有统一的文化人格，我就是你，你就是我。所以，你为什么要小看我，我又为什么要嫉妒你？没道理吧。”

吴心的话让凸凹吃惊，他久久不语。

他捋着胡子回味，手不好意思地放下了；他叼起烟斗，又难为情地丢下了。他干干地笑了笑，说：“我这是怎么了，咋感到这么不自在呢？”

吴心说：“你本心温柔，外在的一些做派都是装出来的，用字儿话来说，是做作。”

凸凹说：“细细一想，你是比我有情怀，是比我伟大，我还是听你的吧。”

吴心说：“你是得听我的，因为你名气大了，影响力也大了，你要是不听我的，我这个小小的文联主席还怎么当？”

这是知心话，凸凹不禁动容，点点头：“但是，你的创作就会一直受到影响，索性就先别写了，等退了休再写，文学毕竟是马拉松的事业，还是身体重要。”

吴心笑着摇摇头，说：“写不好，也还是要写，并不是为了刷存在感，更不是为了跟你争高低，因为它正是身体本身的需要。”

“你怎么会这么说？”

吴心打开手机的“备忘录”：“我昨天睡不着，在上面写了一段文字，你看看就知道了。”

凸凹接过吴心的手机，读道——

生命因字词而充盈而提升

常常是这样，只要键下了一个字词，其他字词，就会依次涌来，一如田间灌溉，沟渠一开，水自已就会钻隙而至，不须农人另外的照拂。只要电脑前一坐，人就被字词推动，不停地键入，不知夜色已深。与其说是人写字词，不如说是字词书写人，写作，有本身的惯性律动。

不知不觉间，字词已有了撒豆成兵的阵势，漫漫汤汤，乌黑一片。本没有预定的意义，但字词的方阵，已自已呈现出意义，这出乎写作者的意料，令其惊愕不已。

不断涌来的字词，把人锁定在座位上，倏忽间，已过半日。时光速进，大有生命被缩减之意味，叹人生苦短；但又被延长、延续，因为字词承载的意义，像插上飞翔的翅膀，飞出个人生命的狭小空间，进入公众视野。被众人品味，被众人传递，他们替你活。众，不仅意味着空间的扩大，也意味着时间的延续，所以，“活”在众中，比自已活，要深广、长远。

而且，字词在传播过程中，会融入每个阅读者的个人经验，到了后来，意义附着在意义上，就有了额外的意义。所以，写作者，既是意义的创造者，也是意义的旁观者，增值其中，远远地超越了自我。

还有，字词键入的初始，是基于写作者的感性体验。当字词集合到自已能呈现意义的时候，就形而上了。形而上是抽象状态，它突破肉体局限，进入精神境界。写作者被字词提升，有了脱俗的生命自足，因而沉着自信，意气风发，唇红齿白。

这一点，我的个人感觉，也可以予以验证。

离开书写状态时，我的身体状态感觉很糟：精神恍惚，哈欠连天，五脏六腑都好像安错了位置，此起彼伏地发出异响，处处发出病变信号。特别是，确有病理存在的部位，痛感放大，似乎已病入膏肓，来日无多。但一进入键写状态，忙于字词的安排，迷于意义的光亮，肉体就被遗忘了。被遗忘之下，所有脏器反而安分守己，静静地恪守职责，无碰撞的杂音，无错位的疼痛。奇怪的是，待书写完毕，舒适感觉依然延续，不禁感叹：生活本无事，肉身本无病，人闲不定，自扰之。

一如袁枚所说美色可医病，书写亦可医病。如果说人是一部机器，五脏六腑就是身体的齿轮。书写过程，让人凝神静气，无心他顾，进入入定状态，而这一状态，就是秩序的恢复，让齿轮依固有轨迹转动，就相安无事了。而且，闲下来的齿轮会生锈，动起来的齿轮才光滑，不会有梗阻，便不会有疼。

所以，依靠字词的滋润，我相信，我不会有什么大病，一定会活得很长。让喜我者，额手相庆；让厌我者，痛不欲生。

我还要说的是——

以道家话语作譬，入定乃写作者的护身符。道家的符咒可以驱魔，写作者的符咒可以驱病。所谓驱病，其实最根本的，是驱杂念。

浮躁世界、功利社会的种种元素，不可能不作用于写作者。但一进入字词世界，被字词推动，被意义召唤，被字兵军团簇拥，颇有内圣外王的自足胸怀。在这样豪迈的气度之下，金钱多寡、官位高低、功名显隐，与我何干，又奈我何。

一如无欲则刚，无私则行大道，驱除杂念之后，心无挂碍，便天地宽阔，不以己悲，不以物喜，气华身伟，出世入世两坦然也！

卡夫卡说，毫不讳言，因为写作，我感觉我有一个“深广的心灵世界”。

我也有相同的感受，在字词里沉浸久了，好像有了“通”的能力，只要你给我一个命题，我就会给你有声有色、入情入理地写出。

所以，我不仅会长寿，还会……至少，会赢得足够的生命色彩与光荣。

尾声

碎云多多，阳光灿烂。

吴心的心情也很灿烂，便去寄居在银行大楼的《大方山文艺》办公室，因为他有一桩喜事，要第一时间告诉凸凹，让他一同分享。

银行大楼有十一层，凸凹的办公室就在十一层，他的《十一楼的窗》所状写的灰色情绪已成过去，他心中已有阳光萦绕，便不再慵懒，勤奋地写他的第七部长篇，他私下里跟吴心说过，诺贝尔文学奖算个啥。

吴心来到大楼跟前，眼睛被楼体反射过来的阳光晃了一下。本来是个商用楼，整个楼体却用暗蓝的玻璃覆面，像个不伦不类的水晶体。本来是要吸引客户的，光线反射，刺人的眼目，好像是在说，别来别来，这里没钱。也像是在提醒来人，别看重我，我这里过手的都是浮财。

吴心不禁摇了摇头。

大楼面前赫然地放着两个偌大的白色的汉白玉石狮子，让吴心更感到不伦不类。这种石狮子的放置，应该属于宫廷、殿堂、文博建筑，因为红墙绿瓦，尊贵暗色，才更显其洁白，使其威严庄重。一个白晃晃的商业楼前却也蹲放，显得是在逆美而上，亵渎文化。楼的四角放了四个巨大的黑色石雕，像压着邪念和欲望。据说，这里的行长信风水，如果不这样镇一镇，影响他的流年运势。

吴心又摇了摇头。

进了大楼，却赶上停电，电梯停运。吴心竟也不犹豫，放腿就爬楼梯。因为心中有喜，意绪急切，便不以为苦。居然不滞不喘，很快就爬上来了。吴心更是喜悦，看来不为功名的写作到底是有益于身体，即便是人过五十，也有膂力，登高致远，也不堕不疲。不由叫一声好！

面对意外的造访，凸凹竟也不吃惊，好像知道吴心要来，茶具已经摆好，水已经烧开。吴心倒是有些吃惊，因为以往凸凹的房间总是灰尘覆案，家什凌乱，没有下脚的地方。可眼前却是窗明几净，井然有序，适宜落座，做长谈。

“你真的像个人物了。”吴心笑着说。

“你别揶揄人好不好？有事就说。”凸凹说。

吴心放声而笑：“不急，先喝茶。”

喝着茶，吴心把刚才在楼前的观感悉数道来。

凸凹说：“你现在知道了吧？我一直待在这么不堪的非文学环境之下，灰色一点也是对的，至少我还坚守着文学。”

吴心说：“你要是不坚守，就没有现在，就狗屁都不是了。”

凸凹摇摇头：“堂堂的一个文联主席，也这么不文雅，露出乡下人的尾巴。”

“你这就错了，我有尾巴吗？长期夹着尾巴做人，偶尔想翘一下尾巴都翘不起来，为什么？因为已经粘上了。哈哈。”吴心打趣道。

凸凹说：“所以身为文人，也要适当地张扬一下个性，不然的话，就失去自我了。”凸凹摸了一下脸颊和下巴，那里光溜溜的，那是在变相抗议吴心对他的管制，使他没了名家的样貌。

凸凹点了一支纸烟，递给吴心，自己又点了一支。既然没有美髯相配，也就丢弃了烟斗，从里到外趋于平实。

吴心吐了口烟圈：“银行家躺在金山上，整天数票子，却还觉得不安泰，去找镇石，而你凸凹寄人篱下，两袖清风，却过得那么从容，而且是过分的从容，没心没肺地写你的长篇，所以你值得尊重。”

“别巴结名人，我有些肉麻，你这次来，到底有什么事？”

“我想跟你谈谈什么是文化名区，我们今后应该干些什么。”

“洗耳恭听，你有什么高见？”

文化名区的标志是什么？吴心认为，至少有五个要素——

一、有一个著名的文化遗存；二、有一批标志性的文化设施；三、有一批文化名人；四、有一批文化名作；五、有一批著名的群众文化活动品牌。以此来衡量，大方山有世界文化遗产一处（周口店北京人遗址），国家级文化遗产九处，市区级三百余处，是名副其实的文物大区，而且北京史的专家一致认为，北京历史文化的不断代特征，是靠大方山文物的不断代特征所呈现的，所以，大方山具有著名的文化遗存当不在话下。但其他要素就不尽如人意了——大方山至今还没有与著名的文化遗存相对应的现代化的文化馆、图书馆、影剧院和博物馆，标志性文化设施建设还停留在纸上谈兵阶段。有全国影响的文化名人仅一两个，你算一个，音协主席算一个，我算半个。文化名作、文艺名品，寥若晨星，不成气候，即便有了“文学大区”的称号，那也拼的是数量。多亏了我们搞群众文艺铺天盖地，使群众文化活动品牌在区县里占了领先地位，“文化周末大舞台”“相声周末俱乐部”“革命金曲大家唱”被国家文化部定为示范项目，群众歌曲创作连续两年获全国“群星奖”。综其所述，大方山与“文化名区”的目标还有相当的距离，但对外宣传上，一直在打造“文化名区”形象，而且还被广泛认同。这就带来了盲目的文化自信，颇有自欺欺人的味道。所以，说大方山是历史文化名区，还算准确；说是群众文化名区，也勉强成立。至于真正的“文化名区”，其建设道路还是漫长遥途，还需几代人的艰苦努力。

凸凹深以为是，他说：“就凭你有这样的见识，你的文联主席就让人高看。不过也别灰心，现在就已经有了可喜的开端，比如咱们的文化中心大楼就要竣工了，我凸凹也终于要有属于自己的工作室了。”

吴心点点头：“文化中心大楼还真是个大手笔，典雅得像大英博物馆，阔大得像人民大会堂，且功能齐全，是群众享受文化的乐园，绝对是一个标志性的文化设施。”

凸凹说：“我觉得我们眼前应该携手干一件事，就是联合呼吁建一座大方山博物馆，既然有那么多著名的文化遗存，作为文物大区，没有一座像样的博物馆怎么成？”

两个人对今后的文化建设谈了很多，颇有担当在我的味道。

话头稀下来的时候，凸凹诡异地笑了，他说：“你还有一件事没说。”

“什么事？”

“关于你儿子要出版长篇小说的事，他写了一部《局里局外》。”

“你怎么知道的？”

“是兴安亲口跟我说的，”凸凹笑笑，又说，“你一进来，我就以为你要说这件事，你为什么一直不说？”

吴心难为情地笑笑：“我都过了知天命之年，遇到喜事要隐忍，不宜急切地道出，也不宜破口就说。”

“哈哈……哎，你以前怎么不告诉我你儿子会写小说？”

“我他妈的也不知道他会写小说，”吴心又跟凸凹要了一支烟，缓缓地吸着，娓娓地道来，“他整天躲在屋里看书，我的藏书都快被他看遍了，也整天写。问他写什么他也不说，我就也懒得管他。可前些日子，他突然对我说，自己写了一个东西，已发我邮箱了，让我给看看。我问，是小说还是别的？他说，自己也不知道是什么。我打开一看，人物、对话、情节俱在，真是小说，一看电脑字数近三十万。我大为吃惊，不敢再看下去了。为什么？因为怕他写得好，令我惭愧，又怕他写得不好，让人失望，便索性随手转发给在作家出版社任编辑部主任的兴安。他是出版人，又是评论家，他接得住这团莫名其妙的火。没想到半个多月后，他给我打来电话，说我儿子写得很牛，是八〇后作者很难写出的力作，而且比我写得好。他准备将这部小说作为'文坛新势力长篇小说文丛'的一种，迅速推出。他又说，长江后浪推前浪，前浪拍在沙滩上，我已经被儿子拍在沙滩上了，要挺住啊。"

凸凹从座位上站起，放声大笑，又把自己扔回座位："不仅这样，兴安还兴奋地给你儿子写了一篇序，传给我了，让我在《大方山文艺》上发一下。"

"怎么没有给我？"

"他说不能给你，一是等发出来让你惊喜，二是怕你玩低调压着不发。"

"快把他写的序拿给我，我有点等不及了。"

兴安写道——

这是一部八〇后作家所写的职场小说。小说记述了一个大学毕业生进入一个行政事业单位之后的种种经历，以细腻、生动和不乏黑色幽默的笔触揭示了"单位"模式下的现实生态，也以“在场”的视角，层层深入地披露了在体制下生存的生命感受，读来触目惊心、发人深省。单位就像一个“局”，即便是身在其中，如果一味地坚守自己的人生理想和行为准则，也会与环境格格不入，以至于四处碰壁，最终被淘汰出局。要想在“局”内立足，就要放低姿态，与现实妥协，而且要想有所发展，就要忘掉自我，作彻底的妥协。小说的深刻之处就在于，主人公清醒于妥协对于“立身”的重要意义，但他不甘于陷落，还要做种种的挣扎，就有了生命的失据和心灵的痛苦，以至于最后连自己都辨认不出“我是谁”，为了找回自我，甚至想选择自动出局。从某种意义上说，小说是钱钟书《围城》的当代版。小说又为院校学生，特别是面临职场选择的毕业生提供了“前期经验”，客观地给了他们一个善意的提醒：要想入局，是否做好了足够的心理准备？从这个角度说，小说又是一部院校毕业生的职前必读书。回望八〇后的创作，总体上属青春文学范畴，写作者糗的都是个人那点事，而《局里局外》进入的是广阔的社会生活，而且是深度进入，多有所得。因此，它是青春文学走向成熟甚至转型的标志性作品，值得读者期待。

吴心看罢，久久不语。

因为这是儿子的第一部小说，居然到了这步，真的这么好吗？

他有点难以置信。

“嘿嘿，别装深沉了，我领你到一个叫‘奉先居’的馆子，痛痛快快地喝一场，庆贺一下。”凸凹拽了一下吴心的衣角，说道。

奉先居？因为大方山古称奉先。吴心感受到了老朋友的深刻用意，但还是嗫嚅道：“真的要喝？”

“真的要喝！”凸凹似乎比吴心还要兴奋，大声说道，“这不是小事儿，因为他延续了文脉，他不仅延续了你吴心的文脉，也延续了我凸凹的文脉，更延续了大方山的文脉，岂有不喝之理！”

二〇一九年六月六日竣稿于京西房山良乡昊天塔下石板宅

六月十六日于原址修订

跋

北京在实施全国文化中心建设战略中，提出了“三个文化带”的发展构想，其中西山永定河文化带的原点和支点就在京西房山。作为房山的文联主席，我觉得在历史的文化命题、文化使命面前，不应该缺席，应该乘势而上，有所作为。在这种动因之下，便以应有的文化自信和文化自觉，站在西山永定河文化带的坐标系上，进行了题为《京西文脉》的长篇小说创作。

小说的描绘对象，是西山永定河文化带中的文化人，广大文艺家、文艺爱好者和文艺工作者。状写了这些文化人的心灵气象、生存状态和奋斗轨迹，展现了这些文化人负重拼搏，自觉担当传统文化的弘扬者、先进文化的传播者、地域文化的创造者和群众文化的服务者的书生情怀、思想境界、精神风貌和文化作为。由于是针对文化（文艺）工作者这一特定群体，小说采用了“文化小说”或“文艺小说”的写作笔法，既塑造人物、叙述故事，又呈现文化内涵、文人情感和灵魂样相，让小说文学性、抒情性和思想性熔为一炉，在好看的同时，又洞悉性情，发人深思，成为一个有现实关怀、有生命温度和有创新追求的文本。

我在小说的结构上做了精心的把握，以主人公的在场经历为圆心或纲，采取了圆心辐射或纲举目张式的结构，既建构个人的生活史、精神史，又呈现文化人群体的生活史、精神史，达到既见树木，也见森林的目的。使文本除了记述文艺家个体的心路历程、为广大文艺工作者群体造像和立传之外，也反映时代，折射社会，试图呈现出广阔的社会意义、文化意义，甚至政治意义。换言之，是让小说有足够的叙事张力。

立意颇宏，但笔力不殆，能否得之一二，吾心惴惴；如果还有三四，我便十分欣慰了。

愿这部小说，在西山永定河文化带建设乃至全国文化中心建设中，发挥出一点切实的作用，贡献出一点房山力量，并在中国当代长篇小说创作上，有一个小小的位置。

二〇一九年六月十八日于京西房山良乡昊天塔下石板宅

图书在版编目（CIP）数据

京西文脉 / 凸凹著. -- 北京 ：北京日报出版社，2019.12

ISBN 978-7-5477-3465-0

Ⅰ. ①京… Ⅱ. ①凸… Ⅲ. ①长篇小说－中国－当代 Ⅳ. ①I247.5

中国版本图书馆CIP数据核字(2019)第183877号

京西文脉

出版发行：北京日报出版社
地　　址：北京市东城区东单三条8-16号东方广场东配楼四层
邮　　编：100005
电　　话：发行部：（010）65255876
　　　　　总编室：（010）65252135
责任编辑：许庆元
装帧设计：今亮后声 HOPESOUND pankouyugu@163.com
印　　刷：廊坊市博林印务有限公司
经　　销：各地新华书店
版　　次：2019 年 12 月第 1 版
　　　　　2019 年 12 月第 1 次印刷
开　　本：880 毫米×1230 毫米　1/32
印　　张：12.75
字　　数：300 千字
定　　价：66.00 元